마르타

마르타(Marta)

초판 1쇄 발행 2016년 1월 14일

지은이 엘리자 오제슈코바
옮긴이 장정렬
펴낸이 강수걸
편집장 권경옥
편집 정선재 양아름 문호영 윤은미
디자인 권문경
펴낸곳 산지니
등록 2005년 2월 7일 제14-49호
주소 부산광역시 연제구 법원남로15번길 26 위너스빌딩 203호
전화 051-504-7070 | 팩스 051-507-7543
홈페이지 www.sanzinibook.com
전자우편 sanzini@sanzinibook.com
블로그 http://sanzinibook.tistory.com

ISBN 978-89-6545-330-7 03890

마르타
MARTA

엘리자 오제슈코바 지음

장정렬 옮김

산지니

일러두기

1. 책 날개에 쓰인 저자 엘리자 오제슈코바의 소개는 「폴란드 문학의 세계」(시엔끼에
   비츠 외 지음, 최건영 엮음, 남명문화사, 1987년)의 28, 154쪽을 참고했습니다.
2. 소설 중 프랑스어로 쓰인 문장은 서체를 달리하여 표기하였습니다.
3. 모든 주석은 옮긴이의 것입니다.

차례

마르타 · 7

여자의 한평생은 영원히 타오르는 사랑의 불꽃이라고 말하는 사람들이 있습니다. 여자의 한평생은 자신을 희생하는 것이라고 아주 확신에 차서 말하는 사람들도 있습니다. 여자의 한평생은 모성애라고 목소리를 높이는 사람들도 있습니다. 여자의 한평생은 즐거움이라고 농담조로 말하는 사람들도 있습니다. 그렇지만 여자의 덕목이 맹목적 믿음이라는 말에는 모두 합창이라도 하듯 동의합니다.

여자들은 맹목적으로 믿습니다. 여자들은 사랑하고, 자신을 희생해 자식들을 가르치며 즐거워합니다……. 여자들은 이 세상이 여자들에게 해내라고 한 소임을 해내지만, 무슨 까닭인지 이 세상은 여자들을 못 믿고, 때로는 여자들에게 비난이나 경고라도 하듯 이렇게 말합니다.

"너희는 아직 질서 속에 있지 않아!"

좀 더 예리하고 분별력이 있거나, 더 불행한 여자들 중에도 자신의 처지를 인식하고 주위를 둘러보며 이렇게 말하는 경우가 있습니다.

"우리는 아직도 질서 속에 있지 않구나!"

어떤 종류의 악(惡)에 대항하려면 우리에겐 뭔가 도움이 되는 처방이 필요합니다. 이런저런 사람들이 악에 대한 이런저런 처방을 내놓지만, 그 악이라는 병은 처방만으로는 쉽게 물러나지 않습니다.

얼마 전에 우리나라*의 가장 존경받는 작가 중 한 분―「알비나(Albina)」라는 소설을 쓴 자하리아시에비치** 씨―이 여자들에겐 지고지순한 사랑(물론 남자와 관련된)이 부족하고, 또한 신체적으로, 그리고 도덕적으로 남자들과는 다르다고 공개적으로 언급한 적이 있습니다.

오, 하늘이여! 그 말은 얼마나 불공정한 말입니까!

장밋빛 신 에로스께서 하늘에서 이 땅으로 내려오셔서 우리를 도와주시고, 우리 생활이 에로스 신께 영광을 돌리기 위해 언제나 향을 피우는 것과 다르지 않다는 것을 증명하여 주옵소서.

스스로 걸음마를 시작할 때부터 우리 여자들은 만물의 주인들 중 한 사람을 사랑하며 살아가야 하는 것이 자신의 운명임을 듣게 됩니다. 소녀 시절에는 하늘에 달이 비치고 별이 빛나는 저녁마다, 또 눈처럼 흰 백합꽃이 향긋한 냄새를 내뿜으며 태양을 향해 열리는 아침마다, 우리의 주인이자 지배자가 될 그 사람을 꿈꾸고 또 염원합니다. 그 사람이 신비롭게 잠자는 아도니스***의 모

* 폴란드
** Zachariasiewicz Jan(1825~1906).폴란드 소설가이자 언론인. 1848년 폴란드 혁명에 참여한 뒤 투옥되기도 함.
*** 그리스 신화에 나오는 미소년. 여신(女神) 아프로디테(Aphrodite)의 사랑을 받

습으로 아침의 구름 속이나 달빛 바다에서 나와 우리의 상상 속에 나타나면, 우리는 태양을 향한 백합처럼 그 사람에게 관심을 가져도 되는 허락을 받는 순간이 오기를 고대합니다. 그리고…… 그 뒤에는 무엇입니까? 그 아도니스가 구름에서 내려와 우리 중 누군가의 몸속에 들어가면, 우리는 그 사람과 반지를 교환하고 결혼하게 됩니다…… 그게 사랑의 1악장입니다. 앞에 언급한 그 작가는 자신의 작품에서 언제나 그 점을 계산적인 1악장이라고 믿게 하지만, 나의 의견은 다릅니다. 그가 말한 것은 바로 예외적 사건과 상황에서 나온 계산적인 1악장이지만, 많은 경우에 그것은 사랑의 1악장입니다.

그럼, 어떤 종류의 사랑이냐고요?

그것은 전혀 별개의 일이고, 아주 사소하지만 아주 길게 이야기해야 하는 것입니다. 그러나 명주 망사로 수줍게 얼굴을 가린 채 흰 무명옷을 입고 제단에 올라서면 매력의 에로스는 우리 앞으로 날아와 우리의 머리 위에 장밋빛으로 타오르는 작은 횃불을 흔들어댑니다.

그 다음은? 그리고 무슨 일이?

우리는 다시 사랑하게 됩니다……. 어린 소녀가 꿈속에서 보았던, 처녀의 손가락에 결혼반지를 끼워준 그 만물의 주인을 사랑하는 것이 아니라, 다른 사람을 사랑합니다. 더구나 만약 우리는 아무도 사랑할 수 없다 하더라도, 누군가를 사랑하고 싶어 합니

앴으나, 사냥을 하다가 멧돼지에게 물려 죽었다. 그가 죽으면서 흘린 피에서 아네모네 꽃이 피었고, 여신의 눈물에서 장미꽃이 피어났다고 한다.

다……. 사랑에 대한 염원 때문에 우리는 가지고 있는 모든 힘을 소모해버리기도 하고, 폐결핵에 걸리기도 하고, 표독스러운 여인이 되기도 합니다.

그리고 이 모든 일 뒤에는?

우리 중 많은 사람들은 사랑의 신이 날개로 보호해주어 여생을 정직하고 정숙하고 행복하게 살아가지만, 또 다른 사람들은, 확실히 더 많은 사람들은 이 땅에서 피를 흘리면서 발을 끌며 걸어가고 있습니다. 이들은 빵을 위해, 평안을 위해, 정조를 위해 싸우기도 하고, 눈물을 쏟으면서 극도의 고통을 당하기도 하고, 잔인하게도 죄를 짓고, 그래서 부끄러움의 심연에 떨어지기도 하고, 굶주림에 죽어가기도 합니다…….

그래서 '**사랑하라!**'라는 단 한 마디 처방은 만병통치약이 되지 못합니다. 우리가 정말 더 효험을 보려면, 그 처방 속에 다른 성분이 첨가되어야 하지 않을까요?

그럼 어떤 성분이?

여기 한 여인의 일생에서 찢어낸 작은 종이 한 장을 통해 그 점을 말하려고 합니다.

그라니츠나 거리는 폴란드 바르샤바 시내에서 가장 생기 넘치는 곳 중 하나이다. 몇 년 전, 아주 아름다운 어느 가을날이었다. 이날 이 거리의 대로에는 많은 사람이 걸어 가거나 마차를 타고 가고 있었다. 그들은 모두 자신의 볼일이나 즐거움을 찾아 좌우도 살피지 않고 바삐 제 갈 길만 가고 있었다. 대로변 어느 집 정원 깊숙한 곳에서 무슨 일이 벌어지고 있는지에 대해선 전혀 모르는 채.

정원은 깨끗하고 넓었으며 높은 석조 건물이 사면을 둘러싸고 있었다. 맨 안쪽 깊숙이 자리한 이 건물은 주위에 있는 건물들 가운데 가장 작았지만 큰 창문과 넓은 출입구, 출입구를 장식하고 있는 아름다운 계단으로 보아 안락하고 아름다운 거주공간임을 알 수 있었다.

한 젊은 여인이 야윈 얼굴로 상복을 입고 계단에 서 있었다. 네 살짜리 여자아이도 상복을 입은 채 창백한 얼굴로 그 여인의 손을 잡고 서 있었다. 여인의 손에 아직 힘이 없진 않았지만, 큰 슬픔과 고통스러운 모습이 얼굴에 비치고 늘어뜨린 손으로 보아 몹시 쇠약해 보였다.

이 집의 높은 층과 연결된 깨끗하고 넓은 계단에는 너저분한 옷차림에 먼지가 자욱하며 지저분한 장화를 신은 사람들이 계속 나왔다 들어가곤 했다. 이 사람들은 인부들로, 아주 넓거나 우아하진 않아도 아름답고 편리하게 장식되어 집 안에서 자리를 차지하고 있던 다양한 가구들을 집 밖으로 옮기고 있었다. 마호가니 침대, 소파, 새빨간 양모 다마스커스* 실크로 싼 안락의자, 모양좋은 옷장과 콘솔 박스, 대리석 평판까지 붙어 있는 작은 탁자 몇개 등의 가구들이 있었고 제법 큰 거울 몇 개, 큰 서양협죽도가 심겨진 화분 두 개, 완전히 시들지 않은 흰 꽃받침 몇 개가 달려 있고 줄기가 많은 흰독말풀 한 그루 등도 보였다.

인부들은 가구를 들고 계단 중간에 서 있는 젊은 여인을 지나, 계단을 따라 아래로 내려가, 포장된 정원 바닥에 세워놓기도 하고, 대문 가까이 세워둔 두 대의 마차에 싣기도 하며, 길바닥에 내놓기도 했다. 여인의 눈길은 옮겨지고 있는 가구 하나하나를 따라갔다. 그녀에게서 떠나가는 이 가구들이 그녀에게는 물질적 가치 이상으로 애착이 가는 것임을 알 수 있었다. 돌아오지 않고 가버린 과거를 회상할 수 있는 상징물들과 작별하듯이, 여인은 그 가구들과 작별했다. 우리가 잃어버린 행복의 수많은 증거들과 이별하듯이, 여인은 가구들과 이별했다. 창백하고 까만 눈을 가진 아이는 여인의 옷자락을 힘껏 당겼다.

"엄마!"

*능직이나 수자직 바탕에 금실이나 은실 따위의 아름다운 실로 무늬를 짜 넣은 피륙. 주로 커튼이나 책상보 따위로 쓴다.

여자아이가 작은 소리로 말했다.

"아빠 책상!"

인부들이 사무용 대형 책상을 들고 계단을 통과해 마차에 실었다. 명품 가구처럼 책상의 다리는 잘 조각되어 있었고, 푸른 모직 싸개로 덮여 있었다. 상복을 입은 여인의 눈길은 아이가 작은 손가락으로 가리키는 가구에 한동안 멈추었다.

"엄마!"

여자아이가 다시 작은 소리로 말했다.

"아빠 책상에 나 있는 저 커다란 검은 자국 보여? …… 저게 왜 저렇게 된 건지 난 알아…… 아빠가 책상에 앉아서 무릎에 나를 앉혔어. 엄마가 들어와 나를 아빠에게서 내려놓으려 했지만 아빠는 웃으며 나를 내려놓지 않았어. 그때 내가 장난하다 그만 잉크를 쏟아버렸어. 그래도 아빠는 화 안 냈지. 아빠는 착한 사람이었어. 아빠는 한 번도 내게 화를 낸 적이 없거든. 엄마에게도……."

아이는 여인의 상복 주름에 얼굴을 숨기고 무릎에 작은 체구를 바싹 당기면서 조그만 목소리로 그 말을 했다. 이 어린아이의 마음속에도 무의식적인 회상의 아픔이 자리를 잡고 있다. 말라 있던 여인의 눈가에 한 줄기 눈물이 흘러내렸다. 아이의 말이 여인의 기억을 되살린 그 순간, 일상의 수많은 말을 이미 잃어버렸던 그 순간, 잃어버린 낙원의 매혹적 쓸쓸함을 지닌 불행한 여인에게 잠깐 웃음이 일었다. 그런 자유와 유쾌함의 순간이 지나가면, 오늘 이 여인과 아이는 마지막 남아 있던 빵 조각들 중 하나를 더 잃어버리고, 내일이면 배고픔만 남을 거라는 생각이 들었다. 아이의 웃음과 아빠의 입맞춤 사이에 생긴 저 잉크 자국은 책상의 가치를 십 즈워티* 이상 떨어뜨렸다. 정원에는 책상에 이어 크랄로프스키 포르테피아노**가 나왔지만, 여인은 악기에는 별 관심이 없었다. 겉으로 보기에도 여인은 예술가가 전혀 아니었으므로, 악기에 대한 안타까움이나 기억은 별로 없었다. 그러나 수놓인 양모 덮개의 작은 마호가니 침대가 집 밖의 마차에 실리자 여인은 눈길을 거두어들일 줄 몰랐고, 아이의 두 눈엔 눈물이 가득했다.

"엄마, 내 침대!"

아이가 소리쳤다.

"저 사람들이 내 침대도 빼앗아가고, 엄마가 직접 만들어준 저 덮개도 가져가잖아. 저 침대와 덮개는 뺏어줘, 엄마."

여인의 대답이라곤 울고 있는 아이의 머리를 무릎 가까이로 더 세게 당기는 것밖에 없었다. 좀 들어갔지만 검고 아름다운 아이의 두 눈은 다시 말라버렸다. 창백하고 연약한 입도 다무니, 이젠 더 이상 말이 없다.

아이의 아름다운 침대가 마지막 가구였다. 인부들이 대문을 활짝 열어젖히자 가구를 가득 실은 마차 두 대는 대로로 나갔다. 그 뒤로 인부들이 나머지 짐을 어깨에 둘러메고 떠나갔다. 그러자 이

---

*즈워티(Złoty) : 당시의 폴란드 화폐단위. 1즈워티=15코펙(kopek). 1코펙(kop.)=2 그로시(grosz), 1즈워티=30그로시(gr.)=15코펙(kop.), 당시 러시아 화폐 1루블(ruble)= 6즈워티(zł) 20그로시(gr). (*1994년 개혁된 이후 오늘날 폴란드 화폐 단위는 즈워티(Zl)로 1즈워티=100그로시임. 지폐에는 10, 20, 50, 100, 200즈워티가 있으며, 동전에는 1, 2, 5즈워티와 1, 2, 5, 10, 20, 50그로시가 있음. 즈워티의 약자로는 zt 또는 PLN으로 표시.)
** Kralowski fortepian. 당시 폴란드 피아노제조사(Krall i Seidler)가 제작한 고급 포르테피아노.

윗집 창문 뒤에서 지금까지 이 집 정원을 호기심으로 바라보던 사람들의 모습도 사라졌다.

모자를 쓰고 외투를 입은 한 젊은 아가씨가 계단 아래로 내려와 상복 입은 여인 앞에 멈추어 섰다.

"마님, 이제 일을 다 끝냈습니다…… 주어야 할 사람들에게 계산을 마쳤답니다…… 이게 남은 돈입니다."

그 말을 하면서 아가씨는 여인에게 지폐 몇 장이 든 지폐말이를 건네주었다. 여인은 천천히 아가씨 쪽으로 얼굴을 돌렸다.

"소피아, 고마워. 그동안 정말 잘해주었어."

아가씨는 낮은 소리로 말했다.

"마님께서도 늘 좋은 분이셨어요. 제가 4년 동안 일했지만 마님 댁보다 더 나은 곳은 없었어요."

아가씨는 큰 소리로 말하고서 바느질과 다림질로 닳은 손으로 눈가의 눈물을 닦았다. 여인은 희고 가냘픈 두 손으로 아가씨의 거친 손을 꼭 쥐었다.

"그리고 이젠, 소피아, 작별해야……."

"새 집으로 모셔다 드리겠어요. 제가 곧 마차를 불러올게요."

그로부터 십오 분 뒤, 두 여자와 아이는 피브나 거리의 어느 집 앞에서 내렸다. 새로 들어선 집은 좁고 높다란 삼 층 건물이지만, 외관은 낡고 어두침침했다. 어린아이는 놀란 눈으로 이사 온 건물의 벽과 창문을 둘러보았다.

"엄마, 우리 여기 살 거야?"

"그래, 애야."

상복의 여인은 낮게 말하면서 대문에 서 있는 사람에게로 몸을 돌렸다.

"이틀 전에 빌린 집 열쇠 주세요, 아저씨."

"아, 다락방요, 틀림없지요."

그 남자는 대답하고는 이렇게 덧붙였다.

"위로 올라가세요, 곧 열어드리지요."

두 쪽은 창문도 없는 벽돌색 담으로 둘러싸여 있고, 다른 두 쪽은 외양간과 창고로 향해 있는 네모반듯한 작은 정원을 지나 두여자와 아이가 좁고 어둡고 지저분한 계단을 올라갔다. 아가씨가 앞장서서 아이를 안고 올라갔다. 상복 입은 여인은 천천히 그 뒤를 따라 올라갔다.

남자가 열어준 방은 넓긴 했지만 낮고 어두웠다. 건물 지붕을 향해 있는 작은 창문을 통해 약하게 빛이 들어왔다. 기울어진 천장은 사방의 벽을 짓누르는 것 같았고, 벽면은 시원하게 보이도록 흰 석회를 칠해 아직도 마르지 않은 석회 냄새가 바람에 날리는 것 같았다.

간단히 벽돌 몇 장으로 만들어놓은 화로 옆에는 크지 않은 벽난로가 있었다. 맞은편에는 작은 옷장이, 그 뒤에는 난간이 없는 침대, 군데군데 해어진 면포 조각으로 싼 작은 소파, 검은색 탁자, 짚으로 엮어놓은 노란 의자 몇 개가 있었지만, 짚은 여러 갈래로 찢겨 움푹 들어간 곳도 보였다.

상복 입은 여인은 문에 잠깐 멈추어 서서 방 전체를 천천히 둘러보고는 몇 걸음을 내딛어 작은 소파에 앉았다. 아이는 창백한 모습으로 여인의 옆에 움직이지 않고 서 있다가 놀라움과 두려움으로 여기저기 살펴보았다. 아가씨는 작은 짐 꾸러미 두 개를 방으로 가져온 마부를 돌려보내고 꾸러미를 풀어 서둘러 정리했다.

몇 개 안 되는 가구들을 정리하는 데는 오랜 시간이 걸리지 않았다. 아가씨는 외투와 모자도 벗지 않은 채 한 개의 짐 꾸러미에서 유아복 몇 점과 속옷 몇 점을 잘 정돈해놓고, 풀어놓은 두 번째 짐을 방의 구석으로 밀쳐놓은 뒤, 깔개 두 장과 양모 덮개로 침대를 정리하였다. 창에는 하얀 커튼을 달고, 벽장에 접시 몇 개와 작은 주전자, 냄비 몇 개, 도자기 주전자, 대야, 놋쇠로 만든 촛대와 러시아식 작은 주전자를 정돈하여 넣어두었다. 이 모든 것을 정리하고 나서 아가씨는 벽난로 뒤쪽에서 땔감 한 다발을 꺼내 난로에 불을 피웠다.

"여기 이렇게⋯⋯."

꿇었던 무릎을 펴고 일어나, 불을 지피느라 숨을 몰아쉰 덕분에 빨개진 얼굴을 한 채로 아가씨는 우두커니 서 있는 여인을 향하여 말했다.

"불을 피웠으니 좀 있으면 따뜻해지고 밝아질 거예요. 땔감은 벽난로 뒤쪽에 있는데 보름 정도 쓸 수 있겠네요. 옷감과 속옷은 짐 속에 있고요. 벽장에 냄비와 그릇이 들어 있어요. 양초도 벽장 안에 있고요."

그 말을 하는 착한 아가씨는 밝은 목소리를 유지하려고 애쓰는 모습이 역력했으나, 입가에 웃음은 보이지 않았고 두 눈엔 눈물을 겨우 참고 있었다.

"그리고 이제⋯⋯."

아가씨는 두 손을 가지런히 모으고 조용히 말했다.

"이제, 마님, 가보아야겠어요."

상복 입은 여인은 고개를 들었다.

"소피아, 너도 이제 가야 되는구나."

여인이 되풀이했다.

"정말 말 그대로 가야 되는구나."

여인은 창가로 눈길을 둔 채 덧붙였다.

"벌써 날이 저물어가는구나…… 밤에 이 도시에서 나가려면 무섭겠구나."

"아, 그렇지 않아요, 마님!"

아가씨는 소리쳤다.

"마님은 제가 가장 어두운 밤에 세상의 끝으로 갈까 봐 그러시죠…… 그러나…… 새 주인어른이 내일 새벽에 바르샤바를 떠나기 때문에 오늘 저녁이 되기 전에 오라고 했어요. 그분이 오늘도 저를 필요로 할지 몰라 이만 가봐야 되겠어요…… ."

그 마지막 말을 하면서 아가씨는 고개를 숙여 여인의 하얀 손을 잡아 자신의 입으로 가져가려고 했다. 그러자 여인은 갑자기 아가씨의 목을 양팔로 껴안았다. 두 사람은 울었고, 아이도 울음을 터뜨렸다. 아이는 작은 두 손으로 아가씨의 외투를 붙잡았다.

"가지 마, 소피아 언니! 가지 마! 여기는 무섭고 어두워!"

아이가 소리쳤다.

아가씨는 옛 주인의 팔과 손에 입을 맞추고, 자신의 가슴 쪽으로 우는 아이를 끌어당겼다.

"나는 가야 돼, 꼭! 나에게는 가난한 어머니와 어린 동생들이 있어요. 나는 그들을 위해 일해야 해요……."

아가씨는 울먹이며 되풀이했다. 상복을 입은 여인은 창백한 얼굴을 들고, 탄력 있는 허리도 바로 세웠다.

"나도 마찬가지야, 소피아, 나도 일을 해야 되는걸."

여인은 지금까지보다 힘찬 목소리로 말했다.

"나도 아이가 있으니까, 이 아이를 위해 일을 해야 해……."

"하느님께서 언제나 함께하셔서 은총을 내려주실 거예요, 마님!"

아가씨는 그렇게 말하면서 여인의 손과 아이의 우는 얼굴에 한 번 더 입을 맞추고는 더 이상 돌아보지 않고 방을 나갔다.

아가씨가 떠난 뒤에는 커다란 침묵만이 방 안을 짓누르고 있었다. 벽난로에서 불에 타고 있는 장작의 탁탁거리는 소리와 둔탁하고 희미하게 들리는 대로의 소음만이 간혹 이 침묵을 멈추게 했다. 상복 입은 여인은 소파에 앉아 있고, 좀 전까지 울던 아이는 여인의 가슴에 파묻혀 잠잠해졌다가 지쳐 잠에 빠져들었다. 손바닥에 머리를 기대고 무릎에서 잠자는 아이의 작은 허리를 양팔로 감싼 채, 여인은 여전히 흔들리며 빛나는 불만 바라보고 있었다. 지난날의 마지막 증인이자 여인에게 의지와 도움과 지원이 되었던 모든 것이 사라진 뒤에도 변함없이 여인의 곁에 남아 의지가 되었던 충실하고 헌신적이던 그 하녀마저 떠나가 버렸다. 여인은 이제 외롭게 남겨졌다. 운명이 시키는 길로, 외로운 사람의 고독함이라는 불행으로, 오로지 자신의 손과 머리로만 살아가야 하는 처지로 내던져졌다. 여인의 옆에는 자신의 품에서만 쉴 줄 알고, 자신의 입을 통해서만 사랑받기를 원하고, 자신의 손에서만 커가기를 바라는 작고 힘없는 존재만 남겨졌다. 한때 사랑하는 남편이 손수 마련한 옛 집은 이제 그녀의 수중을 떠나 새로운 주인이 들어섰다. 지금까지 사랑과 안락으로 그녀를 감싸주었던 그 착한 사람은 며칠 전부터 무덤에 누워 있다.

모든 것이 사라졌다. 사랑도, 안락함도, 삶의 조용함과 안정과 평화로움도, 꿈처럼 사라진 지난날의 유일한 흔적도 이 불행한 여인에게는 고통스런 기억이 되어버렸다. 창백하고 연약한 아이는 잠시 자다가 눈을 뜨더니 여인의 목으로 작은 손을 뻗어 자신의 작은 입을 여인의 얼굴에 가까이 댄 채 낮은 소리로 말했다.

"엄마! 배고파!"

아직까지는 이런 요구가 여인의 마음속에 두려움이나 슬픔이 생기게 하지는 않았다. 남편을 잃은 여인은 호주머니에서 지갑을 꺼냈다. 지갑 속에는 재산의 전부인 지폐 몇 장이 남아 있었다. 여인은 숄을 걸치고, 아이에게는 엄마가 돌아올 때까지 조용히 기다리라고 말한 다음 방을 나섰다. 계단 중간쯤에서 여인은 어떤 집으로 땔감 한 다발을 가져가는 정원지기를 만났다.

"저어 아저씨."

여인은 머뭇거리면서 정중하게 말했다.

"우리 아이를 위해 가까운 상점에 가서 우유와 빵을 가져다 줄 수 없나요?"

건물 관리인은 멈추지도 않은 채 그 말을 듣고서 머리를 돌려 퉁명스럽게 말했다.

"허어, 시간 나는 사람이 가야지요! 이 집에 사는 사람들 음식이나 가져다 주라고 내가 여기에 있는 줄 알아요?"

그렇게 말하고 남자는 모퉁이 뒤로 사라졌다. 여인은 더 아래로 내려갔다.

'저 사람은 내게 친절하지 않구나.'

여인은 생각했다. '내가 가난하다고 생각하기 때문이야. 보상을 받을 만한 사람에게는 저 무거운 땔감도 들어주면서.'

여인은 정원으로 내려와 주위를 둘러보았다.

"헤, 뭘 그리 둘러보고 있나요?"

거칠고 불쾌한 여자 목소리가 옆에서 들려왔다. 여인은 대문 옆의 낮고 작은 문 앞에 선 채 여자를 바라보았다. 어두워질 무렵이라 얼굴은 잘 보이지 않았지만 짧은 치마, 큰 면직 보닛, 어깨에 비스듬히 두른 허름한 숄, 그리고 목소리와 말투로 보아 평범한 사람이었다.

여인은 그 여자가 아까 그 남자의 아내일 거라고 생각했다.

"아주머니," 여인은 말을 건넸다.

"제게 우유와 빵을 가져다 줄 사람을 찾을 수 없을까요?"

그 여자는 잠시 생각했다.

"몇 층에 사셔?"

그리고 물었다.

"내가 아직 모르는 사람인데."

"오늘 다락방에 들어왔어요……."

"하, 그 다락방! 댁이 직접 가져다 쓸 걸 왜 떠들어대요? 댁이 직접 상점에 가면 되지 않소?"

"수고비는 드릴 수 있는걸요."

남편 잃은 여인은 조용히 말했다. 그러나 그 여자는 못 들었거나 못 들은 체하는 것 같았다. 그러고는 숄을 여미더니 작은 문 뒤로 사라졌다.

　몇 분 동안 여인은 움직이지 않고 서 있었다. 무엇을 해야 할지, 어디로 가야 할지도 모르는 것 같았다. 그녀는 한숨을 쉬고 손도 내려뜨렸다. 그러나 곧 고개를 들어 대문 앞으로 가서 대로로 향하는 작은 문을 열었다.

　아직 아주 늦은 저녁 시간은 아니었지만 꽤 어두웠다. 많지 않은 가스등이 사람들로 가득한 좁은 거리를 비추고 있었다. 인도의 넓은 부분은 완전히 어둠에 잠겨 있었다. 찬 가을바람 한 줄기가 열린 문틈을 지나 대문 아치에 다가왔다가 여인의 얼굴을 때리고는 그녀의 검은 숄을 펄럭거렸다. 마차 소리와 섞여 들려오는 사람들의 소음 때문에 귀가 멍하고, 어둑한 인도마저 무섭게 느껴졌다. 그녀는 대문 아치의 안쪽으로 몇 걸음 물러나 잠시 고개를 숙인 채 서 있었다. 그러다가 갑자기 고개를 들고 앞으로 나갔다. 아마 먹을 것을 기다리고 있는 아이 생각이 났거나 아니면 자신이 매일 얻어야 되는 것은 자신의 의지와 용기로 구해야 함을 느꼈을 것이다. 여인은 숄을 머리까지 두르고 작은 문의 문턱을 넘었다. 하지만 먹을 것을 파는 가게가 어디에 있는지도 몰랐다. 상점 간판들을 직접 눈으로 살펴보면서 꽤 먼 거리까지 나온 여인은 담뱃가게, 찻집, 직물가게까지 갔다가 되돌아왔다. 이 거리에서 더 멀리까지 갈 용기도, 누군가에게 물어볼 용기도 없었다. 여인은 다시 다른 쪽으로 방향을 돌려, 약 십오 분 뒤 하얀 수건에 빵 몇 개만을 싸 들고 돌아왔다.

　우유는 가져오지 못했다. 여인이 빵을 산 가게에는 우유가 없었다. 더 찾아보려 했지만 찾을 방법도 없고, 아이가 걱정되어 서둘러 돌아왔다. 거의 뛰다시피 했다. 대문에서 몇 발자국 안 남았을 때, 바로 등 뒤에서 어떤 남자가 흥얼거리는 노래소리가 들려왔다.

"멈추어요, 내 사랑, 멈추어요, 작은 발로 달아나지 말아요."

여인은 그 노래가 자신을 향한 건 아니라고 되뇌이면서 발걸음을 재촉했다. 노래하던 사람이 또다시 말을 걸어 왔을 때는 작은 문에 도착해 있었다.

"어디로 그렇게 서둘러 가시나요? 어디로? 저녁이 이렇게 아름다운데! 우리 산책이나 좀 할까요?"

여인은 기분도 나쁘고 약간의 두려움도 느끼면서 단숨에 대문 안으로 뛰어들어 작은 문을 확 닫아버렸다. 몇 분 뒤, 아이는 들어오는 여인에게 달려와 팔에 안겼다.

젊은 여인은 온몸을 떨었다. 눈물이 빛나는 뺨 위로 흘러내렸다. 십오 분 동안의 시내 나들이에서 그녀가 겪은 일과 두려움에 대한 자신과의 싸움, 많은 사람들과 찬 바람, 미끄러질 듯한 거리에서 달려온 것, 특히 낯선 사람으로부터 난생처음 받은 모욕―이 모든 것들이 여인을 완전히 흔들어놓았다. 하지만 걸음걸음마다 스스로 모든 것을 이겨나가리라는 다짐 또한 그녀에게서 찾아볼 수 있었다. 그녀는 애써 침착함을 되찾아 눈물을 닦고는 아이에게 입을 맞추었다. 그러고는 벽난로의 불을 입으로 불어 더 세게 만들고 말했다.

"얀치아, 엄마가 빵을 가져왔단다. 곧 주전자에 물을 데워 차를 준비할게."

여인은 아이에게 불을 조심하라고 말하고 벽장에서 도자기로
된 물동이를 끄집어내 정원 우물로 내려갔다. 물동이에 채운 물이
무거워 허리를 굽힌 채 헐떡이며 돌아오니 완전히 지쳐버렸다. 하
지만 잠시도 지체하지 않고 러시아식 주전자에 물을 끓였다. 그
녀가 난생처음 해보는 일은 아주 어렵게 진행되었지만, 한 시간도
채 못 되어 차를 마실 수 있었다. 아이는 옷을 벗고 잠자리에 들
었다. 아이의 고르고 낮은 숨소리는 안락하게 잠들어 있음을 말
해주고, 온종일 울어서 생긴 자국도 그 창백한 얼굴에서 벌써 사
라져 있었다.

그러나 젊은 여인은 잠을 이루지 못했다. 검은 곱슬머리는 흐
트러지고 손바닥으로 얼굴을 괸 채 상복 차림의 여인은 꺼져가
는 불꽃을 바라보며 가만히 앉아 생각에 잠겼다. 찌르는 듯이 아
픈 하얀 이마에 깊은 주름이 먼저 생겼다. 두 눈엔 눈물이 가득하
고, 가슴은 힘든 신음 소리로 헐떡거렸다. 그러나 잠시 후 그녀는
자신을 둘러싸고 있는 수많은 아픔과 두려움을 떨쳐버리겠다는
듯이 고개를 흔들었다. 그녀는 일어서서 허리를 똑바로 세우고는
조용히 말했다.

"새 인생의 시작이야."

그렇다. 이 젊고, 아름답고, 흰 손과 탄력 있는 허리를 가진 여
인은 전혀 다른 새 인생의 길로 들어섰다. 이날이 그러한 미지의
미래로 가는 첫날이다.

그러면 이 여인의 지난날은 어떠했을까?

　마르타 스비츠카(Marta Świcka)라는 이 여인의 과거는 그녀의 나
이나 언급될 사건에 비해 별로 길지 않다.

　마르타는 호화롭고 부유하진 않아도 아름답고 안락한 가정에
서 태어났다. 바르샤바에서 수 마일 떨어진 곳에 있던 아버지의
농장은 경작하기 좋은 수십 보카*의 토지와 꽃이 만발하는 큰 초
원, 겨울엔 땔감을 주고 여름엔 아름다운 산책길이 있는 자작나
무 숲, 과실나무 무성한 넓은 화원으로 구성되어 있었다. 또 그
농장 안에는 융단처럼 풀이 덮인 정원 위로 아름다운 작은 집 한
채가 있었다. 그 아름다운 집에는 돌출된 여섯 개의 창문과 쾌청
하게 보이는 푸른색 블라인드, 선홍빛 꽃을 피우는 콩들과 아름
다운 팬지꽃 빛깔의 삼색제비꽃이 휘감긴 네 개의 기둥이 받치고
있는 발코니까지 있었다.

　마르타의 요람에는 나이팅게일이 노래하고 늙은 보리수가 진
지하게 가지를 흔들었으며 장미는 꽃을 내밀고 밀밭 이삭들은 황
금물결을 굽이치고 있었다. 요람 위로는 어머니의 아름다운 얼굴
이 다가와 어린아이의 까만 머리를 열렬한 입맞춤으로 뒤덮었다.

　마르타의 어머니는 착하고 아름다웠으며 아버지 또한 학식 있
고 선한 사람이었다. 그런 부모를 둔 외동딸은 사람들의 사랑과
안락한 어루만짐 속에서 커갔다.

---

*토지 단위. 보통 한 가족을 부양할 수 있을 만큼의 토지를 말함. 1보카(włóka)=
16.796헥타르.

25

이 아름답고 즐겁고 활발했던 소녀의 구름 한 점 없이 맑았던 삶에 맨 처음 닥쳐온 아픔은 어머니의 죽음이었다. 마르타는 그 때 열여섯이었기에 한동안 절망에 빠져 오랫동안 어머니를 그리 워했지만, 그녀의 젊음은 마음에 생긴 첫 상처에 회복의 진통제가 되어주었다. 홍조가 그녀의 얼굴에 다시 꽃피고 희망과 꿈이 돌아왔다.

그러나 곧 다른 어려움이 닥쳐왔다. 부분적으로는 아버지의 부주의 때문이지만 좀 더 정확하게는 이 나라에 불어닥친 경제상황이 원인이었다. 아버지가 재산을 모두 잃게 된 것이다. 건강도 흔들리기 시작해 아버지는 재산이 모두 사라질 위기에 처하고 자신의 삶도 곧 끝이 오리라고 직감했다. 하지만 당시만 해도 마르타의 운명은 아직 안전한 것 같았다. 그때, 그녀는 사랑에 빠져 있었고, 그녀를 사랑해주는 사람이 있었던 것이다.

바르샤바의 국가기관 중 한 곳에서 젊은 나이에 고위직을 맡고 있던 얀 스비츠키(Jan Świcki)라는 사람이 까만 머리의 아름다운 아가씨 마르타를 사랑하게 되었고, 그녀 역시 그에게 흠모와 사랑에 상응하는 감정을 가지게 되었다. 마르타의 결혼 축하연이 있은 몇 주일 뒤, 그녀의 아버지는 세상을 떠났다. 한때 자신의 외동딸의 찬란한 운명을 꿈꾸었던 그 몰락한 귀족은 부유하진 않아도 성실한 사람의 손에 딸을 맡겼다. 아버지는 마르타가 결혼식장을 떠나는 그 순간부터 고독의 고통과 가난의 위험으로부터 충분히 안전을 보장받으리라고 생각하며 평온하게 눈을 감았다.

두 번째로 마르타의 삶에 큰 시련이 닥쳐왔지만 이번에는 이미 성숙기에 접어들었고, 아내로서의 사랑과 나중에는 어머니로서의

사랑으로 그 시련을 극복했다. 그녀의 아름다운 고향은 비록 그
녀에게서 영원히 멀어져 낯선 사람의 수중에 들어갔지만, 그녀가
사랑하고 또 그녀를 사랑하는 남편은 대신 그녀를 위해 도시에
약간의 소음은 있지만 포근하고 따뜻하며 편안한 보금자리를 마
련했다. 그리고 그 보금자리에 곧 아기의 은은한 목소리가 들려
왔다. 가정생활의 기쁨과 의무 사이에서 젊은 여인은 오 년의 세
월을 행복하고도 빠르게 보냈다.

얀 스비츠키는 양심적이고 능숙한 업무처리로 꽤 많은 급료를
받았다. 남편은 자신이 사랑하는 여인이 지난 시절 익숙해온 것
에, 오늘의 매력을 유지하는 것에, 또 내일의 평안을 위하는 것에
자신의 급료가 모두 쓰이는 것을 허용했다. 언제까지나라고? 그
건 아니다! 가장 가까운 미래까지만 가능했다. 얀 스비츠키는 먼
미래를 위해 당장의 작은 불편을 참고 절약해가며 계획적으로 살
아가는 사람은 못 되었다.

젊고 힘 있고 성실한 얀 스비츠키는 자신의 젊음과 힘, 성실함
이라는 보물들이 영원히 퍼내도 계속 남아 있을 거라고 믿었으
나 곧 그것들은 바닥을 보이고 말았다. 갑작스레 불치병을 얻어
병석에 눕게 되었던 것이다. 의사들의 진료도 소용없었고 절망한
아내가 애쓴 보람도 없이 얀 스비츠키는 병을 이기지 못하고 죽
고 말았다. 남편의 죽음과 함께 행복한 가정생활도 끝이 났고 마
르타의 물질적 기반 또한 그녀의 발아래에서 미끄러져 나갔다.

따라서 결혼도 이 젊은 여인을 고독의 고통과 가난의 위험으로
부터 영원히 구제해주지는 못했다. 이 세상에 확실한 것은 아무
것도 존재하지 않는다는 아주 오래된 공리는 실제로 그녀에게서

도 진실로 판명되었다. 왜냐하면 그 공리는 완전히 절대적이지는 않아도 사실이기 때문이다. 외부에서 인간에게 다가오는 모든 것은 사회의 이해관계와 제도가 상호작용하여 생기는 수천 가지의 흐름과 복잡성을 지니므로, 가장 잔인한 영향력을 행사하여 그 인간이나 주변을 관통하며 변화시켜버리는 경우가 많다. 그 모든 것은 맹목적으로 닥쳐오기에 그 영향력을 쉽사리 예측할 수도 없다. 이 땅에 사는 사람들의 운명이, 그 사람의 온 힘이나 모든 재산과 보장 장치들이, 바람의 명령에 따라 움직이는 물결처럼 외생적이며 쉽게 변하고 금방 지나가버리는 요소들로만 구성되어 있다면, 이는 실로 애달프다. 그렇다. 사람이 제 가슴과 머리에 간직하고 있는 것을 제외하고는, 즉 인생의 길을 가르쳐주는 학식을 제외하고는, 고독에 빛을 비추고 궁핍에서 벗어날 수 있게 하는 노동을 제외하고는, 악에 대항하여 나를 지킬 수 있는 고상한 감성을 제외하고는, 이 세상에 확실한 것은 아무것도 존재하지 않는다. 그리고 여기서도 그 확실성은 상대적일 뿐이다. 그 확실성을 깨는 것은 캄캄하고 물리칠 수 없는 권능을 지닌 병마와 죽음이다. 그러나 이름하여 생명이라 부르는 인간의 활동, 생각, 감성의 과정은 흔들리지 않고 규칙적으로 그렇게 길게 지속되고 발전되기에, 또 그렇게 길게 자신과 일체감 속에 있기에 인간은 복잡한 인생과 변화무쌍한 운명, 잔인한 사건과의 싸움에서 무기가 되어준 과거 자신의 성취에 그렇게 오랫동안 머물러 있기도 하고 기대기도 한다.

외부에서 다가와 지금까지 마르타를 우호적으로 보호해주던 모든 것들이 그녀를 속이고 떠나갔다. 그녀에게 닥친 운명도 예외는 아니었다. 그녀의 불행은 뭔가 비정상적인 사건이나 인류 역사에 간혹 나타나는 신비한 대재앙에 근원이 있는 것이 아니다. 경제적 몰락과 죽음이 지금까지 그녀의 삶에서 평안과 행복의 파괴자 역할을 했다. 그러면 더욱더 일상적인 것은 무엇인가? 그러면 우리에게서 경제적 몰락보다 더 일상적인 것이 있는가? 죽음보다 더 자주 피할 수 없는 것이 있는가?

마르타는 수없이 많은 사람들과 수없이 많은 여자들이 부딪치는 것과 같은 것에 얼굴을 맞대고 부딪치고 있다. 바빌론 강가에서 강을 바라보다 잃어버린 안락함의 흔적을 흘려보내며 울고 있는 사람을 종종 만나지 않는 사람이 누가 있을까? 과부의 상복이나 고아들의 창백한 얼굴과 눈물로 얼룩진 눈을 자신의 삶에서 얼마나 자주 만났는지 세는 사람이 누가 있을까?

지금까지 이 젊은 여인의 삶과 함께해왔던 모든 것들이 그녀에게서 떨어져 날아가 버렸지만, 그녀는 자신과 떨어지지 못했다. 그녀 스스로 자신을 위해서 무엇이 될 수 있는가? 그녀는 과거에 무엇을 모으는 데 성공했던가? 지식과 희망과 경험의 어떤 무기들이 이 얽히고설킨 사회생활에 대항하는 싸움에서, 빈곤과 맹목적으로 일어나는 사건이나 고독에 대항하는 싸움에서 그녀를 위해 봉사해줄 수 있었는가? 이러한 의문들 속에 그녀의 미래에 대한 수수께끼가, 그리고 그녀뿐만 아니라 아이의 삶과 죽음의 문제가 놓여 있다.

물질적으로 이 젊은 여인은 가진 것이 전혀, 아니 거의 없다. 가구들을 팔아 그동안 여기저기 갚지 못했던 빚을 갚고 남편의 장례비로 썼다. 그리고 남은 이백 즈워티의 돈과 옷감 몇 필, 옷 두 벌이 그녀의 전 재산이다. 값비싼 보석을 그녀는 한 번도 지닌 적이 없다. 그나마 가지고 있던 보석은 팔아 남편이 병들었을 때 의사들에게 헛된 진료비로 지불하고, 마찬가지로 아무 소용없던 약을 구입하느라 써버렸다. 그녀가 새로 이사한 집에 있는 보잘것없는 살림들조차 자신의 것이 아니다. 그녀는 다락방과 마찬가지로 이것들도 빌려 쓰고 있다. 그 사용료 또한 임대료와 마찬가지로 매월 첫날에 지불해야 한다.

그것은 슬프고도 적나라한 현재 상태를 나타내지만 적어도 명확하게 정해져 있다. 정해지지 않은 채 남아 있는 것은 앞으로의 삶이다. 사람은 미래를 획득하거나 창조해야 했다.

우아한 허리와 흰 손, 동글반반한 머리를 검게 둘러싼 비단결 같은 머리카락의 젊고 아름다운 이 여인은 미래를 획득할 어떤 힘을 가졌는가? 그녀 자신의 과거에서 뭔가를 꺼내 그것으로 미래를 창조할 수 있는가?

마르타는 벽난로에서 타오르는 장작 앞의 낮은 나무의자에 앉아 자신의 미래에 대해 생각하고 있었다. 그녀의 깊고 애정 어린 두 눈은 흰 깔개 위에서 조용히 잠자는 어린아이의 얼굴에 고정되어 있었다. "너를 위해서," 그녀는 잠시 침묵한 뒤 말했다.

"그리고 나를 위해서, 빵과 피난처와 평안을 위해서 일을 하자."

마르타는 창가에 섰다. 밤이 어두워 아무것도 보이지 않았다. 높은 다락방 아래 서 있는 많은 뾰족 지붕과 굽고 가파른 지붕도, 그 지붕들 위로 시커먼 연기를 내뿜으며 서 있는 굴뚝도, 불빛이 약해 그녀가 사는 창문까지 닿을 수 없는 가로등도 볼 수 없었다. 그녀는 하늘조차 볼 수 없었다. 하늘은 구름에 가려 별 하나도 보이지 않았다. 그러나 대도시의 소음은 밤인데도 저 멀리서 끊임없이 들려와 귀를 멍하게 만들었다. 너무 늦은 시각은 아니었다. 좁고 어두운 골목과 마찬가지로 넓고 아름다운 대로에는 사람들이 호기심이나 쾌락을 찾아 걸어 가거나 마차를 타고 갔다. 그들은 즐거움을 찾아, 혹은 이익을 따라 걷거나 뛰어가고 있었다.

마르타는 깍지를 낀 채 손을 이마에 대고 눈을 감았다. 그녀에겐 수천 명의 목소리가 뒤섞여 하나의 크고 불명확하며 단조로운 목소리로 들려왔지만, 그 목소리는 번쩍이는 폭발음과 갑작스러운 침묵과 둔탁한 외침과 이상한 웅성거림으로 가득 차 있었다. 그녀의 상상에 비친 대도시는 수많은 인간들이 살아가고 이상을 좇아가면서 움직여, 마치 들끓고 있는 큰 벌집 같았다. 모든 인간은 일터가 있고, 쉬는 곳이 있으며, 목표가 있고, 대중 속에서 자신의 길을 헤쳐 나갈 그 무언가를 가지고 있다. 끝없는 고독 속에 던져진 가난한 여인이 일하고 쉴 곳은 어디일까? 그녀를 인도해 줄 인생의 목표는 어디 있는가? 이 가난하고 버려진 여인을 위해 길을 열어줄 도구는 어디서 구할 수 있는가? 도시에서 저렇게 끊임없이 떠들고, 그들의 숨소리가 파도 속에서 밀려오듯 여인의 두 귀에 들려오는데, 번쩍이며 웅성거리는 와중에 저 사람들은 이 여인을 어떻게 대할까? 정당하게 대할까, 아니면 매정하게 대할까? 호의적일까, 매몰찰까? 행복과 안락을 향해 밀려가는, 저 발 디딜 틈 없고 꽉 닫힌 방진(方陣)*은 그녀 발걸음 앞에 길을 터줄 것인가, 아니면 새로 뛰어드는 이 여인의 자리를 차지하지 못하게 하

---

* 중무장한 보병이 어깨와 어깨를 맞대고 보통 8열 종대로 늘어서는 전술대형.

고, 애써 그들 중 누군가의 앞에 서지 못하게 더욱 단단히 문을 걸어 잠글 것인가? 어떤 규칙과 풍습이 그녀에게 호의적이고, 비호의적일까? 이들 중 다수를 차지하는 쪽은 전자일까, 후자일까? 무엇보다도, 무엇보다도 그녀는 순간순간 심장이 뛸 때마다 머리를 스치는 모든 생각을 통해 비우호적인 요소를 스스로 극복할 줄 알고 호의적 요소를 정확하게 사용할 줄 아는 능력을 스스로 가질 수 있을까? 심장의 근육을 건드리게 될 모든 떨림을, 가난으로부터 벗어나고 수치심에 대항해 인간다운 명예를 보장하고 어쩔 수 없는 아픔과 절망, 또 굶주려 죽는 것으로부터 자신을 지킬 수 있는 그런 분별력과 끈기의 강력한 힘을 하나로 모을 능력을 스스로 가질 수 있을까?

마르타는 그런 의문들에 마음을 쏟고 있었다. 한때는 우아하고 유쾌한 아가씨로서 고향마을의 신선한 풀과 아름다운 색깔의 꽃 위로 지나다니던 이 여인의 지난날들, 그 뒤 사랑하는 남편 곁에서 걱정과 슬픔에서 해방된 행복한 나날을 보내다 지금은 두 손바닥으로 창백한 이마를 짚은 채 상복 차림으로 다락방의 아주 작은 창가에 있는 이 여인의 회상은 아름다웠지만 동시에 쓰라렸다. 어제 하루종일 수많은 유혹의 환영들로 둘러싸였던 이 여인의 회상은 베일에 가려진 채 지금 자신을 위협하고 실제 만질 수 있는 현재의 그림에 상처만 남기고 날아가 버렸다. 이 그림이 그녀의 사념을 집어삼켰지만 그녀를 궁지에 몰아넣지는 않은 것 같다. 그녀는 자기 마음에 가득한 모성애로부터 용기를 얻었는가? 두려움을 떨쳐버릴 자신감을 가졌는가? 그러한가…… 그녀는 세상을 모르고, 그녀 자신에 대해서도 몰랐다. 그녀는 두려워하지 않았다. 그녀가 지난 며칠간 흘린 눈물 자국의 얼굴을 들었을 때, 그 얼굴에는 마음의 고통과 염원의 징후는 있을지라도 두려움이나 절망감은 아직 보이지 않았다.

*

다락방으로 이사한 다음 날 아침 열 시, 마르타는 일찍 시내로 나왔다. 마르타는 어딘가를 향하여 서둘러 걸어갔다. 흥분된 생각과 들뜬 희망에 그녀는 몸을 앞으로 내밀고, 발걸음을 재촉했다. 들루가 거리에 도착한 것을 알고서 그녀는 발걸음을 천천히 내디뎠다. 아주 기대하지만 동시에 잔혹한 순간이 다가올 때 보통 그러하듯이, 이곳에서 그녀의 발걸음은 늦추어지고 창백한 두 볼에 약한 홍조가 나타났지만, 호흡은 더 빨라졌다. 그런 순간, 사람들은 자신의 평생 습관이나 새로운 상황의 진지함 때문에 생기게 된 희망, 좌절, 또는 있을지도 모를 내키지 않은 수치심에 대한 걱정으로 인해 분별심과 의지력을 가지려고 온 힘으로 긴장을 하게 된다.

마르타는 아주 큰 건물들 중 한 곳의 대문 앞에 멈추어 서서 주소를 확인했다. 그러고는 길고 깊은 숨을 한 번 내쉰 뒤 밝고 넓은 계단을 따라 위로 천천히 올라가기 시작했다.

열 몇 계단을 지날 때 그녀는 아래로 내려오는 두 여자를 보았다. 그들 중 한 사람은 단아한 옷차림으로 자신에 차 있었으며, 얼굴에는 평화로움과 만족감이 나타나 있었다. 나이가 어려 보이는 다른 여자는 어두운 색의 양모 옷을 입고, 좀 낡은 숄을 걸치고 있었으며 가을 한철이 벌써 다 지난 것 같은 모자를 쓰고 있었다. 젊은 여자는 눈을 내리깔고 두 손을 늘어뜨린 채 내려오고 있었다. 그 젊고도 아름다운 아가씨의 약간 붉은 눈꺼풀, 창백한 얼굴, 연약한 허리가 슬픔과 약함과 피로함을 나타내주었다. 다정하게 말을 나누고 있는 것으로 보아 두 사람은 서로 잘 아는 사이인 것 같았다.

"하느님, 이럴 수가!"

낮고 한숨 섞인 목소리로 나이 어린 여자가 말했다.

"이렇게 불행한 내가 이젠 무슨 일을 할 수 있을까요? 마지막 희망도 나를 속였어요. 어머니께 오늘도 가르칠 곳을 배정받지 못했다고 어떻게 말씀드린담! 어머니의 건강은 더욱 나빠지고…… 내가 일자리를 못 구하면 집에 먹을 거라곤 아무것도 없는데…… ."

"그럼 어떡해?"

좀 더 나이 든 여자가 공감하면서도 한편으로는 자신의 우월함을 강하게 느끼면서 대답했다.

"그렇게 낙담하면 못써! 좀 더 음악에 정성을 쏟아."

"아! 나도 언니처럼 잘 칠 수 있었으면!"

어린 여자가 소리쳤다.

"그런데 난 그렇게 할 수 없으니……."

"넌 소질이 없는가 봐, 얘!"

나이 든 여자가 말했다.

"어떡해? 소질이 없는걸!"

그런 대화를 나누며 두 여자는 마르타 옆을 지나갔다. 한 사람은 흡족한 표정으로, 다른 한 사람은 슬픔에 사로잡혀 상복을 입은 마르타에게는 전혀 관심을 보이지 않았다. 그러나 마르타는 우뚝 선 채로 그들의 뒷모습을 바라보았다. 그들은 마르타가 지금 가려고 하는 곳에서 방금 나온 교사들인 것 같았다. 한 사람은 아주 만족한 얼굴이고, 또 한 사람은 눈물을 삼키고 있다. 삼십 분, 아니 십오 분 뒤 마르타도 지금 자신이 올라가고 있는 계단을 내려오게 될 것이다. 기쁨과 눈물 중 어느 것이 그녀의 운명일까? 마르타가 '**루드비키 즈민스카의 가정교사 직업소개소**'라고 적힌 동판이 있고 반짝거리는 출입문 초인종을 눌렀을 때 그녀의 심장은 강하게 뛰고 있었다.

초인종이 울리고 문이 열렸다. 안으로 들어가니 아주 작은 객실이 있었다. 마르타는 그곳을 지나 행인이 많은 길거리 쪽으로 나 있는 두 개의 큰 창문 덕분에 실내가 밝은 넓다란 방으로 들어갔다. 그 방에는 아름다운 가구가 많았지만, 맨 먼저 눈에 들어온 것은 우아하고 값비싼 새 포르테피아노였다.

방에는 세 사람이 있었다. 그중 한 사람이 마르타를 보고 일어섰다. 우아한 흰색 보닛 아래 뭐라 정의하기 어려운 색깔의 곱슬머리를 잘 정돈한 그 중년의 여자는 아주 평범한 얼굴이라 특징을 명쾌하게 찾아볼 수가 없었다. 단추가 단조롭게 일렬로 가슴에 달려 있고 그 밖의 장식이라곤 없는 회색 옷과 마찬가지로 그 여자의 얼굴은 내세울 것도, 관심 끌 만한 것도 없었다. 머리부터 발끝까지 사무적으로만 보였다. 특별한 경우와 특별한 장소에서만 자유로이 웃음 짓고, 호감을 가지고 바라보고, 마음을 내어 악수하는 것 같아 보였다. 자신에게 조언과 도움을 구하러 온 사람들을 상대하며 그 사람들을 일반인과 연결시키는 일을 전문으로 하는 여성들에게서 흔히 볼 수 있는 친절함과 예의를 당연히 갖추어야 함에도, 이 여자는 반대로 조심스럽고 방어적인 태도를 취했다. 이 방은 작은 살롱 같지만 실은 여느 상점과 마찬가지이다. 이 살롱의 소장은 자신에게 조언과 설명과 관계를 요청하는 사람들에게 이를 제공해주고 그 대가로 적절한 봉사료를 받는다. 이곳은 이곳에서 일자리를 얻어 하늘을 날 것 같은 사람의 영혼과 자신의 의지와는 반대로 실업자가 되어 지옥으로 떨어질지도 모르는 사람의 영혼이 지나가는 성스러운 장소처럼 보였다.

마르타는 잠시 문 옆에 멈춰 서서 자신을 만나러 나오는 그 소장의 얼굴과 몸에 눈길을 던졌다. 어제는 순간순간 눈물로 가득 찼지만 오늘은 마른 채 반짝이는 마르타의 두 눈은 특별히 예리하게 상대를 꿰뚫어 보는 것 같았다. 생각에 잠긴 마르타의 두 눈은 자신의 미래를 결정해줄 사람의 입을 깊숙이 꿰뚫어 보려고 애썼다. 마르타는 난생처음 지금 경제활동이라는 거래를 위해 누군가를 만나러 왔다. 가난한 사람들의 가장 중요한 경제활동이란 일자리를 구해 소득을 얻는 행위이다.

"부인도 물론 직업소개소에 볼일이 있겠지요."

이 집에 사는 소장이 말했다.

"예, 소장님."

마르타가 말했다.

"저는 마르타 스비츠카라고 합니다."

"잠시 앉아 기다려주세요. 먼저 오신 분들과 대화를 마칠 때까지만."

마르타는 소장이 안내해주는 의자에 앉아 먼저 와 있던 두 사람에게 눈길을 주었다. 두 사람은 나이와 옷과 외모로 확연히 구별되었다. 한 사람은 약 스무 살 정도로 보이는 아주 예쁜 아가씨였다. 그녀는 웃음을 머금은 장밋빛 입술에 즐거운 듯 침착하게 주시하는 푸른 눈을 지녔고, 밝은 금발머리를 예쁘게 장식해주는 작은 모자를 썼으며, 밝은 색 명주옷을 입고 있었다. 아마 마르타가 들어오기 전에 소장은 바로 이 아가씨와 대화를 나누던 것 같았다. 소장이 방금 들어온 마르타에게 안내 인사를 한 직후 그 아가씨에게로 향했기 때문이다. 그 아가씨는 영어로 말했는데, 영국 태생임을 대답 첫마디에서 곧 추측할 수 있었다. 마르타는 영어를 모르기에 그들의 대화를 이해할 수는 없었지만, 그 예쁜 영국인의 입가에 자유분방한 웃음이 떠나지 않는 것으로 보아 아가씨의 표정, 태도와 말투는 성공을 이끌어내는 데 익숙해 언제나 자신과 자신이 기대하는 운명을 확신하는 사람이 갖는 용기를 고스란히 표현함을 알 수 있었다.

짧은 대화가 오간 뒤 소장은 작은 종이 한 장을 집어 들어 뭔가 빠르게 써 내려가기 시작했다. 마르타는 지금 자신의 처지와 비슷한 이 모습을 긴장해서 자세히 바라보았다. 소장이 프랑스어로 편지를 써 내려갔다. 육백 루블에 상당하는 금액을 표시하고, 겉봉에는 어느 백작의 성(姓)과, 바르샤바에서 가장 아름다운 거리를 덧붙였다. 그리고 친절하게 웃으며 영국인에게 편지를 건넸다. 영국인은 자리에서 일어나 작별인사를 하고는 입가에 만족스러운 웃음을 지으며 고개를 세운 채 사뿐사뿐 방을 나갔다.

'일 년에 육백 루블이라,' 마르타는 생각에 잠겼다. '얼마나 많은가, 하느님! 일을 해서 저만큼만 수입을 올린다면 얼마나 행복할까요! 저 금액의 절반만이라도 벌 수 있게 된다면 아이와 내가 걱정 없이 먹고 살 텐데요.' 그런 생각을 하면서 마르타는 그 영국 여성이 떠난 뒤 소장과 대화를 시작한 또 다른 사람을 유심히, 무의식적인 동정심으로 바라보았다.

이 사람은 나이가 예순쯤 되어 보이는 왜소하고 마른 체격의 여자였다. 주름살이 많이 뒤덮여 초췌한 얼굴과 구겨진 구식 모자 아래 미끄러지듯 두 줄로 가르마를 탄 머리카락은 거의 백발이었다. 검은 양모 옷과 구식의 작은 명주옷이 이 노인의 마른 몸에 걸려 있었다. 희고 투명하고 가는 두 손은 가만 있지 못하고 무릎에 놓아둔 흰 모직 손수건을 앙상한 손가락으로 계속 건드려 구기거나 돌리고 있었다. 한때는 파란색이었을 테지만 지금은 거의 색깔도 빛도 나지 않는 두 눈이 이러한 동요를 말해주고 있었다. 한 번은 소장 얼굴을 올려다보고 또 한 번은 붉은 눈꺼풀이 덮인 채 이곳저곳 옮겨 다니는 두 눈은 마치 의지할 곳이나 피난처나 조용한 곳을 찾고 있는 고통스러운 두뇌의 동요와 심한 긴장감을 반영하는 것 같았다.

"부인은 교직 경험이 있습니까?"

소장은 노인에게 몸을 돌려 프랑스어로 물었다. 가련한 노인은 의자에 가만히 앉아 있지 못하였다. 두 눈은 맞은편 벽에서 뭔가를 찾아 가로세로로 뛰어다니고, 경련을 일으키듯 둥글게 감은 손수건을 손가락으로 꼭 쥔 채 낮은 소리로 말하기 시작했다.

"아뇨, 부인, 처음입니다……."

노인은 말을 이어가지 못했다. 자신의 생각을 표현해줄 수 있는 외국어 낱말을 찾는 것 같았으나, 그 낱말들은 그녀의 희미한 기억 속에서 달아나고 없었다.

"제가 가진 재산을……"

노인은 잠시 후 말을 이었다.

"아들이 잃어버려 불행했습니다……"

소장은 긴 안락의자에 차갑고 굳은 표정으로 앉아 있었다. 노인의 잘못된 프랑스어와 어렵사리 말은 했지만 거북하게 들리는 발음으로 인해 소장의 입가엔 웃음조차 일지 않았다. 노인의 고통과 심한 동요마저도 소장에게 동정심을 불러일으키지는 못한 것 같았다.

"안타깝군요."

소장이 말했다.

"그리고 아들은 한 분만 두셨다니요?"

"난 그 자식도 이젠 없어요!"

노인은 폴란드어로 소리쳤다. 그러나 외국어를 알고 있다는 것을 보여주어야 된다는 걸 갑자기 생각내고는 이렇게 덧붙였다.

"아들은 절망으로 세상을 떴어요!"

노인의 색깔 없는 눈동자는 눈물에 젖지도 않았고, 마지막 말을 했을 때는 아주 작은 반짝거림도 없었다. 하지만 노인의 창백하고 작은 입은 이를 둘러싸고 있는 수많은 주름 사이에서 떨리고 있었고, 구식 웃옷 아래 파진 가슴 또한 떨리고 있었다.

"부인, 음악은요?"

노인의 프랑스어 지식은 그 몇 마디의 대화를 통해 충분히 알았다는 듯이 소장은 폴란드어로 물었다.

"한때 피아노를 쳤지만…… 벌써 아주 오래전이라…… 지금 할수 있을지는 모르겠어요…….."

"그럼 독일어는요."

아무 대답도 하지 않는 대신에 노인은 고개를 저었다.

"그럼, 부인은 무엇을 가르칠 수 있겠어요?"

이 질문은 친절한 어조였으나 동시에 명백한 거절을 의미하는 것이라 딱딱하고 차가웠다. 하지만 노인은 그 점을 모르거나, 이해하지 않으려고 애쓰는 듯했다. 프랑스어는 고통스럽고 가난한 노인의 여생에 한 조각의 빵이라도 얻을 수 있게 자신을 지켜줄 가장 큰 희망의 지식이었다. 노인은 하늘이 캄캄해지는 것을 느끼면서, 소장이 아무 데도 소개해주지 않고 자신과 대화를 끝내려고 한다는 걸 느끼면서, 이젠 유일한 마지막 구원의 널빤지를 잡아야 된다는 생각에 여전히 손가락을 떨며 모직 수건을 더 세게 움켜쥐고 황급히 말했다.

"지리, 역사, 기초 산수."

그러나 노인은 갑자기 말을 중단하고 정면 벽에 눈길을 고정시켰다. 소장이 자리에서 일어섰기 때문이다.

"무척 안타깝습니다."

소장은 천천히 말했다.

"하지만 지금 저로서는 부인을 위한 적당한 자리가 전혀 없습니다……."

소장은 말을 마치고, 잿빛 옷의 허리 부분에 두 손을 얹은 채 서서 단호하게 작별을 기다렸다. 그러나 노인은 자리에 붙어버린 것처럼 앉아 있었다. 이제까지 잠시도 가만있지 못하던 노인의 두 손과 눈은 경직되었고, 입술은 창백한 채 벌어졌다.

"전혀 없다고요!"

잠시 후 노인은 중얼거렸다.

"전혀 없다니!"

노인은 되풀이하고는 마치 독립된 어떤 힘에 의해 움직이듯이 뻣뻣하게 자리에서 천천히 일어났다. 하지만 노인은 자리를 뜨지 않았다. 노인의 눈꺼풀은 솟아올랐으며 두 눈동자는 유리 같은 막으로 덮였다. 그녀는 의자 손잡이에 떨리는 손바닥을 의지하며 낮은 소리로 말했다.

"아마 나중엔…… 아마 언젠가는…… 그런 곳이 나타나겠지요……."

"아뇨, 부인. 약속할 수 없어요."

소장은 단조롭고 친절했지만 딱딱한 어조로 대답했다.

몇 초간 방은 침묵이 완전히 지배했다. 갑자기 노인의 주름살 많은 뺨에 한 줄기 눈물이 하염없이 흘러내렸다. 하지만 노인은 아무 소리도 내지 않고 한마디 말도 없이 소장에게 인사하고는 서둘러 방을 떠났다. 아마 노인은 부끄러운 눈물을 가능한 한 빨리 숨기고 싶었거나 아니면 새 희망을 가지고 비슷한 다른 장소나 그런 역할을 할 만한 곳으로 새로운 환멸을 또 느끼려고 서둘러 갔을 것이다.

이제 마르타는 자신의 가장 고귀한 희망과 강한 염원을 실현하느냐 못하느냐에 대한 의문을 풀어줄 소장과 둘만 남게 되었다. 겁먹은 것은 아니지만 마르타는 깊은 슬픔을 느꼈다.

마르타의 눈앞에서 몇 분 전 스쳐 지나간 그 장면들은 마르타의 머릿속에 새롭고 강한 인상을 남겼다. 마르타는 일을 해 수입을 얻으려고 하거나 빵 한 조각을 구하러 쫓아다니는 사람들을 자주 보지 못했다. 그렇게 쫓아다니는 일에 마음의 동요, 고통, 속임이 있다는 사실을 마르타는 한 번도 생각해보거나 짐작해보지 않았다. 지금까지 마르타에게 일이란, 필요한 물건이 있고 그것에 관심을 가지기만 하면 곧 받게 되는 뭔가로 여겨졌다. 여기서, 아직 아무것도 모르는 운명의 시발역에서, 그녀는 잔혹한 일들이 존재함을 알아차렸다. 하지만 그녀는 떨지 않았다. 마르타에겐, 이 젊고 건강한 여인에겐, 훌륭한 부모의 세심한 교육을 받은 이 여인에겐, 정신 노동으로도 빵을 해결했던 지적인 남편의 동반자였던 그녀에겐 계단을 올라올 때 만났던 그 가련하고 슬픈 아가씨에게 닥친 운명이나 바로 앞서 주름진 뺨에 한 줄기 눈물을 흘리며 떠나간, 백 배는 더 불행한 그 노인의 운명과는 결코 같아질 수 없다는 다짐이 있었다.

소장은 교직을 희망하며 찾아오는 후보자들에게 일상적으로 하는 질문을 마르타에게 던졌다.

"가르쳐본 적이 있나요?"

"아닙니다, 소장님. 저는 며칠 전에 남편을 여읜 공무원의 아내입니다. 처음으로 가르치는 일을 가졌으면 합니다."

"아하! 그럼 고등교육기관 중 하나의 졸업장을 갖고 있겠군요?"

"아닙니다. 부인. 저는 가정교육만 받았습니다."

두 여인은 프랑스어로 대화를 주고받았다. 마르타는 프랑스어를 충분히 잘, 그리고 쉽게 구사했으며, 발음은 완벽한 정도는 아니지만 눈에 띄게 벗어난 것도 없었다.

"그러면 무슨 과목을 가르치고 싶습니까?"

마르타는 즉시 답하지 못했다. 놀랍게도 그녀는 이곳에 교사 일자리를 구하려고 왔지만 자신이 무엇을 가르칠 수 있고 무엇을 가르치고 싶은지 몰랐다. 그녀는 자신의 정신적 자산을 계산하는 데 익숙하지 않았고, 할 수 있는 것이라곤 자신이 살아온 환경에서 여자로서, 귀족의 딸로서, 공무원 아내로서 살아온 것으로 충분하다는 자각뿐이었다. 그러나 지금은 오래 생각할 때가 아니었다. 마르타의 뇌리에는 어릴 때 자신이 많이 공부한 과목들과 자신과 같은 처지의 사람들에게 학문의 기초를 보여주었던 과목들이 떠올랐다.

"저는 음악과 프랑스어를 가르칠 수 있을 겁니다."

마르타는 말했다.

"둘째 과목에 관련해," 소장이 대답했다.

"발음은 쉽게 잘하는 것으로 보입니다만, 가르치는 데 필요한 모든 것이 그것만으로 되는 것도 아니지요. 또 문법이나 철자법, 프랑스 문학엔 다소 생소하게 보이는군요. 음악에 대해서는……용서해준다면…… 제가 적절히 쓰일 만한 곳을 찾아주려면 댁의 예술적 소질의 수준을 알아야만 됩니다."

마르타의 창백한 뺨에 홍조가 나타났다. 그녀는 가정교육만 받아 한 번도 다른 사람 앞에서 시험을 쳐본 적이 없었고, 다른 사람들 앞에서 연주를 해본 적이 없었다. 남편이 그녀를 위해 사 준 포르테피아노도 결혼 후 여러 달 동안 닫아두었다가 나중에야 몇 번 열어보았고, 그녀의 연주는 자신의 아름다운 거실 벽과 보모의 무릎 위에서 박자에 맞추어 뛰놀던 아이 얀치아의 어린 귀만

들었을 뿐이다. 그러나 직업소개소 소장의 요구에 모욕으로 여겨질 만한 것은 아무것도 없었다. 사물의 가치와 성질에 대해 뭔가 말하려면 먼저 그 사물이 어떤 형태로 쓰일지 어디에 맞을지 요리조리 살펴보고 평가하고 측정도 해야 하는 단순하고도 공통적인 규칙에 근거하고 있기 때문이다. 마르타는 그 점을 이해하고 자리에서 일어나 장갑을 벗고 포르테피아노로 다가갔다. 마르타는 잠시 건반을 내려다보고 멈추어 섰다. 마르타는 소녀 시절 연주해본 곡들을 생각하면서, 자신의 가정교사와 부모로부터 한때 칭찬받았던 곡들 가운데서 어느 것을 선택해야 될지 마음이 흔들렸다. 마르타가 자리에 앉은 채 여전히 기억 속에서 헤매고 있을 때, 출입문이 요란하게 열리더니 입구에서 날카롭게 쏘는 듯한 여자의 목소리가 들렸다.

"자, 그런데요, 소장님. 백작부인이 바르샤바에 도착하나요?"

이렇게 말하며 어떤 여자가 들어왔다. 더 사실적으로 표현하자면 돌진해 왔다. 활달하고 예쁘장하고 어두운 얼굴색을 하고, 중간 정도의 키로, 선홍빛 후드가 달린 원색 외투가 까만 머리카락과 어두운 얼굴색에 강하게 대비되는 여인이었다. 방문객의 빛나는 검은 눈은 재빨리 방 전체를 둘러보고는 포르테피아노 앞에 앉아 있는 여인의 모습과 마주쳤다.

"아, 손님이 와 계셨군요!"

그 방문객이 외쳤다.

"계속하세요, 계속. 기다릴 수 있어요!"

그렇게 말하고 나서 여자는 안락의자로 몸을 던지고 의자 등받이에 머리를 기댔다. 그러고는 예쁜 신발을 신은 다리를 꼬아 각

선미를 드러냈다. 팔짱을 끼면서 여자는 마르타의 얼굴을 호기심으로 꿰뚫어 보듯 바라보았다.

젊은 과부의 뺨에는 홍조가 더 뚜렷해졌다. 시험 연주의 새 청중이 그녀를 더 불쾌하게 만들진 않았다. 그러나 소장은 마치 "우리가 지금 기다리고 있다"라고 말하듯 특별히 주목하는 표정으로 마르타에게 고개를 돌렸다.

마르타는 연주를 시작했다. 그녀는 「성녀의 기도(La Prière d'une vierge)」*를 연주했다. 그녀가 음악을 배울 때, 아가씨들은 어디서나 「성녀의 기도」를 연주했다. 이 곡은 창가에 스며드는 달빛과 아가씨들의 가슴속에 솟아나는 염원이 함께 어우러지는 우울한 곡조의 감상적인 곡이다. 그러나 이 직업소개소의 거실은 너무 밝아 환상이라곤 없는 낮의 태양이 비추고 있고, 지금 이 곡을 연주하고 있는 여인의 소원은 '천상으로'나 '아름다운 남자가 말 달리는 넓고 맑은 평야'로 날아가는 것이 아니라 가슴 저 밑바닥으로 숨겨진 채 밀려 내려갔던 단순하고도 현실적이고 사소한 것이었다. 그러나 이 비극적이고도 위협적이고 억지스러우며 찢어지는 듯한 절규인 '빵을, 일자리를 찾아내라!'는 말을 한 여자이자 어머니인 그녀의 귓가에 불어넣어 주면서 언제나 일어나는 염원이기도 하였다.

소장의 좁은 눈썹이 조금 밀려 올라갔다. 이 때문에 소장의 표정은 이전보다 더욱 냉랭해졌다. 안락의자에서 몸을 넓게 펴고 앉

---

* 폴란드 작곡가 테클라 바다르체프스카-바라노프스카(Tekla Bądarzewska-Baranowska, 1834~1861)가 지은 포르테피아노 연주곡. 감상적 분위기의 작품.

아 있던 프랑스 여인의 어두운 얼굴에는 여전히 장난기 어린 웃음이 희미하게 보였다. 마르타 또한 오늘 연주가 잘못되었음을 느꼈다. 한때는 마르타에게 천사의 멜로디 같았던, 감동이 풍부한 톤을 마르타는 지금 전혀 해석해내지 못했다. 마르타의 손가락은 숙련도와는 거리가 멀었다. 건반에서 혼돈에 빠져 제대로 두드리지 못해 실수를 하고, 불필요하게 페달을 밟는 바람에 전체 박자도 놓치고, 잃어버린 길을 찾느라고 멈추기까지 하였다.

"아니 저 여자는 피아노도 칠 줄 모르잖아!"

프랑스 여자가 중얼거리는 소리를 마르타도 들을 수 있었다.

"쉿! 델핀느 양!"

소장이 낮게 말했다.

마르타는 그 감상적인 멜로디의 마지막 부분을 치고는 건반에서 눈과 손을 떼지 않은 채로 지엔타르스키*의 「야상곡」을 연주하기 시작했다. 마르타는 자신이 가장 소중한 희망으로 여겼던 연주가 소장에게는 얼마나 형편없었는지 알았다. 자신이 믿고 있던, 직업을 얻을 수 있는 많지 않은 도구 가운데 하나가 손에서 미끌어져 나갔음을 마르타는 서툴게 건반을 두드리면서 느꼈다. 그녀와 아이의 생존이 걸려 있는 많지 않은 실오라기 중 하나가 그녀의 손가락에서 잘못된 해석으로 인해 산산이 찢기고 싹둑 잘려 나갔다.

'연주를 더 잘해야 돼!' 그녀는 되뇌었다. 그리고 생각할 틈도

* 폴란드 음악가 Zientarski Romuald(1829~1874). 『Organ School』(1868) 의 저자. 교회음악 분야에서 활동한 작곡가.

없이 슬픈 야상곡을 연주하기 시작했다. 하지만 전보다 나을 게 없었다. 오히려 더 망쳤다. 그 작품은 더 어려워서 연주에 익숙하지 않은 손에 통증과 뻣뻣함만 느끼게 할 뿐이었다.

"잘못 쳤어요, 부인! 호호, 얼마나 잘못 쳤는지!"

프랑스 여자는 웃음 띤 눈길로 마르타를 쏘아보면서 가까운 의자에 발을 걸치고는 다시 소리쳤다.

"쉿, 조용히 좀 해요, 델핀느 양!"

소장도 어깨를 으쓱하며 좀 불만스런 목소리로 말했다.

마르타는 포르테피아노에서 내려섰다. 홍조를 띠었던 얼굴엔 보랏빛 반점이 나타나고, 두 눈은 격한 긴장으로 인해 빛났다. 이미 엎질러진 물! 마르타가 희망했던 생계 수단 중 한 가지가 손에서 떨어졌다. 마르타가 일을 해 수입을 얻는 길로 자신을 안내해 줄 수 있었던 그 실오라기 중 하나가 절망적으로 산산이 부서졌다. 그녀는 자신이 지금 음악을 가르칠 수 없다는 것을 알아차렸다. 마르타는 두 눈을 똑바로 뜨고 흔들리지 않는 걸음으로 두 여인이 앉아 있는 탁자로 다가갔다.

"나는 아무래도 음악에 소질이 없군요. 구 년간 피아노를 배웠지만 재능이 없어 잘 잊어버려요. 더구나 결혼한 뒤 오 년간은 전혀 연주를 하지 못했어요."

마르타는 낮은 목소리로 말했지만 낮게 말할 이유도 없었고 떨 이유도 없었다. 마르타는 엷게 웃으며 그렇게 말했다. 그녀에게 고정된 프랑스 여자의 관통하는 듯한 눈길은 아주 고통스러워 그 여자의 눈에서 연민이나 비웃음을 발견하게 될까 봐 겁이 났다. 그러나 마르타가 폴란드어로 한 말을 프랑스 여자는 이해하지 못하고 입을 크게 벌려 하품했다.

프랑스 여자가 소장을 향해 말했다.

"그럼, 부인! 나와 이야기를 마저 해요. 몇 마디만 하면 돼요. 언제 백작부인이 도착하죠?"

"며칠 뒤에 와요."

"내가 제시한 조건을 그분께 알려주었나요?"

"그럼요. 백작부인께서 그 조건을 다 받아들였어요."

"따라서 사백 루블은 확실하죠?"

"확실하고말고요."

"내 조카도 같이 지낼 수 있죠?"

"그럼요."

"나에게 방도 하나 내주고, 하녀도 하나 둘 수 있고, 내가 원할 때는 산책용 말도 몇 필 내주고, 두 달간의 방학도 가능하죠?"

"그 모든 조건에 백작부인이 동의했어요."

"그럼, 좋아요."

일어서면서 그 프랑스 여자는 말했다.

"며칠 후에 백작부인이 도착했는지 물으러 다시 오지요. 만약 일주일이 지나고도 도착하지 않거나 나를 데리러 오지 않는다면 이 동의서는 무효가 되는 거예요. 더구나 기다리는 건 바라지도 않고 필요치도 않아요. 나는 이와 비슷한 조건을 제시하는 곳이 열 군데도 더 있다고요. 그럼, 안녕히, 부인."

프랑스 여자는 소장과 마르타에게 목례를 살짝 하고는 떠나갔다. 그녀는 선홍빛 두건을 머리에 두른 채 출입문을 열면서 어떤 프랑스 노래를 흥얼거렸다. 마르타는 난생처음으로 부러움 같은 것을 느꼈다. 프랑스 여성 가정교사와 소장의 대화를 들으면서 그녀는 생각했다. '사백 루블, 어린 조카와 함께, 방 하나, 하녀, 말 몇 필, 긴 방학 등을 누릴 수 있는 계약이라! 하느님! 그렇게 학식이 많은 것 같지도 않고 그렇게 동정을 불러일으키지도 못할 것 같은 저 여자는 그렇게 많은 조건을 제시해도 되니 얼마나 행복할까요! 누가 나에게 1년에 사백 루블을 지불하고, 내 아이 안치아와 같이 있게만 해준다면……'

"소장님!"

마르타는 큰 소리로 말했다.

"저는 뭔가 확실한 직업을 가졌으면 합니다."

소장은 잠시 생각에 잠겼다.

"그것은 절대로 불가능한 일은 아니지만, 쉽지도 않아요. 그 자리가 댁에게 적당한지 의문스럽습니다. 나를 찾아오는 사람들과의 관계로 보아 솔직함이 나의 의무라는 것을 알아주셨으면 좋겠습니다. 댁의 프랑스어는 나쁘진 않지만 파리 사람들이 쓰는 온전한 표준어는 아닙니다. 댁의 음악 수준으로는 겨우 초보자나 가르칠 수 있겠군요."

"그 말씀은?"

마르타는 두근거리는 마음으로 물었다.

"그 말은 1년에 육백, 팔백, 많아야 천 즈워티는 받을 수 있을 거라는 뜻이지요."

마르타는 일 분도 머뭇거리지 않았다.

"저는 그 급료에 동의할 수 있어요."

그녀는 말했다.

"어린 딸아이와 함께라면요."

조금 전까지만 하더라도 희망적이었던 소장의 두 눈이 금세 냉랭해졌다.

"하!"

소장이 말했다.

"혼자가 아니고 아이까지 있다니……."

"착하고 조용하고 아무도 귀찮게 하지 않는 네 살 난 딸아이예요."

"알겠습니다."

소장이 말했다.

"하지만 아이와 함께 지낼 만한 곳은 전혀 없어요."

그 말에 놀란 마르타는 소장을 쳐다보았다.

"소장님."

그녀는 잠시 후 말했다.

"방금 이곳을 떠난 그 사람도 어린 친척과 함께 받아주었잖아요. 그리고 그만큼 다양한 조건도. 그녀도 그렇게 학식이 높지는 않아 보이던데요."

"그래요."

소장이 말했다.

"그녀의 학식은 전혀 대단하지 않아요. 하지만 그녀는 외국인이에요."

직업소개소 소장의 입가에는 이제까지 한 대화 중에 처음으로 옅은 웃음이 미끄러져 나왔다. 그녀의 차가운 눈이 마치 '무슨 말씀을! 그것도 모르나? 어디서 왔어?'라고 물으려는 듯한 표정으로 마르타의 얼굴을 쳐다보았다.

마르타는 장미가 피고 나이팅게일이 노래하던 고향 농장에서 자라나 따뜻하면서도 훌륭히 장식되어 세상으로부터 자신을 숨겨주던 벽으로 둘러싸인 그라니츠나 거리의 평화롭고 작은 집에서 생활하던 여자였다. 처녀 때는 순진해 지식을 별로 갖추지 않았고 이후 젊은 아내로 즐겁게 생활하며 특별한 지식 없이도 생활에 지장을 느끼지 못하는 가정 출신이었다. 그녀는 여인들의 눈높이를 낮춰 아무것도 보지 못하게 하고 아무 의문도 품지 않게 한, 이렇다 할 지식 없이도 생활이 가능한 세상의 출신이었다. 그녀는 '주피터 신에게는 허락되지만 소에게는 허락되지 않는다(Quod Licet Jovi, non Licet Bovi)'는 사실을 모르거나, 지나쳐버렸거나, 듣지 못한 채 흘려버린 것 같았다. 차갑기는 하지만 분별력 있는 소장의 두 눈은 좀 의아하다는 듯이 마르타를 바라보며 이렇게 말하는 것 같았다. '그 선홍빛 두건을 쓴 여자는 예리하게 말할 줄 알고, 큰소리칠 줄 알아. 의자 위에 발을 올리는 그 여인이 주피터이지요. 댁은 모든 우리 아이들이 태어난 곳과 같은 땅에서 하찮게 태어난 가련한 소와 같은 처지라고요.'

"부인, 만약 아이를 떼놓을 수 있다면, 다른 곳에 맡길 수 있다면, 그때는 일 년에 천 즈워티는 받을 수 있는 곳이 확실히 있습니다."

"그건 절대로 안 됩니다!"

마르타는 두 손을 꼭 쥐면서 말했다.

"나는 결코 내 아이와 떨어질 수 없어요. 그 아이를 낯선 사람의 손에 맡겨둘 수 없어요……. 그 아인 이 세상에 남겨진 나의 모든 것이에요."

이 외침이 의도와는 반대로 어머니로서 마르타의 가슴을 뛰게 만들었지만 마르타는 곧 그 외침이 부질없고 적절하지 않음을 알아차렸다. 그녀는 겨우 자신을 진정시키고 조용히 말하기 시작했다.

"그럼 제가 확실한 자리를 배정받을 희망이 없다면 개인 교습을 할 수 있는 곳이라도……."

"프랑스어 교습 말입니까?"

소장이 말을 가로챘다.

"맞습니다, 소장님. 다른 과목도, 지리, 세계사, 폴란드 문학사 같은 것도 전에…… 그런 과목들을 배웠고 더욱이 독서도 좀 했어요. 아주 많이는 아니지만, 좀 읽었어요. 제가 공부해가며 지식을 보충할 수도 있을 겁니다……."

"그건 댁에게 아무 도움이 못 될 텐데요."

소장이 가로막았다.

"그건 왜죠, 소장님?"

"당연하지요. 직업소개소를 운영하는 나나 다른 누구라도 양심을 가지고는 댁에게 그런 과목들을 가르치도록 허용할 수는 없을 것입니다……."

마르타는 눈이 휘둥그레진 채 소장을 바라보았다. 소장은 잠깐 중단했다가 덧붙였다.

"그리고 그 과목들은 거의 남자들이 차지하고 있어요."

"남자들이요?"

마르타는 중얼거렸다.

"왜 전부 남자들이지요?"

소장은 다시 '당신은 어디서 왔어요?'라고 묻는 듯한 눈으로 마르타를 향해 목청을 가다듬고 말했다.

"남자들이 남자들이니까 그렇지요."

마르타는 아무것도 모른 채 세상을 살아온 행복한 여성의 세계에서 왔다. 그래서 그녀는 직업소개소 소장이 한 말에 대해 잠시 생각에 잠겨야 했다. 난생처음 그녀에겐 이 사회가 복잡하고 의문스럽고 혼돈스럽고 불명확하게 여겨졌다. 하지만 그런 불명확한 의문도 마르타에겐 무의식적으로 고통스럽게 느껴졌지만, 자신에겐 아무 가르침이 되지 못했다.

"소장님."

마르타가 잠시 후 말했다.

"교육 분야에서는 여자보다 남자를 선호한다는 것으로 이해되는군요. 남자는 여자보다 더 많이 배우고, 학문적 기초도 제대로 갖추었으니 그럴 수 있겠지요…… 그래요. 좀 더 방대한 지식을 요구하는 곳이나, 교육자가 충분히 쌓은 지식을 바탕으로 이미 성숙한 의식이나 마음을 지닌 사람들에게 지식을 전수해야 하는 곳엔 그런 남자들을 고려하는 게 적절하다고 봐요. 소장님, 그러나 저는 제 처지를 잘 알고 있어요. 제가 역사, 지리, 국문학사 그런 과목들의 기초 분야를 가르치면 되겠네요……."

"그런 기초 분야조차도 보통 남자들이 가르친답니다……."

소장이 가로막았다.

"남자애들을 가르칠 경우에만 그렇겠지요."

마르타가 확인했다.

"여자애들도 마찬가지입니다."

소장이 덧붙였다. 마르타는 잠시 생각에 잠겼다.

"그렇다고 할 때," 그녀는 잠시 뒤 말을 이었다.

"그러면 교육 세계에서 여자가 할 수 있는 일은 무엇인가요?"

"언어와 예술……."

마르타는 갑자기 눈을 빛냈다. 소장의 말을 통해서 지금까지 생각해내지 못했던, 일할 수 있는 수단을 하나 더 찾아낼 수 있었다. 마르타는 재빨리 말했다.

"예술에는 음악만 있는 것이 아니지요. 전에 저는 그림을 배웠어요. 사람들이 제 그림을 보고 칭찬해주기도 했답니다."

"그림을 그릴 줄 안다면 그건 댁에게 도움이 좀 될지 모르나 음악을 잘하는 것만 못해요."

"왜 그렇지요, 부인?"

"미술은 조용하고 음악은 떠들썩하니까요. 하지만," 소장은 계속 말했다.

"댁이 그린 그림 한 점을 가져와보세요. 그 그림에서 재능을 발견한다면, 즉, 그림 실력이 뛰어나다면 댁이 가르칠 만한 곳을 한두 군데 찾아보겠어요."

"아주 능숙하지는 않아요. 저의 미술 재능이 대단하지는 않다고 생각해요. 제가 받은 미술 교육은 높은 수준이라고는 말할 수 없어요. 하지만 저는 미술의 가장 기초적인 법칙을 가르칠 정도는 알고 있습니다."

"그런 경우라면 나는 미술의 초급 과정도 댁에게 약속할 수 없습니다."

조용히 팔짱을 끼면서 소장이 말했다. 반면에 마르타는 언제나 더욱 고통받기만 하는 마음 때문에 두 손을 한층 세게 쥐었다.

"왜요, 소장님?"

젊은 여인은 나지막이 또 물었다.

"남자들이 그 과목을 담당하니까요."

직업소개소 소장이 말했다. 마르타는 가슴 쪽으로 고개를 숙이고서 이 분 동안 깊이 생각에 잠긴 채 앉아 있었다.

"용서하세요, 소장님,"

잠시 후 마르타는 고통스러운 흥분을 가라앉히지 못한 채 얼굴을 들면서 말했다.

"이렇게 장황하게 말을 늘어놓아 죄송합니다. 저는 지금까지 경험이 없어 인간관계나 저와 상관없는 일에는 극히 무관심했어요. 저는 소장님이 하시는 말씀이 하나도 이해되지 않습니다. 제가 가진 분별력으로는 제 앞에 펼쳐진 이 많은 불가능한 일들에 반항심만 생깁니다. 왜 그런지 이해가 안 되네요. 일자리를 얻는다는 것은, 그 노동의 강도가 어떻든지 간에 제겐 죽느냐 사느냐하는 문제입니다. 그것은 제 아이의 생사와 교육이 달린 문제입니다……. 생각이 정리되지 않는군요…… 이 사안을 정확하게 판단해 이해하고 싶지만 불가능하네요…… 저는 이해되지 않습니다……."

마르타가 여기까지 이야기를 하자 직업소개소 소장은 맨 처음의 무시하는 태도에서 벗어나 깊은 관심을 보였다. 마침내 소장의 차갑던 두 눈에 조금은 따뜻한 빛이 보이기 시작했다. 소장은 급히 눈길을 아래로 향하고 한동안 아무 말이 없었다 엄격해 보이던 이마에 몇 줄의 고랑이 일렁거리며 일상적이고 무표정한 입가에 쓸쓸한 웃음이 잠시 엿보였다. 직업소개소 소장이 자신을 가리고 있던 공식적인 가면을 완전히 벗은 것은 아니지만 안을 들여다볼 수 있을 정도는 되었다. 들여다보이는 소장의 얼굴로 그 소장 또한 여느 여성과 같은 삶의 한 장면을 지닌 여자임을 알 수 있었다. 소장은 서둘러 고개를 들고 자신을 향해 고정된 채 동요하는 마르타의 깊고 빛나는 두 눈을 바라보았다.

"보세요, 댁이 처음은 아닙니다."

소장은 지금까지 말하던 투와는 달리 다소 덜 딱딱하게 말을 끄집어냈다.

"내게 그런 식으로 하소연하는 사람이 댁이 처음은 아닙니다. 팔 년 전부터, 내가 여기 대표가 된 이후로 말이지요. 이곳엔 나이와 계층과 능력이 다른 여성들이 찾아와 나에게 '우리는 이해할 수 없다'라고 말하지요. 나는 그 사람들이 이해 못하는 걸 이해합니다. 나는 많이 보기도 했고 스스로 경험도 어느 정도는 해보았으니까요. 그러나 경험 없는 사람들에게 어둡고 이해되지 않는 것들을 굳이 내가 나서서 설명해주고 싶지는 않네요. 꼭 필요한 싸움이고, 피할 수 없는 환멸이고, 사실 그 자체이기에. 그것들은 밝은 낮과 어두운 밤처럼 모든 사람들에게 충분히 설명하고 있어요."

젊지 않은 소장이 그런 말을 할 때, 소장의 엄숙한 얼굴 표정과 목소리에는 쓸쓸한 아이러니가 들어 있었다. 소장의 두 눈은 줄곧 마르타의 창백해진 얼굴을 향하고 있었다. 그 깊은 눈길에는, 마치 삶의 어두운 면을 잘 아는 성숙한 한 인간이 눈앞에 아직도 고달픈 삶을 살아가고 있는 순진한 아이를 바라보는 것 같은, 일말의 동정이 들어 있었다. 마르타는 말이 없었다. 마르타는 진실을 이미 말해버렸다. 여러 생각들이 마르타의 머릿속에 혼재되어 있고, 마르타의 상상 속에 갑자기 나타나 온 신경을 지배하고 있는 것은 전혀 설명되지 않았다. 마르타가 명확하고, 자세하게 파악한 것은 단 한 가지였다. 노동이라는 것은 사람이, 특히 여자가 마음먹기만으로 얻을 수 있는 그런 대상이 전혀 아니라는 것. 또 한 가지가 선명하게 들어왔다. 시급하고도 중요한 일처럼 끊임없이 마르타의 마음을 붙들고 있는 딸아이 얀치아의 하얀 얼굴과 까만 두 눈…….

소장이 이어 말했다.

"너무 골똘히 생각하진 마세요. 그렇게 생각한다고 무슨 소용이 있겠어요? 그건 댁이 지금까지 실제 세상의 틈바구니에서 부대껴보지 않았기 때문이지요. 이전에는 아가씨들이 꿈꾸던 세계에서 살다가 나중에는 가정을 이뤄 느껴온 세계만 알고 있지요. 그 밖의 것은 모두 댁의 관심 밖이었군요. 댁은 음악을 구 년이나 배웠지만 연주를 못하는 것처럼, 이십하고도 몇 년을 살아왔지만 이 세상을 잘 모르는군요. 앞으로 사방에서 댁을 둘러싸고 댁의 생활을 지배할 사실들이 이 세상과 인간 그리고 우리 사회에 대해 가르쳐줄 거예요. 나로선, 내가 말하고 싶고, 말할 수 있고, 꼭 말하고자 하는 점은, 우리 사회는요, 어느 분야의 지식이든지 그 수준이 완벽하거나, 뭔가 실질적이고 정력적인 소질을 갖춘 여성들만이 큰 고난과 비참함으로부터 생계를 꾸려가기에 충분한 수업을 노동의 대가로 올릴 수 있으며, 자신의 운명을 보장할 수 있다는 거예요. 아주 기초적인 지식이나 불충분한 노력으로는 절대 아무것도 얻을 수 없어요. 기껏해야 마르고 딱딱한 빵 한 조각을 얻을 수 있겠지요. 눈물과 부끄러움이라는 것을 곁들여야만 물기가 좀 들어 있는 빵 한 조각을 얻을 수 있어요. 이런 곳에서는 어중간함이란 존재하지 않아요. 여자는 어느 분야에서든 완벽하게 해낼 수 있어야만 그러한 완벽함을 대가로 이름과 명성에 따라 소망하는 것을 성취해낼 수 있어요. 만약 지식이나 소질이 한두 단계 낮은 위치에 있을 때 자신을 막는 것만 갖게 되지요. 즉, 그 여자 자신의 입장에서는 아무것도 못 가진 거나 같아요."

마르타는 그 말을 진지하게 들었다. 하지만 들으면 들을수록 더 명확해지는 것은, 그녀의 머릿속에는 여전히 전과 같은 생각이 모여 입안에서 뱅뱅 돌다 말이 되어 밀려 나온다는 것이었다.

"소장님! 남자들도 큰 고통과 비참함에서 벗어나려면 모두 뭔가 완벽한 지식을 갖추고 있어야 됩니까?"

소장은 조용히 웃었다.

"그러면 관공서에서 낯선 기록을 베껴 쓰는 일이나 하는 서기관들, 백화점 점원, 지리, 역사, 미술 등의 기초를 가르치는 선생들도 지식을 완벽하게 갖추어야 되나요?"

"더구나." 마르타는 일상적이지 않은 열기를 내뿜으며 소리쳤다.

"그리고 소장님, 제가 이 말을 되풀이하더라도 용서해주세요. 왜 노동의 세계는 누구에게는 처음부터 끝까지 열려 있고, 누구는 한치 한푼씩 자로 재어야만 되나요? 내게도 오빠가 있어 나와 똑같은 능력과 소질을 가졌다면, 그 오빠는 미술 과목을 가르칠 수 있고 왜 나는 안 되나요? 오빠는 관공서에서 낯선 기록을 베낄 수 있고 왜 나는 안 되죠? 왜 오빠는 정신의 보고에 쌓아놓은 모든 것을 자신이나 자신과 관련된 것을 위해 빼내 사용하는 것이 허락되면서, 나는 잘 치지 못하는 포르테피아노 연주와 언어에 대한 낮은 수준의 지식 말고는 아무것도 사용할 수 없나요?"

마르타는 입술을 떨면서 그렇게 말했다. 마르타는 거실의 우단 소파에 앉아 예리하게 여성해방을 논하는 위대한 여성도 아닐뿐더러, 사방이 벽으로 둘러싸인 실험실에서 남자와 여자의 뇌 무게를 저울에 달아 유사점과 차이점을 찾으려는 이론가도 아니었다. 마르타의 입을 통해 나온 그 물음은, 한 어머니의 가슴을 찢고 가난한 여인의 머리를 격정에 빠뜨렸으며, 굶주림에서 자신을 지켜야 하는 방패처럼 자신의 앞에 제기된 질문이었다.

소장은 어깨를 조금 으쓱하고는 천천히 말했다.

"댁은 여러 번 '왜?'라고 되풀이하는군요. 분명하게 구분을 하진 못하지만, 내가 드릴 수 있는 대답은 정말로 가장, 그리고 무엇보다 우선해 남자가 집안의 어른이고 가족의 아버지라는 점입니다."

마르타는 소장이 하는 말을 신탁처럼 바라보았다. 앞서 호기심 어린 생각과 폭발적이고 격한 감정으로 인해 마르타의 두 눈에서 아주 반짝이던 것도 이제 눈꺼풀 아래로 흘러나와, 눈동자에 유리 같은 막을 만드는 한 줄기 눈물 뒤에 숨었다. 마르타는 두 손을 떼어놓지 않으려고 꼭 쥐었다.

소장은 자리에서 일어났다. 현관의 초인종이 울려 새 방문자가 온 것을 알리자 소장은 이 젊은 과부와의 대화를 끝맺고자 했다.

"가능한 한 최선을 다해 적당한 자리가 있는지 알아보지요. 하지만 당장 찾으리라고 기대하진 마세요. 일반적으로 교육 분야에서는 일을 하겠다는 쪽이 일을 필요로 하는 쪽보다 훨씬 많아요. 사람들은 아주 높은 언어, 예술적 가능성을 지닌 여교사를 많이 찾고, 그런 여교사들은 상대적으로 좋은 자리를 얻을 수 있지만 그런 사람들의 수효는 아주 적어요. 전체 수효에 비해서 너무 적지요. 하지만 기초 교육에 종사하거나 종사하고자 하는 여성들은 아주 많아요. 상상할 수 없을 정도로 경쟁이 심해 그 일의 값어치를 낮게 만들 뿐 아니라, 대다수 사람들에게 그 일을 할 수 있는 기회마저도 불가능하게 하지요. 하지만 나는 댁이 가르칠 만한 곳이 있는지 최선을 다해 찾아보겠다고 다시 말하겠습니다. 더구나 그 일은 댁뿐만 아니라 내 개인에게도 관심이 가는 것이니까요. 일주일 뒤 다시 방문해주시면 뭔가 소식이 있을 겁니다."

이 말을 하는 직업소개소 소장은 머리부터 발끝까지 벌써 사무적인 차가움과 경직성으로 돌아와 있었다. 왜냐하면 이미 방에는 다른 여자가 찾아왔기 때문이다.

마르타는 방을 나와 계단을 천천히 내려왔다. 그녀는 한 시간 전에 이 계단을 내려오던 그 젊은 아가씨처럼 울진 않았지만 깊은 시름에 잠겨 있었다. 대로로 나왔을 때, 그녀는 땅으로 향한 눈길을 거두고 서둘러 걸었다. 그날 그녀에게는 아직 할 일이 많았다.

마르타의 집 가까이에 식당이 하나 있었다. 마르타는 그곳에 들러 앞으로 매일 점심을 배달해달라고 요청했다. 거리가 그리 멀지 않고 봉사료도 조금 받을 수 있다는 점 때문에 식당에서는 어린

종업원을 다락방까지 보내주는 데 동의했다. 식당에서는 일주일에 십 즈워티를, 그것도 선불로 요구했다. 마르타로서는 가진 돈이 이백 즈워티 정도라 그 돈도 충분히 큰 액수였다.

마르타는 지갑을 열면서, 뭔가 정의할 수 없지만, 고통스러운 동요를 느꼈다. 건물 관리인이 사는 집에 들러 다락방과 가구들의 월 임차료로 이십오 즈워티를 주었을 때, 그 느낌은 더 크게 다가왔다. 오는 길에 그녀는 생필품 가게에서 설탕, 차, 빵 몇 개, 작은 램프와 소량의 석유를 샀다. 이 모든 일을 처리하고 나니 그녀가 가진 재산의 사분의 일이 날아가버렸다.

좁은 다락방에 아침 내내 갇혀 있던 얀치아는 자물쇠로 향하는 열쇠 소리를 듣자 기뻐 소리쳤다. 아이는 집 안으로 들어서는 어머니의 목에 뛸 듯이 매달려 입을 맞추며 어머니의 얼굴을 가렸다.

일시성은 아이들에게 아주 강하게 작용하는 유일한 권능이다. 미래는 어린아이들의 머리에는 존재하지 않는다. 과거는 그들의 뇌리에서 빨리 씻겨나간다. 어제란 어린이에게 벌써 먼 과거다. 며칠 전에 일어났고 생겼고 이루어진 것은 아이들의 두 눈 앞에서는 망각의 구름 속으로 사라지고 흘러가버린다. 얀치아는 즐거웠다.

다락방의 작은 창문을 통해 들어오는 적은 햇살은 아이를 기쁘게 했고, 난로 밑바닥의 잿빛은 아이에게 호기심과 관심을 불러일으켰다. 아이는 방 안의 새 가구들과 친해졌고, 방에 있는 의자 두 개 모두 다리 하나가 다른 다리들보다 좀 더 긴 걸 발견하고는 웃으면서 도시의 대로에서 보아온 불구 노인들을 떠올리기도 했다. 아이가 아침나절 견뎌온 외로움은 작은 머릿속에 많은 생각 거리를 저장해두었고, 이를 어머니 앞에서 재빠르게 큰 소리로 재잘거리고 싶어 벌써 혀가 가만있지 못했다.

얀치아가 즐거워하는 모습이 마르타의 영혼에 처음으로 부담스럽게 느껴졌다. 어제의 얀치아는 세상을 떠난 아빠를 잊지 못하고 지금까지 생활해온 집과 언제나 곁에서 보아오던 예쁜 물건을 모두 잃어버린 뒤 울먹이며 먹는 것도 거부하였다. 어제의 딸은 커다랗고 까만 두 눈으로 간절한 애원과 무의식적인 공포의 표정에 사로 잡혀 있던 어머니의 얼굴만 뚫어지게 바라보았다. 그때만 하더라도 마르타는 딸의 입가에서 웃는 모습을 보이게 하려고, 또 창백한 아이의 어린 뺨에 홍조를 띠게 하려고 자신에게 남아 있던 모든 것을 주고 싶었다. 그러나 오늘 아이의 은은한 웃음은 마르타에게 뭔지 모르는 큰 동요를 불러일으켰다. 도대체 마르타의 상황에서 바뀐 것은 무엇이던가? 마르타는 어제와 마찬가지로 외롭고 가난했지만, 어제와 오늘 사이에는 난생처음 미지의 세계로 나가 과거 어느 때보다도 더 정확하게 자신을 평가해본 시험의 아침이 있었다. 어제는 스물네 시간이 지나기 전에 자신이 일할 가능성을 찾고, 미래에 확실하고 결정적인 테두리를 마련할 수 있는 희망적인 노동의 수입을 계산해볼 수 있으리라고 확신에 차 있었다. 그러나 스물네 시간이 지난 지금, 미래는 여전히 불확실한 채로 남아 있다. 기다리는 기간마저도 명시해주지 않고 '기다려라, 기다리면 아주 작은 일거리가 있을지 모른다'는 명령만을 들었을 뿐이다.

'기다릴 필요는 없겠지'라고 생각했던 나는 얼마나 세상물정 모

르는 여자인가! 또 스스로 큰일을 할 수 있을 거라고 기대했던 내가 얼마나 어리석었던가!'

창문 너머 까만 가을밤이 보이고, 대도시의 소음이 끊임없이 들려오는 저녁 창가에 선 채 마르타는 이런 생각에 잠겼다.

'사람은 어찌 그리 많은지! 사회의 계층과 연령과 민족을 가리지 않고 모두 내가 가고자 하는 곳으로 몰려오다니! 내가 그 대중들 가운데 서서 길을 헤쳐 나갈 수 있을까, 그 생존의 싸움에서 그렇게 작은 무기로 헤쳐 나갈 수 있을까! 또 나에게 그 길로 가는 것마저 허락되지 않는다면, 일 주일, 이 주일이 지나고, 한 달이 지난 그때도 일자리를 못 찾는다면?'

마르타가 이런 상념에 빠져 있을 때 머릿속으로 차가운 전율이 지나갔다. 그녀는 고개를 급히 돌려 잠자는 얀치아를 바라보았다. 그녀는 마치 갑자기 아이 때문에 두려움을 느낀 것처럼, 저 아이에게 닥쳐오는 뭔가 잔혹한 위험을 본 것처럼 흠칫 놀란 눈을 하였다.

*

마르타가 들루가 거리의 직업소개소에서 피브나 거리의 집으로 서둘러 돌아온 때는 흐리고 비가 와 진흙탕 길이 된 십일월의 어느 날이었다. 구름은 울음을 터뜨렸지만 젊은 여인은 기쁨에 차 있었다. 사람들은 비를 피하려고 우산을 쓰고 추위를 견디려고 외투로 몸을 감쌌지만, 그녀는 어떤 것으로도 자신을 가리지 않은 채 마치 자연의 침입에 무심한 듯, 자연의 어루만짐도 전혀 무시할 것같이 고개를 들고 눈을 반짝거리며 진흙으로 덮인 인도를 가뿐히 뛰어갔다.

이 높은 다락방으로 옮겨 온 이후로 마르타는 삼 층까지 나 있는 이 좁고 지저분하고 어두운 계단을 이렇게 쉽게 오르내린 적이 한 번도 없었다. 그녀는 무겁고 녹슨 열쇠를 호주머니에서 꺼내면서 옅은 웃음을 짓고는 그 작은 방의 문턱을 마치 뛰어넘듯이 지나갔다. 그리고 마르타는 무릎을 꿇어 엄마를 보자마자 기뻐 소리치며 달려드는 까만 눈동자의 아이를 가슴에 꼭 껴안고 아무 말도 하지 않았다. 그녀는 입술을 어린아이의 이마에 세차게 댔다.

"하느님 덕분이야. 하느님 덕분에, 얀치아!"

마르타는 겨우 말을 했다. 계속 말하려 했지만 말이 나오지 않았다. 한 줄기 눈물이 기쁨으로 옅게 웃음 짓는 그녀의 입가를 흘러갔다.

"엄마, 왜 웃어? 또 왜 울어?"

얀치아는 작은 손으로 뜨겁게 달아오른 어머니의 두 뺨을 만지면서 말했다. 마르타는 대답하지 않았다. 그녀는 재빨리 일어나 벽난로의 까만 밑바닥으로 눈길을 돌렸다. 그제야 마르타는 자신의 몸이 젖어 있고, 이 방도 차가운 것을 느꼈다.

"우리 오늘은 난로에 불 피우자."

그녀는 벽난로 뒤편으로 가서 그곳에 외로이 남아 있던 땔감 한 단을 집어 들면서 말했다. 얀치아는 뛸 듯이 기뻐했다.

"불! 불 피운다고!"

아이는 소리쳤다.

"난 불이 좋아, 엄마! 엄마는 너무 오랫동안 난로에 불을 안 피웠어!"

노란 불꽃이 위로 치솟아 올랐을 때 난로의 검은 밑바닥은 밝은 빛으로 가득 찼으며, 방 안에는 상쾌하고 따뜻한 공기가 감돌았다. 마르타는 불 앞에 앉아 아이를 무릎에 앉혔다.

"얀치아!"

마르타는 창백한 아이의 얼굴을 내려다보면서 말했다.

"너는 아직 어리지만 이 엄마가 하는 이야기를 잘 들어야 해. 엄마는 아주 아주 가난해서 너무 슬펐어. 엄마는 이제 가진 돈도 다 써버렸어. 며칠 뒤엔 너와 엄마가 먹을 점심도, 땔 나무도 사 올 수 없을까 봐 걱정이 됐지. 그런데 오늘 이 엄마는 일할 수 있게 되었어. 돈도 생길 거야……. 그래서 들어오면서 너에게 말했지. 하느님께 감사한다고. 그래서 오늘 우리가 따뜻하고 즐겁게 지내도록 저렇게 아름다운 불을 피운 거야."

마르타는 실제로 일자리를 얻었다. 한 달이 지난 뒤, 그 직업소개소 사무소를 마르타가 성과도 없이 열 번 이상 다녀 온 뒤에 소장은 프랑스어 가르치는 일이 하나 나왔다고 알려주었다. 하루에 0.5루블을 받을 수 있는 그 일은 마르타에게는 자신의 앞에 펼쳐진 곳간처럼 보였다. 지금 살고 있는 이 집에서 지금처럼 절약하거나 더 아껴 쓰면 그 정도 수입으로 아이와 함께 살아갈 수 있었다. 마르타는 이제 살아갈 수 있었다! 이 말은 어제까지만 해도 어디 가서 누구에게 잘 입지 않는 옷가지를 팔아보려고 애쓰던 그녀에게는 굉장한 의미를 지니고 있었다.

그 밖에도 성공의 첫 신호는 그녀 앞에 마침내 더 나은 미래가

오리라는 전망을 비추어주었다. "만약," 소장이 충고해주었다.

"내가 소개해주는 이 집에서 댁이 양심적이고 유능한 교사로 인정받으면 그때는 다른 곳에서도 댁에게 지도를 부탁할 수 있을 거예요. 그때는 지금의 조건보다 훨씬 나은 조건을 선택할 수도 있어요."

소장이 마르타와 대화를 끝내면서 해준 말이었다. 마르타에게 두 낱말은 깊이 각인되었다. 양심적이고 유능하다면. 두 낱말 중에 전자는 거리낌이나 의심의 여지가 없었지만 마르타는 후자를, 이유는 모르지만 자신에게서 떨쳐버리려고 애썼다. 그녀는 오랜만에 찾아온 첫 평온의 순간을 깨뜨릴지도 모른다는 듯이 그 낱말을 잊어버리려고 애썼다.

약속된 시각에 마르타는 스비에토-예르스카 거리의 어느 저택으로 들어갔다. 거실은 아름답고 집주인의 취향에 맞게 아주 값비싼 장식으로 갖추어져 있었다. 그곳에서 마르타가 만난 사람은 아직 젊고 옷도 아주 근사하게 차려입은 예쁜 여인이었다. 활기찬 태도의 그 여인은 아주 지적인 얼굴에 빠르면서도 생기 넘치고 우아한 목소리를 지녀 매력이 넘치는 전형적인 바르샤바 여성이었다. 그녀는 바르샤바의 어느 유명 문학가의 아내였다. 마리아 루진스카(Maria Rudzińska) 부인이라 했다. 그 부인 뒤를 따라 열두 살 소녀가 거실로 들어왔다. 소녀는 웃음을 띤 채 총명하게 반짝거리는 눈에 짧고도 예쁜 최신 스타일의 옷을 입고 뛰어 들어왔다. 선홍빛의 긴 리본을 들고 있는 것으로 보아 조금 전까지 안락하고 넓은 집에서 체조 연습을 한 것 같았다.

"이렇게 마르타 스비츠카 부인을 뵙게 되어 정말 반갑습니다."

안주인은 방문객에게 한 손을 내밀고 다른 손으로는 소파 옆에 있는 안락의자 중 하나로 안내하며 말했다.

"어제 즈민스카 소장님이 부인에 대한 말씀을 많이 하셨어요. 부인을 이렇게 뵙게 되어 진심으로 기쁩니다. 제 딸을, 부인의 학생이 될 아이를 소개하고 싶어요. 야드비뇨! 이분이 너에게 프랑스어를 가르쳐주실 선생님이시다. 너는 선생님이 불편해하지 않도록 하고, 듀퐁 양에게 했듯이 잘 배워야 한다!"

우아하고 탄력 있는 허리, 자유와 총명함이 가득 찬 인상을 지닌 그 소녀는 앞으로의 선생님에게 한치의 흐트러짐도 없이 아주 우아하게 인사했다.

바로 그때 현관 초인종이 울렸다. 하지만 아무도 거실로 들어오지 않았다. 잠시 후 옆방의 문을 전부 덮었던 커튼이 움직였다. 선홍빛 커튼 자락의 무거운 주름 사이로 숯처럼 까맣고 빛나는 남자의 두 눈이 보였다. 두 눈 위로는 짧게 깎은 검은색 고수머리와 갈색 이마도 보였으며 아래에는 검고 뻣뻣하게 나 있는 수염도 조금 보였다. 하지만 이 모습은 커튼의 빽빽한 주름 사이에서 보일 듯 말 듯했으며, 대화를 나누며 문의 옆쪽을 바라보고 있는 거실 안의 사람들에게는 잘 보이지 않았다.

안주인은 마르타와 대화를 계속했다.

"내 딸의 지난번 선생님인 듀퐁 양은 아주 잘 가르쳐주었어요. 야드비뇨도 큰 발전이 있었어요. 하지만 우리는 주위에 존경할 만한 많은 이곳 여성들이 일자리를 아주 힘들게 찾고 있는데 우리가 외국 여성에게 일자리를 주는 건 옳지 않다는 생각을 했어요. 우리 딸의 정신 세계를 깨우쳐주실 모든 선생님에게 저와 남편은 요청이 하나 있습니다. 그것은 아이를 가르칠 때 그 과목에 대해 기초부터 시작해 넓고 깊게 가르쳐 아이가 완전히 자신의 것으로 만들 수 있도록 해주었으면 하는 것이에요."

마르타는 조용히 인사하고 자리에서 일어났다.

"만약, 선생님, 오늘부터 강의를 시작하려면," 안주인도 같이 일어나 친절하게 커튼이 쳐진 문을 가리켰다. 두 여자가 일어나자 커튼 뒤의 두 눈과 콧수염과 턱수염을 지닌 사람도 사라졌다.

"이 작은 방이 딸이 공부하는 곳이에요."

작은 방은 거실보다 더 수수하게 꾸며져 있었지만, 좋은 취향과 안락함이 깃들어 있었다. 한쪽 벽에 큰 테이블이 있었는데 그 테이블은 초록색 모직으로 덮여 있고 책과 공책과 필기구가 가득 올려져 있었다. 야드비뇨는 이곳을 직접 소개하려고 아름다운 눈으로 선생님이 될 분의 얼굴을 쳐다보면서, 진지한 표정으로 푹신한 안락의자를 테이블로 끌어당겨 그 의자 앞에 책 몇 권과 두꺼운 공책을 충분히 내놓았다.

하지만 마르타는 바로 앉지 않았다. 지난 한 달간 더 야위고 창백해진 그녀의 얼굴은 지금 깊은 생각에 잠겨 눈꺼풀은 내려와 있고 테이블 끝에 의지하고 있는 두 손은 좀 떨렸다. 마르타는 몇 분 동안 그렇게 굳은 얼굴로 서 있었다. 학생의 어머니가 좀 전에 한 말이나, 재치있고 양심적인 대답을 이끌어낼 질문을 생각하는 것 같기도 했다. 마르타가 눈길을 위로 향했을 때, 두 눈이 자신을 향하고 있는 안주인과 마주쳤다. 안주인은 잠깐 동안 우아하고 연약하고 고상할 정도로 아름다운 여선생님을 머리부터 발끝까지 훑어본 것 같았다. 그 눈길은 상중(喪中)임을 표시하는 검은

옷과 줄무늬 단을 붙인 넓고 흰 리본에 한동안 멈추었다. 안주인
은 동정과 약간의 호기심으로, 생각에 잠긴 마르타의 창백한 얼
굴과 마주했다.

"상(喪)을 당하셨군요."

마리아 루진스카가 낮고 온화한 소리로 말했다.

"어머님이나, 아버님께서……."

"남편이에요."

마르타도 조용히 대답했다. 그리고 마르타의 눈꺼풀은 다시 천
천히 무겁게 내려갔다.

"그럼 남편을 잃은 부인이로군요!"

마리아 루진스카는 놀라 말했다. 마리아의 목소리에는 남편 있
는 행복한 여인의, 누군가 그런 행복을 잃었을 때 자신의 행복도
언제나 영원하지는 않을 것임을 느낄 줄 아는 그런 동정과 두려
움이 들어 있었다.

"그러면…… 아이들도 있나요?"

이번에는 마르타의 생기 있던 눈빛이 떨리며 눈길을 위로 향
했다.

"딸이 하나 있어요, 부인!"

마르타가 대답했다. 마르타는 그 말이 마치 갑작스러운 명령을
상기시킨 듯, 좀 전에 빼놓은 의자에 앉았다. 마르타는 여전히 떨
리는 손으로 책상에 놓여 있는 책들을 한 권 한 권 펼쳐 보았다.
그 책들을 통해 열두 살의 야드비뇨가 이미 많이 배웠으며, 상당
한 진전이 있음을 알았다. 공책 곳곳에는 아주 어려운 문제도 쉽
게 풀려 있었고 프랑스어의 핵심과 어려운 뉘앙스도 잘 정리되어

있었다. 그것으로 보아 이 작은 방에서 가르쳤던 전 선생님의 언어 지식이 깊다는 것을 알 수 있었다. 마르타는 쓸데없는 생각을 떨쳐버리고 시야를 밝게 하려고 손으로 눈을 비볐다. 마르타는 책과 공책을 덮으면서 학생에게 몇 가지 질문을 했다. 마리아 루진스카는 한동안 떨어져 창가로 가 있었다. 마리아는 잠시 뒤 바느질거리를 들고 와 창가의 작은 탁자에 앉으려고 했지만 갑자기 문의 커튼자락이 조금 열리더니 그 뒤에서 낭랑한 남자의 목소리가 들려왔다.

"마리아 누님, 잠시만 여길 다녀가요."

마리아는 사뿐히 방을 나오면서 자기 딸의 선생님에게 호의적인 눈길을 한 번 보내고는 아이 방에서 거실로 나 있는 커튼 뒤로 가려진 문을 소리가 나지 않게 닫았다.

거실 중앙에는 26세가량의 젊은 남자가 서 있었다. 남자는 키가 호리호리하고 잘생겼으며, 최신 스타일의 옷을 입고 갈색의 좁은 얼굴과 검은 머리카락, 숯처럼 까만 눈을 지니고 있었다. 유쾌하게 보여 한 번 보면 호감이 가는 형이었다. 겉으로 맨 먼저 눈에 띄는 것은, 거침없이 자신을 내보이며 거리낌 없이 행동하고 자유분방하게 언제나 삶을 즐기는 모습이었다. 그러나 좀 더 들여다보면 유쾌하게 살아가는 모습은 도가 지나친 것처럼 보였다. 이 젊은이의 눈동자는 광채를 띠었으며 작은 콧수염이 반쯤 덮인 입가엔 관심을 끌려는 듯 농담과 장난이 뒤섞인 웃음이 보였다. 전체적인 인상은 이런저런 재치나 농담으로 시시각각 변화하였다. 그는 언제나 유쾌함과 웃음을 지닌 사람으로 보이지만, 동시에 인생을 아무 걱정 없이 즐기며 살아가는 사람으로도 보였다. 젊은 신체와 이글거리는 두 눈동자, 어린아이 같은 천진난만한 웃음과는 비교되는 좀 피곤한 기색이 마지막으로 그의 얼굴에 떠올랐다.

마리아 루진스카가 거실에 들어온 바로 그 순간에도 남자의 포즈는 좀 우스꽝스러웠다. 허리를 낮게 구부리고 두 손을 들어 올린 채 눈길은 천장을 향해 고정시킨 그는 안주인이 방금 닫고 나온 작은방 쪽으로 얼굴을 돌리고 서 있었다. 그 포즈는 연극처럼 보였지만, 매료당했음을 아주 해학적으로 나타내는 표정을 동반하고 있었다.

"올레시우(Olesiu)!"

마리아가 충고의 말투로 말했다.

"또 무슨 놀라운 일이라도 있니?"

"기다리고 기다리던 여인이 나타났어요!"

남자는 포즈도 표정도 바꾸지 않고 들릴 듯 말 듯한 소리로 말했다.

"제 이상형이랍니다!"

그는 되풀이했다. 그리고 희극에 나오는 영웅들이 하는 방식으로 한숨을 내쉬며 머리와 두 손을 내렸다. 마리아는 웃음을 참을 수 없었다. 하지만 그녀는 어깨를 으쓱하고는 바느질거리를 손에 들고 소파에 앉아서 가볍게 질책하는 음성으로 말했다.

"올레시우, 너는 오늘 인사하는 것도 잊었니!"

그 말에 남자는 공중으로 펄쩍 뛰어 안주인의 손에 입맞춤을 몇 번 했다.

"용서하십시오, 마리아 님, 용서를!"

그는 앞에서와 똑같은 비장한 어조로 말했다.

"완전히 매혹당했어요! 오!"

그는 사촌누나 옆에 앉아서 손을 심장에 대고 다시 천장으로 눈길을 돌렸다. 마리아는 그를 장난기 많은 아이처럼 쳐다보았다.

"새롭고 이상한 게 네 머리로 날아오기라도 했니?"

그녀는 진지한 태도를 유지하려고 했지만, 웃음을 완전히는 숨기지 못한 채 물었다.

"우리 집에 오면서 너를 유혹하는 새로운 이상형의 여인이라도 발견했니? 그 여인이 온종일 네 분별력을 빼앗아 가버릴까 정말 걱정이로구나."

"분별력이 있는 분께서 잔인하시군요."

남자는 다시 한숨 쉬며 말했다.

"나는 바로 누님 댁에서 미인을 보았는데…… ."

마지막 말을 하면서 그는 연극적인 몸짓으로 작은방 문을 가리켰다. 마리아는 반은 우습고 반은 놀랍다는 듯한 태도를 보였다.

"뭐라고?"

마리아가 말했다.

"너는 지금 야드비뇨의 새 선생님을 말하고 있는 거니?"

"예, 누님," 그 남자는 갑자기 진지한 표정을 지으며 대답했다.

"나는 저 여자를 내 모든 이상형의 여인들 중 여왕으로 두겠어요."

"그래, 언제 그 선생님을 보았어? 바람둥이 같으니라고."

"누님께 오면서요. 누님이 선생님과 이야기하느라 정신이 팔려 있을 때 나는 현관에서 알아봤어요. 방해하면 안 되니까 부엌문을 통해 들어와 커튼 사이로 쳐다봤죠…… 하지만 농담이 아니라고요. 그녀가 얼마나 미인인지! 눈하며! 머리카락하며! 여왕의 그 풍채하며!"

"올레시우!"

불만이 좀 섞인 말투로 안주인이 말했다.

"그 선생님은 불행한 여인이야. 남편 상(喪)을 치르고 있어."

"젊은 과부라!"

그 젊은이는 두 눈을 들며 말했다.

"누님, 이 세상에 과부보다 더 매혹적인 존재는 없다는 걸 모르시는군요? 물론 아름다울 경우에만요. 창백한 얼굴, 감상적인 두 눈…… 나는 창백한 얼굴에 감상적인 여자가 좋아요."

"쓸데없는 소릴 다 하는구나!"

마리아는 어깨를 으쓱하며 말했다.

"네가 내 사촌동생이 아니고, 너의 그 바람기에도 불구하고 착한 청년인 걸 내가 모른다면, 여성들을 이상하게 싫어하는 그 태도 때문에 너를 정말 미워하고 싶어."

"싫어하다니요?"

그 젊은이는 말했다.

"하지만 누님, 나는 여성을 숭배해요! 그들은 내 마음과 삶의 이상이라고요."

"이상이 많기도 하구나."

"누님, 사람이 사랑의 대상이 많으면 많을수록, 그 사람은 그만큼 사랑을 더 많이 하는 겁니다…… 그 대상들은 연습 상대이지

요. 내 마음은 그런 연습 상대들을 통해서만 그 힘에, 그 불에 도
달해요."

"그만하면 충분해, 올레시우."

안주인은 진심으로 불만을 드러내며 말을 끊었다.

"너의 정신과 마음이 다른 곳에 가 있으니, 내가 괴로워."

"누님! 누님! 누님! 아멘! 맙소사, 아멘이라고 또 할까 보다!"

젊은이는 자신이 앉았던 자리에서 일어나 기도라도 하는 양 두
손을 모으면서 말했다.

"여자의 아름다운 입이 설교보다 못하진 않군요."

"내가 정말 좋은 누나라면, 네게 온종일 설교라도 해주고 싶어."

"그러면 아무것도 못하는 것이 되지요, 누님. 설교는 짧아야 된
다고요. 그것은 도덕, 철학, 예술 법칙들에서 찾을 수 있는 간단한
규칙이라고요. 저 검은 눈의 님프에 대해 이야기 좀 해줘요. 야드
비뇨 옆에 처량하게 앉아 있기보다는 더 나은 인생을 즐길 가치
가 있는 저 님프 말이에요."

"그래."

생기 있게 그 안주인은 대답했다.

"네가 이야기해봐. 오늘 이 시각에 네가 왜 여기에 있는지를 말
하는 게 더 가치 있을 것 같지 않니?"

"제가 누님의 발 옆이 아니라면 어디에 가 있겠어요, 누님?"

"사무실에."

마리아 루진스카가 짧게 대답했다.

젊은이는 가슴이 타는 듯 한숨 쉬기도 하고, 손을 깍지 끼기도
하고, 머리를 가슴 쪽으로 숙이기도 했다.

"사무실에요!"

그는 낮게 말했다.

"오, 마리아 님, 정말 잔인하군요. 내가 청어입니까? 내가 정말 청어와 닮았는지 말해줘요."

그 질문을 꺼내면서, 언제나 웃는 이 남자는 고개를 들어 눈을 아주 크게 뜬 채 하소연과 모욕감과 놀라움과 우스움이 담긴 표정을 만들어 마리아가 크게 웃음을 터뜨리지 않으면 안 될 정도로 해놓고는 누나인 마리아를 바라보았다.

하지만 그 순간의 즐거움도 곧 진지하게 바뀌었다.

"너는 청어가 아냐," 마리아는 손에 잡고 있던 바느질거리를 바라보며 말했다. 그녀는 사촌동생이 또 웃기지나 않을까 하는 걱정 때문에 손에 잡고 있는 바느질거리로 눈길을 돌렸다.

"청어는 아니지만……."

"나는 청어가 아닙니다!"

젊은이는 마치 대단히 놀라운 일이 생긴 뒤처럼 깊은 숨을 내쉬며 소리쳤다.

"하느님 덕분에 저는 청어가 아닙니다. 그리고 청어가 아니기에 물통 속의 청어처럼 매일 사무실에만 박혀 있을 수 없다는 것은 너무나 당연한 일입니다."

"하지만 너도 사람으로 태어났으니 단 한 번이라도 삶과, 삶이 요구하는 목표에 대해 진지하게 생각해보렴. 사람이 신중치 않은 일에만 관심을 기울이고 여자들 꽁무니만 쫓아다니면 되겠니? 네가 지니고 있는 그 착한 마음이 애석하구나. 부족하지 않은 너의 능력도 아까워. 그렇게 몇 년 더 보내고 나면 너는 목표도 직업도 미래도 없는 삶을 살아가게 될 거야. 그렇게 하릴없이 살아가는 사람들이 주위에 얼마나 많아……."

마리아는 잠시 말을 멈추고 정말 슬픈 표정을 지으며 바느질거리를 향하여 얼굴을 숙였다. 젊은이는 똑바로 서서 따분한 듯 말했다.

"아멘! 설교가 길었지만 그 속에 숨길 수 없는 몇 가지 도덕의 정수가 있군요. 그 설교에 목욕하고 나서 눈물에 젖은 해면처럼 내 마음은 누님의 발밑으로 쓰러지렵니다, 누님!"

"올레시우!"

안주인이 일어서면서 말했다.

"오늘은 평상시보다 더 분별력이 없구나…… 더 이상 너와 이야기 할 수 없겠어. 사무실로 가. 나도 부엌으로 갈 테니!"

"누님! 마리아 님! 부엌으로! **제기랄, 이건 좋지 않은 장르군!** 문학가의 부인은 부엌으로! 그 여인의 남편은 여성들을 위한 산문을 써야 되고 여인은 부엌으로 가는구나."

그 말을 하면서 자리에서 일어나 두 팔을 뻗은 올레시우는 부엌으로 가는 누이를 바라보았다.

"누님!"

그는 한 번 더 소리쳤다.

"마리아 님! 나를 혼자 내버려두지 말아요!"

마리아는 뒤도 돌아보지 않고 벌써 현관문 옆에 가 있었다. 그때 올레시우가 마리아에게 달려가 손을 잡았다.

"나 때문에 화났어요, 마리아 님? 정말 화났군요? 그러면 부끄러운 일이에요! 그만하지요! 마음 상하게 했나요? 같은 부모 밑에서 자란 누이와 남동생처럼 내가 누님을 사랑하고 있다는 것을 모르고 있군요, 가장 소중한 우리 누님? 마리아 님! 저어, 나를 봐요! 내가 젊다는 것이 무슨 죄가 되나요? 나는 나아질 거예요. 앞으로는 나이 든 사람처럼 행동하지요!"

이 말을 하면서 젊은이는 누나의 손에 연거푸 키스했고, 하소연, 경솔함, 슬픔, 민감함, 사람을 끌리게 하는 모습 등이 서로 얽혀 연속적으로 그의 얼굴에 나타났다. 이를 본 사람들은 어깨를 으쓱하며 웃어버리거나 모른 체 내버려둘 수는 있지만 이 나이 많은 아이에게 화를 낼 수는 없을 것이다. 때문에 마리아 루진스카는 잠깐 사촌동생을 매정하게 용서치 않으려고 하다가도 끝내 웃음을 내보였다.

"네가 변하려면 얼마나 더 알아듣도록 말해야 되겠니, 올레시우……."

"내가 변할 수 있도록 얼마든지 이야기해주세요, 마리아 님! 하지만 나의 천성이 하인이 되는 것은 아니에요. 내 천성은 숲속으로 여우를…… 데리고 가는 것이지요……."

마지막 말에서 올레시우는 자신이 원하는 바를 용감하게 표현하지 못하는 어린아이같이 얼굴을 찡그리고는 둘째 손가락으로 작은방의 문을 가리켰다.

"또?"

마리아가 현관문의 손잡이를 잡으면서 말했다.

"누나가 경건한 보호의 날개로 천사를 지키는 사람처럼 보호해주고 있는 저 여자 이야기는 그만할게요!"

올레시우는 다시 사촌누나의 손을 잡으며 말했다.

"하지만 그녀에게 나를 소개는 시켜주실 거지요, 누님? 정말 소개해주지 않을 거예요?"

"나는 그럴 생각이 추호도 없단다."

마리아가 대답했다.

"내 사랑! 매혹적이고! 오, 하나뿐인 그대여! 그녀가 이쪽에 들어올 때, 나를 그녀에게 소개해주세요! 이렇게 말하세요. 이쪽은 내 동생인데 성격이 원만하고 완벽한 사람이고, 착한 남자라고요……."

"그리고 나이만 먹은 한량이라고!"

그 말을 하면서 마리아는 거실을 빠져나갔고, 올레시우만 잠시 문 옆에 남아 자신이 여기 남아 있어야 하는가 아니면 사촌누나 뒤를 따라가야 하는가를 고민하고 있었다. 그는 발뒤꿈치로 돌아서서 거울 앞으로 가 넥타이와 곱슬머리를 가지런히 하고 노래를 흥얼거리다가 발가락 끝으로 살금살금 작은방의 문으로 다가갔다. 그리고 커튼을 조금 밀치고 문 가까이에 귀를 기울였다. 문 뒤에서 어린 야드비뇨의 목소리가 들려왔다.

"**접속법 반과거!** 저는 삼인칭을 어떻게 쓰는지 잊었어요. 어느 동사시제부터, 선생님, **접속법 반과거**를 오게 하나요?"

대답은 곧장 나오지 않았다. 책을 뒤적거리는 소리가 들려왔다. 아마 자신의 학생에게 해주어야 하는 답을 책에서 찾고 있는 듯했다.

"**한정 과거를 직설법으로.**"

마르타는 잠시 뒤 말했다. 올레시우는 똑바로 서서 두 눈을 위로 향하고는 낮은 소리로 말했다.

"직설법! 천사의 목소리 같군!"

작은 방에는 다시 침묵이 흘렀다. 야드비뇨가 아마 무언가를 쓰고 있는 모양이었다. 시간이 조금 흐르고 야드비요가 다시 뭐라고 말하는 소리가 들렸다.

"'배'라는 낱말의 프랑스어 철자가 'b-a-t-e-a-u'인지 'b-a-t-a-u'인지 모르겠어요."

아무 대답이 없었다. 선생은 말이 없었다.

"오!"

올레시우는 혼잣말을 했다.

"나의 이상형이 일을 어렵게 하는군! 저 영리하고 어린 녀석의 질문에 어떻게 대답할지 모르는 게 틀림없어…… 아니면 여인이 꿈꾸고 있거나…… 하!"

올레시우는 발끝으로 살금살금 문에서 멀어져 창가에 섰다. 그는 창밖을 내다보다가 사람들이 많이 다니는 거리를 보며 소리쳤다.

"저런! 말비노 양이 저렇게 일찍 시내엔 웬일일까. 내가 간다. 날아간다. 달려간다!"

그렇게 말하면서 올레시우는 정말로 당장 현관문으로 달려가 문을 활짝 밀어젖히다가 거실로 들어오는 마리아와 눈이 마주쳤다.

"에그머니!"

현관에서 물러서면서 마리아가 말했다.

"그렇게 날 듯이 어딜 가? 사무실?"

"창가에서 말비노 양을 보았어요."

올레시우는 외투를 걸치면서 대답했다.

"크라신스키 광장 쪽으로 가고 있었어요. 아마 백화점에 가나 봐요. 내가 당연히 그곳에 그녀와 함께 있어야죠."

"말비노 양이, 네가 지켜봐 주지 않으면, 너무 돈을 쓸까 봐 걱정되니?"

"돈은 아무것도 아니에요! 그녀가 길에서 마음 한 조각이라도 잃을까 봐 걱정이 되어서지요. 마리아 님 안녕히 계세요…… 그 까만 눈의 이상형에게도 인사를 전해……."

마지막 말을 할 때 그는 벌써 계단에 가 있었다.

한 시간 정도 지난 뒤 마르타는 자신의 다락방으로 되돌아왔다. 이 방을 나설 때는 활기찬 얼굴로 발걸음도 가벼웠고, 웃으면서 아이를 안아 이마에 키스하면서, 자신이 없는 동안에 아이 침대에서 요람이 되어주는 인형과 다리 길이가 다른 의자들과 놀 때는 조심해야 한다고 일러주었었다. 그러나 되돌아온 그녀의 발걸음은 무거웠고 두 눈은 아래로 향해 있었으며 얼굴에는 걱정이 역력했다. 어린아이의 인사와 포옹에 닿을 듯 말 듯 조용한 키스를 해주었을 뿐이다. 얀치아는 총명한 눈으로 엄마를 바라보았다.

"엄마!"

아이는 작은 팔로 엄마의 목을 감으며 말했다.

"엄마한테 일자리를 안 줬어? 웃지도 않고, 키스도 안 하고 엄마가 다시 일자리를 못 구했을 때로 돌아간 것 같잖아?"

나이는 달랐지만 둘은 가난하고 외로웠기에 서로의 표정이나 키스만으로 슬픔과 동요를 추측할 만큼 통하는 사이였다. 하지만 얀치아의 질문은 소용이 없었다. 엄마는 이마를 손바닥으로 기댄 채 아이의 말을 듣지도 못할 만큼 깊은 시름에 잠겨 있었다. 하지만 잠시 후 그녀는 자리에서 일어났다.

"아냐," 그녀는 조용히 말했다.

"그렇게 될 수는 없어. 나는 배울 거야. 배울 테야, 배워야만 돼! 나는 책이 필요해……."

그녀는 계속 되뇌었다. 잠시 생각에 잠기더니 작은 짐꾸러미를 열어 무언가를 꺼내 보자기에 싸서 시내로 나갔다.

마르타는 세 권의 책을 들고 돌아왔다. 『프랑스어 문법』, 『독본』, 『어린이용 프랑스 역사』 책이었다.

밤이 되자 다락방에는 작은 램프가 타올랐고, 마르타는 그 앞에 책을 펴놓고 앉았다. 그녀는 손바닥으로 이마를 받치고 눈으로 책장을 읽어나갔다. 복잡한 문법 규칙들과 이 세상에서 가장 어려운 철자법 체계에서 생기는 수천 가지 문제가 그녀의 눈에는 얽힌 실타래처럼 보였고, 전혀 이해되지 않거나 배운 적이 있다 하더라도 벌써 오래전에 잊어버린 예문과 사실들이 미궁처럼 혼돈스러웠다. 이해하는 데만도 몇 년이 걸리므로 천천히 인내심을 갖고 체계적 작업과 논리적 도입을 통해 단계적으로 완성해가야 할 일을 마르타는 지금부터 밤새도록 암기하고 자기 것으로 만들려고 온 힘을 쏟았다. 이 가련한 여인은 온 신경을 곤두세워 열심히 노력하면 지금까지 사용하지 않던 두뇌를 잘 갈고 닦을 수 있을 거라고, 또 지금 이 짧은 순간이 지나온 세월, 혹은 그보다 더욱 중요할 거라고, 삶을 향한 간절함이 큰 만큼 그것을 성취할 가능성도 똑같이 귀중할 거라고 생각했다. 마르타는 환상에 빠져 있었다. 그러나 그 환상은 오래가지 않았다. 그녀는 애를 썼지만 열정만 소모했으며 몸과 마음을 지치게 만들었다. 너무 긴장한 나머지 한 걸음의 진전도 없었다. 완전히 흥분에 휩싸였던 첫 순간부터 이 땅의 모든 것으로부터 내동댕이쳐진 마르타는 입술을 깨물었고, 그럴수록 뭐라 말할 수 없는 쓸쓸함이 밀려왔다. 자신에게 속았다는 것, 새가 날개를 펼치려면 공기가 필요한 것처럼 학습에서 풍부한 성과를 거두려면 안정이 요구되며, 자신은 가장 열악한 환경에 처해 있음을 마르타는 알아차렸다. 강력한 염원만으로는, 뜨거운 포부만으로는, 고통스럽고 긴장된 의지력만으로는 지금까지 교육받지 못했던 영혼이 단번에 학문의 어려움을 이겨낼 수 없었다. 이해나 기억을 연습해오지 않던 몸의 각 기관이 갑자기 탄력 있는 현(絃)처럼 잘 구부러질 수도 없었고, 번개처럼 빨리 구르는 원을 뛰어넘을 수도 없었으며, 불에 말랑말랑해진 왁스처럼 자연스럽게 빨려들 듯이 제 몸에 지식을 흡입할 수도 없었다.

마르타는 환상을 계속 만들어갈 수 없었다. 비록 영혼과 의지의 힘으로 어떻게든 분석하는 데는 실패하였지만, 마치 침몰한 배의 선원이 바다에서 표류하면서 거대한 파도에 휩쓸리지 않으려고 유일한 널빤지를 양손으로 힘껏 잡고 의지한 채, 줄곧 머릿속으로 '나는 널빤지 위에서 살아 남겠어!'라고 다짐하듯, 마르타는 오로지 '배워서 익혀야 해!'라는 생각만 끈질기게 했다.

언제나처럼 긴 가을밤 태풍이라도 부는 듯 윙윙거리는 대도시의 이상한 소음이 끝을 모르는 음계(音階)처럼 오르내리는 동안에도 마르타는 이를 듣지 못했고 그 소리를 듣는 걸 두려워했다.

그 소리에서 그녀는 어쩔 수 없이 들이닥치는 강력하면서도 아득하고 끝없이 인간을 사로잡는 공포감을 막연히 느꼈기 때문이다.

한밤중에도 마르타는 좁은 방에서 램프의 희미한 불빛에 의지하여 열심히 공부했다. 얼굴에 홍조를 띠며 검은 머리칼을 어깨 위로 늘어뜨리고 두 손을 서로 포갠 채, 램프 불빛 아래 펼쳐놓은 책에서 뽑은 낯선 낱말들을 끊임없이 중얼거렸다. 그 책에는 문법 어미, 기호, 규칙을 알려주는 숫자들, 괄호와 예외들이 셀 수 없을 만큼 줄을 이었다. 샵살(Chapsal)과 노엘(Noël)*이 지은 그 책은 프랑스인의 복잡다단한 언어 생활의 신비를 많은 사람들에게 가르쳐주는 책이었다. 마르타가 황혼 무렵부터 자정까지, 때로는 자정부터 새벽까지 되새기던 낱말들은 지구상 수천 명의 어린이가 매일 하품하면서 지루하게 배우는 격변화와 동사 활용이었다.

그러나 마르타는 하품하지 않았다. 학교에서는 교실마다 지루함으로 가득한 그 무미건조하고 단조로운 소리가 그녀의 입에서는 비극적인 의미를 띠었다. 그녀가 자신의 주위를 둘러싸고 있는 모든 것들과의 싸움에서, 물론 가장 자주는 자신의 내부와 싸웠지만, 그 끈질긴 싸움에서 획득한 것은 거의 아무것도 없었다.

마르타는 느리게, 아주 느리게 진전을 보였지만 내일이라는 날은 어제 그녀가 아주 어렵게 성취해놓은 것을 망각의 심연으로 빠뜨리거나 아무 쓸모없게 만들어버리곤 하였다. 학습지도 준비

---

* 프랑스 언어학자 Chapsal Charles Pierre(1788~1858)와 Noël Jean François (1755~1841)가 지은 문법서적 『새 프랑스 문법』(Nowej gramatyki francuskiej). 폴란드어로 번역 출간되어 베스트셀러가 되었다(30년 동안 40판 발행).

는 진전이 있다가도 퇴보하고, 아주 적은 이익을 가져다주는 반면에 힘과 시간이 많이 들었다. 여러 시간 책에 매달려 앉아만 있다 보니 얼굴은 바윗덩이 같고 몸도 굳어 마르타는이제 양손을 비벼보았다. 자리에서 앉았다 일어나기도 하고, 발이 저려 다락방에서 이리저리 걸어 다니기도 하고, 찬물을 마시기도 하고, 찬물에 이마와 눈을 살짝 적시기도 했다. 그리고 다시 배워나갔지만, 다음 날 아침이 되면 '아직 제대로 아는 것이 없구나!'라는 말만 입가에 맴돌았다.

'시간이! 시간이!'

마르타는 하루에 몇 줄을 공부할 수 있는지, 일주일에 몇 페이지나 배울 수 있는지 계산하면서 머릿속으로 외쳤다.

'내 앞에 이 년만, 아니 일 년이라도, 아니 몇 달이라도 시간이 있다면!'

마르타가 일을 하지 않고 지낼 때는 그렇게 자비롭던 시간이 지금은 그녀를 배고픔과 추위, 부끄러움과 비참함의 공포로 내몰았다. 마르타는 적어도 일 년이라는 시간을 오롯이 자신의 몫으로 가지고 싶지만, 그녀의 수중에는 내일조차도 없었다. 그녀가 적어도 일 년 또는 그보다 더 오랜 시간을 투입해도 익힐 수 없는 모든 것을 그녀는 내일 당장 알고 있어야 했다. 그렇게 준비가 되어 있지 않으면 수입을 만들어주는 일이라는 도구는 그녀 자신의 바람과는 상관없이 그녀의 손에서 미끄러져버린다. 여인이 자신과 아이의 생존을 위한 싸움을 시작한 때는 배우고 익힐 수 있는 상황이 못 되었다. 하지만 마르타는 배워나갔다…….

젊은 과부 마르타가 스비에토-예르스카 거리에 있는 그 저택에 처음 들어간 날로부터 한 달이 다 되어갔다. 안주인 마리아는 언제나 친절하게 대해주고 우의와 진심으로 대화를 나누었지만, 그 태도에는 입가에 쉽게 올리기 힘든 희미한 동정심, 때로는 당황스러움과 자제의 뉘앙스가 강하게 들어 있었다. 잘 교육받은 어린 야드비뇨는 언제나 예의가 발랐다. 그러나 때론 아주 빛나는 아이의 두 눈에 아이러니한 빛이 흘러나왔고, 생기 있는 입가에는 곧 없어지지만 알아차리기에 충분한 만족감, 놀라움, 장난끼 어린 옅은 웃음이 있었다. 선생님의 실력이 없다는 슬픈 비밀을 알아차리고 마음속으로 '하지만 저는 선생님보다 더 많이 알고 있다고요!'라고 말하는 것 같았다.

마르타가 학생의 어머니로부터 한 달 치의 수업료를 받게 되는 날이 왔다. 마리아 루진스카는 무릎 위에 일부러 일거리를 놓고 거실에 앉았다. 행복한 여인의 항상 맑던 이마도 오늘은 좀 흐렸고 슬픈 두 눈은 작은방 쪽의 커튼이 내려진 닫힌 문을 향하고 있었다.

"오늘 사랑하는 우리 누님이 우울한 이유를 알아도 될까요?"

창가에서 남자의 목소리가 들려왔다. 마리아가 그쪽으로 눈길을 돌렸다.

"오늘은 내가 정말 슬퍼, 올레시우. 그러니 내 마음을 헤아려서 농담으로 괴롭히려 하지 마……."

"오! 오! 오! 오!"

젊은이는 이제까지 자신의 얼굴을 가렸던 잡지를 치우면서 말했다.

"이 얼마나 엄숙한 말씀인가요! 무슨 일이 있군요? 매형께서 다

재다능한 펜으로 쓴 원고를 누가 인쇄해주지 않겠다고 했나요? 어린 야드비뇨의 작은 콧날이 아프기라도 한가요? 사과로 만든 푸딩이 충분히 안 구워졌나요?"

올레시우는 여전히 우스꽝스러운 목소리로 물었지만 갑자기 말을 멈추고 자리에서 일어나 사촌의 옆에 앉아서는, 그렇게나 다니길 좋아하고 바람기 많은 사람에게서 기대할 수 없는 아주 사려 깊은 태도로 한동안 누나의 얼굴을 쳐다보았다.

"아니야," 그는 잠시 후 말했다.

"그건 원고 때문도 아니고 야드비뇨의 코가 작아서도 아니고, 푸딩 때문도 아니지요. 마리아 님이 정말 슬퍼하는 중요한 일이란…… 그리고……."

마지막 낱말에서 올레시우는 정말 감정을 불어넣어 말했다. 동시에 그는 사촌누나의 손을 잡아 자기 입에 갖다 댔다.

"저어," 그는 누나의 눈을 쳐다보며 말했다.

"누님을 그렇게 슬프게 하는 것이 뭐죠? 말해봐요……."

그 순간만은 언제나 장난스럽던 올레시우도 착하고 헌신적인 청년의 모습으로 변해 있었다. 그러자 마리아도 올레시우를 호의적으로 대했다.

"네가 착한 마음을 지녔다는 걸 알아, 올레시우. 내가 슬퍼하니 네 마음도 슬픈가 보구나. 기꺼이 네게 말해주고 싶지만 또 농담이나 할까 봐 두려워."

올레시우는 똑바로 서서 누나의 손을 자신의 가슴으로 당겼다.

"누님, 용기를 내세요!"

그가 말했다.

"누님이 성당 고해소에 자리 잡고 앉은 신부처럼 진지하게, 그리고 착한 천사처럼 부드럽게 제 참회를 들어주었듯이 우애의 감정으로 누님의 말씀을 들어주지요. 저는 뭐든 들을 준비가 되어 있어요. 누님이 노래하는 나무나 말하는 새를 갖고 싶다면 제가 산 넘고 바다 건너 찾으러 가겠어요. 만약 야드비뇨의 예쁜 코나 입이 아프면 이 바르샤바 시내에서 잠자고 있거나 식사하고 있는 의사들을 전부 불러 모아 오지요. 누가 누님을 모욕했다면 내가 그와 결투를 하지요. 아니면 몽둥이로 두들겨 패서라도 내가 할 수 있는 일이라면 뭐든지 하겠어요. 제가 알고 있는 모든 연인들의 아름다운 눈을 두고 맹세해요. 마리아 님과 보낸 어린 시절을 생각하고 제 사무실의 먼지 가득한 벽과, 누나와 똑같은 피가 흐르는 제 심장을 두고 맹세하지요!"

바람둥이 올레시우가 이 모든 말을 할 때 그의 카멜레온 같은 천성은—그가 내용 없는 바람기를 보일 때면 누나는 화를 내고 싶고, 그가 세심하며 과장된 색깔로 강조할 때면 누나는 그와 함께 보낸 어린 시절이 생각나고, 또 그가 현실적인 색깔로 바꿀 때에는 서로의 정맥에 같은 피가 흐르고 있다는 것을 상기했다—누나로 하여금 그의 손을 잡을 생각이 들게 했다.

"하지만 그 일이 특별히 중요한 일은 아니야."

마리아는 좀 망설인 뒤에 말했다.

"나나 내 가까운 사람들의 운명에 영향을 끼치는 건 아무것도 없어. 하지만 나는 지금 이 순간 저쪽의 불쌍한 여인 때문에 정말 마음이 아파. 이 문 뒤에 있는……."

"아! 그럼 까만 눈의 여인에 관련된 일이군요? 어휴! 하느님 덕분에! 제가 이젠 숨을 자유로이 쉴 수 있겠군요. 정말 무슨 불행한 일이 있나 하고 생각했지요."

"그건 정말 불행이지만, 우리와 상관없이, 저 여선생에게만……."

"불행이라니, 정말입니까? 그러면 저도 저 흥미로운 과부에게 안타까운 마음이 드는군요. 도대체 저 여인에게 무슨 일이 있나요? 꿈에, 죽은 남편이라도 보았답니까? 저……."

"농담하지 마, 올레시우! 알다시피, 저 선생님은 내가 처음 말했을 때보다 더 불행한 여자라고…… 가난하고 또 정말 아무것도 할 줄 모르니……."

올레시우는 눈이 휘둥그레졌다.

"아무것도 할 줄 모른다고요! 그것이 가장 큰 불행이라! 하! 하! 하! **세상에 저런 불행이!** 저렇게 젊고 아름다운데……."

올레시우가 갑자기 조용해졌다. 선홍빛 커튼이 약간 흔들리더니 마르타가 거실로 나타났기 때문이다. 거실로 들어선 마르타는 몇 걸음 앞으로 다가와 안락의자를 잡고 섰다. 그 순간의 마르타는 아름다웠다. 자신의 가슴속 한 곳을 오래 점거하고 있던 그 어려운 싸움, 그 싸움의 마지막 순간에 마르타는 창백한 얼굴에 밝은 홍조를 띠었다. 일이 분 전까지 그 큰 고통의 공격에서 벗어나려고 검고 숱이 많은 머리카락 속으로 손을 가져갔던 모양이다. 숯같이 검고 곱슬곱슬한 머리카락 몇 올이 이마까지 내려와 있고 창백한 모습은 두 볼에 나타난 홍조와 묘한 대조를 이루었다. 마르타가 고개를 조금 숙이고 두 눈은 반쯤 감은 채 섰을 때, 그녀의 태도는 고통을 참고 결심을 단단히 했음을 말해주고 있었다.

마르타가 중대하고 중요한 결심을, 고심 끝에 온 힘을 다해야만 할 수 있는 발걸음을 내딛기로 한 결심을 지금 말하려 한다는 것을 짐작하기에는 그녀를 한 번 쳐다보는 것만으로 충분했다. 마침내 그녀는 고개를 들어 안주인에게 다가섰다.

"벌써 수업 다 끝났나요?"

마리아는 마르타가 들어서자 자리에서 일어나 근심 어린 표정을 지우고 웃으려고 애쓰며 말했다.

"예, 부인."

마르타는 좀 낮은 목소리로 말했으나, 단호한 음성이었다.

"오늘 저는 야드비뇨 양의 수업을 마쳤어요. 또 오늘로 수업을 그만둬야겠다는 말씀을 드리고자 합니다. 이젠 따님을 더 이상 못 가르치겠습니다, 부인."

마리아 루진스카의 얼굴에는 놀라움과 슬픔과 혼란스러움이 나타났다. 혼란스러움이 가장 컸다. 마르타가 스스로 그만두겠다고 하자 착한 안주인은 오래전부터 생각해오던 말을 차마 할 수 없었다.

"그럼 내 딸을 이제 가르칠 수 없다는 건가요?"

마리아는 더듬거리며 말했다.

"왜죠, 선생님?"

"그건," 마르타는 천천히 낮은 소리로 말했다.

"뭘 가르쳐야 될지 몰라서예요."

그 말을 하고 마르타는 두 눈을 내리깔았다. 그녀의 두 뺨을 덮고 있던 홍조는 이마에까지 올라가 누를 길 없는 부끄러움으로 온 얼굴을 덮었다.

"저는 제 자신을 잘못 평가했어요."

마르타가 계속 말했다.

"가난해지고 나서야 저는 일해야 된다는 것을 알았어요. 대부분의 가난한 여자나 가난해진 여자가 교사가 되는 것을 보고 듣기는 했어요. 그래서 저도 일자리를 구해 밥벌이를 할 수 있을 거라고 생각했어요. 제가 프랑스어 정도는 가르칠 수 있다는 평가를 받기도 했고, 실제로 프랑스어를 정확하게 그리고 쉽게 말할 수 있을 정도로 잘한다는 생각도 들어 시작했습니다만, 저는 그 언어를 한 번도 체계적으로 배우지 못했어요. 어려서 배운 얕은 지식도 이제는 잊은 게 많고, 더구나 말만 잘한다고 해서 언어를 전부 아는 것이 아니라는 판단이 서더군요…… 제가 아는 것이라곤 지식의 일부일 뿐이었어요. 수박 겉핥기식이지 정확히 이해하는 것은 아니었어요. 그러니까 그런 지식마저 제 기억에서 달아난 것은 놀랄 일이 아니지요. 지금까지 따님을 가르쳐준 그 외국 여성은 완벽한 선생님이었어요…… 야드비뇨 양은 이미 저보다 더 많이 알고 있습니다."

마르타는 다시 한 번 자신이 한 말을 가다듬을 필요가 있는 듯 잠시 침묵했다.

"일을 해 돈을 버는 것은 제게 정말 중요한 일이에요."

그녀가 말했다.

"하지만 꼭 알아야만 되는 모든 걸 전부 빨리 배우고 익히는 것이 불가능함을 제가 깨달은 이상, 제 양심에 반하는 행동을 해서는 안 된다고 생각했어요…… 저를 가정교사로 들이시면서 부인께선 딸에게 그 과목에 대해 넓고 체계적으로, 또 속속들이 가르

쳐 달라고 요청했지요. 그런 가르침을 저는 꿈도 꾸지 못할뿐더
러 더 나아가 부인께서 저를 잘 대해주시는데, 제가 정직하지 못
한 것은 둘째 치고 고마움도 모르는 사람이 될 수도 있습니다. 만
약 제가…….”

그때 마리아가 그 불행한 여인의 말을 막았다. 마리아는 마르
타의 손을 꼭 쥐면서 말했다.

“보세요, 선생님! 선생님이 스스로 내린 평가에 뭐라 말할 순 없
지만 제겐 선생님이 저희와 헤어진다는 것이 아주, 아주 고통스러
운 일임을 믿어주세요. 저는 선생님께 도움이 되는 뭔가를 찾을
수 있어요…… 저는 아는 사람도 있고, 연관이 되는……”

“부인,” 마르타는 눈을 들어 말했다.

“일자리를 구하는 게 나의 유일한 소원입니다…….”

“그러나, 어떻게, 어떤 일을 하고 싶으세요?”

재빨리 안주인이 말했다.

마르타는 한동안 말이 없었다.

“모르겠어요.”

그녀는 끝내 낮은 목소리로 말했다.

“제가 잘할 수 있는 것이 있는지, 어떤 것을 잘할 수 있을지 잘
모르겠어요.”

마지막 말에서 마르타의 눈꺼풀은 다시 내려왔다. 깊은 수치심
으로 목소리까지 떨려왔다.

“음악 과목을 한번 해보겠어요? 친척 한 사람이 자기 딸에게 음
악을 가르칠 사람을 찾고 있어요.”

마르타는 고개를 내저었다.

"아뇨, 부인."

마르타가 말했다.

"음악은 프랑스어보다 열 배나 더 못한답니다."

마리아는 생각에 잠겼다. 마르타가 자신에게서 어떤 조언이나 도움도 받지 못하고 가버릴까 봐 걱정이 되는 듯 마르타의 손을 꼭 쥐었다.

"아마," 마리아는 잠시 뒤 말을 이었다.

"아마 선생님은 자연과학을 좀 하실 수 있죠? 남편이 학교 교육을 잘 따라가지 못하는 소년 하나를 가르치고 있으니까, 함께 복습하면 그 소년에게 도움이 될지도…… ."

"부인," 마르타가 가로막았다.

"자연과학은 아는 게 거의 없어서 수박 겉핥기 정도입니다."

마르타는 조금 망설이다 잠시 뒤 이어 말했다.

"그림은 좀 그릴 줄 알아요. 혹시 그림 교육을 받고 싶어 하는 사람을 아신다면…… ."

마리아가 잠시 생각한 뒤에 고개를 내저었다.

"그걸로는," 그녀는 말했다.

"더욱더 어려워요……. 극소수의 사람들만 그림을 배우고, 더구나 그 분야는 대부분 남자들이 가르쳐요. 그건 벌써 관습이 되어버린걸요."

"이젠," 마르타는 안주인의 손을 꼭 쥐면서 말했다.

"부인께서 그동안 제게 보여주신 선의와 친절에 대해 고마울 뿐입니다. 이제 작별 인사를 해야 될 것 같네요."

마리아가 몇 장의 지폐를 넣은 산뜻한 봉투를 마르타의 손에 내미는 순간 누가 옆에서 그녀의 소매를 당겼다. 대화 내내 겸손하면서도 우울한 얼굴로 가까이 서 있던, 언제나 즐거운 올레시우였다. 올레시우의 두 눈은 반은 홀린 듯, 반은 진심으로 동정하는 듯 자신의 존재를 정말 인식하지 못한 마르타의 얼굴에 고정되어 있었다. 아마 마르타는 거실로 들어오면서 그를 보았겠지만, 마르타가 가장 비참하고 떨쳐버릴 수 없는 상황에 빠져 있을 때 그녀의 수치스런 고백을 듣는 또 다른 증인이 한 명 더 있다 한들 그녀에게 무슨 관심사가 되겠는가? 마르타가 가장 비참한 눈길로 자신의 무능함의 저 깊은 곳으로, 자신을 기다리고 있는 저 운명의 끝없는 심연으로 향하고 있을 때 누군가의 눈길이 순간적으로 자신을 바라보고 있을지도 모른다는 생각이 무슨 관심으로 떠오르겠는가? 마르타는 그 젊은이의 존재를 의식하지 않았고 마리아 또한 순간적으로 그 사실을 잊어버렸기에 누군가가 소매를 잡자 마리아는 좀 놀란 표정으로 뒤를 돌아보았다. 마리아는 올레시우의 표정을 보고는 더욱 놀랐다. 움직이기 좋아하는 그의 두 눈엔 슬픔이 가득했고, 언제나 헤픈 웃음만 보여주었던 입가에는 상냥하고 진지한 자세가 엿보였다.

"마리아 님!"

그는 작은 소리로 말했다.

"매형께서 그림을 함께 싣는 잡지사에 일하시니 그곳에 그림 그리는 사람이 더 필요할 수도 있지 않겠어요?"

마리아가 손뼉을 쳤다.

"네 말이 맞구나."

마리아는 소리쳤다.

"남편에게 물어봐야겠다!"

"하지만 지금 당장 해야 돼요!"

올레시우는 벌써 일상적인 활달함을 되찾아 소리쳤다.

"바로 오늘이 편집회의가 열리는……"

"그리고 그이도 편집회의에 참석하고 있고……"

"편집회의에서 그 점을 가장 쉽게 알아볼 수 있겠죠……"

"내가 그이에게 당장 편지를 쓰면 되겠네……"

"에이, 편지가 무슨 소용이 있겠어요! 그러면 오래 걸릴걸요! 회의 중이겠지만 내가 가서 매형을 불러내지요."

"그래, 서둘러 가, 올레시우."

"가요, 내가 달려가요, 날아갑니다!"

올레시우는 소리 지르며 모자를 손에 쥐고 가다가 문을 나서기도 전에 모자를 쓰고는 급히 서둘렀다. 그는 두 여인과 작별인사를 나누는 것도 잊은 채 현관으로 뛰어갔다. 현관에서 외투를 걸치고는 다시 한 번 "가요, 내가 달려가요, 날아갑니다."를 외치며, 한 달 전 창문을 통해 보았던 그 젊고도 예쁜 여자에게 뛰어가려고 했을 때처럼 계단에서부터 벌써 뛰기 시작해 바람처럼 사라졌다.

마리아는 자신의 사촌동생이 착한 마음씨를 지니고 있다는 확신이 틀리지 않았기에 이제 정말 안심이 되어 문 입구까지 눈으로 그를 배웅하다가 다시 마르타에게로 몸을 돌렸다. 젊은 과부는 얼굴에 더욱 타오르는 홍조를 띠고 꼼짝 않고 서 있었다. 마르타는 조금 전 그녀의 손을 쥐었던 이 여인뿐만 아니라 몇 번 지나치면서 보기는 했지만 잘 알지 못하는 그 청년에게서도 자신이 연민의 대상이 되었음을 느끼지 않을 수 없었다. 난생처음 마르타는 다른 사람의 연민의 대상이 되었지만, 강력한 필요성 때문에 이를 피할 수도 떨쳐버릴 수도 없었다. 이 사람들이 그녀에게 보여준 감정은 감정 그 자체로는 선의로 느껴졌지만 마치 대단한 무게의 추처럼 그녀의 머리 위로 떨어져 고개를 들지 못하게 했다. 마르타는 자기 자신도 불만스러웠지만, 마리아와 나눈 대화도 불만스러웠다. 왜냐하면 전혀 모르는 사람들과의 대화에서 그녀 자신이 연민의 대상이 되었기 때문이다. 마르타는 아직도 힘이 더 남아 있고, 더 숨길 수도 있으며, 더 자제할 수도 있다고 생각했다. 마르타는 이 순간 난생처음 구걸을 위해 손을 뻗은 것 같은 생각이 들었다. 자존심과 인간의 존엄성이 일부 무너질지 모른다는 생각도 들었다. 이들 오누이가 마르타와 관련해 대화를 나눌 때, 남동생이 마르타가 전혀 모르는 사람들에게 마르타의 이름으로 도움을 요청하러 방을 나섰을 때, 마르타는 한순간의 동정에 감사 인사를 하고, 그러나 구걸은 받아들이지 않겠다며 곧장 자리를 뜨고 싶은 강한 열망이 생겨났다. 동시에 그녀는 이렇게 말하고도 싶었다.

'저 스스로 이 일을 해결하고 싶어요.'

열망은 대단하여 젊은 마르타의 가슴속에 든 목소리를 부추기고 머리끝까지 피가 솟구치게 만들었다. 하지만 마르타는 그 열망에 복종하지 않았다. 자리를 뜨지도 않고 고개를 숙인 채 두 손을 꼭 쥐고 꼼짝 않고 서 있었다. 마르타의 가장 깊숙한 내부에서 슬프게 중얼거리는 소리가 들려왔다.

'저 스스로 해결하고 싶지 않습니다. 저 자신을 믿을 수 없거

든요!'

그것은 자신의 무능함에서 나온 자각이었다. 이런 감정에 영향을 받아 마르타에게는 형언할 수 없는 고통스러운 부끄러움이 자라고 있었다. '오, 내가 혼자라면!' 그녀는 생각했다. '만약 아이라도 없었더라면!'

"어떻게 하면 되는지 알려주세요."

마리아가 말을 꺼냈다.

"나와 동생이 부인의 일자리를 찾게 된다면 어떻게 알려 드릴까요? 주소를 남겨 두시겠습니까?"

마르타는 잠시 생각에 잠겼다. 처음에 주소를 알려주려고 했지만 이 젊고 행복한 여자가 자신의 일을 잊어버리기라도 하면 어떡하나 하는 생각이 들었다. 마르타는 연민의 대상이 되어 부끄러웠지만 더 두려운 것은 눈앞에서 반짝였던 수입이 물거품이 되고, 자신의 처지가 다시 무서운 불확실하고 불안정한 상태로 떨어질지 모른다는 것이었다.

일해서 벌어야 한다! 이 얼마나 일상적이고 온전한 지구상의 말인가요! 독자 여러분은 아마 소리칠지도 모릅니다. 여기에 일해서 벌어야 한다는 말 대신에 열렬한 사랑이나 진심 어린 소망, 높은 꿈이 놓인다면, 그때 이 젊은 여인 마르타는 그 두 사람에게서 더 적당한 도덕적 만남에 끌리는 감정을 갖게 되었을지도 모릅니다. 더 큰 동정심을 불러 일으키고 더 강한 공감대를 갖게 되었을지도 모르지요. 물론 그럴 수도 있겠지만 나는 모르겠습니다. 마르타에게 자신의 유일한 사랑의 대상인 딸아이의 건강한 삶을 유지하려면 또 가난한 방 그리 높지 않아도 순수하고 정직한 꿈을 실현하려면 유일한 해결책은 일해서 벌어야 한다는 생각이 확실히 들었습니다. 아마 마르타가 잘못 판단했을 수도 있습니다. 마르타의 미래만이 지금 그녀의 판단이 옳았는지 틀렸는지 입증해줄 것입니다.

몇 마디 대화를 더 나눈 뒤 마르타 스비츠카는 그 집의 안주인에게 작별 인사를 했다. 안주인은 가장자리가 흰 봉투를 내밀었다.

"선생님," 마리아 루진스카는 망설이며 말했다.

"이것은 제 딸을 한 달 동안 가르쳐주신 보수입니다."

마르타는 손을 내밀지 않았다.

"부인께서 제게 보수를 지불할 순 없습니다."

마르타가 말했다.

"저는 따님에게 가르친 것이 아무것도 없습니다."

마리아가 억지로 그 봉투를 주려 했지만 마르타는 그녀의 손을 잡아 힘껏 누르고는 서둘러 거실을 떠났다.

왜 그렇게 서둘러 떠났을까? 그녀가 난생처음으로 느낀 유혹으로부터 달아나고 싶었을까? 마르타는 그 돈이 자신의 것이 아니니 받아서는 안 된다고, 아무 보상이 따르지 않는 선의의 경우를 제외하고는 자신이 그 돈을 받을 권리가 없다고, 또 만일 그걸 받는다면 그건 정직하지 못한 행동이라고 느꼈다. 그런 까닭에 마르타는 그 봉투를 받지 않았다.

그러나 황혼이 몰드는데도 자신의 작은 방에서 램프도 켜지 않은 채 저물어가는 해의 약한 빛에 의지하여 지갑을 열어 작은 동전 몇 닢을 계산했을 때, 며칠간 겨우 버틸 수 있는 이 돈을 제외하면 아무 가진 게 없고 이 돈도 자신이 지닌 옷 두 벌 중 한 벌을 팔고서 받은 돈의 전부라는 생각이 들었을 때, 또 엄마의 무릎에 다가와 춥다고 칭얼거리며 난로에 불을 피우자는 어린 얀치아의 말을, 땔감이 조금뿐이고 더 마련할 꿈조차 꾸지 못하기에 들어줄 수 없었을 때, 마침내 슬픔과 동요가 더욱 커지는 어두운 밤이 주위를 둘러싸 커다란 두려움으로 바뀌었을 때—바로 그때 상상의 신비한 힘에 이끌려 나온 봉투가, 오 루블짜리 세 장이 든 흰 가장자리의 봉투가 눈앞에 스쳐 지나갔다. 마르타는 의자에서 벌떡 일어나 램프를 켰다. 보수를 받아야 했지만, 받지 않은 그 돈의 망령은 어둠과 어둠과 함께 사라졌지만 그 뒤 마르타의 머릿속에는 정의할 수 없는 공포가 남았다.

'내가 부정한 행동을 하지 않은 것 때문에 후회하다니, 이게 말이 되는가?'

깊은 수치심을 갖게 하는 이 생각은 마르타에게서 의지의 반동을, 순간적으로 떨어진 에너지의 새 긴장감을 일깨웠다.

"내가 보기엔," 마르타는 자신에게 말했다.

"그렇게 흔들릴 필요는 없어. 그분들이 내게 새 일자리를 찾아보겠다고 약속했잖아…… 내가 그림을 못 그리진 않지. 예전엔 사람들이 내 그림을 보고 재능을 인정해주었는걸…… 그 일이 내게 주어지기만 한다면 정말 잘 해낼거야! 하느님! 이번 일만은 내 손에서 미끄러지지 않도록 정말 열심히 노력하겠어요. 그리고 전혀 모르는 사람들이 동정이나 연민 때문에 일자리를 알아봐주게 된 이 사실은 어떻게 이해한담? 그 부인은 어떤 중요한 역할을 해줄까? 그런 말로 내가 수치스러울 필요는 없지! 나는 아직도 너무 자신만만해! 가난은 자존심과 함께 갈 수 있다고 했지만, 그것은 이론에 불과한 말이야. 나는 지금 그게 아니라는 확신이 선다고."

이 마지막 생각은 다음 날 아침 계단을 내려가, 관리인의 집 현관문을 머뭇거리며 두드렸을 때 마르타의 머리에 다시 떠올랐다. 관리인은 그녀를 난방이 잘된 깔끔한 방으로 맞이했다.

"아저씨," 마르타는 말했다.

"이틀 뒤면 집세를 드리기로 한 날이지요."

"예, 부인."

관리인은 긍정과 의문을 동시에 갖는 어조로 대답했다.

"제가 그때 돈을 못 드릴 것 같아 알려드리려고 왔습니다."

관리인은 이 말에 얼굴을 찌푸렸다. 하지만 그는 그리 엄한 사람이 아니었다. 그의 인상은 정직해 보였고 온화했으며 이제까지 살아오면서 세상풍파를 겪은 흔적을 지니고 있었다. 그는 젊은 여자의 얼굴을 유심히 바라보고 한순간 생각에 잠겼다가 대답했다.

"그건 아주 유쾌하지 못한 이야기군요…… 하지만 어찌하겠어요? 댁이 쓰는 방이 크지도 않고, 이 집 주인도 임차료 한 번 제때 못 냈다고 방을 빼라 하진 않겠지요. 하지만 그런 일이 되풀이되면……."

"아저씨," 마르타가 생기 있게 끼어들었다.

"제게 일자리를 약속한 곳이 있으니 살아갈 방도가 있을 거예요.”

관리인은 말없이 인사했다.

얼굴을 붉히고 두 눈은 아래로 한 채 마르타는 거리로 나섰다. 곧 그녀는 시내에서 산 몇 가지 물건을 수건으로 싸 들고 방으로 돌아왔다. 그녀는 이제 식당에서 점심을 배달해 먹을 수 없었다. 지금까지 그렇게 해온 것도 후회스러웠다. 음식 배달은 그녀가 감당할 수 있는 지출의 범위를 벗어났기 때문이다. 그녀는 자신에 대해 많이 생각하지 않았다. 그녀를 에워싸고 있던 근심 걱정과 그녀 앞에 서 있던 목표에 비하면, 생명을 지켜주는 음식의 양과 질은 그녀의 머릿속에 그리 큰 자리를 차지하고 있지 않았다. 그녀는 우유 한 잔과 빵 몇 조각으로 매일 자신의 힘을 유지할 수 있다고 생각했다. 하지만 난방이 잘 안 되는 방에서 수시로 추위에 떨고 있는 저 어린 얀치아에게는 적어도 하루에 한 번은 따뜻한 식사를 마련해주어야 했다. 때문에 젊은 과부는 자신에게 남아 있는 즈워티 몇 장으로 빵과 밀과 작은 감자를 샀다.

‘아침에는 이대로 있다가 정오에 난로를 피워야지.’

그녀는 생각했다.

‘그때 얀치아에게 따뜻한 음식을 해 먹여야 되겠다!’

마르타는 딸이 이젠 고기를 못 먹게 될 것이라는 생각에도 익숙하지 않았다. 아이는 벌써 고기를 먹지 못해 이제까지 몰랐던 많은 고통으로 창백해지고, 쇠약해지고, 힘들어하고 있었다. 하지만 신선한 고기는 매우 비싸고 그런 음식을 준비하려면 많은 땔감이 불에 날아가 버린다. 그 때문에 마르타는 훈제된 돼지고기를 샀다. 시장을 보다가 문득 가난한 사람들을 위한 식당들이 시내에 있다는 생각이 떠올랐다. 공무원이던 남편이 꽤 많은 월급을 받았을 때 마르타는 자선단체들의 모금 활동에 기꺼이 급료의 일부분을 내놓았었다. 하지만 가난한 사람을 위한 식당조차 지금 상황에서는 너무 비싸다는 생각도 들었다. 자선단체에 도움을 요청하는 것 또한 그녀에겐 본능적으로 삭일 수 없는 자괴감을 불러왔다.

'그런 식당은 노인들을 위한 거야.'

그녀는 생각했다.

'병자들이나 지체부자유자, 보호자 없는 아이들, 도덕적·정신적으로 완전히 무능하거나 노약한 이들을 위한 거라고. 나는 젊고 건강하고, 아마 내가 할 수 있음에도 불구하고 시도해보지 못한 일들이 많을 텐데, 일자리 한 군데서 성과를 못 거두었다고 공공 자선단체에 내 몸을 의지해야 되나? 말도 안 돼!'

그녀는 그런 생각을 하면서 소리까지 질렀다. 그러고는 다시 지갑을 열어 몇 가지 물건을 사고 난 뒤 남아 있는 동전을 세어보았다. 지갑에는 약 3즈워티가 겨우 남아 있었다.

'이 돈이면 나와 얀치아가 일주일 동안은 우유와 빵을 사 먹을 수 있겠구나.'

그녀는 생각했다.

'그동안에 그 착한 사람들이 일자리를 구해줄 거야.'

스비에토-예르스카 거리에 거주하는 그 사람들은 실제로 아주 착한 사람들이었다. 그들은 자신들에게 존경심과 함께 동정심을 불러일으킨 그 가난한 여인을 도와주려고 백방으로 애를 썼다.

마음씨 고운 그들이 나서자 바르샤바에서 가장 많은 사람에게 일자리를 줄 만큼 부유하고 가능성 있는 잡지사들 중 한 곳에 마리아 루진스카의 남편이 근무하고 있다는 다행스런 상황이 그들을 도와주었다. 그림을 싣는 그 잡지사에서 그녀의 남편은 오랜 경력과 능력을 인정받고 한 몸에 존경을 받고 있는 협력자였다. 그의 말은 발행인에게 큰 영향력을 행사했다. 그리고 편집회의에서도 마찬가지였다. 그가 누군가를 위해 애쓰거나 뭔가 제안을 하면 반대하는 사람이 없었다. 그 밖에도 마리아의 남편 아담 루진스키는 사회적인 문제, 특히 불행한 여자들의 사회적 처지에 대하여 거의 독보적인 관심을 갖고 있는 작가였다. 그는 때때로 자기 집에서 딸을 가르치는 마르타의 모습, 그 젊은 여인의 흥미로운 외모와 상복을 보곤 하였다. 그리고 아내에게서 마르타의 위엄 있는 태도와 고상한 행동에 대하여 자세하게 설명을 듣고는 일자리를 구해주려고 더욱 심혈을 기울였다.

노력의 결과는 성공적이고 빨랐다. 더욱이 지금 방대한 일손이 필요한 잡지사로서는 한 사람을 더 채용하느냐 마느냐 하는 문제—그녀의 청을 받아줄 것인지 거절할 것인지—는 순전히 새로 일할 여인이 그림 실력을 얼마만큼 갖고 있느냐에 달려 있었다.

아담 루진스키의 노력은 상황의 특성상 아주 빠르게 진행되었지만 마르타의 입장에서 보면 그 기간도 아주 길었다. 마르타가 스스로 가정교사를 그만둔 지 일주일이 지났다. 그 젊은 여인은 지금까지 남아 있던 쥐꼬리만 한 돈마저 거의 다 써버렸고, 일자리를 잃어 그럴 수밖에 없게 된 이 상황으로 인해 공포감에 휩싸여 잠도 이룰 수 없었으며 양심에 동요도 찾아왔다.

어느 날 아침 그녀는 시내로 나와 들루가 거리를 걷고 있었다.

마르타는 다시 그 직업소개소를 찾았다. 소장 루드비키 즈민스카는 전보다 더 차갑고 사무적으로 그녀를 대했다.

"나도 들었어요."

직업소개소 소장은 말했다.

"루진스키 댁에서 더 이상 가르치지 않는다고요. 댁이나 나나 아주 안타깝고도 애석한 일입니다. 그런 집안의 의견이 이 직업소개소의 명성에 큰 영향을 끼치거든요."

마르타는 얼굴이 완전히 빨개졌다. 그녀는 소장의 말 속에 가시가 들어 있음을 알아차렸다. 하지만 그녀는 재빨리 고개를 들어 솔직한 표정으로 말했다.

"저를 용서하세요, 소장님. 소장님을 속인 결과가 되었으니……."

"내 개인적으로 그 일이 숨겨진다면야 별로 중요치 않지요."

루드비키 즈민스카가 끼어들었다.

"하지만 만약 다른 사람이 나의 말을 이용하여 속일 때는 이 직업소개소가 그 때문에 더 큰 고통을 당한다고요……."

"제가 소장님을 곤란하게 했군요."

마르타는 연이어 말했다.

"제가 제 자신을 잘못 평가했어요. 루진스키 댁의 따님은 이미 상당한, 아주 높은 수준의 공부가 되어 있는 학생이었어요. 그럼에도 불구하고 제가 정말 기초 분야를 가르친다면 그 일은 해낼 수 있으리라고 생각이 들어 소장님께 다시 한 번 찾아오게 된 겁니다. 제가 기초 분야의 지도를 할 순 없을까요?"

루드비키 즈민스카는 아주 냉랭했다.

"기초 지도를 하겠다는 사람들은 그런 교습을 받겠다는 사람보다 훨씬 많습니다."

그녀는 잠시 후 일련의 아이러니가 섞인 목소리로 말했다.

"경쟁이 심해 수당도 아주 낮다고요. 시간당 사십 그로시, 많아야 이 즈워티 정도……."

"얼마든 상관없어요."

마르타는 말했다.

"다른 도리가 없으니 그렇게라도 해야지요. 그러나 나는 댁에게 아무것도 약속할 수 없습니다. 알아보기는 하겠지만…… 내가 알고 있는 모든 곳은 지금 현재 이미 자리가 다 찼어요. 오래 기다려야 될 겁니다."

마르타는 그렇게 말하는 루드비키 즈민스카를 유심히 쳐다보았다. 슬픔과 생각에 잠긴 마르타의 두 눈은 침착하게, 자신이 처음 이 직업소개소에 찾아왔을 때 이 중년 부인의 얼굴에서 본 감동과 선의의 태도가 다시 빛날 것을 기대했다. 그러나 그녀는 이전과는 달리 냉랭하고 사무적이었다. 마르타는 그 소장의 입에서 두 달 전에 들었던 말을 떠올렸다.

'여성은 어떤 일에 특별한 자질이나 완벽한 지식을 소유하고 있어야만 일자리를 얻고 독립된 생활과 존경을 받는 위치에 설 수 있다.'

마르타는 그런 조건들 중에 어느 것 하나도 갖추지 못했다. 마르타로부터 한 번 속아본 소장은 마르타의 능력에 가치를 인정할 만한 것이 별로 없는 이상, 마르타를 자신의 기관에 이익을 갖다주기보다는 억지를 부리고 신용에 손상을 끼치는 고객으로 보는 것이 분명했다. 그러나 매일 이곳을 방문하는 사람들 중에는 마르타처럼 입으로는 그렇게 말하지만 머리에 든 지식은 부족한 경우가 아주 많아―마르타를 맞이한 소장의 입장에선―그녀에게 진지한 공감의 말조차 해줄 수 없었다.

마르타는 가르치는 일엔 이제 자신의 경력이 완전히 끝났다는 것을 이해했다. 어딜 가든지 사람들은 무엇보다 먼저 그녀가 가진 지식이라는 상품을 보고 싶어 하고, 선택의 폭 또한 너무 좁음을 알아차렸다. 그녀를 빈손으로 돌려보내거나 아주 낮은 소득이 기대되는 곳마저도 오랫동안 기다리도록 줄을 세워버린다는 것을 알았다. 마르타는 아무리 적은 수입도 받아들일 자세가 되어 있었지만, 오랫동안 마냥 기다릴 수는 없었다.

들루가 거리에서 스비에토-예르스카 거리로 걸어가면서 마르타의 머릿속에는 한 가지 생각밖에 떠오르지 않았다.

'초라한 다락방으로 이사하던 날 저녁, 내가 일하고 싶다고 말만 하면 노동자의 행렬에 설 수 있을 것으로 생각했던 나는 얼마나 어리석고 얼마나 나를 몰랐으며 얼마나 세상을 몰랐던가. 그리고 지금 나는 이 거리에서 저 거리로 방황하며 이 사람 저 사람을 찾아다니게 되었구나……. 그럼에도 불구하고…… 내게 능력이라도 있었더라면…….'

마리아 루진스카는 반가운 얼굴로 방문객을 맞이하며 진심어린 악수를 하고는 그 방문객이 묻기도 전에 먼저 말을 꺼냈다.

"남편이 동업하고 있고 부분적으로는 편집인들 중 한 사람으로 참여하고 있는 잡지사에서 그림 그릴 줄 아는 사람이 필요하대요. 이것은 유명 화가가 그린 스케치인데, 그 잡지사에서 이걸 한 번 베껴보라고 보내왔답니다. 보수는 부인의 실력에 따라 지급한답니다. 부인이 지금 하게 되는 일은 앞으로 있을 여러 건의 계약을 성사시키는 시험대이기도 해요."

도회지 건물 처마 끝의 수많은 코니스*와 모퉁이를 지나 길을 내어온 십이월의 창백한 햇살은 다락방의 작은 창문을 황금빛으로 물들이고, 방 안 탁자의 검은 표면까지 미끄러져 들어왔다. 마르타는 탁자에 앉아 자신 앞에 놓여 있는 그림을 바라보았다. 그림에는 가지가 넓게 퍼져 있는 나무 몇 그루와 짙은 관목 몇 그루가 있고, 나무 그늘 아래로 아름다운 여인의 모습이 보였으며, 얽혀 있는 나뭇가지 사이로 고개를 내밀며 웃고 있는 아이의 머리도 보였다. 원경으로는 명확하진 않지만 아름다운 윤곽선이 보이고, 댕댕이덩굴이 덮인 베란다가 있는 작은 농가 한 채가 보였으며, 그 집 뒤로 길이 나 있었다. 길은 구불구불하고 흐릿한 선을 여러 곳으로 뿌리며 저 멀리 사라져갔다. 이 작품은 일상생활의 한 장면을 나타낸 소품이지만 소질 있는 화가의 능숙하고 감동적인 손에 의해 만들어진 것으로, 크기는 작지만 매우 아름다웠다. 볼품없는 네 개의 창문이 웃음소리를 아름답게 품고 있는 농가를 시작으로 나무숲 그늘에 앉아 걱정 하나 없어 보이는 우아한 여인의 모습과 장미나무의 얽힌 가지 속으로 보이는 개구쟁이 아이들, 구불구불한 선으로 그려진 안갯속 길로 끝나는 광경. 이 모든 것이 감상하는 이를 교묘하게 주목시켰다. 그림은 특색을 잘 표현했다는 인상을 갖게 했으며, 보는 이로 하여금 눈을 뗄 수 없게

* 고전 건축에서 기둥머리가 받치고 있는 세 부분 중 맨 위

만들었다. 또한 상상력을 부추기며 비교와 추측도 가능하게 했다. 완벽하고 정확하며 놀라울 정도로 쉽게 표현된 이 작품은 시적 감흥과 어울려 그 가치를 부각시키고 높여주었다. 영감과 기술, 이 두 가지 모두가 능숙하면서도 동시에 힘 있는 손으로 깊은 감정과 단순한 매력과 평화로운 조화로 가득 찬 일련의 선들을 화판에 그렸던 그 순간에 그림은 작가에게 큰 힘이 되어주었다.

그러나 이 작품의 기술적 가치는 지금으로서는 마르타의 관심 밖이었다. 무엇보다도 그녀는 그림을 보면서 느낀 회상의 힘과 대비의 비극성에 사로잡혀 있었다. 농촌 가옥과 그늘을 드리워주는 나무들, 그 숲 뒤에서 장난을 치는 듯한 두 어린아이를 지켜보는 젊은 어머니의 얼굴. 이를 보면서 마르타의 가슴속에는 슬픔과 희열의 감동 어린 물결이 쏟아져 들어와 마르타는 과거를 회상하게 되었다. 마르타도 한때는 이런 평화로운 곳에 살았다. 꽃피고 그늘 있는 초원에 살았다. 솜털 같은 초원 위를 가벼운 발걸음으로 뛰어 다녔다. 작은 손으로 키 작은 장미넝쿨의 꽃을 꺾기도 하고, 꽃향기 가득한 곳에서 작렬하는 태양으로 데워진 네 개의 창문 사이로 댕댕이덩굴 뒤덮인 베란다를 뛰어다니기도 했다. 댕댕이덩굴은 사랑하는 아이를 위해 언제나 푸른 텐트처럼 서늘하고도 시원한 피난처를 마련해주었다.

마르타의 어머니는 자상한 눈길로 마르타의 빠른 걸음을 따라가주기도 했으며, 돌이나 움푹 패인 곳이나 장애물이나 위험할지도 모르는 길이 나올까 봐 걱정스러운 목소리로 집에서 너무 멀리 가지 말라고 말해주었다. 괴상한 언덕과 눈에 보이지 않는 곳에서 넘어져 쓰러지거나 없어지기라도 할 때면, 걱정이 되어 크게 이름을 부르며 몸을 떨었던 적이 많았다.

시골 농가의 아이였던 마르타도 집 뒤로 돌아 돌 많고 구불구불한 길을 따라 들길을 걸어가본 적이 있었다. 신비스러운 언덕과 미지의 공간 사이, 장애와 위험이 도사리는 세상으로 들어왔다가 끝내는 이곳까지, 사면이 둘러싸인 도시의 높은 건물 맨 꼭대기에 좁고 장식도 없으며 차갑고 공기마저 부족한, 외로운 벽으로 둘러싸인 이곳까지 왔다……. 이것은 과거와 현재의 대조다. 마르타는 작품에서 눈을 떼고 방 안을 살피다가 엄마가 쓰던 양털 숄로 몸을 휘감은 채 추위에 떨고 있는 창백한 어린아이에게 눈길을 멈추었다. 그리고 그녀는 고통을 참는 새처럼 아이의 머리를 자신의 무릎에 꼭 눌렀다……. 저 그림 속의 장미넝쿨 끝에 날개를 펼치고 파닥거리는 작은 새의 모습이, 마치 어린 시절 마르타의 귀에 익은 작은 새가 지저귀는 소리처럼 들려왔다. 그런 과거의 기억이 마르타에게 메아리가 되어 힘들고 추위에 떠는 어린아이의 숨소리와 연결되었다……. 어머니의 아름다운 얼굴이 그 회상의 실을 따라 마르타에게 다가왔다. 아버지의 온화한 모습도 다가왔다. 또 감미롭게 마르타를 바라보며 사랑을 고백하고, '내 아내가 되어주오!'라고 말하던 청년의 까만 두 눈도 보였다. 마르타에게는 생명보다 더 소중했지만 지금은 영원히 죽음의 어둠에 갇힌 이 모든 것들이, 어린 시절과 소녀의 천진난만한 사랑을 펼치던 모든 곳들이, 또 꺼져버린 모든 불빛과 멀리 달아난 매혹들이, 독이 스며든 기쁨과 부서져버린 지지대들이 지금 생생하게 되살아나 떨면서 지난날의 형태와 색깔을 그대로 지닌 한 폭의 그림이 되었다. 그림은 마치 외롭고 작은 방의 공허하고 차가운 잿빛 구석을 배경으로, 아주 낡고 헐벗은 테두리로 그녀 앞에 나타났다.

마르타는 그림을 더 이상 보지 않았다. 좁은 공간에 고정된 그녀의 두 눈은 눈물의 형태로 녹아내리지는 않았지만 유리 같은 베일로 가려졌다. 그녀의 가슴은 가쁘게 숨을 내쉬었지만 울음을 터뜨리진 않았다. 고통의 눈물이 내부를 찢어놓았지만 마르타는 이에 대항하려고 애썼다. 헐떡거리는 숨을 진정시키려고 애쓰면서 그녀는 자신의 내면과 싸웠다. 그리고 지난날에 대한 회상과 일렁거리는 수많은 꿈을 밀쳐버리면서 자신의 뜨거운 머리와도 싸웠다. 두 눈에서 나올 모든 눈물 속에서, 가슴을 흔들 모든 신음 속에서, 희망 속에서, 사랑의 묘지 위에서 울고 있을 영혼의 격렬한 고통 속에서 살게 될 앞으로의 순간순간에 마르타 자신이 지닌 힘과 소원은 하나둘 없어질 것이고, 정력과 인내와 투지도 조금씩 사라질 거라며 조언하는 숨은 목소리도 있었다. 그리고 그런 힘과, 그런 의지와, 그런 투지가 그녀에겐 필요했다. 마르타의 삶에서 아침이 다정하고 여유로왔다면 정오는 잔인하고 요구하는 것도 많았다. 얀치아가 잠을 깨 창백한 얼굴을 들고 엄마를 바라보았다.

"엄마!"

아이는 신음 소리를 내며 말했다.

"오늘 정말 추워! 불 피우면 안 돼요?!"

마르타는 아무 말 없이 고개를 숙여 아이를 팔에 안고 아이의 작은 머리를 가슴 쪽으로 세게 당겨 아이의 이마를 입으로 누르고는 그렇게 한동안 움직이지 않고 가만히 있었다. 갑자기 마르타는 자리에서 일어나 얀치아를 양털 숄로 감싸고 낮은 의자에 앉힌 뒤 아이 앞에 무릎을 꿇고 앉아 웃으며 아이의 창백한 입에 키스하고는 걱정 말라는 투로 말했다.

"얀치아가 이 인형하고 조용히 놀고 있으면, 엄마가 내일이나 모레쯤 일 마치고 땔감을 사 와서 얀치아를 위해 아름답고 따뜻한 불을 피워줄게. 그러면 되지, 얀치아? 사랑하는 아가, 좋지?"

마르타는 웃으며 그렇게 말하고 아이의 차가운 손을 따뜻하게 잡아주려고 애썼다. 얀치아도 웃고는 자신을 바라보고 있는 엄마의 두 눈에 두 번 입 맞춰 잠시 눈을 감게 만들었다. 얀치아는 자신의 인형과 작은 나무로 만든 장난감 몇 개를 집어 들고는 이제 시커먼 연기에 그을리고 텅 비어 찬바람만 나오는 벽난로 밑바닥을 보는 것도 그만두었다. 완연한 침묵이 다시 작은 방에 감돌았으나 마르타는 탁자에 앉아 훌륭한 화가의 작품에 다시 주의를 기울였다.

의지의 명령에 밀려 패배하고 물러난 회상과 마음의 고통은 지금 마르타의 가슴 밑바닥에서 죽지 않고 조용히 남아 있었다. 그녀의 얼굴에는 정신력이 한곳에 모여 긴장감마저 서려 있고, 온 힘과 노력을 다해 새로운 시도를 하고자 하는 그녀의 두 눈은 열정적인 생명의 반짝거림으로 빛났다. 마르타는 그 작품을 그린 화가의 이상이나 그림이 주는 감동적인 서정성과 시적 감흥에 집중하기보다는 그 미술품의 능숙한 완성 기술과, 풍부한 표현의 기법에 관심을 가졌다. 그 기법은 예술의 기초 저 밑까지 가서는 동시에 새의 깃털처럼 쉽게 작품의 표면에 미끄러졌으며 작은 수단으로도 아름답게 표현하였다. 아주 사소한 선조차 모두 생각을 집어넣어 편평한 표면의 모든 부분에서 다양한 선으로 명암을 잘 표현하고 있었다. 마르타는 한 번도 자연 그대로를 그려본 적이 없었지만 언젠가 작은 풍경과 나무, 꽃, 사람의 얼굴을 베껴본 적은 있었다. 그래서 마르타는 앞에 놓인 이 완벽한 작품에 매료당했지만 두렵지는 않았다.

'정말 나는 이렇게 아름다운 그림을 그리는 화가가 될 수는 없겠구나.'

그녀는 생각했다.

'하지만 이런 그림을 베낄 수는 있을 거야…… 나는 해내야 돼…….'

그런 생각을 하면서 마르타는 그림 그리는 도구가 든 기다란 상자를 열었다. 착한 마음씨와 섬세한 감정을 지닌 마리아 루진스카는 가난한 마르타가 또다시 당황하지 않도록 마르타의 손에 베낄 그림 한 점과 함께 화구 상자까지 쥐어주는 배려를 하였다. 마르타는 크레용이 종이 위에서 미끄러지자 이제 손도 잘 놀려지고, 생각 또한 그 예술가의 생각과 정확히 합치되었으며, 눈으로도 그 선들의 복잡한 굴곡과 아주 미묘한 차이가 나는 명암, 서로 엇갈리는 부분까지 쉽게 포착할 수 있었다. 심장은 더 세차고 즐겁게 뛰고, 숨소리는 더욱 안정되었으며, 엷은 홍조가 창백했던 뺨에 나타나고, 두 눈은 평화와 열정으로 빛났다. 고통받는 이들을 위로하는 사람이자 외로운 사람들의 동반자이며, 인생의 태풍에 여기저기로 내밀리는 사람들의 보호자인 노동은 마르타의 가난한 다락방으로 들어와 그녀에게 평화를 가져다주었다. 작은 방의 벌거벗은 벽들을 어루만져주던 아침의 태양은 지금은 안타깝게도 많은 집들의 높은 천장 아래로 사라졌다. 저 아래 대도시는 둔탁하면서도 신비스럽고 끊임없는 소음을 무의미하게 펼치고 있었지만 마르타에게는 아무것도 보이지 않고 아무것도 들리지 않았다.

마르타는 이 작은 방의 한 구석에서 조용히 놀고 있는 어린아이를 쳐다보려고 잠시 자신이 하는 일에서 눈을 떼어 몇 마디를 해주고는 다시 자신의 일에 몰두했다. 그녀의 눈썹이 함께 치켜 올라가면 깊은 사념에 잠긴 표정이 이마에 나타나곤 했다. 예술의 어려운 문제들은 극복될 수 없는 일인 것처럼 끈질기게 나타났다. 하지만 그녀는 그 어려운 것들과 잘 싸웠고 그 문제들을 다행히 풀었다고 느꼈다. 그녀가 고개를 들어 자신이 그린 그림을 바라보았을—그녀가 자신의 그림을 대가의 작품과 비교하기 시작했을 때—입가에는 그간 보이지 않던 웃음도 간혹 나타났다. 그녀의 머릿속에 했을 의심과 걱정도 자주 떠올랐지만, 그것들은 자신의 힘에 비해 무거운 중압감으로 여겨지고 자신의 마음에 비해 너무 고통스러운 뭔가로 여겨져 모두 떨쳐버렸다. 그녀는 긴장한 두뇌와 의지의 힘으로 자신의 작업 대상에 정성을 쏟아부었고, 애착심을 다해 자신이 일하고 있는 사물에 온 마음과 힘을 바쳐 작업했다. 자신의 머리로 또 자신의 영혼으로 또 자신의 온 힘으로 작업했기에 이 작은 방에 황혼의 첫 그림자가 모여들기 시작했을 때에야 비로소 그림 작업을 마쳤다.

마르타는 얀치아를 불러 무릎에 앉히고는 아이의 얼굴을 바라보며 웃음을 지었다. 그러나 지금의 웃음은 아침의 웃음과는 달랐다. 고통스러운 마음으로 강요되어 짓는 것이 아닌, 슬픈 두 눈

과는 반대의 것도 아닌 웃음이었다. 그 웃음은 마르타에게서 헤
엄치고 있었고, 그녀는 그 작업으로 인해 평화로움을 얻게 되었
다. 그것은 희망으로 따뜻해진 한 젊은 엄마의 가슴에서 우러나
온, 억지라곤 전혀 없는 웃음이었다.

마르타는 귀여운 딸에게 동화 하나를 들려주었다. 그 동화에서
는 기적이 여러 번 일어났고 정말 아름다운 색채가 있었으며 새
들의 노랫소리도 들리고 천사의 날개도 나타났는데 이는 모두 아
이의 정신에 강하게 흡입되어 상상력을 불러일으키게 했다. 하지
만 마르타가 오래전부터 이야기 듣는 즐거움을 잃은 아이의 귀여
운 귓가에 환상적 이야기를 긴 실타래 풀 듯 풀어놓았을 때, 마르
타의 머릿속엔 삶의 노래를 주제로 한 후렴 같은 것이 끊임없이
되풀이되면서 한 가지 생각만 맴돌았다. '내가 성공이라도 했다
면…… 내가 성공한다면…… 내게 능력이 있다면!'

'내가 성공했을까? 나에게 능력이 있을까?' 마르타는 며칠 뒤
루진스키 부부의 저택 계단을 오르면서 생각했다. 젊은 여인의 내
부에서 제기된 질문은 이번엔 확실한 답을 받지 못했다. 하지만
그 답은 곧 나올 것이다. 내일 편집회의가 예정되어 있어 유능한
분들이 그녀의 노동의 가치를, 예술적인 능력의 수준을 평가해줄
것이었기 때문이다.

마리아 루진스카는 말했다.

"모레 아침에 오세요. 남편이 내일 회의를 하고 결과를 알려드
릴 거예요."

약속한 날짜와 시간에 마르타는 다시 그 집으로 갔다. 아름다
운 거실에 있던 안주인은 평상시처럼 친절하게 그녀를 맞이하며

그녀가 이틀 전에 완성한 그림이 놓여 있는 테이블 옆 안락의자에 앉기를 권했다. 테이블 곁에는 학식 있고 고상하고 온화한 얼굴의 중년 남자가 앉아 있었다. 그 사람이 아담 루진스키였다. 그는 존중의 표정으로 자리에서 일어나 마르타와 인사를 나누려고 손을 내밀었다. 마르타가 자리에 앉자 그는 자리에 도로 앉아 두 눈을 아래로 하고 잠시 침묵했다.

마리아는 거실 안쪽으로 물러나 동정 어린 얼굴로 턱을 괸 채 두 눈을 아래로 하여 조용히 앉아 있었다. 일 분 정도 무거운 침묵이 거실을 휘감았다. 여기 모인 세 사람 모두 대화의 첫 마디를 꺼내기가 어려웠다. 아담 루진스키가 맨 먼저 이 침묵을 깨뜨렸다.

그가 말을 꺼냈다.

"아주 마음 아프게도, 부인께 그다지 반갑지 않은 소식을 전하게 되었습니다. 하지만 이 소식을 다른 사람에게 전달하도록 하는 것도 그렇고 해서……"

아담은 다시 잠시 말을 끊고는 고상하고 숨김없는 태도가 진정 어린 동정심과 연결되어 빛나는 두 눈으로 마르타를 바라보았다. 그는 젊은 여인이 아픔을 받아들일 힘을 가질 시간을 주는 것 같았다. 마르타는 얼굴이 좀 창백해지고, 지금까지 남자의 얼굴을 향했던 긴장된 두 눈길도 내렸다. 하지만 그녀의 입에서는 어떤 놀라움도, 가슴에서는 어떤 한숨도 나오지 않았다. 아담 루진스키는 젊은 여인의 태도와 표정에서 참을성과 강한 정신을 읽어냈다. 잠시 후 그는 말을 이었다.

"지금 부인이 관심을 갖고 계시는 일에 제가 유능한 심판관은 아니니, 부인 앞에서 말하도록 위임받은 사항만 되풀이하고자 합니다. 또한 제가 부인께 숨김없이 전해드리는 것은 앞으로 닥칠지 모르는 다른 배신과 환멸로부터 먼저 벗어나기를 바라는 뜻에서입니다. 사람이란 사회 생활이라는 대문에 처음 나설 때에는 자신이 가진 자산의 정도를 몰라서, 또 기대와는 달리 스스로에게 실망하는 일이 잦아지면서 물질적으로나 정신적으로 큰 해를 입습니다. 부인이 공들인 그림을 보면, 그림 그리는 법도 배웠고 재능도 갖추고 계시는 것으로 판단되지만…… 겉핥기 식으로 너무 부정확하게 배워, 부인의 재능도 충분히 연마되지 못하고 예술이 요구하는 것이 무엇인지도 전혀 모르는 것 같습니다. 그래서 기대하는 만큼 재능을 살리지도, 힘이 되어주지도 못했습니다. 모든 예술에는 양면성이 있습니다. 한 면은 예술에 헌신하는 인간의 본성 그 자체에서, 즉 인간의 천부적인 재능에서 생겨나고, 또 다른 한 면은 노력과 배움에 의지하지 않고는 결코 도달하지 못하는 면입니다. 즉 재능을 통해 영감이 생길 수 있지만, 그런 영감은 지식이 다스려야만 합니다. 재능을 살리지 못하는 기능적 지식만으로는 진정한 예술품을 만들어 낼 수 없습니다. 그런 지식은 수공업 분야에서는 큰 도움이 되죠. 그러나 달리, 기능적 지식을 동반하지 않는 재능은, 가장 잘된 경우에도 절름발이처럼 불완전하고 혼돈된 사물만을 만들어내기 때문에, 원시적이고 맹목적이고 소질이 개발되지 않은 고삐 풀린 상태가 되고 맙니다. 부인이 그림에 재능을, 그것도 아주 큰 재능을 갖고 계신다는 점은, 부인이 그린 그림에 기술적인 실수가 있음에도 불구하고,"

"여보!"

안주인이 말을 중단시켰다. 마리아 루진스카는 자리에서 일어나 대화가 이루어지는 테이블로 다가가서 남편에게 이제 그만하라는 눈짓을 보내고는 지금까지 열심히 듣고 있는 마르타를 동정의 눈길로 바라보았다. 마르타는 그런 제안을 하는 안주인의 걱정스러워 하는 마음을 이해했지만 고개를 들어 확고한 어조로 말했다.

"부인! 사실 그대로를 끝까지 듣고 싶습니다. 지금까지 제가 겪은 경험에 비추어 보면, 지금 남편께서 하신 말씀, 즉 사람이란 사회 생활이라는 대문에 처음 나설 때에는 자신이 가진 자산의 정도를 몰라서, 또 자신의 기대와는 달리 스스로에게 실망하는 일이 잦아지면서 물질적으로나 정신적으로 큰 해를 입는다는 그 엄청난 사실에 대해 공감이 갑니다."

마리아는 다시 테이블 곁의 자리로 가서 앉았고 마르타는 아담 루진스키에게 눈길을 향했다.

"예술에는 단계가 다양하고, 사람들은 다양한 목적으로 예술을 공부합니다. 아무리 낮은 단계의 예술이라도 그 예술 지식을 소유하는 본인이나 주위 사람들의 인생을 순간순간 아름답게 해주고 다양하게 형성해줄 수 있는 어느 정도의 즐거움은 충분히 가져다줍니다. 그런 피상적인 지식 수준의 예술을, 자기 자신의 즐거움을 위한 도구로서의 예술을, 그런 수준 낮은 예술을 우리는 애호가 수준의 예술이라 부릅니다. 그런 애호가 수준의 예술도 살롱이나 좁은 방에서는 중요하고, 또 그것에도 감동과 매력, 시성(詩性)과 오락성이 있습니다. 그러나 이 애호가 수준의 예술은 고상하고 유용한 면이 전혀 없진 않아 인류의 정신에 충분히 넓은 범위를 차지하고 있습니다. 하지만 그런 애호가 수준의 예술은 예술을 아름답게 하고 다양화하는 존재의 정수에 던져지는 첨가물이나 인생의 장식품 혹은 매력적인 빛에 지나지 않습니다. 그런 예술에 예술 자체의 실체적 존재를 건설하고, 인생이 긴 것처럼 그런 길고 긴 정신적 실로 그런 수준의 예술을 휘감는다는 것은 있을 수도 없고 가능한 일도 아닙니다. 불완전한 것으로 완벽한 결과를 기대하기란 어려운 법이니까요. 또 이 세계에 조그마하고 아주 부분적인 봉사란, 실체적 존재와 도덕적 평화로움 같은 중요하면서도 완벽하기에, 상응하는 대가를 바라는 봉사를 요구할 권한이 없으므로 있을 수도 없습니다. 단계를 거론하자면, 그런 애호가 수준의 예술을 뛰어넘는 단계만이, 가장 적게 이해된다 하더라도, 예술주의라고 말할 수 있습니다. 예술주의란 강력하면서도 완벽한 힘입니다. 이는 최종의 경계까지 펼쳐진 천부적이고도 동시에 규정에 잘 맞는 완벽한 재능과, 근본적이면서도 방대한 과학으로 구성되어 있습니다. 애호가 수준의 예술이 인생의 즐거움을 주는 도구라고 한다면, 예술주의는 삶의 신체적·도덕적 존재를 동시에 지지해주는 아주 단단한 반석이라 할 수 있습니다. 그러나 학문이나 수공업 분야에서와 마찬가지로 예술 분야에서도 사회에 내놓는 작품에 시간, 노동, 지식, 숙련이라는 자본의 요소를 가장 많이 투여한 사람만이 최고의 대접을 받습니다. 다른 분야와 같이 이 분야에서도 경쟁이 존재합니다. 요구와 제안이 서로 상반되고 작용도 하며 서로 저울질해보기도 합니다. 다른 곳과 마찬가지로 여기서도 노동자에 대한 대우는 그 사람이 만든 작품이 얼마나 공들여 완벽하게 만들어졌는가에 비례합니다. 예술 분야도 인간의 노동으로 표현되는 다른 분야와 마찬가지로, 자신의 생계를 위해 나은, 더 훌륭한 조건을 얻어낼 수 있지만, 이 경우에도 애호가의 수준이 아니라 정말 타고난 재능과 지식 있는 예술가의 조건을 갖춘 사람만 대접을 받습니다."

여기까지 말하고 나서 아담 루진스키는 자리에서 한 번 일어나 마르타에게 경의를 표하고는 계속 이어나갔다.

"제가 너무 장황하게 설명한 점을 용서하십시오, 부인. 하지만 부인께 말씀을 드리면서 몇 마디로 끝낼 수는 없었습니다. 제 입을 빌려 부인의 일을 거절한 사람들이 변덕 때문이나 뭔가 편견 때문에, 이 경우에는 거의 죄가 될지도 모르지만, 그렇게 결정했다고 생각하실까 봐 걱정이 되기도 했습니다. 부인의 그림은 우리 잡지사가 요구하는 수준에 부합하지 못했습니다. 원작이 갖고 있는 아이디어나 특징을 충분히 나타내지도 못했고, 정확하게 그리지도 못했습니다. 예를 들어 부인께서 그린 이 젊은 여인의 얼굴에는 감수성과 애정은 나타나 있지만, 유능하고 경력이 화려한 이 화가의 풍부한 표현력에 비교하면 그 얼굴 특색이 안개처럼 불명확합니다. 그런 불명확성 때문이기도 하거니와, 귀한 존재들의 움직임을 유심히 바라보고 있는 저 여인의 눈가의 표현력은 얼마나 부족합니까! 뭔가 조심하라며 다정하게 소리지를 준비가 되어 있어야 하는, 조금 앞으로 숙인 이 여인의 모습은 또한 얼마나 부자연스럽습니까! 원작에는 짙푸른 가지들이 호사스럽게 펼쳐져 있는 데 비해 부인이 그린 것은 마르고 병든 모습입니다. 작가는 집 뒤로 나 있는 길을 신비의 안개 속으로 의도적으로 묻어버렸지만, 부인의 작품에서는 크레용의 선들이 세련되지 못하게 그려져 있어, 감상하는 입장에서는 수수께끼처럼 이해 안 되는 검은 선으로만 보입니다. 부인께서 우리 작가가 그린 의도를 잘 살펴 이 작품을 사랑하게 된 것은 사실입니다. 그런 점은 보였습니다. 그러나 전반적으로 세밀함에 있어 이 작품의 어려운 점을 극복하지 못했습니다. 부인께서는 크레용을 사용하여 예술의 기법과 고군분투했지만 그 점을 통과하지 못했습니다. 그것은 부인의 손에 충분한 지식과 경험이라는 수단이 없었기 때문입니다. 이것이 제가 두 배의 슬픔을 안고서 말씀드리는 진실의 전부입니다. 부인을 아는 한 사람으로서, 부인이 소질을 잘 계발하지 못한 점이 정말 애석하군요. 부인께서 소질이 있다는 것은 의심에 여지가 없습니다. 더 많이 배우지 못하고, 더욱 기초를 단단히 하지 못하고, 더 넓게 배우지 못한 점이 유감입니다. 그렇다고 지금 배울 수 있는 상황도 못 되고 하니……."

마르타는 자리에서 일어나 꼭 잡고 있던 두 손을 천천히 풀어 작은 소리로 말했다.

"지금 배운다는 것은 불가능합니다…… 그럴 시간도 나지 않아요."

이렇게 말하고는 더 말을 하지 않았다. 한참 동안 그녀는 눈을 아래로 내린 채 말없이 서 있었다.

아담 루진스키는 정말 흥미와 존경 어린 태도로 그녀를 쳐다보았다. 눈물, 울음, 비난, 기절이나 경련의 모습을 마르타에게서 기대했지만, 배울 수 없음과 배울 시간이 부족해 애석함을 나타내는 말 몇 마디만 들을 수 있었기 때문이다.

만약 이 여인이 자신의 기대와 희망에 찬물을 끼얹는 사형선고

와도 같은 엄한 판결을 끝까지 듣고 잠시 평정을 가진 뒤에 자신이 처한 상황의 불확실성과 불명확성이라는 표현하기 어려운 짐을 눈물 한 방울도 없이, 한숨 한 번 제대로 쉬지 않고 자신의 어깨에 감당할 수 있다고 한다면, 이 우아하고 섬세하고 고상한 모습의 이 여인은 정말 대단한 에너지를 지녔다고 할 수 있다. 그런데 이 젊은 여인은 이 순간 심장과 머리가 말할 수 없이 무거웠지만 울지도 않았고 큰 소리로 한숨 짓지도 않았다.

사람들의 뭇 눈길을 부끄러워하지 않는 긴 한숨과 울음의 시간은 아직 마르타에게 오지 않았고, 한 인간으로서의 자존심도 아직 무너지지 않았으며, 온 힘도 아직 소모 단계는 아니었다. 마르타는 지금 칼바리아 언덕 입구에 가까스로 서 있다. 이제 겨우 마르타는 인생의 두 정거장을 지난 정도였고, 부끄러움을 두 차례 느꼈으며, 자신이 무능함에 심하게 몸을 떨었다.

마르타는 폭발하려는 감정을 자존심과 의지로 견뎌나갈 만큼의 힘을 지니고 있었지만, 희망을 포기하기에는 자신에 대해 아는 것은 별로 많지 않았다.

아담 루진스키는 가난한 이 여인이 고통의 순간을 침묵으로 이겨내는 것에 존경심이 우러나왔다. 마르타와는 몇 번 인사를 나누었지만, 이 순간이 낯설었던 아담은 자리를 피해주어야겠다고 느꼈다. 그는 정말 존중하는 표정으로 마르타에게 작별인사를 하고는 거실에서 나왔다. 그의 아내는 마르타의 두 손을 꼭 쥐고서 재빨리 말했다.

"희망을 잃지 마세요, 부인! 이번에도 부인의 정당한 기대를 들어주지 못하고 위로도 못 해드리고 떠나보내야 하니 제 마음도 편치 않군요. 부인께서 그동안 살아온 과거는 잘 모르지만, 부인과 또 다른 사람의 생계를 위해 벌지 않으면 안 되는 처지가 되었으나, 일할 준비를 못한 상태에서 불행히도 갑자기 가난이 닥쳐왔을 거라는 제 추측이 맞았네요…….”

마르타는 서둘러 이렇게 말하는 부인 쪽으로 눈을 들었다.

“네.”

마르타는 힘을 내어 그 부인이 하는 말을 끊었다.

“그래요, 그렇게 되었어요…….”

마르타는 다시 두 눈을 아래로 내리고는 잠시 말을 잇지 못했다. 지금까지 어렴풋이 이해하고 있던 것을 안주인이 말로 표현해주자 마르타는 갑자기 모든 것이 확실해졌다.

“그래요.” 마르타는 힘주어 다시 말했다.

“가난하게 된 것도, 일자리 구하는 것도 갑작스럽게 닥친 일이지요. 가난을 대비해 준비해놓은 것은 없었고, 일자리를 위해 아무것도 배워두지 못했습니다…… 제 지난 시절은 평화로움과 사랑과 즐거움이었지요…… 태풍이 불거나 혼자가 될 때를 대비해서 과거에서 가져올 것은 없습니다…….”

“운명도 잔인하군요!”

마리아 루진스카는 잠자코 있다가 말을 꺼냈다.

“아, 세상의 모든 아버지 어머니가 이런 잔인한 운명이 닥쳐올 줄 안다면, 그럴 가능성도 있다는 것을 추측하기라도 한다면…….”

마리아는 두 손바닥으로 눈을 한 번 만지고는 재빨리 자신의 울적한 마음을 진정시키고 마르타에게 몸을 돌렸다.

마리아가 말했다.

"부인의 이야기를 좀 해보세요. 가려 했던 두 분야에서 뚫고 나갈 도구가 부족해 부인이 밀렸지만 희망과 용기를 잃지 말아요. 가정교사라는 직업과 미술가라는 직업이 부인에겐 맞지 않았지만 정신 노동과 예술 노동만 인간 활동의 전부라고, 더욱이 여자들의 활동분야의 전부라고 할 순 없어요. 아직도 산업, 상업, 수공업 분야가 남아 있죠. 부인이 제 남편과 대화를 나누고 있을 때 다행히 이런 생각이 머리에 떠오르더군요…… 명주 옷감을 많이 취급하는 의상실 안주인이 나와 친하게 지냅니다. 공부도 몇 년 같이 해서 우리가 우정이라 표현할 순 없어도 친하게 지내는 정도는 되지요. 그녀가 운영하는 의상실은 아주 커서 유행상품을 많이 취급해요. 점원과 사무원이 군대만큼이나 필요하답니다. 또한 그 안주인을 극장에서 만난 지 일주일이 채 안 돼요. 그때 매장의 유능한 점원 하나가 나가버려 몇 가지 어려운 점이 생겼다고 말하는 걸 들은 기억이 있어요. 상점에서 일하면서 옷감을 재고, 창문 쪽으로 진열하는 일이야 할 수 있겠지요? 그런 자리는 급료도 아주 세니 정직함이나 적당한 외모, 좋은 태도를 요구할 것 아니겠어요? 부인, 저와 함께 그 안주인을 만나보러 갈까요? 내가 소개하고 또 필요하면 옆에서 말을 거들기만 하면……."

마리아 루진스카의 말이 끝나고 십오 분 뒤, 두 여인을 태운 사륜마차가 세나토르스카 거리에서 가장 번화한 전문점들 중 한 상점에 멈추어 섰다. 아주 예쁜 말이 몇 필 묶여 있고 앞좌석에는 제복 차림의 마부가 앉아 기다리는 유개마차 두 대가 거울처럼 넓은 유리문 앞에 서 있었다.

사륜마차에서 내린 두 여인은 상점 안으로 들어섰다. 출입문에 달린 초인종이 울리자 매장을 이등분하는 긴 테이블 뒤쪽에서 젊은 남자 한 사람이 정중하게 인사를 하며, 무엇을 찾는지 물어왔다.

마리아 루진스카가 대답했다.

"에벨리노 드 부인을 만나 뵈러 왔습니다. 안에 계시지요?"

"잘 모르겠습니다만," 다시 인사를 하면서 그 남자 점원은 말했다.

"곧 알아봐 드리죠."

이렇게 말하고 그는 반대편 벽 쪽으로 달려가 아래층의 목소리가 위층으로 연결되는 튜브의 한 끝에 입을 댔다.

"지금 외출 중이신데, 곧 돌아오신답니다."

위층에서 누군가 말했다. 남자 점원은 출입구에 서 있는 두 여자에게 다시 돌아왔다.

"이쪽으로 오시죠, 부인."

그가 말했다. 그는 매장의 한 모퉁이를 차지하고 있는 우단 소파를 가리켰다. "아니면," 그는 융단이 깔린 계단 쪽으로 손을 펴면서 말했다.

"위층에라도……."

"여기서 기다리지요."

마리아 루진스카가 말했다. 그러고는 같이 온 마르타와 함께 소파에 앉았다.

"위층에서 에벨리노 드 부인을 만날 수도 있겠지만," 마리아는 마르타에게 나직이 말했다.

"이 매장 주인과 만나기 전에 부인이 진열된 옷감을 파는 저 사람을 유심히 관찰해두시면 어떤 일을 하는지 파악하실 수도 있지 않겠어요."

매장 안쪽 깊숙한 곳에서 활기 넘치는 광경이 두 여인의 눈에 들어왔다. 그쪽에는 큰 소리로 떠들며 특별한 열기마저 느껴지는 투로 말하는 여덟 사람이 서 있었다. 끊임없이 스르륵거리며 펴졌다가 되감기는 수많은 옷감들과, 이 세상의 온갖 색깔로 빛나는 찬란한 명주 옷감들이 보였다. 값비싼 옷감이 서로 겹겹이 쌓여 무리를 이루거나 펼쳐진 채 출렁거리며 긴 테이블을 완전히 뒤덮은 한쪽에는 공단과 담비가죽 옷을 걸친 여자 손님 넷이 서 있다. 그들이 상점 앞에 세워둔 유개마차 두 대의 주인들인 모양이었다. 테이블의 다른 편에는 남자 넷이 서 있었다……. 그랬다. 그들이 이 매장에서 이루어지는 일이 어떤 것인지 파악하려면 사람들의 신체의 온갖 모습을 파악하는 것 외에는 다른 방법이 없다. 즉, 서 있기, 걸어 다니기, 뛰어 다니기, 사방으로 고개를 숙이기, 사다리로 벽을 오르내리기, 여러 가지 의미로 인사하기, 손, 눈썹, 가슴, 머리, 입, 심지어 머리카락까지 이용해 다양한 움직임으로 각양각색의 몸짓을 만들어내기…… 그중 머리카락을 이용한 동작은 일상적인 상황에서는 인간의 조직기관과 그 외관상으로 극히 작은 역할을 하지만, 여기서는 그것도 특별한 관심 사항이 되었다.

젊은 점원들은 머리에 기름을 발라 반짝거리게 하고, 향수를 뿌려 향긋한 냄새를 풍기고, 또 머리카락을 괴상한 고리 모양으로 잘라 무슨 의미라도 주는 듯이 무질서하게 이마까지 늘어뜨려 곱슬머리처럼 만들어 미용술의 신비함을 보여주려 하고, 가장 위풍당당한 모습을 보이려고 했다. 그런 모습이 자연스럽게 생겨났다면 그렇게 위풍당당하게 보이지 않을 수도 있었다. 명주 옷감을 펼치는 일이나 두 손가락 사이로 뽑아낸 레이스들을 보여주는 일, 세련되고 가볍고 섬세하게 한 마씩 흔들어 보이는 일보다는 좀 더 힘들어 덜 섬세하고 덜 유쾌한 일에 완전히 딱 들어맞을 정도로 특별한 신체의 힘이나 덩치, 튼튼한 근육을 부모로부터 물려받은 것 같았다. 그들의 어깨는 넓고 손은 크고 손가락은 두꺼웠으며 얼굴은 전혀 청년의 모습은 아니었다. 그들의 성숙한 생김새나 수염의 짙은 정도로 보아 서른 살 이상은 되어 보였다. 그들의 넓은 어깨를 덮은 검은 양복은 최신 유행 스타일이라 얼마나 당당한 모습인지! 짙은 수염 아래 넥타이들이 나비 같은 날개를 펼치고 있는 모습은 또 얼마나 아름다운지! 두꺼운 근육의 아주 큰 손은 얼마나 우아한 동작으로 움직이는지! 두꺼운 손가락들을 장식해주는 저 반지들의 취향은 얼마나 다양하면서도 한눈에 쏙 들어오는지! 하얀 눈을 제외하고는 이 세상의 무엇도 그들이 입고 있는 셔츠의 백색미를 능가할 수 없었다. 셔츠의 가슴 쪽에는 부풀린 주름장식과 두꺼운 자수가 새겨져 있다. 이 세상에서 아무것도, 어느 현(絃)도, 어느 용수철도, 어느 구타페르카* 공도, 어느 코르셋으로 단련된 여인의 허리도 그들이 뛰어오를 때의 탄력과, 두 눈의 재빠른 움직임과, 완벽하게 훈련된 혀와 함께 구성된 유연한 동작에 상대가 되지 못했다.

*레이 군도에 서식하는 열대나무의 나무진을 말린 고무같은 물건

"흰 꽃무늬 있는 **멕시케색!***"

젊은 남자들 중의 한 사람이 여러 종류의 옷감을 사려는 두 여자 손님의 눈앞으로 옷감을 펼치며 말했다.

"아마 부인들껜 **멕시케 뷔흐**가 더 어울리실 겁니다!"

다른 남자가 말했다.

"아니시면 느슨하게 짠 **실크, 바다색**이요! 이게 최신 유행이지요……."

"주름치마의 가장자리를 재봉하는 **끌뤼니** 레이스는 이쪽에 있습니다."

테이블의 다른 쪽 끝에서 상냥한 남자 목소리가 들려왔다.

"**발랑시엔느, 알렌손, 브류즈** 레이스, 자수된 것의 모사품, 넓은 주름옷, 투명한 옷도 다 있지요……."

"**비스마르크** 칼라의 파아이유 실크! 너무 밝다 싶고 너무 **눈에 띈다** 싶으면 검은 꽃무늬의 다른 것도 있습니다."

"보르도산 색깔로! 좀 가벼운 것을 원하세요?"

"모잠비크산! 터키산! 갈색 피부를 가진 분들에게 최고지요!"

"부인들에겐 줄무늬가 약간 섞인 게 좋답니다! 가로줄 아니면 세로줄로?"

"줄 많은 옷감은 여기 있습니다! 흰색도 있고 장미색도 있고요. 효과는 최곱니다! **아주 눈에 띄지요!**"

"재색으로 광택이 나는 게 아주 고상하답니다!"

---

*작가는 견직물 전문점 점원의 말투(전문 용어)를 알려주고 있는데, 이 전문 용어들은 실제로 점원들이 사용하는 말이고, 대체로 프랑스어였다.

"흰 바탕에 푸른 안개! 젊은 사람들에게 어울리지요!"

"툭 튀어나온 레이스 아니면 나비형 레이스요? 이건 나뭇잎 레이스인데 톱니 모양과 단순한 것 중에 한번 골라보시지요?"

"꽃무늬가 있는 **비스마르크**를 사신다고요? 탁월한 선택이십니다! 몇 마 드릴까요? 열다섯 아니면 스물?"

"부인들께서는 오목한 테두리가 있는 나뭇잎 레이스를 더 좋아하신다고요? 선택 제대로 하셨네요! 나비 모양이 어울리겠습니까?"

"이 부인께는 재색 광택이 나는 것이, 이쪽 부인께는 흰 바탕의 푸른 안개가 어때요? 몇 마나 드릴까요?"

네 명의 점원과 네 명의 여자 손님들이 나누는 대화의 파편은, 말하자면, 남자들의 입에서 나와 아주 특이한 효과를 내는 참새들의 재잘대는 모습과 같은 인상을 주었다. 그 남자들이 놀랄 만큼 다듬은 억양으로 옷감의 물결치는 듯한 일렁거림과 레이스를 펼칠 때의 낮은 소리를 모방하였지만, 자연이 충분히 강력한 폐와 최고로 잘 만들어진 발성기관을 부여한 남성들의 가슴에서 터져나온 음성이라고 증명해주지 않는다면, 꽃무늬, 줄, 안개, 바탕, 나뭇잎 레이스, 주름치마, 나비 모양 등의 낱말이나, 불완전한 귀로는 이해하기 힘들고 옷감업계에서만 사용되는 해박함을 보여주는 그 모든 재잘거림이 진지한 힘과, 진지한 생각과, 진지한 노동을 대표하는 남자들의 입에서 나왔다는 것은 아무도 짐작조차 하지 못했을 것이다.

"에벨리노 드 부인께서 돌아오셨습니다!"

튜브의 틈새로 흘러나온 저음의 남자 목소리가 매장 안쪽에서 들려왔다. 마리아 루진스카가 재빨리 일어섰다.

"여기 잠시만 기다리세요." 그녀는 마르타에게 말했다.

"이 매장 안주인에게 먼저 따로 이야기한다면 만약 거절당하는 경우에도 부인께서 괜히 싫은 소리까지 듣지는 않아도 될 테니까요. 바라는 대로 일이 잘 풀리면 내가 다시 여기로 오겠어요."

마르타는 긴 테이블의 양편에서 이루어지는 상거래를 아주 큰 관심을 가지고 계속 바라보았다. 때때로 마르타의 창백한 입가에도 웃음이 나타나곤 했다. 점원들이 마치 용수철 튀듯이 뛰어다닐 때, 곱슬머리가 심하게 흔들릴 때, 눈에서 열변을 토하는 모습을 할 때 마르타는 웃음을 내보였다.

한편 마리아 루진스카는 푹신한 융단이 깔려 있는 계단으로 올라가 유리로 된 진열장으로 둘러싸인 두 개의 큰 거실을 지나 아름다운 가구가 놓인 안주인의 방으로 들어섰다. 몇 초 뒤 그 방에는 마루바닥에 미끄러지는, 실크 옷의 살랑거리는 소리가 들려왔다.

"아, 마리, 너구나!"

귀를 간질이며 우아하고 아름답게 속삭이는 듯한 여자의 목소리였다. 그 안주인은 우아하고 하얀 손으로 마리아의 두 손을 잡았다.

"이리 와서 앉자! 깜짝 놀랐어! 너를 볼 때마다 난 행복해! 넌 정말 늘 아름답구나! 너네 서방님은 건강하시고? 언제나 열심히 작품 활동을 하시던걸. 그분의 최근 작품을 읽었는데…… 뭐더라…… 제목이 갑자기 생각이 안 나네…… 하지만 작품이 좋았어. 예쁜 야드비뇨는 공부 잘하지? 오, 하느님, 데브리엔트 부인 밑에서 우리가 같이 공부하던 그 시절은, 마리아, 어디로 가버렸는지! 너와 함께 공부하던 시절이 내겐 얼마나 귀한 추억인지 상상도 못할 거야! ”

우아하고 아름답게 차려입은 여인은 삼십 대의 나이로, 뒤쪽으로 머리를 묶어 위엄 있게 보이려고 했고, 아주 건강한 모습이었지만 때로는 얼굴에 피곤한 기색도 보였다. 값비싼 실크로 덮은 소파에 함께 앉은 마리아의 두 손을 여전히 잡은 채 에벨리노는 검고 넓은 눈썹에 그늘진 두 눈을 아주 규칙적으로 움직이며 숨도 돌리지 않고 말을 쏟아부었다. 그녀가 연이어 말하고 싶어 하는 걸 마리아가 가로막았다.

“에벨리노!”

마리아가 말했다.

“이번에 너와 인사를 짧게 해서 미안해. 다른 것은 다 제쳐두고 아주 중요한 일 한 가지를 부탁하려고 찾아왔어.”

“마리아, 네가 내게 도움을 청할 때도 있구나? 하느님! 이 얼마나 행복한지! 어서 말해. 내가 무슨 도움이 될지! 난 널 위해서라면 이 세상 끝까지 갈 준비가 되어 있어…… .”

“오, 그렇게 대단한 일은 아냐, 에벨리노!”

마리아는 웃으며 말했다.

“실은 얼마 전에 가난한 처지에 있는 한 여인을 알게 되었거든…….”

잠시 후 그녀는 계속 말했다.

“가난한 여자를?”

부유한 상점 안주인이 생기 있게 끼어들었다.

"그럼, 내가 어떻게 도와주라는 거지? 숨기지 말고 말해봐, 마리아! 내 손은 언제나 고통받는 사람을 위해서 준비가 되어 있어! "

이 말을 끝내면서 에벨리노가 한 손을 호주머니에 집어넣어 불룩한 상아지갑을 꺼내 열려고 하자 마리아는 그녀의 손을 막았다.

"적선을 하자는 게 지금 이야기의 핵심이 아냐."

마리아가 말했다.

"내가 말하는 이 부인은 적선을 원치도 않고 받지도 않아…… 대신에 일자리를 구할 수 있으면……."

"일자리라고?"

아름다운 에벨리노는 검은 눈썹을 약간 추켜올리면서 말했다.

"그런데 그녀가 일자리를 못 구한 이유는?"

"그것까지 말하려면 시간이 아주 많이 필요해."

마리아가 진지하게 대답하고는 지난날의 동창이었던 여인의 손을 꼭 쥐면서 간절한 목소리로 말했다.

"에벨리노, 네가 그 부인의 일자리를 좀 마련해줄 수 있을까 해서 찾아왔어."

"내가 그 부인에게…… 일자리를? 하지만 무슨 방법으로, 얘?"

"점원으로 채용해주면 되지."

매장 안주인의 눈썹은 더욱 추켜올라갔다. 놀라고 당황한 표정이 역력했다.

"마리아."

안주인은 생각을 정리하지 못한 채 잠시 후 더듬거리며 말을 시작했다.

"그 일은 내가 할 수 있는 일이 아냐…… 전반적인 매장 일은 남편이 처리하거든…… ."

"에벨리노!"

마리아가 큰소리로 말했다.

"왜 사실을 내게 말하지 않니? 이 매장이 법적으로 네 남편 소유이긴 하지만, 너와 네 남편과 함께 운영하고 있잖아. 어떤 때는 남편보다 네가 더 열심이면서. 네가 거래에 대해 더 잘 알고 있고, 네 계획대로 발전할 수 있도록 온 힘을 기울이고 있다는 걸 모르는 사람이 없지. 그런데 왜 사실을 말하지 않니……."

에벨리노는 마리아가 말을 끝내기까지 가만있지 못했다.

"하긴 그래, 그래."

에벨리노는 생기 있게 말했다.

"너의 요청을 거절하는 것이 유쾌한 일은 아니야, 마리아. 내가 섣불리 변명이라도 하려고 남편 핑계를 댄 것은…… 사과할게. 내가 정직하지 못했어. 그렇지만, 정말로, 마리아, 너의 요청은 들어줄 수 없어. 전혀, 전혀."

"왜? 어째서?"

마리아는 에벨리노만큼이나 생기 있게 말했다. 두 여인 모두 흥분 잘하고 생기발랄한 성격의 소유자인 것 같았다.

"저어, 그건," 에벨리노가 소리쳤다.

"우리 매장에서는 여자가 판매에 나서지 않아. 남자들만 그 일을 하지."

"왜 여자에게는 그 일을 맡기지 않고 남자만 해? 그럼, 그리스 말이라도 할 줄 알아야 해? 아니면 두 손으로 쇠막대라도 휠 줄 알아야 해?”

“그건 아냐!”

안주인이 그녀의 말을 중단시켰다.

“나를 당황하게 만드는구나, 마리아! 네가 자꾸 ‘왜? 라고 하면 내가 어떻게 대답해야 하니?”

“자신의 행동이 어떻다는 걸 인식하지 않으려는 사람 같구나?”

“아냐, 난 그런 사람이 아냐…… 내가 그런 사람이면 이 업계에서 그이를 돕는 활동적인 여직원이 될 수 없지…… 자, 이봐, 그건 관례라고.”

“또 너는 나를 도와주지 않고 빠져나갈 궁리만 하네, 에벨리노. 하지만 그러면 안 돼. 학창시절의 우정을 생각해 내가 너의 분별력이 없음을 말해도 되겠지. 넌 그게 관례라고 말했지…… 하지만 모든 관례에는 이를 준수하는 사람들의 이해나 환경에 근거한 원인이라도 있을걸.”

에벨리노는 서둘러 소파에서 일어나 실내를 여기저기 돌아다녔다. 마룻바닥에 질질 끌리는 그녀의 옷자락 소리가 들렸다. 쌀로 만든 분이 군데군데 뭉쳐진 안주인의 얼굴에는 당황한 표정의 약한 홍조가 일었다.

“나를 꼼짝 못하게 하는군!”

에벨리노는 마리아 앞에 서서 말했다.

“내 입으로 직접 말하는 게 좀 유쾌하지는 않지만, 그렇다고 설명을 하지 않을 수가 없구나. 이유를 말해줄까? 여길 찾는 손님들은 여자 점원에게 물건을 사고 싶어 하지 않아. 손님들은 남자 점원을 좋아한다고.”

이번에는 마리아가 얼굴을 붉히며 어깨를 으쓱했다.

"그 말은 틀려, 에벨리노."

마리아가 말했다.

"또 거짓말을 하는 거 아냐? 그건 있을 수도 없는……."

"하지만 사실이야…… 젊고 잘생기고 요령 있는 남자 점원들이 있어야 매출을 더 많이 올리고 손님들이 더 많이 찾아오지. 특히 여자 손님들이……."

마리아는 부끄러움과 분노 어린 표정으로 얼굴이 달아올랐다. 특히 강한 쪽은 분노였다.

"하지만 그건 메스꺼운 일이야!"

마리아가 외쳤다.

"그게 사실이라면, 그걸 어떻게 설명해야 할지 정말 모르겠구나……."

"나 역시 어떻게 설명해야 할지 모르겠어. 지금에야 하는 말이지만 나는 한 번도 그 점을 신중히 생각해보지 않았거든…… 내게 관심이 있는 것은……."

"어떻게…… 그럼 네 관심은 뭐니, 에벨리노?"

마리아가 끼어들었다.

"그런 관례를 어떻게 부르든지 상관없이 그런 관례에 부합해서 너는 뭔가 나쁜 쪽에 아첨하고 있거나 그게 어떤 것인지 잘 모르지만 아무튼 나쁜 것만은 정말 확실해……."

에벨리노는 거실 가운데 서서 놀란 표정으로 마리아를 쳐다보았다. 그녀의 두 눈에는 지성과 현명함이 보였지만 이 순간 그 검고 반짝이는 눈동자에는 웃음을 참느라고 애쓰는 표정이 역력했다.

"어떻게라고?"

에벨리노는 천천히 말했다.

"이상한 이론 때문에 우리 사업 전부를, 우리와 우리 아이들 삶의 유일한 원천을 손해나 위험에 노출시켜야 된다고 생각해? 너희 문학가들은 책과 펜을 붙잡고 그런 식으로 쉽게 결론을 내지만 우리 사업하는 사람들은 현실적이지 않으면 안 돼."

"사업가라는 이유 하나로 사람들의 정서나 의무와 동떨어져 있어도 된다고 생각하니?"

마리아가 물었다.

"결코 아냐!"

에벨리노는 다시 열을 내며 말했다.

"그리고 사실 나나 그이가 한 번도 그런 의무를 소홀히 한 적이 없어. 우리는 우리가 할 수 있는 만큼은 해오고 있다고……."

"너희 가족이 그런 선행을 베풀 줄 알고 여느 모금활동이나 자선사업이나 행사에 꼭꼭 참석하고 있는 건 나도 알아. 하지만 그런 식의 동냥이나 자선이 전부라고 생각하니? 너희들은 부자이고 여러 분야에 영향력을 미칠 수 있는 사람이니 사회의 잘못된 관습이나 나쁜 풍속을 바로잡는 일에 솔선수범해야 할 것 아니니!"

에벨리노는 억지로 웃음을 지었다.

"마리아."

그녀가 말했다.

"잘못된 관습을 없애거나 바로잡는 일은 너희 남편 같은 학자나 작가, 언론인들이 해야 할 일이야…… 우리는 계산에 빠른 사람이라고…… 그리고 우리는 손님 걱정을 하고 그들의 취향과 요구를 가장 정확하게 계산해내는 사람들이야…… 그런 일은 우리 여성이 할 수 있지. 우리만이 해낼 수 있는 일이야…… 우리 사업의 번창과 미래가…….."

"그래."

마리아도 강한 어조로 말했다.

"그리고 그 때문에 너희는 그 무의미한 변덕스러움에, 아주 의심스럽게 순수한 동정심에, 의심스러운 취향에 온 정신을 쏟고 있다는 말을 하는구나…… 에벨리노 네 말에 내가 한마디 보태자면, 호감을 갖게 하고 꽃무늬나 나비에 대해 쫑알대는 저 앵무새 같은 점원들이 아주 우스꽝스럽게 보여……."

에벨리노가 크게 웃었다.

"그 점은 나도 알지!"

그녀는 계속해서 크게 웃었다.

"내가 너라면," 마리아가 계속 말했다.

"저 남자들에게 명주 옷감과 레이스 대신에 쟁기와 도끼, 망치와 흙손 같은 것을 쥐어주겠어. 그것들을 손에 쥐면 정말 어울리겠는걸…… ."

"나도 그 점은 알지!"

안주인은 연거푸 크게 웃음을 터뜨리면서 말했다.

"나 같으면 그들 자리에," 마리아가 마무리했다.

"밭을 갈고 쇠를 달구고 벽돌 쌓는 일을 하기에는 신체적으로 약한 여성들을 채용하겠어."

에벨리노는 갑자기 웃음을 멈추고 마리아를 아주 진지하게 쳐다보았다.

"마리아!"

에벨리노가 말했다.

"저 사람들도 일을 해서 먹고살아야 하고 여성들보다 더 많이 더 열심히 돈을 벌어야 한다고…… 저 사람들도 한 집안의 가장 이야……."

이제는 마리아가 웃음을 지었다.

"에벨리노."

그녀가 말했다.

"동창의 권리로 이 말은 꼭 해야겠어. 너는 세상 사람들이 말하는 것을 언제나 들어만 왔지. 네 스스로 한 번도 진지하게 생각해보지 못한 것을 지금 이 순간 내게 말하고 있단 말이야. 저 사람들이 집안의 가장이라는 말은 맞지. 하지만 내가 오늘 네게 부탁하는 이 부인도 부양해야 하고 교육을 시켜야 하는 아이가 있단 말이야. 예를 들어 내 마음에 행복을 가져다주는 남편이 나의 생존을 보장해주는 상황인데, 내가 존경하고 사랑하는 그이가 갑자기 세상을 떠나버리는 불행한 상황을 당한다면, 그땐 나도 엄마잖아! 내 가족을 대변하는 보호자잖아? 만약 너희 부부가 몇 년 뒤 어느 날 세상을 떠난다면, 또 유산 하나 남겨놓지 않았다면, 그땐 너희 딸이 나이 어린 동생들의 생계를 위해서 일하러 나서야되고, 동생들을 교육시키고 인생의 바른 길로 인도할 의무가 있지 않겠니?"

에벨리노는 눈길을 아래로 내린 채 그 말을 들었다. 그녀로서는 적당한 대답을 찾기가 어려웠다. 하지만 그녀에게 더욱 당혹스러운 점은 어떻게 하면 이제까지 좋은 관계를 유지해온 친구의 마음을 상하게 하지 않고, 친구가 가진 이상적인 생각에도 칭찬을 해주면서 충분한 변명거리 없이도 요청을 거절할까 하는 데 있었다. 에벨리노의 얼굴과 두 눈의 표정에서 느낄 수 있는 특별한 재치가 새로운 해결책을 만들어주었다.

"더구나 그런 동기 이외에도," 그녀는 눈길을 위로 향하며 말했다.

"마리아, 너는, 젊은 여성이, 네가 보호하고 있는 여성은 젊을 테니, 하루 종일 젊은 남자들 몇 명과 똑같은 테이블에서 같이 생활한다면 어울리겠니? 그런 환경은 내 매장을 위태롭게 만드는 사건의 원인을 제공하는 일이 될 수도 있는데?"

"같은 말을 반복하네, 에벨리노. 이 세상 사람들이 늘 사용하는 문장을 말하는군. 여자가 남자들과 함께 일하면 도덕이나 명예가 손상될까 봐 걱정하는 모양인데, 가난 때문에 똑같은 일을 저지른다고 걱정까지 할 필요는 없지. 우리가 말하는 그 여성은, 네가 좀 전에 내가 보호하고 있는 여성이라고 했는데, 그녀는 석 달 전에 남편을 잃고 사랑하는 아이가 하나 있어서 일자리를 구하려고 무진 애를 쓰고 있는 여성이고, 그런 점에서 아주 정직한 여성이라고 볼 수 있어. 감정과 회상과 내일에 대한 걱정이 태산 같은 그런 처지의 여성이 잘 차려입은 남자들이 도와준다고 해서 조금이라도 관심을 가질 것 같니? 그녀의 머리에는 정숙지 못한 생각은 전혀 없으리라고 내가 보장하지."

"마리아!"

에벨리노가 외쳤다.

"네가 지금 한 말은 세상 사람들이 무엇으로도 입증할 수 없는 거야. 여자들이 얼마나 마음이 약한데…… 정말 마음이 여리다고……."

"그 말은 틀리지 않지."

마리아가 진지한 태도로 자신의 옛 친구를 쳐다보며 말했다.

"그런 여린 마음에 대한 처방으로 고작 그 일자리에서 쫓아내는 건가? 내가 다시 한 번 강조하건대 에벨리노, 내가 소개하고자 하는 그 여인은 심지가 굳고 정직한 사람이야…… 동냥이나 다름없는 일자리를 간청하였다가 곧 네 상점의 문을 떠나게 될 처지이지만, 마찬가지로 다른 곳에서도 이렇게 문전박대를 당한다면 그땐 나는 저 여인이 어떤 모습으로 살아갈지 보장할 수 없단 말이야."

"또다시 넌 나를 궁지로 모는구나!"

매장 안주인이 말했다.

"좋아, 그러면 네가 관심을 가지고 있는 그 여성이 도덕성과 성실함과 정직의 모델이고 화신이라고 치자. 하지만 그녀가 정리 관념이나 계산 능력까지 갖추었을까? 출근 시간은 제대로 엄수할 수 있을까? 일 분이라도 늦지 않고 제시간에 성실하게 직무를 해낼 수 있을까? 이 모든 점을 네가 보장할 수 있니?"

이번에는 마리아가 대답을 못하고 주저했다. 그녀는 마르타가 지식이 부족해 가르치는 일과 미술 분야에서 실패한 일이 생각났다. 또 몇 시간 전에 들은 말도 떠올랐다. '가난에 대비해서 아무 준비도 해두지 못했고, 나를 가르쳐준 일은 아무것도 없었다.'

마리아는 아무 말도 할 수 없었다. 남을 꿰뚫어볼 줄 알고 생기

발랄한 안주인은 친구의 이 순간을 놓치지 않았다.

"매장에서 일하는 사람들은 옷감을 펴거나 옮기거나 재기만 하면 되지 않느냐고, 마리아, 좀 전에 네가 말했지? 겉으로야 그렇게 보일 뿐이지만 실제로는 다른 소질이 많이 필요하지. 가령 제자리에 다시 잘 정돈하는 습관은 꼭 필요해. 어떤 제품을 제자리에 갖다두지 않으면, 옷감의 주름을 잘 펴서 두지 않으면, 레이스한 조각이라도 신경 써서 놓아두지 못하면 매장이 혼란에 빠지거나 큰 손해를 입게 되거든. 또 점원들은 계산에 밝아야 해. 이곳에서는 시간마다, 경우에 따라서는 분마다 언제나 새로 집계를 해서 새 숫자로 나타내야 한다고. 그러니까 일 그로스라도 없어지면 계산이 맞지 않게 되는 셈이지. 그걸 방지하려면 온 신경을 써서 지켜보아야 해. 마지막으로 무엇보다도 중요한 것은 세상 돌아가는 물정과 고객에 대해 잘 파악해서 고객을 잘 상대해야 된다는 거야. 믿음이 가게 말을 해야 하고 외상을 요구하는 고객에게는 마음 상하지 않게 거절하는 방법을 터득하고 있어야 돼. 여성들은 이 모든 점이 부족하거든. 정리 정돈에 익숙지 못하고 시간도 제대로 지키지 않는 경우가 많아. 간단한 집계도 틀려서 항상 곱셈표를 호주머니에 넣고 다녀야 되지. 엄마 치마폭에 싸였다 갓 풀려나온 겁 많은 여성들은 손님 얼굴도 제대로 쳐다보지 못해. 손님들에게 무슨 말을 걸어야 할지, 손님이 무슨 생각을 하고 있는지도 모른다고. 자유시간이라도 생기면 재잘거리기 일쑤고, 일은 내팽개쳐놓고 암사자가 된 양 포즈나 취하고서 쓸데없는 일에 관심을 쏟으면서 내키는 대로 말하고 행동하니 자기네들이 일하는 곳을 곤란하게 하거나 불명예를 안겨다 주지. 반면에 남자들은, 완전히는 남자다운 행동거지나 일이 아니라 웃기긴 하지만, 업주의 입장에서는 아주 편하고 쓸모가 많은 셈이지. 큰 백화점에서는 그런 필요성 때문에 남자들을 고용하고, 남자 아닌 여자를 고용했다가 손해를 입기도 해. 마리아, 이처럼 다양한 사회의 요구 조건들과 엄정한 행동 규범과 귀신 같은 정확한 계산 능력을 갖춘 여성들은 아직 보기 드물어."

에벨리노는 말을 멈추고 뭔가 승리감에 도취된 듯 마리아를 쳐다보았다. 그녀는 으스댈 만했다. 마리아는 두 눈을 아래로 향하고 슬픈 표정을 지으며 자리에서 일어섰지만 더 할 말이 없었다. 에벨리노가 그녀의 손을 잡았다.

"그럼 말해봐, 마리아."

에벨리노가 말했다,

"솔직하게 말해봐! 네가 보호하는 그 여성이 정직하다고는 했는데 정리 정돈 잘하고 시간 정확하고 계산 능숙하고 손님 잘 대할 줄 알고 친근하게 알아 모실 줄 아는 여성이라는 것은 보장할 수 있니?"

"아니, 그럴 수 없어, 에벨리노."

마리아가 어렵게 말을 했다.

"그리고 이제."

안주인은 자신의 동기에게 더 의기양양하게 말했다.

"이제 말해봐. 이론이나 도리를 추구하는 너희들이 계산에 밝은 우리에게, 좀 전에 네가 말했듯이, 자선 사업이나 시민 주도로 우리의 사업에 부적합한 인물을 받아주었을 때 그로 인해 우리가 입을 손해와, 경우에 따라 완전한 파산에 이를지도 모르는 일이

과연 정당한 요구인지?"

"정말 그렇게 되면 안 되지."

마리아는 더듬거렸다.

"이제야 너도 이해를 하는군."

에벨리노가 말했다.

"네가 원하는 것을 내가 들어주지 못했다고 나를 원망하진 마. 가난한 여자들이 업계에서 밀려나는 것은 안타까운 일이지만 한 편으로 생각해보면 가난한 여자들은 노는 일에만 신경쓰는 변덕스러움과 불투명한 본성 때문에 그런 처지가 되는 게 당연하고도 피할 수 없는 일이야. 하느님도 그런 가난한 사람들의 모습을 아실 거야. 또 다른 한편으로 생각해보면 일자리를 구하는 가난한 여자들은 무능하고 마음이 여리거나 천박해서 일을 주어도 잘 해내지 못한다고. 그럼에도 그런 여자가 눈치 빠르고 고상하다면, 매사에 정확하고 일을 잘 처리할 정도로 준비가 되어 있는 사람이라면 그땐 남자 점원을 내보내고 일을 잘 처리하는 사람들로, 네가 보호하고 있는 여성들 중에서 점원을 골라 써볼 수도 있어."

마지막 말을 하면서 에벨리노는 일상적인 활달함으로 되돌아와 마리아의 양 볼에 입을 맞추었다.

매장에 앉아 기다리고 있던 상복 입은 여인은 지금의 보호자가 계단 맨 윗부분에 들어설 때, 벌써 옷이 살랑거리는 소리와 함께 발걸음 소리를 들었다. 마르타의 귀는 바짝 긴장되고 조바심도 컸다. 마르타는 자리에서 일어나 자신을 향해 내려오는 여인의 두 눈을 기다렸다는 듯이 바라보았다. 몇 초간 바라보고 나서는 손이 떨려 소파의 팔걸이에 몸을 기댔다. 마르타는 마리아의 두 눈이 아래로 향하고 양 볼이 상기된 점으로 보아 일의 진행 사항을 예측할 수 있었다.

"부인!"

마르타가 마리아에게 다가서면서 낮은 소리로 말했다.

"하기 힘든 말씀은 하지 않으셔도 됩니다. 받아줄 입장이……
아니지요……."

마리아는 고개를 끄덕이며 조용히 마르타의 손을 잡았다. 두 사람은 매장에서 나와 대로의 널따란 인도에 멈추어 섰다. 마르타는 몹시 창백했다. 가죽옷을 입었지만 떨고 있어 마치 강한 바람이 지나간 모습 같았고, 발 밑 인도의 돌만 바라보며 심한 수치심을 느끼는 것 같았다.

"부인!"

먼저 마리아가 말을 붙였다.

"부인의 어려운 사정을 도울 방도가 없으니 나로서는 얼마나 마음이 아픈지 하느님만 아실 겁니다. 부인이 스스로 준비해두지 못한 것일 수도 있고, 관습이나, 솔선해 채용해주려는 인식의 부족, 근로 여성에 대한 나쁜 평판으로 인해 부인이 가고자 하는 길이 막혀 있으니……."

"이해됩니다."

마르타는 빠르지도 않고 크지도 않은 목소리로 말했다.

"그쪽에서 나를 채용해주지 못하는 것은 관습이 허락하지 않고, 내 스스로도 믿음을 보여주지 못했기 때문이겠지요……."

"부인 주소를 알려주세요."

마리아는 대답 대신에 말했다.

"주소를 알고 있으면 도움이 될 일이 있거나 앞으로 도움이 될지도 모르니까요……."

마르타는 지금 살고 있는 거리와 번지를 말하고는 정말 따뜻한 고마움의 눈길을 보내면서 두 손을 뻗어 그 마음씨 고운 여인의 손을 꼭 쥐었다.

하지만 두 사람의 손이 닿자마자 마르타는 얼른 손을 빼내고 몇 걸음 물러섰다. 마리아가 이 주일 전에 내밀었던 그 하얀색 테두리의 봉투를 마르타의 손에 다시 밀어 넣었기 때문이다.

마르타는 꼼짝없이 잠깐 멈추어 섰지만 창백한 얼굴에는 뜨거운 홍조가 뒤덮였다.

"동냥이라니!"

마르타는 작은 소리를 냈다. 지금까지 참았던 한숨과 울음이 자신의 온 가슴을 흔들어놓았다. 그리고 서둘러 마리아가 떠나간 방향으로 뛰기 시작했다. 인도를 지나가는 행인들 때문에 마르타는 자신이 찾아야 되는 사람을 볼 수 없었고 사람들을 헤치고 지나가기도 수월치 않았다. 마르타가 가까스로 대로의 모퉁이에 도착했을 때 반대편으로 사라져가는 사륜마차를 발견할 수 있었다. 그 안에 마리아가 앉아 있었다.

"부인!"

마르타가 소리질렀다.

마르타의 목소리는 약하고 둔탁했다. 그 소리는 대로의 다른 소음에 묻혀 전혀 들리지 않았다.

동정의 손길로 내민 선물을 받아 든 여인은 수치심으로 이마에 화끈거리는 홍조를 띤 채 그 선물을 되돌려주러 스비에토-예르

스카 거리로 가고 있었다. 그러나 처음의 조급하고 빠른 발걸음
은 곧 늦추어졌고 흔들거렸다. 이날 마르타에게 가득했던 도덕적
흥분이 육체적 힘을 흔들어놓았는가? 아니면 깊은 명상에 사로
잡혀 좀 전까지 가지고 있던 의도가 뭔가 내부적인 동요로 흔들
리게 되었는가? 마르타가 섬세한 봉투를 손으로 누르자 몇 장의
지폐가 스르륵 미끄러지는 촉감이 느껴졌다. 스비에토-예르스카
거리의 모퉁이에 멈추어 선 마르타는 창백한 얼굴을 숙인 채 손
을 벽에 기대고 잠깐 서 있었다. 그러고는 황급히 몸을 돌려 집으
로 돌아가기 시작했다.

　마르타의 내부에서는 자존심과 앞일에 대한 걱정스러운 마음
이 어렵고도 처절한 싸움을 하고 있었다. 결국 걱정스러운 마음
이 자존심을 이겼다. 젊고, 건강하고, 아직 힘 있고, 피곤하지도
않은, 일자리를 구하러 다니는 마르타가 동냥을 받은 것이다. 만
약 마르타가 이 세상에 혼자가 아니라면 이를 거절할 수도 있고
가난에 대한 걱정보다는 인간으로서의 자존심을 지켰을 것이다.
하지만 사방이 헐벗은 벽인 고층건물의 맨 꼭대기에 살고 있는
자신의 아이는 추위에 떨며 창백한 얼굴과 움푹 들어간 뺨과 연
약한 신체로 영양이 풍부한 음식을 고대하고 있었다.

　또 이날은 이 젊은 여인의 인생에 있어 아주 중요한 날이었다.
마르타 자신도 이 중요성을 충분히 설명할 수 없었다. 마르타는
난생처음으로 동냥을 받았다. 노인이나 불구자에게는 씁쓸함으
로 끝나지만 젊고 건강한 사람에겐 독이 되고 사람을 망치게 하
는 빵을 맛본 날이다.

　그날 저녁 다락의 좁은 방 난로에는 불이 활활 타올랐다. 얀치

아는 수프를 가득 담은 접시가 놓인 탁자에 앉아 있었다. 아주 오랫만에 따뜻한 식사를 하게 된 얀치아는 아주 잘 준비된, 힘을 내게 해주는 음식을 맛있게 먹었다. 아이는 한 번은 환한 난로의 밑바닥을, 한 번은 접시 옆에 놓인 버터 바른 빵을 바라보았다. 아이의 입은 잠시도 닫혀 있지 않았다. 그러나 마르타는 미동도 없이 불 앞에 앉아 있었다. 불꽃의 붉은 바탕을 배경으로 한 마르타의 옆모습은 진지하고 생각에 잠긴 것 같았다. 두 눈은 건조하고 밝게 반짝였다. 하얀 이마의 가운데로 눈썹이 모여 깊은 주름을 만들어냈다.

마르타의 앞에 죽음의 번뇌에 싸인 얼굴과 수치스러운 홍조를 띤 이마와 깍지를 낀 두 손을 한 채 허공에 매달린 여인의 모습이 나타났다. 그 여인은 마르타의 마음속 거울에 비친 그녀 자신의 모습이었다.

'저건 바로 너야.' 마르타가 자신의 정신이 만들어낸 환영에게 마음속으로 말했다. '저건 바로 너야. 일자리를 찾아 온 정신과 에너지를 다 들여 많은 인파를 뚫고 지나가 태양 아래 자신이 설 곳을 찾겠다고 자신과 아이에게 희망 어린 약속을 했던 너와 똑같은 여자야! 너는 저 얀치아의 아빠의 소중한 그림자에게 철석같이 한 약속을 어떻게 책임질 거야?'

마르타는 마치 태풍에 휘청거리는 나뭇가지처럼 흔들리는 것 같았다. 그녀는 대답 대신에 손뼉을 세게 치고 입술을 떨면서 중얼거렸다.

"난 능력이 없어! 어찌할 수 없단 말이야!"

"오, 무능한 존재여!"

마르타는 사념 속에서 소리쳤다.

"머리는 자기 자신에 대해서 생각한 바를 잘 모를 정도로 꽉 막혔고, 두 손마저 가엾은 외동딸도 지켜주지 못할 정도로 약하니 어찌 네가 인간의 이름을 가졌다고 할 수 있는가! 한때 사람들은 무엇 때문에 너를 존경했던가? 지금 너는 너 자신을 존경할 수 있는가?"

마르타는 두 손을 펴 깊이 수그린 자신의 얼굴을 감쌌다.

지금까지 메말라 있던 마르타의 두 눈에 뜨거운 눈물이 왈칵 쏟아져 얼굴을 가린 두 손 사이로 흘러내렸다.

"엄마, 지금 울어?"

어린아이가 소리치며 의자에서 뛰어 내려왔다. 반은 놀라고 반은 마음이 아픈 눈빛으로 어머니 앞에 선 아이는 한동안 엄마를 바라보더니 갑자기 방바닥에 앉아 작은 두 팔로 엄마의 무릎을 감싸고는 엄마 손과 발에 입을 맞추었다. 마르타는 얼굴을 감쌌던 두 손을 내리고 목석처럼 몇 분 동안 앉아 있었다. 아이가 달콤한 입맞춤을 하자 엄마는 징그러운 뱀들이 자신에게 기어오르는 것 같아 온몸이 달아올랐으며, 자신의 앞에 무릎 꿇은 이 작은 아이의 뜨거운 사랑에 마음이 찢어지고, 양심에 심한 가책을 느꼈다.

마르타는 고개를 숙여 두 팔로 아이를 안고 이마와 볼에 입을 여러 번 맞추었다. 그리고 급히 의자에서 일어나 창가로 달려가 무릎을 꿇고 눈을 들어 하늘을 보았다. 별이 반짝이는 한 조각 어두운 밤하늘이 보이는 곳으로 두 손을 내밀었다.

"하느님!"

큰 소리로 마르타는 외쳤다.

"제가 이 세상에서 일할 자리를 만들어주소서! 저와 제 아이가 살아갈 수 있을 정도의 조그마하고 가난한 일자리라도 좋습니다. 지금 쓰러져 있는 제가 두 번 다시 동냥을 하지 않게 해주시옵고, 엄마로서의 의무도 저버리지 않게 해주시옵고, 제 자신에 대한 양심과 자존심을 잃지 않도록 해주시옵소서!"

정말입니다! 하늘을 향한 그 여인의 절실한 기도가, 독자 여러분, 무의미하고 정의롭지 못하고 너무 큰 요구라고 생각하지는 않겠지요? 마르타가 자신을 장관 자리에 앉혀달라는 것도 아니고, 여러 사람의 입에 오르내리는 유명인사가 되게 해달라고 한 것도 아니고, 구속이 없는 자유로움 속에서 금지된 쾌락을 즐기게 해달라는 것도 아닙니다. 단지 이 세상에서 자신이 가장 사랑하는 한 사람을 위해 살아가면서 빵 한 조각이라도 벌어 삶을 지탱할 수 있었으면 하는 바람으로, 동냥을 해야 하는 운명에 빠져 수치심으로 얼굴을 붉히는 일이 없도록 간청한 것은 사실입니다……. 이 여인의 간청은 진정 앞서 나가는 것이며, 욕심이 많고, 자유분방한 것인가요! 그렇진 않지요?

마르타는 다시 마음을 가라앉히고, 고통스러운 수치심과 아픔과 동요를 억누르면서 평화로운 얼굴로 자리에서 일어나 무릎에 안겨 우는 얀치아를 바로 앉히고 얀치아가 좋아하는 동화를 조용히 들려주기 시작했다. 마르타의 정신력과 의지력은 아직도 충분한 것 같았다. 그런 힘을 사용하지 않은 채 남겨두어야 하는가?

감정과의 싸움에서만 그걸 써야만 하는가? 아니면 머리와 손의 무능함과 그녀를 감싼 외부 요인의 무게라는 비우호적 권능에 힘없이 꺾여 무력하게 쓰러져야만 하는가?

기나긴 겨울밤을 하얗게 지새면서 마르타는 잠시도 눈을 감지 못하고 좁은 방을 감싼 어둠만을 바라보았다. 그리고 잠자는 아이의 편안한 숨소리를 들으면서, 내일은 어떻게 해야 될지 생각에 잠겼다.

다음 날 정오경, 상복을 입은 여인은 그렇게 크진 않지만 매우 아담한 의상실로 들어갔다. 의상실의 창문 뒤 마네킹에는 여자 옷이 볼록하게 걸려 있고, 바글거리는 나비처럼 형형색색의 아름다운 모자와 작은 보닛이 반짝였다. 그곳은 마르타가 옷을 사러 자주 가던 매장이었다.

출입문 위쪽의 종이 흔들리며 울리자 날씬한 허리에 아주 상냥한 표정의 젊은 여인이 옆방에서 나왔다. 그 여인은 마르타를 발견하고는 미소를 지으며 아주 친절히 인사했다. 이전의 단골손님을 여인은 반갑게 대했다.

"아주 오랜만에 찾아주셨군요."

여전히 친절한 미소를 띠고서 그 매장의 안주인은 마르타가 입은 상복에 재빨리 눈길을 돌리고는 말을 계속했다.

"아참! 부인께서 정말 불행한 일을 당하셨더군요. 스비츠키 씨와는 정말 잘 알고 지내왔었는데!"

젊은 과부의 얼굴에 고통스러운 표정이 잠시 스쳤다. 마르타는 이제 이 세상에서 볼 수 없는, 지난날 자신이 사랑했던 사람의 이름을 듣게 되자, 칼끝으로 심장의 상처를 찌르는 것 같았다. 하지만 마르타로서는 이런 통로에 선 채, 가슴속에서 웅성웅성하는 목소리와 울음과 회상에 하릴없이 오랫동안 귀 기울이고 있을 수는 없었다.

"부인!"

마르타는 자신의 앞에 서 있는 안주인을 바라보며 말했다.

"지금까지는 제가 여기서 옷을 사 갔지만, 오늘은 부인께 저의 시간과 이 두 손의 노동을 사주십사 하는 요청을 드리러 왔습니다."

마르타는 그 말을 하면서 목소리가 떨리는 것을 겨우 참고 억지로 입가에 웃음을 지어 보였다.

"제가 부인께 도움이 될 수 있다면 좋겠습니다…… 부인께서 하시는 말씀이 무슨 뜻인지 모르겠군요."

"부인께서 경영하는 사업체의 바느질 일에 저를 좀 채용해주실 수는 없으신지 해서요?"

안주인은 이 말에 전혀 놀라워하지도, 혼란스러워하지도 않은 채 여전히 친절함과 동정심이 담긴 얼굴을 유지했다. 안주인은 잠시 조용히 생각에 잠기더니 옆방 출입구를 손으로 가리키며 아주 친절하게 말했다.

"작업실로 가보시지요. 그런 이야기라면 그곳이 적당하겠네요."

의상실 옆의 작업실은 아주 넓은 방으로, 여러 개의 창문이 있었다. 창문 아래편의 테이블에는 리본, 레이스, 깃털, 꽃무늬와 천 조각이 가득 널려 있고 여자 셋이 앉아 꼼꼼한 손질이 필요한 모자와 머리장식과 옷 장식품을 만들고 있었다. 작업실의 더 안쪽 구석에서는 재봉틀이 돌아가는 소리가 들려왔고, 두 사람이 두 대의 재봉틀 앞에 선 채 일하고 있었다. 중앙 테이블에는 재봉표, 모직물, 헝겊, 아마포, 무명천이 널려 있고, 쇠가위와 납으로 된 끼우개에 분필과 크레용도 보였다. 모두 제각기 맡은 일에 열중하고 있었다. 마르타가 들어서자 그들 중 한 사람이 재봉틀에서 고개를 들었다. 그 사람은 들어오는 사람과 눈길이 서로 마주치자 친절하게 인사했다.

안주인은 테이블 옆에 있는 의자 하나를 마르타에게 권하고는 우단 모자에 값비싼 타조 깃털을 붙이고 있던 한 젊은 아가씨에게 몸을 돌렸다.

"브로니슬라보 양!"

안주인이 말했다.

"이 부인께서 우리와 함께 일하고 싶어 해요. 마침 잘 되었네요. 어제 우리가 일손이 하나 더 있었으면 하고 이야기했지요."

브로니슬라보는 이 매장의 여직공들 중에 고참인 것 같았다. 그녀는 자리에서 일어나 테이블 쪽으로 다가섰다.

"예, 사장님."

그녀가 대답했다.

"레온티노 양이 퇴직한 이후 저 재봉틀 하나는 사용하지 않고 있어요. 클라로 양과 크리스티노 양 두 사람으로는 일감을 다 처리하지 못해요. 저도 재단을 필요한 만큼 못 해내고 있어요. 모자 만드는 것도 지도해야 하니까요. 일이 이렇게 늦어지니 주문에 맞춰 일을 제때 해낼 수가 없답니다."

"그건 그래."

잠시 생각에 잠기더니 안주인이 말했다.

"나도 그 점은 생각하고 있었어. 그런데 우리와 함께 일하려고 스비츠카 부인이 오셨고, 지금까지 우리에게 친절을 베푸시던 분의 바람을 내가 들어줄 수 있으니 잘된 셈이야."

브로니슬라보 양은 정중하게 고개를 끄덕였다.

"정말이에요."

브로니슬라보 양이 말했다.

"이분이 재단만 할 줄 아신다면……."

그녀는 의문스러운 어조로 말했다. 바로 그 순간 재봉틀 하나가 동작을 멈추고 한 젊은 여공이 고개를 들어 유심히 그 대화를 듣기 시작했다.

작업실 중앙의 테이블에 서 있던 세 사람은 잠시 말이 없었다. 매장의 안주인과 조수는 궁금한 표정으로 마르타를 바라보았다. 마르타는 테이블에 놓여 있는 재봉표를 바라보았다. 그 표에는 맨 위쪽에서부터 아래까지 선과 점과 곡선들이 아주 다양한 기하학적 모양을 하고 있었다. 십자모양이 되었다가 모였다가 흩어지기도 하며 길이와 너비 방향으로 펼쳐져 있었는데, 이 표는 비전문가의 눈에는 전혀 풀리지 않는 혼돈 그 자체였다. 마르타의 눈꺼풀이 천천히 그리고 어렵게 올라갔다.

"재단은 할 줄 모릅니다."

마르타가 말했다.

"전혀 숙달되지 않은 일을 두고서 숙달된 사람처럼 행동할 순 없지요. 나로서는 수치스러운 일이자 아무 도움이 못 되는군요. 재단을 한다 해도 칼라나 셔츠는 어떻게 해보겠지만, 옷이나, 양복, 또 더 세밀해야 하는 란제리는 전혀 할 줄 몰라요……."

"이상하네요!"

브로니슬라보 양이 안주인을 향하여 말했다.

"많은 사람들이 재봉 일을 하려고 오지요. 하지만 재단 잘하는 사람은 참 드물어요. 그게 기본인데도요."

그렇게 말하고는, 이 유능하고도 의심의 여지 없이 많은 급료를 받는 재봉사는 마르타에게 몸을 돌렸다.

"그럼 재봉은요?"

브로니슬라보 양이 다시 의문스러운 어조로 말했다.

"재봉은 잘할 수 있어요."

마르타가 대답했다.

"재봉틀로 하는 재봉도 말이에요?"

"아뇨, 아가씨. 재봉틀로는 한 번도 못 해봤어요."

브로니슬라보 양은 굳은 표정으로 두 손을 가슴에 모으고 묵묵히 서 있었다. 이 순간 안주인도 이전보다는 더 굳고 냉랭한 모습이었다.

"정말로……."

안주인은 잠시 뒤 중얼거리며 좀 혼란스러운 목소리로 말했다. "나로서는 아주 가슴 아픈 일입니다. 정말로 재단할 사람이 필요했는데…… 또 재봉사도요. 하지만 재봉틀을 다룰 줄 아는 사람이 필요하죠. 여기서는 재봉틀로만 재봉을 해요."

또다시 테이블을 중심으로 하여 서 있던 사람들은 침묵에 빠졌다. 마르타는 입술이 좀 떨렸지만 얼굴에는 홍조와 창백함이 교차했다.

"부인."

마르타는 안주인을 바라보며 말했다.

"배우면 안 되나요? 돈을 받지 않고 일하면…… 배우고 난 뒤에……."

"그건 안 됩니다!"

브로니슬라보 양이 날카롭게 대답했다.

"그건 어려운 일입니다."

안주인도 거들었다. 안주인은 조수보다 더 친절한 말투로 말했다.

"우리는 옷을 대부분 주문 제작하기 때문에 다양한 작업을 해야 합니다. 또 아주 값비싼 천을 사용해서 옷을 만드니까, 배우고 익히는 데 옷감을 낭비할 수는 없답니다…… 우리는 작업을 서둘러 처리해야 해요. 그런 이유 말고도 숙달된 여직원이 부족해 일손이 모자라 일을 제때 하지 못하면…… 그건 곧 우리 자신에게 불이익과 유쾌하지 못한 결과를 가져다주지요. 그래서 우리는 숙련공만 채용합니다…… 정말 유감이지만 부인, 제 말을 믿어주십시오. 부인이 원하시는 걸 충족시켜 드리지 못해 정말 유감이군요."

매장의 안주인이 이 말을 끝내자마자, 유심히 대화를 들으며 쉬고 있던 재봉사가 재봉틀을 돌렸다. 그 재봉틀에 몸을 숙이고 있던 여인의 두 눈에는 눈물이 고였다.

매장을 빠져나온 마르타는 집과는 전혀 딴 방향으로 가고 있었다. 마르타는 자신이 지금 어디로 향하고 있는지도 모르는 표정으로, 두 손은 외투 소매 안에 숨긴 채 세게 맞잡고 있었다. 마르타는 꼭 잡은 두 손을 머리로 들어 올려 열이 나고 돌덩이처럼 무거운 머리를 감싸고 싶은 욕구를 강하게 느꼈다. 머릿속에는 끈질기게, 쉴 틈 없이 괴상한 속도로 '나는 해낼 수 없어!'라는 생각만 되뇌었다. 이 생각은 수천 개의 번개가 되어 뇌리를 강타하고, 수천 개의 비수가 되어 관자놀이를 찔러댔으며, 뾰쪽한 칼날의 끝으로 그녀의 가슴 저 깊은 곳까지 떨어지는 것처럼 되풀이하여 떠올랐다. 몇 분 뒤 마르타는 중얼거렸다.

"언제 어디서나 똑같아……."

한동안 그녀는 아무 생각도 없이, 아니 더 정확히는 무의식적으로 끊임없이 되풀이해서 '난 해낼 수 없어!'만을 생각했다.

갑자기 그녀는 스스로에게 물었다.

"도대체 무엇이 나를 항상 이런 상황으로 내모는 걸까? 왜 가는 곳마다 문전박대를 하는 걸까?"

그녀는 손으로 이마를 한 번 문지르고는 스스로 답했다.

"언제 어디서나 나 스스로 찾아갔다가 나 스스로 퇴짜 맞는 거지……."

마르타는 아주 어렵게 온 신경을 모아 생각을 가다듬고는, 교직자를 위한 직업소개소 거실에서 허무하게도 그 빌어먹을 「Priere d'ume vierge」를 연주하려고 포르테피아노 앞에 앉은 순간부터 그 부유한 의상실 작업실에서 자신에게 던져진 질문마다 '저는 못해요!'라고 말한 마지막 순간까지를 회상해보았다.

"언제나 결과는 똑같아!"

마르타는 다시 뇌리 속에서 이렇게 말했다.

"모든 것을 조금씩 가지고 있어도 근본적으로 그리고 철저히 못 가진 것이나 다름없고…… 생계 유지에는 아무 도움이 안 되는 장식품이나 하찮은 것들만 가졌지, 실용적인 것은 전혀 없으니……."

'난 해낼 수 없어'라는 생각과 마치 그물처럼 휘감고 있는 자신의 뇌리에서 쥐어짜낸 이런 낱말들이 마르타를 지치게 만들었다. 이날 집에서 나올 때는 새로운 구상에 온통 정신이 팔리고 흥분되어 먹는 생각은 전혀 나지도 않았다. 얀치아가 아침에 우유 한 잔을 마시는 것을 보면서도 식사에 대한 혐오감마저 느꼈다. 언제나 고통당하고 상처를 입은 도덕심이 신체를 잠잠하게 만들었다. 그녀는 천천히 걸어가고 있었지만 두 발은 비틀거렸고 심장은 빠른 속도로 쿵쾅거렸다. 지금 그녀의 머릿속에는 아주 간단한 말 '왜?'로 시작되는 새로운 의문이 생겼다. 잠시 후 이 말에 다른 낱말이 더 붙어, 처음에는 무질서하다가 나중에는 어떤 논리적인 생각으로 정리되었다. '왜 그런가?' 젊은 여인은 자문했다. '왜 세상은 나에게 아무도 주지 않았던 것을 요구하는가? 왜 세상 사람들이 오늘 나에게 요구하는 것을 아무도 주지 않았던가?'

갑자기 마르타는 자신의 몸이 흔들리며 누군가 자신의 팔을 건드리는 것을 느꼈다.

"저어 혹시, 부인, 제가 아는 분이지요?"

마르타의 뒤쪽에서 좀 머뭇거리는 여자의 목소리가 온화하게 들려왔다. 마르타는 뒤를 돌아보았다. 목소리의 주인공은 좀 전에 들렀던 의상실 작업실에 마르타가 들어서자 재봉틀에서 몸을 일으켜 다정하게 인사하고, 나중에는 재봉하는 일을 잠시 멈추고 마르타의 운명을 결정짓는 대화를 유심히 듣던 바로 그 여직공이었다. 이 여자는 예쁘거나 몸매가 좋지는 않았지만, 바르샤바 여성답게 옷을 정말 우아하게 잘 차려입고 있었다. 얼굴은 마마자국이 나 있었지만 예지와 선의의 모습이 보였다.

"부인께선 저를 잘 모르실 거예요."

여자는 마르타와 나란히 걸으면서 말했다.

"클라로라고 해요. 저는 벌써 오 년 동안 느 부인 상점에서 일하고 있어요. 제가 부인의 의복을 재봉해서 그라니츠나 거리의 댁으로 들고 간 적이 많아요."

마르타는 흐릿한 눈길로 같이 걸어가는 여자를 바라보았다.

"아 이제, 기억이 나요."

마르타는 잠시 뒤 어렵게 말했다.

"다짜고짜 제가 큰길에서 부인을 성가시게 해서 죄송해요."

클라로가 말했다.

"하지만 저는 부인을 친절하고 착한 분으로 알고 있어요. 부인은 아름답고 귀여운 따님이 있지요. 저 혹시 따님은……."

클라로는 그 물음을 마무리하지 못하고 주저했지만 마르타는 그녀가 무슨 말을 하는지 알아차렸다.

"그 아이는 살아 있어요."

마르타가 대답했다.

그 말의 마지막 부분은 마르타의 의도와 달리 입에서 나와버렸다. 지금까지 한 번도 드러내지 않았던 쓸쓸함이 그 빠르지만 불투명한 마르타의 대답 속에 들어 있었다. 클라로는 잠시 생각에 잠긴 듯하더니 곧 이어서 말했다.

"스비츠키 씨가 돌아가셨다는 소식을 듣고서 이런 생각이 떠오르더군요. 아, 부인은 혼자서 이 험한 세상을 어떻게 견디어낼까…… 아이도 딸려 있는데! 저희 가게에서 부인을 다시 만나게 되어 정말 기뻤고, 부인께서 우리와 함께 일하는가 보다 했죠. 그랬으면 좋았을 텐데. 느 부인은 훌륭한 분이고 보수도 후하게 주세요…… 브로니슬라보 양만 좀 심술궂지요. 때로는 이맛살을 찌푸리게 하지만 내가 가난하니 참을 수밖에요…… 일만 잘하면 되지요. 그런데 우리 사장님이 부인에게 일자리를 줄 수 없다고 해서 저는 슬펐어요, 아주. 불현듯 불쌍한 우리 에미뇨 생각이 떠오르더군요…….”

여기서 불쌍한 에미뇨라는 말은 소리를 낮춰 말해 마치 혼잣말인 것 같았지만, 옆에 있던 마르타에게는 이 말이 다른 말보다 더 강렬하게 들려왔다.

“불쌍한 에미뇨가 누군가요?”

마르타가 물었다.

“저보다 나이가 몇 살 많은 이종사촌 언니예요. 어머니와 이모는 자매였지만, 늘 그러하듯이 두 분의 운명은 같지 않았어요. 이모는 공무원과 결혼하셨지만 어머니는 수공업을 하는 저희 아버지와 결혼했죠. 사촌언니가 나이가 들어 아가씨가 되었을 때 저는 겨우 소녀였어요. 또 언니는 예뻤지만 저는 천연두를 앓아 전혀 예쁘지도 않지요. 그때 제 나이 열두 살이었어요. 이모는 언제나 이렇게 말했지요. ‘에미뇨는 내가 잘 가르쳐 좋은 집에 시집보낼 거야.’ 처음에 이모는 언니를 위해 가정교사를 따로 두고, 나중엔 작은 교육기관에 보냈답니다. 어머니는 천연두 자국으로 얽은 제 얼굴로 인해 처음에는 실망이 컸어요. 아버지는 크게 슬퍼하진 않았지요. 아버지는 늘 말씀하시길, '저 아이가 크면 얼굴이 얽어서 시집가기도 쉽지 않을 거야! 큰 불행이긴 해! 장가 안 가는 남자도 더러 있어. 중요한 건 그래도 그들이 이 세상에서 살아가고, 그들 모두가 다 어렵게 사는 건 아니라는 거야!' 어머니는 이렇게 대답했지요. '남자들과는 다르지요. 하느님, 저희를 도와주소서, 우리한테 무슨 일이 생겨 저 아이가 시집도 못 가면 굶어 죽을 수도 있어요!' 그렇게 어머니는 몹시 걱정했지요. 반면 아버지는 웃기도 잘하고 화도 잘 냈어요. '에이, 그래 너희 두 모녀는 빌어먹어!'라고 말씀하시곤 했지요. '너희 생각에 여자가 시집 못 가면 곧 굶어 죽을 것 같지! 여자애들은 손도 없나?' 아버지가 목수이시라 큰소리치길 좋아하셨다는 것을 감안해서 들어주세요. 아버지는 이런 말씀도 곧잘 하셨어요. '이 두 손이 일을 해내는 거야! 하느님이 사람에게 머리를 준 경우도 있고 안 준 경우도 있지만, 두 손은 누구에게나 가지게 하셨지!' 제가 열세 살이 되자 부모님은 저를 재봉하는 곳으로 보냈지요. 물론 부모님이 저 때문에 수업료를 많이 내셨지만 하느님 덕분에 저는 필요한 것을 무사히 모두 배울 수 있게 되었답니다."

"오랫동안 배웠겠지요?"

클라라라는 이름의 이 재봉사의 가식 없는 이야기를 줄곧 듣고 있던 마르타가 물었다.

"예, 저는 삼 년을 꼬박 배웠지요. 그래도 곧장 일을 해서 돈을 벌진 못했어요. 또 한 해를 의상실에서 보수 없이 재단하는 법, 재봉틀로 재봉하는 법과 맵시 있는 옷 만드는 법을 배웠어요. 무보수로요. 그런 고생 끝에 저는 돈만 있다면 혼자서도 재봉소를 차리거나 의상실을 차릴 정도가 되었답니다. 그렇게 하려면 돈이 있어야 하지만요. 그런데 삼 년 전에 아버지가 세상을 뜨시고, 어머니 슬하에 어린 남동생 둘이 남게 되었지요. 한 동생은 목기업자 밑에서 일을 배우고, 다른 동생은 학교를 다니고 있어요. 두 동생이 배우는 데도 돈이 들어가지요. 이미 중년인 어머니도 그런대로 좀 편히 사시려면 돈이 필요하고요⋯⋯."

"그럼 아가씨 혼자 벌어서 가족이 살아가나요?"

"거의 혼자인 셈입니다. 아버지의 유산으로 솔나 거리에 집이 한 채 있지요. 그곳에서 살고 있어요. 적어도 집세는 안 내니까요. 더구나 느 부인이 급료도 후하게 주시니 저 혼자 벌어 가족의 생계와 남동생들의 미래를 설계할 정도는 돼요."

"하느님!"

마르타는 외쳤다.

"아가씨는 정말 행복하군요!"

"그래요."

클라로가 대답했다.

"사람이 매일 일에만 매달려 있다가 일요일이나 축제일에야 하느님의 세계로 나갈 때 그 삶은 썩 유쾌한 것이 아닌 것도 사실이지만, 제가 하는 일이 어머니 생계에 보탬이 되고 남동생들의 기대되는 미래를 위해 뭔가 보장이 된다고 생각하면 아주 행복하답니다. 그리고 아버지께서 늘 말씀하시던, 손도 머리도 갖지 못한 사람들을 대할 때면 연민의 정이 많이 생겨요. 에미뇨 때문에 저는 많이 슬펐어요. 그 언니 때문에 눈물도 많이 흘렸고요⋯⋯."

"그 언니는 아직 시집가지 않았나요?"

159

마르타가 물었다.

"그 언니는 교육도 그런대로 받았고 예뻤지만 시집은 못 가더
군요. 이모부는 공직에서 퇴직하고는 울화병이 생겨, 지금도 병상
에 누워 계세요. 죽은 사람도 아니고 그렇다고 산 사람도 아닌 상
태로 말입니다. 이모도 잔병치레를 하고, 솔직히 말해 변덕도 많
고 불평도 잘하고요. 이모 슬하에는 그 언니 말고도 여동생과 남
동생이 있어요. 하지만 이모와 그 동생들은 아무 벌이가 없어요.
배워서 일을 하려고 하면 배우는 곳마다 돈이 들어가지요. 그 집
은 가난해서 배만 곯고 있답니다. 말을 하지 않아 그렇지요······
가난해지자 이모는 에미뇨 언니더러 일자리를 찾으라고 내보냈
지만 무도회나 예쁜 옷에 길들여진 아가씨가 어디 일자리에 관심
이 가나요. 이모가 그 언니에게 교육을 그렇게 많이 시켜주었지만
그 언니에게는 머리도 손도 되어주지 못했어요. 그 언니는 교사가
되고 싶었지요. 하지만 불쌍하게도! 포르테피아노는 좀 칠 수 있
고 프랑스말도 나쁘지 않을 정도로 할 줄 알지만 가르칠 수준은
못 되나 봐요. 아무도 그 언니를 채용해주려 하지 않았지요. 그
언니는 그 두 과목을 가르치고 시간당 사십 그로시를 받던 때가
있었지만, 곧 무슨 이유인지 그 자리도 나가지 않더군요. 그것 말
고는 언니가 잘하는 것은 없었지요. 언니는 직장을 구하러 다녔
지만 가는 곳마다 아무 성과도 없이 쫓겨 나오더군요. 집에서는
이모가 언니더러 일하러 안 간다고 야단하시지, 이모부는 병상에
서 신음하고 있고 남동생은 부랑아처럼 길거리를 배회하고 있어
언제 도둑질을 하게 될지도 모르고, 여동생은 따분하고 성질도
별나 가족과 어울리지도 못하지요. 그 이모네는 먹을 것도 땔감

도 없을 지경이에요. 그래도 언니는 심성 하나는 착해요. 언니는 슬픔에 잠겨 살도 쏙 빠졌어요. 우린 언니가 폐병에 걸린 줄 알았지요. 결국 두 달 전에 일자리를 구했지만요."

"그 언니는 그래도 일자리를 구했군요!"

마르타가 외쳤다. 마르타는 자신의 가슴을 짓누르는 중압감으로부터 해방된 듯이 한숨을 내쉬었다. 만나보지는 못했지만 그 가련한 아가씨의 이야기는 자신이 지난 며칠간 겪은 일 같았다. 마르타는 자신의 운명이 그 아가씨의 슬픈 운명과 비슷함을 발견하고서 그녀에게 뜨거운 동정과 호기심이 느껴졌다. 그리고 클라로는 한동안 말이 없었다. 클라로는 한동안 마음속에서 뭔가를 결심하고는 좀 망설이는 음성으로 말을 계속했다.

"부인이 저희 매장을 빠져나가고 바로 저는 부인을 만나러 달려왔어요. 다행히 지금은 제가 매일 두 시간 동안 집에 가서, 점심 먹고 설거지하고 어머니를 도와주는 시간이에요. 그러고 나면 의상실에 가서 또 일을 다섯 시간 더 해야 해요. 제가 부인을 쫓아온 이유는, 부인, 만약 부인께서…… 두 달 전에 그 언니의 처지라면…… 그 언니가 일하는 곳에서 같이 일하면 어떨지 얘기해보려고요……."

말을 끝내면서도 머뭇거리는 여자의 모습은 자신이 소개해주는 곳이 그리 기대할 만한 곳이 아니라는 것을 암시하는 것 같았다. 하지만 마르타는 긴 잠에서 갑자기 깨어난 듯 그 여자의 손을 잡았다.

"클라로 양."

마르타가 큰 소리로 말했다.

"말해줘요. 어서 말해줘요. 무슨 조건이든지 난 일할 수 있어요. 이 세상 모든 것과도! 난 극도로 어려운 처지예요."

마르타는 이 말을 하면서 크게는 아니지만 떨고 있었고 손은 아주 세게 그 여자의 손을 잡고 있었다.

"아아, 하느님!"

이번에는 클라로가 큰 소리로 말했다.

"이렇게 어려운 처지에 있을 때 제가 이런 생각을 할 수 있었다니 정말 기뻐요. 아직도 그 아이와 함께…… 그 예쁜 천사와 함께……. 제가 그리니츠나 거리로 옷을 들고 갔을 때 부인께서는 제가 그 아이와 노는 것을 허락해주셨지요. 솔직히 말하면, 실제로…… 슈베이츠 부인 댁에서 일하는 여자들은 본받을 만한 사람들은 못됩니다……."

"슈베이츠 부인은 누굽니까? 어디 사세요? 하는 일은 뭐죠?"

마르타는 호기심과 동요로 적극적으로 물었다.

"슈베이츠 부인은 흐레타 거리에서 가장 다양한 란제리를 만드는 재봉소를 운영하고 있어요. 하지만 실제로는 좀 이상한 곳이에요. 그 업체는 약 스무 명이 일하는 넓고 아주 잘 차려진 집이지만 재봉틀은 한 대도 없답니다. 벌써 육 년 전부터 모든 재봉소와 의상실에서는 기계로 재봉하는데 유독 그 부인 댁에는 기계가 한 대도 없지요. 그 부인과 딸이 재단 일을 맡고, 재봉틀을 사용할 줄 모르지만 일자리가 급히 필요한 그런 여자들만 고용해 재봉을 맡겨요…… 그런 식으로 그 부인은 직공들에게 급료를 주지요…… 금액에 대해 말하자면 민망하기도 하고, 고통스럽기도 해요."

"모든 상황이 그렇다 해도 나의 결심은 바뀌지 않아요, 클라로 양."

마르타가 생기를 찾으며 끼어들었다.

"아가씨 언니처럼 나는 아무것도 할 줄 몰라요. 그렇게 조금 요구하는 곳이 내가 일하기에는 좋아요."

"급료가 정말 형편없다고요."

클라로는 슬프게 그 말을 맺었다.

"분명히," 클라로는 말을 이어나갔다.

"아무것도 없는 것보다 조금이라도 벌 수 있는 게 좋지요. 상황이 그런데도 부인이 관심을 가지신다면, 제가 슈베이츠 부인께 안내해드릴 수 있어요."

"정확한 주소만 알려주면 나 혼자 가도 돼요. 아가씨는 시간이 그렇게 많지 않을 테니까요."

"아뇨, 부인과 함께 가겠어요. 점심은 좀 늦게 먹으면 되고, 그게 큰 문제는 아니니까요. 어머니는 제 걱정은 하지 않으실 거예요. 일이 바쁠 땐 평소보다 더 오래 일하기도 하니까요. 또 언니를 본 지도 오래되고 하니 함께 가요."

마르타는 마음씨 고운 아가씨의 손을 다시 잡고는 고마움을 표시했다. 그리고 두 사람은 흐레타 거리로 방향을 잡았다. 클라로는 걸어가면서 마르타에게 말했다.

"슈베이츠 부인은 중년의 여자예요. 그 부인의 과거에 대해서는 사람마다 다르게 이야기해요. 부인이 재봉소 일을 시작한 지 이십 년이 되었지만, 재봉틀 기계가 나오기 전에는 큰 재미를 못 보았답니다. 하지만 재봉틀이 나오고 난 뒤로 부자가 되었어요. 그게 좀 이상하게 들릴지 모르지만 그렇게 되었답니다. 우리 가게 사장님과 브로니슬라보 양이 이야기하는 것을 들었는데, 슈베이츠 부인은 일을 조금밖에 못 해내도 가난한 여자들을 고용해 가장 적은 급료를 주고 일을 시켜 불쌍한 여직공들을 착취한다고 해요. 나는 그 말이 무슨 뜻인지 모르지만, 내가 보기에 슈베이츠 부인이 그 불쌍한 여자들을 공정하게 대하지 않는다면 그건 그 부인의 죄이기도 하지만 동시에 다른 사람들의 죄이기도 해요……."

클라로는 잠시 침묵하며 생각에 잠겨 있었다. 아마 자신의 생각을 정확히 설명할 줄 모르는 것 같았다.

"그게 누구의 잘못인지 모르지만 제게 말해주세요, 부인. 어째서 그런 여자들은 불공정하게 대접받을까요? 또 왜 그들은 스스로 자신을 불공정하게라도 대해달라며 찾아가 한 조각의 무미건조한 빵이라도 달라고 할까요?"

마르타는 걸음을 재촉했다. 마르타는 클라로가 겨우 따라올 수 있을 정도로 빨리 걸었다. 곧 두 사람은 흐레타 거리에 도착했다.

"여기예요, 부인."

여러 집들 가운데 한 곳의 나지막하고 축축한 대문으로 들어서면서 클라로가 말했다.

그들은 대문을 지나 사방이 낡고도 높으며 축축한 담으로 둘러싸인 어둠침침한 정원으로 들어섰다. 구름으로 가려진 하늘이 겨우 한 조각 보일 정도의 좁다랗고 긴 정원이었다. 공기는 어둠침침하고 탁했다. 높은 담 위로 연기를 내뿜는 수많은 굴뚝이 나 있어, 그 연기 때문에 축축한 공기가 아래쪽으로 내려와 좁게 에워싼 정원 여기저기에 회색 구름층을 만들며 퍼져나갔다.

대문과 마주 보고 있는 정원의 맨 안쪽에 썩어가는 문이 있었고 위의 계단에는 먼지가 쌓여 있었다. 좁다란 간판이 푸른 바탕에 노란 글자로 쓰여 있었다.

B. 슈베이츠의 남성 · 여성용 란제리 재봉소

클라로는 마르타를 따라오게 하면서 넓은 현관으로 앞장서 들어갔다. 현관 안에 들어서자 이 집 맨 위층으로 연결된 어두운 계단이 보였다. 클라로가 현관문 한쪽을 열었다. 들어서는 두 여인의 얼굴로 곰팡내가 물씬 풍기고 축축한 바람이 불어왔다. 이들이 들어선 곳은 넓고 세로로 긴 창문 셋이 나 있는 밝은 방이었다. 창문은 정원 쪽으로 나 있었고, 밀쳐둘 수도 있는 흰 무명 커튼으로 반쯤 가려져 있었다. 천장은 낮은 기둥이 받치고 있었으며 먼지가 가득했다. 방바닥은 페인트칠도 되지 않은 간단한 널빤지로 되어 있었고, 석회 벽은 먼지 때문에 회색이 되어 있었다. 구석과 바닥에는 크고 검푸른 자국이 많았다.

희미한 색깔의 이 우중충한 방 회색 안개 속에서도 수많은 여직공의 얼굴은 뚜렷하게 보였다. 그들은 여러 개의 창문과 탁자 옆에 무리지어 앉거나 대형 벽장 옆에 따로 앉아 있었다. 그 벽장의 유리를 통해 이미 완성했거나 재봉만 하면 되는 란제리도 여러 뭉치 보였다. 방 한가운데 검게 칠한 큰 테이블에서 여자 둘이 한 손으로 가위를 들고 다른 손엔 종이에 핀을 꽂는 일을 하고 있었다.

클라로는 문턱을 넘어서면서 인사를 건네는 여공들에게 고개를 숙였다. 그리고 대형 테이블 쪽으로 다가섰다.

"안녕하세요, 슈베이츠 부인."

클라로가 말했다.

테이블에서 일하고 있던 두 사람 중 한 사람이 얼굴을 돌리며 아주 상냥한 웃음을 지어 보였다.

"아, 클라로 양 아냐! 사촌언니 만나러 왔지? 에미뇨 양! 에미뇨 양!"

어둠 속에서 떨어져 따로 일하던 여직공 한 명이 두 번이나 자신의 이름이 불리자 고개를 들었다. 그녀는 자기 일에만 열중하고 주변에 일어나는 일에 대해서는 무관심한 것처럼 보였다. 그녀는 흐릿한 눈으로 앞을 바라보다가 클라로를 발견했지만 자리에서 일어나지도 않았고, 여동생에게 달려가지도 않았다. 여자는 천천히 자리에서 일어나 자신이 하던 일을 테이블에 내려놓고는 몇 걸음을 내디뎠다.

"아! 클라로 왔구나!"

에미뇨는 그렇게 말하고는 클라로에게 희고 가는 손을 내밀었다. 그녀의 손가락에는 바늘에 찔린 자국이 여러 군데 보였다.

창문을 통해 들어오는 빛에 여자의 모습이 드러났다. 그런데 유심히 보니, 마르타가 가정교사 일로 직업소개소를 처음 찾은 그날 계단에서 보았던 그 아가씨였다. 에밀리오(에미뇨의 전체 이름)가 입고 있던 옷은 지난 번 만났을 때와 똑같았다. 지난 석 달 동안 더욱 남루해져 여러 군데 수선하고 헝겊으로 덧대 기운 자국이 보였다. 에밀리오의 얼굴은 그때보다 더 창백하고 야위어 보였다. 동시에 그녀의 옷과 외관은 그 힘든 삶이 너무 일찍 시작되었고, 그녀를 파괴시키는 잔인한 과정이 급속히 진행되고 있음을 보여주고 있었다.

사촌 자매는 서로 손을 내밀어 악수하고, 짧은 인사를 나눈 뒤로는 말이 없었다. 에밀리오는 다시 자기가 일하던 곳으로 되돌아갔고 클라로는 작업장의 여사장과 마주했다.

"슈베이츠 부인!"

클라로가 말했다.

"여기에서 일자리를 구하고 싶어 하는 마르타 스비츠카 부인을 소개하려고 해요."

여사장은 벌써부터 마르타를 주시하고 있었지만 안경을 쓴 여사장이 무슨 표정을 하고 있는지 다른 사람은 파악할 수 없었다. 하지만 여사장의 음성은 아주 상냥하여 마치 달콤하게 속삭이는 듯이 마르타에게 답했다.

"정말 고맙군요, 부인…… 뭐라더라? 스비츠카 부인이라고 했지요? 부인이 저의 이 변변찮은 사업장을 생각해주니…… 그런데 이렇게 직원이 많은데도 또 채용할 수 있을지……."

마르타가 무슨 대꾸를 하려고 하자 클라로가 소맷자락을 잡아당겼다.

"아이 슈베이츠 부인도," 클라로가 아주 독단적인 개성과 더러는 우월감을 가진 듯한 태도로 힘주어 말했다.

"무슨 그런 말씀을 하세요? 에미뇨 언니가 처음 여기 왔을 때도 그런 말씀은 하셨지만 받아주셨잖아요…… 중요한 건 낮은 급료를 감수할 것인가 하는 점이지요? 안 그래요?"

여사장은 웃음을 보였다.

"클라로 양은 언제나 화통하단 말야."

여사장은 여전히 달콤한 목소리로 말했다.

"아가씨는 느 부인한테서 일하는 사람들의 급료를 우리같이 가난한 작업장에서 일하는 사람들과 비교하는군요. 우리가 너무 적게 준다고 말하는 것 같은데……."

"그 점은, 제가 보기로는, 아이, 슈베이츠 부인. 저도 알아요."

클라로가 말을 가로챘다.

"제가 알고 싶은 것은 스비츠카 부인을 여기에 채용해줄 것인가예요. 그렇지 않으면 우린 다른 곳으로 갈 수밖에 없어요…… ."

슈베이츠 부인은 가슴에 팔짱을 끼고 고개를 숙였다.

"이웃에 대한 사랑 때문에," 여사장은 낮은 음성이었지만 천천히 말했다.

"이웃을 사랑하기 때문에 이웃이 일을 하려고 할 때 그걸 마다할 수는 없고……."

"아이, 슈베이츠 부인," 클라로는 끝까지 참지 못하고 말을 가로챘다.

"여기가 이웃 사랑을 실천하는 곳으로는 전혀 어울리지 않지요. 스비츠카 부인은 여기서 일하고 싶어 하고 그 대가만 여기서 지불하면 그만이에요. 그건 손님들이 가게에서 상품을 골라 계산대에서 값을 치르는 것과 같은 이치예요. 그게 이웃 사랑과 무슨 관계가 있나요?"

슈베이츠 부인은 한탄하듯 낮게 한숨을 쉬었다.

"클라로 양, 내가 우리 직장에서 일하는 사람들의 건강과, 또 무엇보다도 도덕성에 얼마나 관심을 갖고 있는지 잘 알면서 그래."

도덕성이라는 낱말에서 여사장은 기다랗고 주름 많은 얼굴을 아주 근엄하게 바꾸었다.

클라로는 웃음을 내보였다.

"그거야 저는 모르죠. 사장님께서 여기에 스비츠카 부인을 받아줄 것인지 말 것인지만 말씀해주세요."

"어떻게 하면 좋을까, 어떡하면 좋지? 일거리가 충분치 않은데도 이렇게 사람을 많이 두고 있는걸……."

"그럼 어떤 조건이면?"

클라로는 더욱 공격적인 말을 했다.

"여기 일하는 사람들과 똑같은 조건이지. 일당 사십 그로시에 하루 열 시간 근무하는 조건."

클라로는 고개를 내저었다.

"스비츠카 부인은 그런 조건에는 일하지 않습니다."

클라로는 결심한 듯 웃으면서 덧붙였다.

"열 시간에 사십 그로시면 한 시간당 사 그로시군요…… 정말 농담이시지요?"

클라로는 몸을 돌려 마르타에게 말했다.

"우리 가요, 부인. 다른 곳으로."

클라로는 이미 문을 향해 걸어갔지만 마르타는 따라나서지 않았다. 마르타는 그 장소에 꼼짝없이 붙잡힌 듯 서서 갑자기 고개를 들고 말했다.

"그 조건에 동의합니다. 두 분 모두 고마워요. 하루에 열 시간, 사십 그로시로 일하겠습니다."

클라로가 뭔가 좀 더 말하려고 했지만 마르타가 말렸다.

"벌써 난 결정했어요."

마르타는 이렇게 말하고는 좀 낮은 소리로 덧붙였다.

"아가씨가 한 시간 전에 내게 아무것도 가지지 못한 것보다는 조금이라도 가지는 편이 낫다고 했었지요."

합의는 이루어졌다. 마르타는 이튿날부터 슈베이츠 부인의 사업장에서 재봉사 일을 시작하게 되었다. 길고 긴 구직의 발걸음 끝에, 아무 소득 없던 노력 끝에, 또 아무 소득 없이 고통만 받았던 수치스러움 끝에, 애써도 소득이 없었지만 여러 대문을 걸인처럼 두드린 끝에 마르타는 자신과 어린아이의 생계가 되어줄 일거리와 수입의 실마리를 찾게 된 셈이었다. 하지만 온 시내를 오랫동안 걸어다녀 피곤해진 몸을 이끌고 집으로 돌아왔을 때는 지난번 그 직업소개소에서 행복한 마음으로 돌아왔던 그날처럼 웃음도 일지 않았으며, 자신에게 달려오는 아이를 향해 두 팔을 벌리지도 않았고, 눈가에 눈물을 내비치지도 않았다. 또한 입에 웃음을 머금은 채 "하느님께 감사하자!"고 아이에게 말하지도 않았다.

마르타는 창백한 얼굴로 생각에 잠겼다. 이마에 깊은 주름을 짓고 입을 다문 채 창가에 앉아 맑은 두 눈으로 주위 건물의 지붕만 바라보며 무슨 소리인지 분간도 되지 않는 대도시의 소음을 듣고 있었다.

받기로 한 임금의 작은 숫자가 마르타를 두렵게 하지는 않았다. 마르타에게는 갈기갈기 찢겨 여러 갈래로 떨어지고 마모된 헝겊조각 같은 생계유지 수단을 연결하여 실로 깁기 시작한 그날의 시간이 아주 조금 흘러갔을 뿐이었다. 마르타는 가난한 사람들의 사소한 계산에 아직 너무 서툴렀고, 아주 작은 파리보다도 더 작지만 가난한 사람들의 어깨에는 바위처럼 짓누르는 하루하루 수많은 사소한 일거리의 무게를 계산하는 데도 아직 너무나 부족했다. 그 때문에 마르타는 앞으로 지출할 돈과 벌어들일 돈을 즉각 비교할 줄 몰랐고 지출의 무게와 수입의 모자람을 명확히 구분할 줄도 몰랐다.

마르타는 하루에 사십 그로시로 자신과 아이가 꾸려나갈 수 있을지 아직 정확히 인식하지 못하고 있었다. 오늘의 이 작은 숫자도 어제의 무일푼에 비하면 크다고 생각했다. 인생의 실제 학교와 가난의 깃발 아래 방황하고 있는 슬픈 족속의 일원으로서 마르타는 초심자였다. 여러 번 고통을 당한 초심자였다. 하지만 마르타는 자신이 추락할 대로 추락해서 이젠 언젠가 더 높은 곳으로 다시 올라갈 희망이라곤 전혀 없는 곳에 멈춘 이 단계가 인간 노동의 가장 낮은 단계라는 것을 이해할 수 있을 정도의 분별력은 지니고 있었다. 이 단계는 굶주려 죽는 것으로부터 자신을 보호하려는 온갖 무능한 족속이 웅크리고 앉아 있는 그런 곳이다. 이 단계는 더 높은 단계에 머물 힘이 하나도 없는 사람들만 미끄러져 내려와 있는 단계다. 이 단계는 사람을 지루하게 만들고 피곤하게 하지만 잠시도 자유로이 숨 쉬는 것이 허락되지 않는, 인간의 몸엔 무미건조한 빵만 주고 몸의 영원하면서도 결코 충족시킬 수 없는 필요의 쇠사슬에 영혼을 묶는 노동과 끊임없는 어둠만이 지배하는 저 깊은 곳이다. 이 단계는 거미가 거미줄을 짙게 쳐서 그 거미줄에 스스로 날아드는 파리나 잡는 단계로, 착취만 지배하고 자신의 무능함에 대해 자각하면서도 수치스러워 고개를 들지 못하는 단계다.

마르타는 편안한 때에도, 가난해져가는 순간에도, 여러 방면으로 시도했지만 번번이 몇 걸음 내디디지 못하고 물러나야 했던 때에도, 자신의 힘이 미약하다거나 지식이 짧아 이렇게 낮은 단계로 미끄러질 수밖에 없는 것을 결코 운명으로 여기지 않았다.

마르타는 이런 처지를 초조하게 서두르면서도 완전하고도 결정적인 준비를 통해 받아들였지만, 자신에게 있어 이런 운명은 놀라움 그 자체였다. 지난날 마르타가 이런 운명에 대비할 수 있었다고 해도 이건 놀라운 일이었다.

흐레타 거리의 어둡고 축축한 방에 앉아 자신의 옆으로 오르내리는 스무 개의 손과 보조를 맞춘 동작으로 한 손을 오르내리면서 린넨 천 한 조각을 바느질하는 이 젊은 여인의 머리에 시끄럽고도 무질서하며 우울한 감정들과 지금까지 알지 못했던 생각들이 새롭게 떠올라 그녀를 괴롭혔다.

맨 처음 이곳에 일하러 나왔을 때, 마르타는 같이 일하는 동료이자 똑같은 운명으로 살아가는 수많은 인간 족속을 어제보다 더 예리한 눈길로 관찰했다. 이 무리에 속하는 사람들 가운데 대다수가 얼굴은 반반하고 허리는 날씬하고 손은 하얀 것으로 보아 자신들이 미끄러져 내려와 있는 이 세계와는 전혀 다른 세상에 살던 사람이라는 걸 알고 마르타는 깜짝 놀랐다. 이들의 인생의 아침은 인생의 정오 혹은 저녁과는 전혀 달랐다. 또 이곳에 있는 사람들의 연령층과 외모와 성격 또한 다양했다.

이들 중 어떤 사람들은 손놀림만 계속할 뿐 말은 한 마디도 하지 않고 의자에 꼼짝없이 앉아 있었다. 그들은 온종일 일에만 고개를 파묻고 있다가 마칠 때 한 번 고개를 꼿꼿이 세우고는, 발걸음마저 질질 끌며 집으로 돌아갔다. 언제나 불그스름한 눈꺼풀에 가려져 빛나지 않는 눈동자는 한 번도 불꽃이나 빛을 발산하지 않았다. 분주하게 움직이는 도시의 대로마다 황금빛으로 물들이는 정오의 태양빛마저도 그들에겐 다가오지 않았고, 말없이 무표정하게 자신의 고달픈 일터에서 하느님의 세계로 나올 때에도 그들의 주위로는 생기발랄한 소음과 사람들의 자유분방한 목소리가 다가오지 않았다. 그들의 복장은 닳아 떨어졌거나 거리의 먼지로 얼룩졌다. 그들의 머리카락은 겉으로 보기에는 잘 손질되어 있지만, 뒤쪽은 깡마른 목덜미에 아무렇게나 매달려 있었다. 린넨으로 아주 깨끗하게 빨아 입은 흰 칼라와, 전체적으로 후줄근한 옷차림과는 대조를 이루며 손가락에 빛나는 결혼반지 정도가, 돌이킬 수 없는 과거의 급류에 휘말려 도달할 수 없는 저 먼 곳으로 떠내려가 버린 이전의 습관이나 마음속의 감정 혹은 관계를 회상하게 해주었다. 그들은 짧은 인생을 지나는 동안 벌써 지쳐버렸고 정신적인 힘도 다 빠져버렸으며, 병든 몸과 절규하는 영혼을 이끌고 마치 운명이 자신에게 남겨준 최후의 복장으로 또 침묵으로 자신의 상처난 내부를 끈질기게 덮어가면서, 어둡고 힘들고 희망이라곤 보이지 않는 생존의 끈을 끌고 가는 사람들이었다. 그들은 무력한 신체와 죽음만큼이나 슬픈 영혼을 지닌 사람들이었지만, 누구 하나 슈베이츠 부인의 작업실에서 안타까운 표정을 드러내는 이는 없었다.

낮의 햇살을 찾아다니는 창살 안에 갇힌 새처럼, 지금까지 살아온 나이가 아니라 고통을 받은 햇수로 따져 다소 신참인 어린 여직공들은 밝은 창가에 더 가까이 자리를 잡고 있었다. 이 사람들은 성격이 다소 쾌활하고, 가슴속에는 아직도 고집스러운 열망이 있으며, 고통을 받아 괴로워도 마음속과 입가에 웃음이 사라지진 않았다. 창백하고 마른 얼굴의 이 사람들은 아주 가난한 옷차림이었다. 그렇지만 거의 분마다 일에서 눈을 떼어, 동료들의 눈길을 찾는, 창백한 이마 아래 반짝이는 눈길도 있었다. 때론 이 눈길에 장난이 섞여 있거나 더 마음을 상하게 하고, 악의에 차 어둡고 축축한 벽 너머 어디론가 마음을 두지 못하고 방황하는 경우도 있었다. 움푹 파여 노랗게 변해가는 뺨에도 장난기가 있고, 해학적이면서도 뭔가를 염원하며 꿈꾸는 듯한 다른 사람들의 표정이 자신과 닮은 것을 보면서 웃음 짓는 경우도 있었다. 때로는 장미색이나 푸른색의 리본, 매듭과 간단한 헝겊조각이 반짝이도록 머리를 땋아 아름답게 가꿀 줄 아는 사람도 보였다. 색깔 있는 산호 묶음으로 목을 휘감고 장식이 꼭 필요한 옷의 허리 부분의 구멍이나 기운 자리는 그대로 내버려두는 것 같았다. 그리고 이런 모든 눈길과 웃음과 장식들은 다른 직공들의 침묵과 무력감과 무감각을 더욱더 아프게 만들었으며 그들에게 더욱 수수께끼 같은 모습을 안겨주었다. 고통스러운 생존을 위협하는 조건에 대항해 그들의 감정과 염원은 끈질기게 싸우고 있었으며, 저 끝이 보이지 않는 빈곤에 대항하여 호화롭게 살고 싶은 그들의 꿈 또한 끈질기게 싸우고 있었다. 더러는 벌써 나락으로 떨어져 수동적으로 변해버렸고 다른 사람들 또한 매 순간 나락에 빠지도록 부채질당하는 것 같았다. 이 불쌍한 여인들은 지구상 방황의 끝에 거의 다 와 있었고, 그렇지 않은 사람들은 죄 짓는 인생의 입구에 와 있었다. 이 사람들에겐 무덤이 벌써 입을 벌리고 있었고 그렇지 않은 사람들에게는 타락의 구렁텅이가 입을 쩍 벌리고 있었다.

슈베이츠 부인과 그녀의 딸이 검은 대형 테이블에 서면 작업장엔 절대의 침묵만 감돌았고, 능숙한 손에 쉴 새 없이 움직이는 큰 가위들이 날카롭게 싹둑거리는 소리만 들려왔다.

하지만 그 침묵도 겉으로만 그렇게 보일 뿐이었다. 그곳에는 강력한 가위질 소리만 있는 것은 아니었다. 크지는 않지만 끊임없이 물결처럼 밀려오면서, 때로는 참지 못하는 듯 폭발했다가 다시 작아지고 침묵 속에 사라지는 불명확하고 간헐적인 다른 소리가 많았다. 그런 작은 소음들은 마흔 개 이상의 손놀림에서 나오는 소리, 스무 개의 가슴에서 나오는 숨소리, 메마르면서도 짧고 강하게 계속 들리는 기침과 움직일 듯 말 듯하는 입에서 나오는 중얼거림, 크지 않으면서도 재빨리 침묵해버리는 웃음에서 나는 것들이었다. 작업실 맨 안쪽에 앉아 있던 직공들이 기침을 했다. 창가에 자리한 직공들은 소곤대며 웃기도 했다. 슈베이츠 부인은 때때로 고개를 한 번씩 들어 안경 너머로 작업실 전체를 유심히 노려보았다. 부인의 두 눈은 두꺼운 안경을 관통할 듯이 빛나며 작업의 진행 상황을 확인했다. 테이블에 가위를 내려놓고 느리면서도 달콤한 목소리로 일장 연설을 할 때도 있었다.

다른 업체에서는 재봉틀을 도입하여 직공들이 그 기계에 온 힘을 쏟도록 해 신체에 상처를 입고 건강을 잃기도 하지만, 자신의 작업장에서 기계를 도입해 얻을 수 있는 이득을 마다하는 것은 이웃의 건강을 황폐하게 만드는 죄를 짓게 될지도 모르기 때문에 양심이 허락하지 않아서라고 부인은 언제나 말하곤 했다. 양심은 무엇보다도 소중한 것이고, 그 밖의 다른 것은 허황된 돈을 좇아가는 행태라고도 했다. 여사장이 직원들에게 요구하는 단 한 가지는 '품행이 방정해야 된다'는 것이었다. 이 점에서 여사장은 절대 양보하지 않았다. 그러면서 그 이유가 첫째는 사업장 내의 품행을 유지해야 하고, 둘째는 명예를 존중하는 고객층을 잃지 않기 위함이라고 했다. 그러지 않았을 때 자신의 자녀나 손자손녀가 가난해질까 봐 두렵다고 했다.

직공들은 여사장의 연설을 아주 조용히 들었다. 하지만 아무도 그 말을 믿는 것 같지는 않았다. 그들은 모두 자신들이 착취당하고 있다는 것을 알았지만 묵묵히 듣기만 했다. 그들은 자신이 지금 이 방을 넘어선다 해도 무덤, 혹은 다른 구렁텅이밖에 기다리고 있지 않다는 것을 잘 알고 있었다.

간혹 여사장이나 그 딸은 건물 안쪽으로 나 있는 문을 지나 사업장을 빠져나가기도 했다. 그때 잠시 열린 문 틈으로 포르테피아노를 능숙하게 연주하는 소리와 피아노를 치는 법을 배우는 소리가 들려왔다. 비싼 가구가 놓인 방도 줄줄이 보였다. 방에는 초를 칠해 매끈한 마루와 널따란 거울이 몇 개 보였고, 선홍색 능직무늬의 가구들이 직공들의 피곤한 눈을 현란하게 했다. 그것을 본 어떤 직공은 씁쓸한 웃음을 띠기도 하고, 어떤 직공은 우울하게 앞만 바라보기도 하였으며, 어떤 직공은 화가 난 듯이 두 눈을 껌벅거렸다. 그 순간 여직공 스무 명의 가슴은 아픔과 부러움과 화로 인해 갈갈이 찢어지는 것 같았다. 오후 세 시가 되면 천장에 달린 커다란 램프들이 켜지고 직공들은 인공의 빛 아래 벽시계가 저녁 아홉 시를 가리킬 때까지 일해야 했다.

온종일 이곳에서 일하고 집으로 돌아올 때면 마르타는 다리도 가눌 수 없을 정도였다. 하지만 마르타는 아무런 피곤함을 느낄 수 없었다. 무엇 하나 새로운 것도 그녀를 우울하게 하지 않았다. 마르타의 가슴과 뇌리 끝까지 공포감이 엄습해왔다.

*

다양한 취향을 가진 독자 여러분이나 무엇보다도 감정이 풍부하고 감수성이 예민한 여성 독자 여러분. 신비로운 음모의 매듭도 전혀 보이지 않고 격정의 화살을 맞은 연인들의 흥미진진한 장면도 없는 이 이야기를 계속하도록 허락해주시겠어요?

독자들은 저의 이야기에 제재가 되는 모든 사건을 다양한 방식으로 바라볼 수 있습니다. 불행한 마르타의 인생이 단순하면서도 단색인 실로 독자들 눈에 비치게 하는 대신, 교차되는 수많은 감정과 확연히 드러나는 대비, 천둥번개와 같은 사건들로 마르타의 인생을 장식하고 아름답게 만들 수도 있습니다. 휘황찬란한 에피소드로 복잡하게 꾸며 에피소드마다 아름다운 매력이나 공포감을 집어넣을 수도 있고, 누마 폼필리우스*처럼 인생 자체를 더 사실적이고 흥미로운 줄거리로 짜 만들 수도 있고, 또 행복하거나, 극도로 불행하거나, 목가적이거나, 서사적으로, 그러면서도 운명의 호의를 받거나 혹은 운명의 발길에 채여 버려지는 사랑하는 연인의 삶에 덧붙여진 것과 비슷한 에피소드처럼 진행할 수도 있습

* 누마 폼필리우스(Numa Pompilius, BC 753-673)라는 인물을 말함. 로마 전설에 따르면 로마 공화정 건립(BC 509경) 이전의 로마 7왕 가운데 2번째 왕. 초기 종교 관습을 확립한 왕. '누마가 자신의 폼필리우스를 찾았다'라는 속담이 있음-옮긴이

니다.

하지만 용서하세요! 저는 우리가 사는 세상에서 마르타를 만나고부터 주변을 아무리 살펴보아도 뭔가 소설 같은 영웅을 찾아내지 못했습니다. 그런 영웅을 찾지 못한 저는 마르타라는 이 여인의 일생을 짧게 압축하여 에피소드식으로 끝내보려고 했지만, 차마 그렇게 할 수 없었습니다. 마르타의 일생이 특별하며 가치 있는 것이라고 생각하게 되었기 때문입니다. 결국 저는 그 일생을 여러 가지 얽히고설킨 음모와 찬란한 에피소드로 엮어보려고도 했지만, 그렇게 하지 않았습니다.

왜냐하면 저로서는 이 마르타의 삶을, 세상에 홀로 나선다 해도 그대로 전개하는 것이 가장 알맞게 보이기 때문입니다.

현대 사회의 가장 통탄할 사건 중 한 가지를 독자들에게 보여드리기 위해 제가 사용하는 방식이 간단함을 용서해주시고, 가난한 마르타를 복종하게 만든 그 사람보다 더 나은 운명을 누릴 가치가 있는 이 가난한 여인이 슬픈 모습으로 걸어가는 이 길로 좀더 저를 따라와 주십시오…… . 그러면 무엇이 기다리고 있겠습니까? 수많은 사람들의 머리를 치명적인 저주로 억누르며, 두 발에는 올가미를 씌우고, 심장을 부수는 그 '무엇'의 정체를 마르타의 일생에서 독자 여러분은 발견하게 될 겁니다.

*

바르샤바는 즐겁고 소란스럽고 휘황찬란한 날을 맞이했다. 축제날이다. 성탄절에 쓰는 전나무의 푸른 가지 사이에 타올랐던 불빛들이 며칠 전에 꺼지자 곧 축제를 즐기기 위해 마련된 탁자 주위에 행복한 가족들이 모여 시끌벅적하게 대화를 나누는 소리와 어린아이들의 한바탕 웃음소리가 마치 대기를 진동하듯 즐겁게 나돌아다니고 있다. 내일은 이 세상으로 신비로운 손님이 오시는 날이다. 새해. 집집마다, 시내 상점의 쇼윈도마다 아주 아름답게 장식되어 있다. 맑은 하늘에 밝게 빛나던 햇살 아래 수백만 개의 불꽃으로 빛나고 추위로 단단해진 눈이 두껍게 층을 만들어 온 길을 덮고 있다.

수많은 썰매가 온 사방에서 날아갈 듯 달리며 지나가고 인도에는 행인도 많았다. 각양각색의 사람들 머릿수만큼이나 많고 다양한 사념의 실타래가 있었다. 이 사념의 실타래는 허공에서 신비하게 펼쳐져 모습을 보이지는 않지만 이 세상에서 가까운 물체, 먼 물체, 높은 물체, 낮은 물체들을 몰래 따라다녔다. 사랑, 탐욕, 숭배, 증오, 두려움, 희망, 아주 다양한 관심과 열정, 각양각색의 염원과 목표가 수천 명의 시민들 머릿속에서 감기거나 교차했다. 원대한 꿈을 위해 가는 사람도 있고 하루의 사소한 일을 위해 걸어가는 사람도 있었다. 무엇을 타고 가는 사람도 있고 뛰어가는 사람도 있었다. 어느 누구의 귀에도 감지되지 않는 소음의 한가운데 이런 사념의 우글거림 속에서—마치 배의 갑판 위에서 수천 명의 사람들이 말과 행동을 펼치는 것처럼, 아무도 무슨 소리인지 귀 기울이거나 추측조차 하지 않는—아무도 알아주지 않는 한 여인의 머릿속에 한 가닥의 수줍은 사념의 실이 조용히 풀려나왔다.

'하루에 사십 그로시…… 일주일엔 팔 즈워티인데…… 내가 슈베이츠 부인 댁에서 일하는 동안 얀치아를 돌보는 정원지기의 아내에게 매일 십 그로시씩 지불해야 되고, 아이의 빵과 우윳값이 십오 그로시이고, 또 점심 값이 십오 그로시이고, 그럼 매주 일요일엔 내 손에 아무것도 남는 게 없네…… .'

그것이 고개를 수그린 채 크라코브스키에 프르제드미애스치에 거리의 인도를 천천히 걸어가면서 마르타가 했던 생각의 일단이었다.

'두 달치 집세 사십오 즈워티도 내야 되고…… 가게엔 이십 즈워티의 외상이 있고…… 지난 번 모피 옷은 백 즈워티에 팔았는데…… 육십…… 지금 사십이 남아 있고…… 얀치아 신발을 꼭 사줘야 하고, 내 것도 이미 떨어졌는걸…… 땔감도 구해야 하고…… 저 아인 언제나 추위에 떨며 지내고…….'

이런 생각을 하면서 마르타는 짧지만 메마르고 고통스러운 기침을 했다. 그녀가 슈베이츠 부인의 작업장에서 직공으로 일한 지 한 달이 지났다. 그동안 마르타는 무척 변했다. 그녀의 밝고 하얀 얼굴에도 노란 선이 여기저기 나타났다. 움푹 들어간 널따란 두 눈 아래에는 짙은 활 모양의 선도 나타났다. 정말 매혹적인 아름다움을 간직했던 이마에는 주름이 보였다. 오래 입어 갈색으로 변해버린 그녀의 검은 옷은 말쑥하게 차려입었지만 낡아 보였다. 마르타의 머리에 얹혀 있던 모자는 어느새 보이지 않았고 어깨에 걸치던 모피 가죽도 보이지 않았다. 머리엔 검은 양털 수건만 덮었고, 창백한 이마와 움푹 들어간 양 볼에 두꺼운 천이 둘러싸여 있었다.

아름다운 거리의 널따란 인도에는 대도시 시민들이 흘러가듯 떠들며 지나가고 있었고, 그들과 함께 그들의 사념도 수천 배의 큰 흐름을 만들어 허공으로 헤엄치고 있었다. 인파에 묻혀 우울하게 걸어가고 있는 창백하고 우울한 여인은 묵묵히 그리고 처량하게 한 가닥 단조로운 생각에 매달려 있었다.

'십 그로시에 오를 더하면 그러면 십오, 또 이…… 그러면 십칠이네…… 사십에서 십칠을 빼면…… 이십삼…… .'

이 얼마나 하찮고 딱한 생각이란 말인가! 겨울 하늘은 가장 깨끗한 남빛을 발산하고 있는데 마르타의 사념은 땅에서 기어다니고 있었다. 온 인류는 다가오는 새해를 맞이하며 염원과 감동과 희망으로 끓고 있는데 마르타의 생각은 숫자들의 차가움에 굳어 있었다.

맞다. 인간의 내부에 있는 그런 정신적 일 막(幕)은 실제로 아주 시시하고 수준 이하이다. 그것은 가난을 그로시라는 은화(銀貨)의 화폐 단위로 표시해주는 계산이다.

하지만 마르타의 생각이 언제나 그렇게 낮게 기어다니는 것은 아니었다. 맑은 하늘을 향하여 두 눈을 들 때도 있었고, 두근거리는 가슴과 희망의 웃음을 안고 다가오는 새해를 맞아 인사를 나눈 때도 있었다. 마르타는 눈꺼풀을 들어 주위를 살펴보았다. 사소한 숫자의 비교와 결합 때문에 생긴 슬픔만 보게 된 두 눈도 가슴속에 일기 시작하는 감정의 빛을 발하기 시작했다. 그 빛이 처음에는 열망으로, 뒤엔 하소연으로, 마침내 지금까지 연속성을 행사하지 않았던, 뭔가 치명적 필요성 때문에 억눌려 있다가 소용돌이치는 정신의 반란으로 변했다. 움푹 들어간 마르타의 두 눈은 뜨거운 불꽃으로 빛났다. 내부에서 뭔가 꿈틀거리고 아프게 소리치며 동요하듯 마르타는 한숨을 내쉬었다. 지금까지 완전히 써버리지 않은 염원의 에너지가 반란을 일으키기 시작했다. 마르타는 잠시 멈추어서서 고개를 들어 입술을 떨며 중얼거렸다.

"안 돼! 이런 생활을 계속할 순 없어! 언제까지나 이런 식이라면 곤란해! "

마르타는 계속 걸으면서 생각했다.

'내 운명이 슈베이츠 부인의 작업실 의자에 묶인 채 외롭게 죽음을 맞이하게 될 순 없어. 결코 있어선 안 되는 일이야. 그 의자는 어둡고 축축하고 곰팡내가 나. 허약하여 쇠잔해가는 얼굴들 사이에서, 날마다 하루 종일 재봉한 것을 은화 몇 개로 바라보는 눈길에서, 이 구속된 일에서 몇 분이라도 자유롭게 벗어나 적어도 밤에는 편안하게 잘 수 있을 정도의 수입은 되어야 하는데……'

마르타는 출생으로 보나 지나온 과거로 보나 정말 교양 있는 사람들의 계층에 속해 있었다. 그녀의 주위에서도 그렇고 그녀 스스로도 언제나 자신을 교양 있는 여자로 인식하고 있었다. 그런데 거친 운명의 손길이 마르타에게 닥쳤을 때 사회구조상 이익과 성취를 얻을 수 있는 노동 시장에서 그녀는 왜 교양이 사람에게 가져다주는 그런 선행이라든가 생계수단, 도구들과는 전혀 멀고 가장 불행한 사람들만이 있는 게 분명한 이 낮은 자리에 서게 되었는가? 마르타가 지닌 교양에 무슨 결격사유라도 있단 말인가? 마르타의 정신이 무력감과 추락에 대항해 자신을 보호하려고 시도할 때마다, 혹은 그 정신을 키워주는 온 힘의 소모에 대항하여 신체를 보호하려고 할 때마다 마르타는 왜 온전히 부적절한 쓰레기처럼 무너져내리고 마는 걸까. 마르타의 교양은 배부름에

만족하는 육체 안에서 거주하면서도 평온한 정신의 즐거움을 위해 조각되고 장식되며 살아가는 장난감에 불과한 것인가? 그런 교양은 환상일 뿐인가? 마르타가 지니고 있는 교양의 크기와 형태는 열망만 불러놓고, 그 열망을 만족시킬 수 있는 것이라곤 아무것도 없었다. 그 교양은 정신의 갈망만 키워놓고 배 곯는 육체에게 속박되어 땅에 꼭 붙들려 있었다. 그 교양은 여러 염원을 쓰디쓰게 만들고, 갈망을 가장 잔인한 고통으로 뒤흔들어놓았으며, 마음속 감정들을 더 부추겼다.

마르타는 이런 생각과 아울러 이 모든 것을 어렴풋이 느꼈지만, 자신의 상념과 감정을 전체적으로 인식하지는 못했고, 자신의 운명을 지배하는 아주 교묘한 형상을 정확히 알아채지도 못했다. 마르타는 자신이 교양을 지녔기 때문에, 그만큼 교양 있는 사람에겐 제한없이 길이 열려 있다는 사실만 되풀이해서 생각나고 그것에만 매달려 있었다.

마르타는 자신이 지금 멈추어 있는 이 길에 영원히 남아 있어야 하는가? 수치심과 공포감이 느껴지는 이런 자리 말고 저 멀리 딴 곳에 가 있을 수는 없을까? 가장 강하고 순수한 관계와 감정으로 묶인 두 사람이 살아갈 수 있는 자리, 좁고 수수해도 따뜻한 햇볕 아래의 자리를 마르타는 하느님께 간청하였다. 하지만 마르타가 수많은 시도와 노력 끝에 다다른 이 자리는 햇볕이 비치는 자리가 아니라, 두 사람이 생계를 잇지도 못하며, 극도로 초라하고 가장 비천하여 결코 만족스럽지 않고 언제나 끝이 보이지 않는 필요에 갇힌 채 서서히 죽어가는, 저 어두운 심연의 자리일 뿐이었다.

그렇다. 모녀는 서서히 죽어가고 있었다. 이건 어떤 종류의 은유가 아니라, 공포와도 같은 실제 상황이었다. 얼마 전만 하더라도 마르타는 아직도 자신이 처한 상황과, 자신의 마음과 양심을 억누르기 시작했던 의무감을 신중히 생각하면서 스스로 '나는 아직 젊고 건강하다'는 용기와 위로의 다짐만 되풀이했다. 그러나 지금으로서는 그중 절반만이 진실이었다. 마르타는 젊긴 했지만 건강을 유지하지는 못하였다. 육체적 요인과 정신적 요인들은 서로 맞물린 채 마르타의 신체를 소모하고 허약하게 만드는, 일종의 보이지 않는 톱으로 작용하였다.

마르타는 기침을 계속했다. 지금까지 몰랐던 몸의 허약한 상태를 며칠 전부터 느끼기 시작했다. 꿈을 꾸면서 식은땀을 흘려 잠에서 깰 때는 머리가 무겁고 가슴까지 아파왔다.

그런 식으로 직장 동료들은 지금 절반은 죽은 채 얼굴엔 폐병 같은 홍조를 띠고 하루 일을 시작하는 것 같았다. 며칠 전 어느 날, 직원 한 사람이 정해진 작업 시간을 채우지 못하고 조퇴했다. 그러고는 그 직원을 다시 볼 수 없었다. 다음 날 마르타가 동료들에게 그 여직공에 대해 물었을 때 열몇 명의 입에서 이구동성으로 나온 대답은 낮지만 가슴을 찢는 소리였다.

"죽었대요!"

죽다니? 그 여공은 스물여섯도 안 되었으며, 다락방인가 지하실 어딘가에 살았고, 매일 그녀가 집에 돌아오기를 기다리던 어린 자식이 둘이나 있었다는 것도 마르타는 알고 있었다.

"그러면 그 아이들은 어떻게 되지?"

매혹적인 까만 눈의 딸을 둔 젊은 엄마가 동료들에게 물었다.

그녀는 귀에 거슬리면서도 야멸찬 대답을 들었다.

"딸아이는 보호소에서 받아주었고, 아들은 어디론가 가버렸대요."

'보호소에서? 그러면 그 아이의 불확실한 미래는 자선사업가의 어깨에, 낯선 사람들의 손에…… 가버렸다고? 그럼 그 남자애는 어디로 가서 없어졌을까? 그 남자애는 어린 마음에 높다란 다락방에서 아래로 운구되는 제 엄마 시신을 따라나섰다가 추운 겨울밤의 눈 덮인 길 한가운데서 소리 한 번 지르지 못한 채 흰 눈보라가 만들어준 수건에 묻혀버렸을지도 모른다. 아니면! 아, 끔찍한 일이야! 사회가 내버린 또래의 아이들과 어울려 살아가다가는…….'

마르타는 자신의 미래가 투영된 것 같은 이 슬픈 이야기만 곰곰이 생각하고 있을 수도 없었다. 그럼 나의 미래는? 아, 그게 뭐가 중요하담! 마르타가 사랑했던 사람은 이제 세상에 없고, 마르타는 피로와 절망을 느꼈다. 또 상처받은 마음이 갈망하는, 사랑했던 사람과 재회를 약속하는 믿음이 될지도 모르는, 그 영원의 안식을 위해 아주 기쁜 마음으로 두 눈을 감을 수 있었으면 하고 마르타는 기대했다. 하지만 그러면 얀치아의 미래는? 며칠 전 작업실에서 비틀거리며 조퇴해 다시 돌아오지 못한 그 불행한 여공처럼 만약 마르타도 이 세상에 없다면, 마르타의 두 볼에 언젠가 핏빛같이 뜨거운 홍조가 나타나고, 이마는 묘지같이 창백해지고 가슴으로 더 이상 숨을 쉴 수 없는 날이 온다면, 그렇게 된다면, 그 아이의 미래는 어떻게 될까, 어떻게 변할까?

이런 생각에 잠긴 채 마르타는 조금 앞으로 숙인 고개를 바로 세웠다.

"안 돼!"

젊은 여인은 낮지만 단호하게 내뱉었다.

"그렇게 될 순 없어! 그렇게 되면 절대 안 돼!"

마르타는 이 말을 하면서 가난에서 벗어나려는 모든 사람에게서 자연적으로 생기는 염원과, 자신의 존재를 더 나은 위치로, 더 높은 위치로 끌어올리려는 모든 사람의 열망을 느낀 것 같았다.

마르타는 주변을 둘러보았다. 그러자 좀 전의 슬프고 피로한 기분 대신에 다시 힘과 탐구심이 생겨났다. 사방에 많은 사물이 있었다. 마르타의 눈길이 한 곳에 멈추었다. 마르타의 눈길을 붙잡은 것은 대도시 대형서점 중 한 곳의, 많은 책이 꽂혀 있는 넓고도 높다란 창문이었다. 여러 장의 투명 유리 뒤에 놓인 다양한 책들을 보면서 이 젊은 여인은 세 가지를 생각했다. 과거에 대한 회상, 갈망, 그리고 희망. 마르타는 젊고 교양 있는 남편의 팔에 기댄 채 이곳을 자주 지나다녔던 행복했던 나날을 회상했다. 마르타는 정신적 즐거움을 누리곤 했지만, 오래전부터 그 즐거움마저 완전히 뺏겨버렸다. 이 생활의 어두컴컴한 배경 위에 말로 표현할 수 없는 매력으로 빛나던 더 높은 정신적 즐거움을 갈망하면서 마르타는 갑자기 여러 책들의 제목 아래에 인쇄된 몇 명의 여자 이름을 발견했다. 그중에는 마르타가 한때 알고 지내던 사람도 있었다. 조금씩 아주 천천히 커가면서 성공적으로 자신의 재능을 내보였을 때가 되어서야 비로소 그 작가는 자질을 인정받았다. 그리고 이젠 국내의 유명하고 영예로운 작가들 가운데서 영광의 자리를 차지하고 있었다. 마르타가 알고 있는 이 작가는 이

전에는 마르타처럼 외롭고 가난했지만 지금은 태양 아래 많은 사람들에게 존경받는 자리에 가 있었다.

"누가 알아?"

마르타는 입술을 떨면서 중얼거렸다. 창백한 얼굴은 그 얼굴을 우울한 테두리로 둘러싼 검정 양털 수건의 주름 사이에서 홍조를 띠며 확 달아올랐다.

마르타는 몇 걸음을 옮겨 서점의 출입문 앞에 섰다. 유리창 안을 들여다보니 큰 매장의 맨 안쪽에 서점 주인이 보였다. 마르타가 그런대로 행복한 시절을 보낼 때는 자주 만날 정도로 친분이 있었고, 또 그 주인은 사려 깊고 정직하고 온화한 인상이었다.

유리로 된 출입문에 종소리를 내면서 마르타는 서점으로 들어갔다. 마르타는 잠시 출입문 가까이에서 멈추었다가 재빨리 그리고 흥분된 눈길로 주위를 둘러보았다. 서점 안에 책을 사러 온 사람들이 있는지 신경 쓰는 것 같았다. 손님이라도 있으면 자신의 뜻을 설명하지 못할 수도 있었다.

서점 주인은 매장 한쪽에 놓인 책상 뒤편에 혼자 서 있었다. 그는 자신 앞에 펼쳐진 큰 책자에 계산한 것을 적느라고 바빴다. 출입문이 열릴 때 그는 고개를 들어 들어오는 손님을 발견하고는 인사를 하는 듯 허리를 반쯤 숙인 자세로 서 있었다. 마르타는 천천히 다가가 자신의 말을 기다리는 사람 앞에 멈추었다.

몇 초 동안 마르타는 눈을 내리 깔았다. 창백한 입술이 약간 떨려왔다. 그녀는 그 순간 자신의 모든 의지와 신경을 집중한 눈길을 서점 주인에게 보냈다.

"저를 모르시겠죠, 선생님!"

마르타는 낮고 확고한 음성으로 말했다. 서점 주인은 마르타가 들어올 때부터 유심히 바라보고 있었다.

"이렇게 만나 뵙게 되니 반갑군요, 스비츠카 부인!"

그가 말했다.

"처음 본 순간 부인인 줄 알았지만…… 자신이 없었거든요."

그 말을 하면서 그는 젊은 여인의 초라한 옷차림을 재빨리 훑어보았다.

"무엇을 도와 드릴까요?"

그는 친절히 말했지만 그 말 속에러 불쾌한 뉘앙스를 쉽게 느낄 수 있었다.

마르타는 잠시 말이 없었다. 잠시 후 말을 시작했을 때 얼굴은 창백해지고 눈길은 깊고 움직임이 없었다.

"선생님께 처음이거나 생소하게 들릴지도 모를 부탁을 하나 드렸으면 해서요……."

마르타의 말이 갑자기 중단되었다. 그녀는 두 손을 들어 손바닥으로 창백한 이마를 매만졌다. 서점 주인은 책상 뒤에서 황급히 앞으로 나와 그녀에게 등받이가 없는 우단 의자를 권하고는 다시 원래 자리로 돌아갔다. 사장은 반갑지 않은 것 같았고, 더욱 당황해하는 것 같았다.

"앉으시죠, 부인."

그가 말했다.

"잘 듣고 있습니다만…… ."

마르타는 앉지 않았다. 그녀는 두 손을 포개 책상을 짚고, 깊고도 더욱 맑은 눈길로 앞에 선 사람의 얼굴을 바라보았다.

"제가 이런 부탁을 드리는 것이 처음이라 어색하네요."

그녀가 말했다.

"하지만…… 선생님께서는 오래전부터 제 남편과 돈독한 사이였다고 기억하고 있습니다……."

주인은 그렇다고 인사했다.

"그렇습니다."

그가 끼어들었다.

"스비츠키 선생을 가까이서 알고 지내는 사람이면 누구나 우의와 존경으로 그분을 기억할 겁니다."

"제 기억으로는," 마르타는 말을 계속했다.

"여러 번 선생님이 저희 집에 방문하신 것으로……."

주인은 다시 존경의 인사를 했다.

"저는 선생님께서 도서판매뿐만 아니라 도서발행도 하시는 줄로 알고 있어요…… 그래서……."

그녀의 목소리는 말을 더해감에 따라 더욱 약해지고 작아져 잠시 중단해야 했다. 그녀는 갑자기 고개를 다시 들고 포개었던 두 손을 앞으로 내뻗으면서 깊은 숨을 여러 번 몰아 쉬었다.

"일거리를 하나 주실 수 있었으면 합니다. 선생님…… 길을 가르쳐주십시오…… 제가 할 만한 일을 알려주세요!"

서점 주인은 좀 놀랐다. 순간적으로 그는 자신 앞에 선 여인을 주의 깊게 관찰하는 듯한 눈길로 바라보았다. 그러나 마르타의 젊고 아름다운 얼굴에는 어렵게 풀리는 수수께끼라곤 전혀 들어 있지 않았다. 빈곤, 동요, 헛된 열망과 뜨거운 간청을 그녀의 얼굴에서 쉽게 읽어낼 수 있었다. 처음에는 유심히, 나중에는 좀 엄숙

한 태도로 바라보던 서점 주인의 신중한 회색 눈은 점차로 완화
되어 마침내 슬픈 명상으로 눈꺼풀을 내렸다. 두 사람은 잠시 침
묵했다. 서점 주인이 먼저 침묵을 깼다.

"그러시면," 그는 주저하며 말했다.

"스비츠키 선생이 돌아가시면서 아무 재산도 남겨놓지 않았
군요?"

"아무것도."

마르타가 말했다.

"아이가 하나 있었지요……."

"어린 딸이 하나 있습니다."

"지금까지 부인은 아무 일자리도 얻지 못했습니까?"

"한 곳이 있습니다…… 하루 사십 그로시 받는 재봉 일을 하고
있어요."

"하루 사십 그로시라고요?"

서점 주인은 깜짝 놀랐다.

"두 사람에게! 그것은 정말 안타까운 일이군요!"

"비참한 일이지요."

마르타가 말을 받았다.

"그게 비참한 정도라면, 저 혼자라면, 또 그게 이제까지 아무 도
움이 되지 못한 것에 대한 대가라면요! 아! 이 점은 믿으셔도 좋
습니다, 사장님. 제가 아직 용기 있게 고통을 참고, 구걸하지 않고
살면서 아무 불평 없이 죽을 수 있다는 점은요. 하지만 아시다시
피 저는 혼자가 아닌, 한 아이의 엄마랍니다. 저에게 모성이라는
사랑의 마음이 없다 하더라도 제가 의무감을 느낄 정도의 양심의

소리에 귀 기울일 줄은 압니다. 사랑의 마음이 없다 해도 마음의 소리에는 귀를 기울였을 겁니다. 그러나 저는 그 둘 다를 가지고 있어요. 사장님! 야위어가는 아이의 얼굴을 쳐다볼 때마다, 그 아이의 미래를 생각해볼 때마다, 저는 절망 속에서 살아갑니다. 또 그 아이를 위해 아무것도 해놓은 것이 없다는 것을 생각할 때마다 순간순간 땅에 쓰러져 먼지 속에 머리를 파묻고 싶은 마음이 들 정도로 아주 부끄럽기도 해요. 가난으로부터 자기 자신과 자식들을 구해내고자 하는 사람들이 있는데, 저라고 노력하지 말란 법이 있습니까? 오, 선생님! 힘에 겨운 가난은 참고 살아갈 수 있지만 그 가난에 대항하는 제 자신이 약하게 느껴지는 것과, 힘닿는 만큼 애써보기도 하였지만 무능한 제 자신 때문에 어디서든지 밀려나는 것과, 사랑하는 아이가 오늘 고통을 당하고 있는 것과 같은 이 모든 고통은 내일도 모레도 언제나 따라다니리라고 생각하는 것이, 또 저 스스로 '이 모든 고통에 대응할 만한 것이 아무것도 없구나'라고 말하는 것…… 아아, 그 모든 것이 '가난한 한 여인의 일생'이라는 하나의 이름으로만 존재하는 고통입니다!"

마르타는 빠르고 열정적으로 말했다. 마지막 말을 할 때는 목소리가 좀 낮아지고, 참을 수 없어 눈물이 뺨으로 흘러내렸다. 그녀는 수건으로 얼굴을 가리고는 자신의 가슴을 언제나 더 세게 흔드는 이 그칠 줄 모르는 눈물을 참으려고 애쓰면서 한동안 가만히 서 있었다. 마르타는 난생처음으로 다른 남자 앞에서 울고 있었다. 그러나 한편으로는 지금에야 그동안 마음속에 들어 있던 것을 큰 소리로 하소연할 수 있었다. 루진스키 부부 댁에서 능력이 없어 일을 그만두겠다고 했을 때에도 마른 채 침착했던 그녀의 두 눈은 이제 그런 힘이 남아 있지도 않았고 자신에 차 있지도 않았다.

서점 주인은 팔짱을 끼고 미동도 하지 않은 채 책상 뒤에 서 있었다. 그녀가 감정이 폭발하여 울기 시작하자 처음에는 잠시 혼돈스러웠지만 얼마 후엔 감동을 받았다.

"그런 일이 있었다니요!"

그는 들릴 듯 말 듯 말했다.

"어떻게 이 땅에 함께 살아가는 사람의 운명이 이다지도 파란만장하단 말입니까! 전에 부인을 뵈면서 이렇게 슬픔과 가난으로 고생하는 부인을 만나리라고 상상이나 했겠습니까. 그렇게 좋은 세월을 서로 사랑하며 행복하게 살아가는 부부라고 여겼는데 말입니다."

마르타는 얼굴에서 손수건을 치웠다.

"그랬습니다."

그녀는 낮은 음성으로 말했다.

"행복했지요…… 제가 사랑했던 사람이 세상을 떠났을 때 나는 그분보다 더 오래 살고 싶은 생각은 추호도 없었답니다…… 하지만 이렇게 살아가고 있어요…… 제가 고통과 갈망으로 괴로워하고 있고 안정을 찾지도 못했지만, 그 죽음 같은 상처를 입은 마음을 추스르기 위해서라도 저는 엄마로서의 의무를 다하고 안정을 바라며 일을 찾아 나섰습니다. 하지만 지금까지 의무를 다하지 못하고 있습니다. 외로움과 슬픔을 안고서 제 자신과, 아이의 생명, 그리고 미래를 위해 이 세상과 싸우러 나왔지만…… 일마다 허망하게도……."

진지하고 생각에 잠긴 서점 주인의 두 눈은 허공을 바라보고 있었다. 서점 주인은 대가족을 거느리고 오빠와 남편과 아버지의 역할을 해야 했다. 마르타의 말에 영향을 받아서인지 그의 눈앞에는 그가 사랑하는 여인들—여동생, 어린 딸, 사랑하는 아내의 얼굴이 떠올랐다. 그들도 모두 한때는 지금 그의 앞에 서 있는 고립무원의, 비를 피할 곳도 없이 고통만 당하고 가난과 절망에 입술이 타버린 이 여인의 운명으로 떨어질 뻔하지 않았던가 하는 생각도 떠올랐다. 그는 좀 전에 인생의 잔인함에 대해서도 말하지 않았던가!

서점 주인은 천천히 마르타의 얼굴 쪽으로 눈길을 옮기면서 한 손을 내밀었다.

"진정하십시오, 부인," 그는 온화하고 진지한 태도로 말했다.

"여기 잠시 앉아 쉬세요. 이게 부인에게 도움이 되리라 생각하면서 몇 가지 꼭 필요한 것을 묻더라도 무례하게 여기지 않으셨으면 합니다. 부인은 그 비참한 보수를 받는 일 말고 지금까지 다른 일을 해보신 적이 있습니까? 어떤 일이 가장 해낼 만하고 적당한 일이라고 여겨지던가요? 그 점을 제가 알면 뭔가 생각해볼 수도 있겠는데…… 찾아볼 수도……."

마르타는 의자에 앉았다. 그녀의 얼굴에는 이제 눈물도 보이지 않고, 두 눈은 의지와 정신을 한곳으로 집중할 때의 센스와 지각 있는 표정이었다. 그녀의 마음속에 희망이 들어와, 그녀는 일의 성사 여부가 자신이 하게 될 말에 달렸다는 것을 깨달으면서 용기와 평정을 되찾았다.

대화는 오래 걸리지 않았다. 마르타는 지난날 겪은 사실들만 자세히 말해주었다. 그녀는 새로 생긴 자긍심으로 인해 자신이 가진 감정에 대해선 거의 아무것도 말하지 않았다. 서점 주인은 마르타의 이야기를 잘 이해했다. 통찰력 있는 그의 눈은 마르타의 얼굴에 고정되어 있었지만, 이 젊은 여인의 이야기 속에서 외로운 마르타의 운명 그 이상의 것을 느끼고 있음이 보였다.

마르타가 모든 노력과 수고를 하고도 이 땅에서 일자리를 찾지 못한 이야기를 하자 마음씨 착하고 교양 있는 서점 주인은 흥미롭게 들으면서 이 사회 내부를 짓누르고 있는 큰 사회문제가 불공정함에 있음을 느끼게 되었다.

마르타는 몇 분간 앉아 있던 등받이 없는 의자에서 일어나 서점 주인에게 손을 내밀며 말했다.

"선생님께 전부 말씀드렸습니다. 지금까지 제가 당한 기만을 고백하는 것을 부끄럽게 여기진 않습니다. 만약 그런 기만의 힘이 저를 속였다 해도, 저는 정직했으니까요. 저로서는 '가능한 일'과 '해낼 수 있었던 일'은 모두 다 해보았지요. 제 불행의 근본 원인은 저에게 '가능한 일'이 적었고, 한 가지 일이라도 완전히 '해낼 수 있었던 일'은 전혀 없었다는 거예요. 하지만 지금까지 해온 일로 이 세상의 하고많은 일을 전부 다 해보았다고는 말씀드릴 수 없겠지요. 아마 그중에 더러 제가 '해낼 수 있는 일'이 있을 거예요. 희망을 가져도 되겠지요? 솔직하게 주저하지 마시고 제게 말씀해주세요. 한때 선생님과 우정을 돈독히 해왔던, 하지만 이젠 세상에 없는 사람의 이름으로, 선생님의 소중한 사람들의 이름으로 간청합니다……."

서점 주인은 자신에게 내민 손을 꼭 쥐었다. 세게 맞잡는 손에서 그의 따뜻한 마음이 느껴졌다. 잠시 생각을 한 그가 말을 꺼냈다.

"부인이 저더러 솔직히 말하라고 하시니 가슴 아프지만 진실을 말씀드려야겠군요. 일을 통해 부인의 운명을 좀 더 낫게 하려는 희망을 부인은 작고 또 아주 불확실하게 지니고 계시군요! 인간의 일이 많고 많음을 좀 전에 말씀하셨는데, 하지만 일반적으로 사람들이 하는 일과 여자들이 할 수 있는 일은 서로 크기를 비교해보면, 비교할 수 없을 정도로 불평등합니다. 여자들이 하는 일은 이미 부인이 거의 다 경험해보았네요."

마르타는 두 눈을 아래로 하고는 미동도 않은 채 그 말을 들었다. 서점 주인은 동정이 가득한 눈으로 마르타를 쳐다보았다.

"이렇게 부인께 모두 말씀드리는 것은 너무 큰 기대를 하지 마시라는 것과, 이제까지 당한 경험보다 더 고통스러울지도 모를 새로운 환멸을 겪지 말았으면 해서 하는 이야기입니다. 그렇다고 부인께서 아무 도움도 받지 못하고 여길 떠나게 하고 싶진 않군요. 오 년 동안 부인은 교양 있는 남편 분의 동반자였지요. 그건 많은 의미를 가지고 있습니다. 가을날이나 겨울밤에 부인도 함께 책 읽는 습관 정도는 가지고 있었으리라 생각합니다. 이를 통해 부인이 어느 정도 지식은 가지고 있으리라고 저는 믿습니다. 그 밖에도, 이런 말씀을 드리는 걸 용서해주십시오, 부인이 표현하는 방식이나 인생을 대하는 태도로 보아 부인의 정신 세계가 전혀 다듬어지지 않았다고는 보이지 않습니다. 따라서 부인은 새로운 분야에서 일을 하실 수도 있고, 일하셔야만 합니다…… ."

그 말을 마치면서 서점 주인은 서가에서 크지 않은 책 한 권을 꺼냈다. 마르타의 두 눈은 빛나기 시작했다.

"이 책은 프랑스의 한 사상가가 최근 발표한 짧은 작품입니다. 이 작품이 번역되면 우리 독서계뿐만 아니라 제게도 흥미롭고 유익한 일이 될 겁니다. 다른 사람에게 번역을 의뢰하려 했지만 우리가 사랑한, 잊을 수 없는 스비츠키 선생의 부인이 이 일을 맡아주시면 제 마음이 한결 가벼울 것 같습니다……."

이 말을 하면서 그는 그 푸른 책자를 종이에 쌌다.

"이 책은 실제적 사회문제를 다룬 작품입니다. 명쾌하고 누구나 이해하기 쉽도록 쓴 것이라 번역이 그렇게 까다롭지는 않을 겁니다. 부인이 일하시게 되면 그에 대한 사례금으로, **이런 업무적 표현을 용서하십시오**, 육백 즈워티에 상당하는 금액을 드릴 수 있을 겁니다. 만약 이 일이 부인의 재능에 맞으면 나중엔 다른 번역거리도 찾을 수 있을 겁니다. 그 외에, 여기서 출판업에 종사하는 사람이 저 혼자가 아니니 좋은 여성 번역자로 명성을 얻으면 다른 곳에서도 부인에게 요청할 수도 있습니다. 독일어는 부인이 잘 못한다고 들었는데 그건 안타까운 일입니다. 독일어는 번역 수요가 아주 많아 대가도 후하게 받지요. 하지만 몇 가지 일에서라도 부인이 잘해내시면, 수십 개의 일거리도 맡게 될 가능성이 있습니다…… 낮엔 지속적으로 프랑스어 작품을 번역하고, 야간엔 독일어를 배울 수도 있겠지요…… 그게 여성이 할 수 있는 일입니다. 한 걸음 한 걸음씩 그리고 스스로 도와나가면……."

마르타는 손을 떨며 그 책을 받았다.

"아, 선생님!"

마르타는 서점 주인의 손을 잡으며 말했다.

"선생님이 사랑하시는 모든 분들의 행복을 위해 하느님의 보답이 있으실 겁니다."

마르타는 더 이상 다른 말은 하지 못하고, 몇 초 뒤 벌써 큰길로 나와 있었다. 그녀는 지금 빠르게 걸으며 마음에 와 닿도록 서점 주인이 보여준 고상한 태도와 친절에 대해 생각했다. 마르타는 다른 생각으로 옮겨갔다. '하느님,' 이 젊은 여인은 자신의 영혼에게 말했다. '제 인생에 이렇게 마음씨 착한 사람들이 많은데, 저는 왜 이렇게 어렵게 살아가야 합니까?' 손에 든 책은 마르타의 손을 뜨겁게 만들었다. 자신에게 구원의 손길이 되어 줄지도 모르는 이 책을 서둘러 읽어보려고 자신의 좁은 방을 향하여 화살처럼 빨리 달려가고 싶었지만 마르타는 집으로 가는 길에 작은 신발가게에 들러 아이 신발 한 켤레를 샀다. 그녀는 피브나 거리의 큰 건물 대문에 들어섰지만 곧장 계단을 올라가지 않고, 그 건물의 정원지기가 사는 집 쪽으로 나 있는 작은 출입문을 향하여 정원 안쪽으로 갔다. 그곳에서 정원지기의 아내가 돈을 받고 얀치아를 돌봐주고 있었다. 얀치아는 온종일 엄마가 슈베이츠 부인의 작업장에서 재봉하고 있을 때 여기서 지냈다. 지난 몇 달간 아이의 모습은 엄마보다 더 큰 변화를 보였다. 두 뺨은 움푹 들어갔고, 병치레를 하는 것처럼 노랗게 변했다. 아이가 입고 있던 옷은 이미 갈색이 되었고, 여러 군데 찢어졌으며, 아이의 마른 몸에 맞지 않아 걸쳐놓은 것처럼 보였다. 검은 두 눈은 더 커졌으며, 이전처럼 반짝이지도 않고 생기도 없었다. 신체적으로 또 정신적으로 고통받는 아이의 눈길에서도 조용하고도 확연한 고통을 하소연하고 있음이 보였다.

엄마를 보고서도 얀치아는 달려와 목에 매달리지도 않았고, 이전과는 달리 보채지도 않았다. 두 손으로 손뼉을 탁탁 치지도 않았다. 얀치아는 고개를 숙였고 얀치아의 손은 앙상하고 얼음같이 찼다. 덮어쓰고 있는 양털수건에 눌린 채 엄마와 함께 지붕아래 다락방으로 올라가서는 고통스러운 표정으로 텅빈 벽난로 앞 바닥에 풀썩 앉았다. 마르타는 들고 온 책을 탁자에 놓고는 벽난로 뒤편에서 나무 몇 조각을 가져왔다. 생기 없는 얀치아의 큰 눈만이 엄마를 따라갔다.

"엄마, 오늘은 이제 아무 데도 안 가요?"

아이는 자신의 모습과 확연히 대조를 이루는, 둔탁하지만 진지한 목소리로 말했다.

"그럼, 이젠 안 가, 얀치아."

마르타가 대답했다.

"오늘은 안 가요. 내일은 대축일이고, 오늘 오후는 안 와도 된다고 했거든."

그 말을 하면서 마르타는 벽난로에 나무를 집어넣었다. 그러고는 무릎을 꿇어 딸아이를 안아주려고 했다. 그러나 마르타가 딸의 팔을 잡는 순간, 얀치아는 작은 소리로 비명을 질렀다.

"왜 그래?"

마르타는 깜짝 놀랐다.

"여기 아파요, 엄마!"

아이는 불평은 아니지만 아주 낮은 목소리로 말했다.

"아파? 왜? 언제부터?"

마르타는 걱정이 되어 물었다. 얀치아는 말을 하지 못하고 두 눈만 아래로 한 채 꼼짝하지 않고 앉아 있었다. 평상시 아이들이 격한 울음을 참으려고 할 때의 모습처럼 창백한 입술만 약하게 떨고 있었다. 아이가 드러내놓고 아파하는 것보다 고집스럽게 침묵하는 모습이 마르타를 더욱 안타깝게 했다. 마르타는 아이가 헐렁하게 걸쳐 입은 옷의 단추를 서둘러 풀어 팔 한쪽부터 벗겨냈다. 앙상한 아이의 하얀 팔에 검푸른 멍이 보였다. 마르타는 두 손을 떨며 꼭 쥐었다. 그녀의 뇌리 속으로 공포감이 스쳐 지나갔다.

"넘어졌니 아니면 부딪혔니?"

마르타는 검푸른 멍에 눈길을 고정한 채 낮은 소리로 물었다. 한동안 잠자코 있다가 아래로 내렸던 눈꺼풀을 갑자기 들었을 때 얀치아의 두 눈엔 눈물이 가득 고여 있었다. 하지만 아이는 줄곧 울음을 참으려고 작은 가슴을 세게 움직였고, 얇은 두 입술도 작은 나뭇잎처럼 떨었다.

"엄마," 아이가 엄마 품에 안기고 나서 잠시 뒤에 중얼거렸다.

"내가 난롯가에 이렇게 앉아 있었고…… 추우니까…… 안토니오와 아주머니가 불 위에 물을 올려놓으려고 하다가…… 내 옷에 걸려 그만 물을 쏟아버리는 바람에 화를 내며 나를 이렇게 때렸어요…… 세게……."

아이는 마지막 말을 아주 작은 소리로 말한 뒤 어머니의 품에 머리와 가슴을 들이밀면서 온몸을 떨었다. 마르타는 한숨도 쉬지 않고 외치지도 않았지만 얼굴은 목석같이 변하고 창백한 입술은 더 세게 다물어졌으며, 허공을 향한 두 눈은 날카롭고 우울한 기색으로 바뀌었다.

"아!"

마르타는 크게 한숨을 쉬고는 깍지 낀 두 손으로 격분한 이마를 감쌌다. 짧은 한숨이었지만 화가 치솟고, 아픔은 수그러들지 않았다. 어머니와 아이는 가슴과 얼굴을 꼭 맞댔다. 메마르고 우울하고 격분한 눈의 여인은 창백하고 눈물이 마르지 않는 어린아이를 내려다보고 있었다. 잠시 후, 마르타는 자신의 이마를 감쌌던 두 손을 어린 딸의 머리로 옮겨놓았다. 그녀는 어린아이의 이마에 자신의 헝클어진 머리카락이 흘러내리는 것을 쓸어내고는 아이의 앙상한 두 뺨에 흐르는 눈물을 닦아주고, 아이의 단추를 다시 채워주었다. 그리고 차가워진 아이의 두 손을 자신의 손바닥으로 비벼 따뜻하게 해주었다. 마르타는 이 모든 행동을 하면서 아무 말이 없었다. 무슨 말을 하려고 입을 여러 번 열었지만 아무 말도 나오지 않았다. 결국 마르타는 바닥에서 일어나 얀치아를 일으켜 세웠다. 마르타는 아이를 침대에 앉히고 호주머니에서 종이에 싼 신발을 꺼냈다.

마르타의 입가에는 야릇한 웃음이 일었다. 그 웃음에는 뭔가 인위적인 요소가 들어 있었지만 동시에 아주 고상한 무언가도 들어 있었다. 이 억지 같은 자제력과 동시에 자신의 아픔을 웃음으로 바꾸어, 그 웃음으로 하여금 아이의 눈물을 그치게 하는 우리 어머니들의 사랑과 위대함이 마르타의 웃음에도 들어 있었다.

하루가 막을 내리고 도시의 시계들이 자정을 울렸지만 지붕 아래 다락방에는 여전히 램프가 타고 있었다. 젊은 여인이 맨 처음 이 방의 문턱을 넘어설 때보다도 지금 이 방은 더 우울해 보였다. 이 방에는 이제 옷장도, 서랍장도, 조그만 가죽 가방도 보이지 않왔다. 옷장과 서랍장은 마르타가 더 이상 임차료를 내지 못해 새 의자 두 개와 함께 관리인에게 돌려주었다. 가죽 가방 두 개는 추위가 기승을 부리던 날 팔아서 땔감을 사는 데 보태 썼다. 지금 방에 남아 있는 것이라곤 엄마의 검정수건에 덮인 채 이 순간에도 얀치아가 자고 있는 침대 하나, 절름발이 의자 두 개, 검은색 탁자 하나뿐이다. 램프의 하얀 불빛 아래 검은 머리카락을 두툼하게 묶고 탁자 앞에 앉아 있는 여인의 모습은 작은 방의 어두움과 뚜렷하고도 아름다운 대비가 되었다. 마르타는 미래의 일거리에 쓰일 온갖 재료들인 책과 종이, 펜을 앞에 두었지만 작업은 아직 시작하지 않았다. 그녀는 쫓아버릴 수도 없고 이겨낼 수도 없는 꿈에 사로잡혀 있었다. 자신의 눈앞에 예기치 않게 휘황찬란한 전망이 생겼어도 어둠 속에서 지쳐 있는 자신의 눈길을 거둘 수는 없었다. 마르타는 바로 이 탁자에 앉아 연필을 손에 들고 그림을 그리던 때만큼 확신에 차 있진 않았으나 그렇다고 회의적인 중얼거림을 들을 만한 힘도 없었다. 그녀는 자신의 생각을 꽉 채워준 그 서점 주인의 말만 계속해서 들으면서, 회의적인 중얼거림이 자신의 내부에 일어나도 귀 기울이지 않았다. 서점 주인의 말에서 마르타는 여자로서 또 어머니로서 황금 같은 꿈을 계속 꾸고 있었다. 정신을 더욱 고양시켜 일거리에 대응하기는 쉽지 않겠지만 이 번역 일을 즐겁게 마무리할 수 있다면 얼마나 기쁠까! 여러 주간의 노동으로 육백 즈워티를 벌 수 있다면 얼마나 풍성할까! 언젠가 큰 부자가 되어 훌륭한 사람이 되면 마르카가 맨 처음 해보고 싶은 일은 아이들이 몇 명 있는, 적어도 아이들을 사랑할 줄 아는 정직한 중년 여성을 한 사람 구해 얀치아를 차분하고 분별력 있도록 양육하는 것이다. 그러고 나서는…… 마르타는 꿈 속에서 이 일이 너무 큰 욕심을 부리는 일이 아닌가 하고 자문해 보았다. 그러고 나서는 자신은 우울하게 만들고 아이의 건강에는 도움이 되지 않는 이 헐벗고 춥고 어두컴컴한 방을 나가서 대로 근처에 작지만 깨끗하고 조용하며 따뜻하고 건조한 햇살이 드는 아담한 두 칸짜리 방을 빌리고 싶다…… 그러고 나서는…… 훌륭 한 번역가로 명성을 얻어 번역 주문이 많이 들어오면, 그 육백 즈 워티가 끊임없이 손안에 들어온다면, 마르타는 어학 가정교사와 미술 가정교사를 초청해 인내심을 가지고 하루종일 쉬지도 않고 열심히 배울 것이다. 왜냐하면 그런 분야의 일은 한 걸음 한 걸음 씩 혼자 힘으로 해나가야 하기 때문이다…… 그리고…… 얀치아 는 커갈 테고…… 무슨 관심을 쏟아서라도 이 아이의 타고난 소 질을 관찰하고 추정하여 하나도 버려두지 않고 모두 미래 여성 으로서 삶에 대한 싸움에 대비하여 정신적 보물과 무기로 갈고닦 을 수 있게 할 것이다…… 얀치아의 배움과 교양, 힘과 행복, 앞으 로의 안정은 엄마의 노동의 결실에 달리게 될 것이다. 그때는 마 르타가 잠이 쏟아지면 얼마나 편안하게 잠을 잘 수 있겠는가! 또 그녀는 노동을 하고 의무를 이행하고, 동시에 평안과 만족을 가 져다주는 새로운 날에 인사하며 얼마나 기쁜 마음으로 눈을 뜨 게 될 것인가! 그때 마르타는 자신의 능력과 존엄성이 타인과 똑 같다는 것을 느끼면서 얼마나 자신감 있게 활보하며 다니겠는 가! 마르타는 자신이 사랑한 사람의 무덤 앞에 무릎을 꿇고, 언제 나 자신의 눈앞에 서 있는 얼굴을 가볍고도 행복에 젖은 마음으 로 바라보며 말하리라. "나는 당신에게도 자랑스러워요! 나는 나쁜 운명에 굴복해 쓰러지지 않았어요. 나는 굶어 죽는 것도 피할 수 있었고, 구걸하는 인생도 비켜왔어요! 나는 당신과 나의 아이를 잘 보호했고 이 아이의 미래를 위해 교육시킬 능력도 갖추었지요!" 그러고 나서는…….

마르타의 두 눈은 지금 가까운 벽에 걸려 있는 작은 그림을 바라보고 있다. 마르타에게 빵을 주고자 했던 사람으로부터 퇴짜맞고 되돌아온 그림이다. 마르타는 자신의 헐벗고 보잘것없는 다락방에 그 그림을 장식으로 두고, 지금 조용히 빛나는 두 눈으로 응시하고 있다. 조그만 시골 농가, 가지가 넓게 펼쳐져 있는 나무, 자정향나무에 앉아 지저귀는 새, 농촌의 맑은 공기와 향긋한 들판의 깊은 침묵…… 오, 하느님! 마르타가 노동의 대가로 저렇게 수수하고 공기 맑고 푸르른 장소를 자기 소유로 갖게 된다면! 그땐 이미 중년의 여인이 되겠지만, 저 가지마다 부는 약한 바람이 노동의 땀으로 가득한 이마를 시원하게 하고, 신선한 초록은 노쇠해진 두 눈을 즐겁게 하며, 자신이 요람에 있을 때 노래했던 저 새는 자신이 영원히 잠들게 될 머리맡에서도 이 땅의 마지막 노래를 불러줄 것이다.

가난한 여인은 그런 꿈을 꾸었다. 그날 밤, 좁은 방의 램프는 아침까지 꺼지지 않았다. 마르타는 번역할 책을 밤새도록 읽었다. 처음에는 천천히 주의 깊게, 나중에는 흥미롭게 거의 몰입해 읽어나갔다. 마르타는 저자의 생각을 이해했고, 집필의도는 마르타의 머리에 완전히 들어왔으며, 작품은 마르타의 두 눈에 정확하고도 명료하게 다가왔다. 그녀의 이해의 폭은 탄력성 있는 원이 되어 점점 크고 넓게 변하고 있었다. 직관, 즉 인간을 절반의 신격화된

인격체로 만드는 고상하면서도 간간히 나타나는 천성이 젊은 여인의 영혼 저 아래에서 일어나 지금까지 알지 못했던 문제들에 대한 말을 귓속에 속삭여주는 것이었다.

마르타가 램프를 끄고 펜을 집어 들었을 때는 벌써 날이 새고 있었다. 그녀는 이제 쓰기 시작했다. 때로는 종이에서 두 눈을 떼어 잠자고 있는 아이의 침대로 눈길을 옮겼다. 하얗게 밝아온 겨울날 아침의 얀치아는 창백하고 고통스러운 모습이었다. 방 안으로 새 햇살이 들어오자 얀치아는 눈을 떴다. 그때 어머니는 자리에서 일어나 침대로 다가가서 무릎을 꿇고는 한 팔로 잠이 아직 덜 깬 아이를 안고 피곤해서 열이 올라 있는 자신의 머리를 이불에 묻었다.

바로 그때 도시는 분주하게 움직이기 시작했다. 마차 소리도 들려왔고 교회의 종소리도 들려왔으며, 대화도 웃음도 외침도 들끓기 시작했다. 바르샤바가 새해 새 아침에 인사를 하고 있었다.

*

바르샤바가 새해를 맞은 지 여섯 주가 지났다. 마르타는 평소처럼 오후 한 시에 아이의 점심을 준비하러 재봉소를 나와 집으로 향했다. 정원지기의 좁은 방에서 시무룩하고 조바심 내던 얀치아에게 입을 맞추고, 얀치아도 엄마를 보자 활기를 조금 되찾았다. 마르타는 음식이 담긴 그릇을 조그만 불 위에 올려놓고는 탁자의 서랍을 열어 열 몇 장의 종이를 꺼냈다. 프랑스어로 된 작품을 번역한 원고였다. 번역하는 데 다섯 주나 애를 썼고 옮겨 적는 데 일주일이 걸렸다. 그녀는 입가에 웃음을 머금고 자신이 쓴, 아름답고 깨끗한 글씨가 가득 담긴 여러 페이지를 훑어보았다.

마르타의 겉모습은 몇 주 전과는 전혀 다르게 변했다. 마르타는 밤낮을 가리지 않고 두 배로 일했다. 낮의 열 시간은 재봉 일에, 밤의 아홉 시간은 번역 일에 몰두했고 한 시간은 아이를 돌보았으며, 네 시간 동안 잠을 잤다. 그것은 섭생의 규칙에도 맞지 않는 생활이었지만, 마르타의 얼굴에는 병색의 노란 선이 사라지고, 이마는 미끈해졌으며, 두 눈은 다시 이전처럼 빛을 발하였다. 간혹 기침은 했지만 건강해지고 해맑은 모습이었다. 마음이 안정되고 희망이 생기자 마르타의 정신은 이전의 무력한 신체에 힘을 불어넣었고, 자신에 대한 만족감은 우아한 허리를 똑바로 세우게 하였으며, 이마에도 침착함을 가져다주었다. 간단한 음식 한 가지와 한 조각의 검은 빵이 전부인 점심식사를 마친 뒤 마르타는 훑어본 원고를 얇은 종이에 아주 조심스럽게 썼다. 그녀의 얼굴에는 조바심 어린 태도와 내면의 깊은 즐거움이 교차했다. 도시의 높은 탑에서 오후 두 시를 알리는 종소리가 났다. 마르타는 얀치아를 다시 정원지기의 방에 데려다주고 시내로 나왔다. 평소처럼 세 시에는 슈베이츠 부인의 재봉소에 가 있어야 했지만, 그곳에 가기 전에 지난번 갔던 서점을 방문하려고 했던 것이다.

서점 주인이자 발행인이기도 한 그 사람은 평소와 마찬가지로 서점 안의 책상 뒤편에 서서 큰 책에 숫자와 설명을 써 내려가는데 열중이었다. 마르타가 들어서자 그는 고개를 들고 아주 친절하게 인사를 했다.

"벌써 끝냈군요," 그는 마르타의 손에서 원고를 받으면서 말했다.

"고생하셨습니다. 초조하게 기다리고 있었답니다. 이 작품은 지금 출판해야 합니다. 그렇지 않으면 결코…… 문제는 실제적이라 순간순간이 정말 중요하지요…… 이제 기다릴 필요가 없겠습니다…… 독자들이 오늘은 이 책에 관심을 갖지만, 내일이면 관심이 없어져버릴 수도 있거든. 원고를 읽어보고 서두르겠습니다. 내일 바로 이 시각에 방문해주십시오. 그러면 제가 결과를 알려드리죠."

이날 슈베이츠 부인의 재봉소에서 마르타는 일이 전혀 손에 잡히지 않았다. 모든 생각을 접고 자신이 오늘 해내야 되는 일만 잘 해보려고 했지만 그렇게 되지 않았다. 손이 떨리고, 때로는 눈앞에 안개가 서리고, 가슴은 자유롭게 숨쉴 수 없을 정도로 강하게 뛰었다. 아마 지금 이 순간에 그 서점 주인이자 발행인은 그녀의 원고를 앞에 두고 읽어나가고 있을 것이다. 그의 두 눈이 오 페이지까지 나아간다…… 오, 그가 이 페이지는 빨리 읽고 지나가주었으면 하고 마르타는 생각했다. 왜냐하면 이해가 잘 안 돼 가장 서툴게 번역한 곳이 바로 그 페이지에 있었기 때문이다…… 하지만 보상이라도 하듯, 원고의 나머지 부분은 아주 잘 번역되었다. 번역한 것을 적어나가면서 마르타는 저자의 생각이 자신의 번역을 통해 가장 깨끗한 거울에 비친 현인의 위엄 있는 얼굴처럼 잘 표현되었다고 생각했다…… 슈베이츠 부인의 벽시계가 아홉 시를 알리자 직공들은 뿔뿔이 집으로 돌아갔다. 마르타도 좁은 다락방으로 돌아왔다. 자정이 되자 마르타는 그 서점 주인이 이제 원고를 다 읽고 덮었을 거라고 생각했다. 만약 마르타가 관상을 볼 수 있다면 그 서점 주인의 얼굴에서 얼마나 많은 것을 읽어낼 수 있을까? 서점 주인의 인상은 만족한 모습일까, 슬픈 모습일까, 무서운 모습일까, 아니면 마르타의 희망을 실현시켜주는 모습일까? 마르타가 방석에 기댄 채 밤새 거의 눈을 붙이지 못하고 작은 창문을 통해 보이는 하늘 한 조각을 바라보았을 때, 좁은 방으로 벌써 여명이 들어오고 있었다. 움직임도 없이 뜬눈으로 보낸 두 눈은 창백한 이마 아래서 애절한 간청을 하고, 침묵의 뜨거운 기도를 흘려보냈다. 언제나처럼 마르타는 여덟 시에 재봉소로 출발하려 했지만 두 다리가 후들거렸다. 머리에는 열이 많이 나고 가슴에 심한 통증을 느껴 그만 의자에 쓰러져 두 손으로 겨우 이마를 가누며 말했다.

"난 할 수 없구나!"

마르타는 의자에서 다시 일어나 비단결 같은 긴 머리카락을 빗고, 헌 옷이 되어버린 상복을 입고는 아침에 아이가 마실 것을 준비하면서, 또 얀치아와 이야기를 몇 마디 하면서도 머릿속으로 똑같은 생각에만 매달려 있었다. '그분은 내 일거리를 받아줄까 아니면 거절할까? 나는 그 일을 해냈을까, 해내지 못했을까?' 매혹적인 그레첸이 '사랑한다, 사랑하지 않는다'라고 중얼거리며 들판 과꽃의 하얀 눈 같은 잎사귀를 하나씩 떼어내듯이, 가난한 마르타는 난로에 작은 땔감을 두 개 더 넣으면서도, 보잘것없는 식사를 준비하면서도, 침울한 방을 청소하면서도, 창백한 아이를 가슴에 안아주면서도 '할 수 있다, 할 수 없다'라는 말만 생각했다. 그레첸과 마르타 둘 중 누가 더 깊고도 공포스러운 회오리에 놓여 있는가? 두 사람 중에 어느 운명이 자신의 대답 때문에 더 잔인하게 파손당하겠는가? 두 사람의 요구는 아주 조그마해도 어느 쪽이 더 불행하고 위험한 상황에 빠져 있는지 누가 확실히 판단해줄 수 있겠는가?

마르타는 오후 한 시경 크라코브스키에 프르제드미에스치에 거리로 다시 갔다. 목적지를 향해 서두를수록 발걸음은 더욱 더디게 움직였다. 마르타는 서점의 출입문 앞에 서서 들어가기를 망설였다. 몇 걸음 옆으로 비켜나 대궐같이 아름다운 저택을 둘러싼 기둥에 손을 기대고 머리를 숙인 채 잠시 서 있었다.

몇 분 뒤에야 비로소 마르타는 그 출입문의 문턱을 넘었다. 문턱 너머에서 마르타를 기다리고 있는 것은 기쁨과 절망 중 하나일 것이다.

서점 안에는 서점 주인 외에도 중년 남자가 한 명 더 있었다. 그 남자는 안경을 끼었고, 머리는 벗어졌으며, 두 볼이 넓고 부풀어 오른 듯한 모양이 뚜렷하게 드러나는 얼굴이었다. 그는 넓은 매장 안쪽의 대형 테이블에 전시된 수십 권의 책 앞에 앉아 책 한 권을 손에 들었다. 마르타는 낯선 사람에게 조금도 눈길을 두지 않았다. 남자를 보지 못한 것 같았다. 출입문 문턱을 지나면서 서점 주인과 얼굴이 마주치자, 마르타는 그 얼굴에만 두 눈과 정신을 쏟고서 그의 얼굴 표정에만 관심을 두고 있었다. 오늘 서점 주인은 자신의 책상 뒤쪽에 앉아 잡지를 뒤적거리고 있었다. 그의 앞에는 종이 두루마리가 놓여 있었다. 마르타는 그것이 자신의 원고임을 알아차리고는 온몸에 전율을 느꼈다. '왜 저 원고가 저기, 누군가에게 주어버릴 듯이 말려 있을까? 인쇄소에 갖다 주려고 놓아두었을까? 바빠서 아직 원고를 읽지 못한 것은 아닐까?……

어찌 되었건 저 원고는 수십 일간 밤을 세워가며 애정을 쏟고, 내가 무척 아끼는 것이자 나의 가장 귀한 희망이…… 유일한 희망이 담긴 것인데, 설마 되돌려 줄 생각은 아니라 해도 저기 있다는 것은…… 돌려받는다는 것은 있을 수 없는 일이야!' 이런 생각이 한 묶음의 번개처럼 마르타의 뇌리를 스쳐 지나갔다.

마르타가 다가가자 서점 주인은 자리에서 일어나면서 매장 안에 있던 그 중년 신사를 한 번 힐끗 보고는 마르타에게 손을 내밀었다. 마르타는 그가 반갑지 않은 표정임을 알아차렸지만 그 중년 남자 때문일 거라고 생각했다. 그러나 그 손님은 책에만 정신이 팔려 있는 것 같았다. 마르타는 서점 주인의 맞은편에 서고 그 낯선 손님과는 몇 걸음 떨어져 있었다.

마르타는 숨을 한 번 깊게 쉬고는 조용히 물었다.

"제 원고는 읽어보셨는지요?"

"다 읽어보았습니다, 부인."

서점 주인이 대답했다…… 저런! 그가 저런 말을 하는 의도는 무엇인가? 그가 조용히 한 말에는 동정 때문에 억누르고 있는 불만족이 내포되어 있었다.

"그러면 무슨 소식이라도?"

마르타는 이전보다 더 낮은 목소리로 물었다. 그녀는 숨을 죽인 채 눈을 크게 뜨고 긴장하며 서점 주인의 얼굴을 쳐다보았다. '아, 내 예상이 빗나갔구나! 그의 얼굴에도 그의 말에서 느낄 수 있는 것과 똑같은 동정이 담겨 있었다.'

"소식이란 것이 말입니다, 부인," 서점 주인은 중얼거리며 천천히 말을 꺼냈다.

"별로 좋은 소식이 못 됩니다…… 제가 부인께 이런 말씀을 드려야 되다니 정말 마음이 아픕니다…… 하지만 저는 책을 펴내는 사람이니까 독자에게도 책임이 있습니다. 또 사업을 하는 사람이니 제가 손해를 입지 않도록 할 의무도 있지요. 부인의 원고에는 노력이 많이 보이고 잘된 부분도 많지만, 이 원고대로 인쇄에 들어갈 수는 없습니다……."

마르타는 입을 조금 벌렸지만, 아무 소리도 내지 못했다. 서점 주인은 상황을 설명할 가장 정확한 말을 찾으려고 잠시 멈춘 뒤 말을 이어나갔다.

"부인의 번역에서 좋은 점도 있다는 것을 알려드리면서, 사실대로 말씀드리겠습니다. 이 분야에 오래 종사한 전문가의 한 사람으로서 제가 보기에 부인은 글재주가 있습니다. 부인의 문체가 그 점을 강력히 입증해줍니다. 문체는 핵심을 잘 파악하고, 활기가 넘치며, 여러 곳에서 생명력과 불꽃으로 가득합니다. 하지만…… 제가 부인의 노력에서 볼 수 있었던 만큼, 부인의 의심할 바 없는 소질은 유치하고 다듬어지지 않은 상태에 놓여 있습니다…… 이런 표현을 용하십시오…… 부인의 소질에는 배움의 지원이 부족하더군요. 창작의 기술적인 지식만이 할 수 있는 도움이 부족하더군요. 부인은 여기에 관한 두 언어의 지식이 아주 얕아 전문용어를 자유자재로 사용하지 못했습니다. 일상에서 쓰이지 않는 표현을 많이 사용하는 수준 높은 문학 언어에 대하여 전혀 지식이 없더군요. 그로 인해서 같은 낱말이 다르게 번역되고, 표현도 부정확하거나 불명확해서 문체에 혼돈을 가져왔습니다. 한마디로 말해 부인은 소질은 갖고 계시지만 배움이 얕았습니다.

창작이라는 예술은, 그 분야가 번역작업이라 하더라도 어느 정도로 방대하면서도 축적된 교육과 또 어느 정도 넓은 지식, 일반 학문과 전문적이고도 기술적인 지식을 반드시 갖추어야 됩니다."

이 모든 말을 하고 나서 서점 주인은 잠시 침묵한 뒤 다시 입을 열었다.

"그게 제가 가슴 아프게도 부인께 드릴 말의 전부입니다. 부인과 친분이 있는 저로서는 부인께서 원하는 것을 드리지 못해서 유감스럽습니다. 저도 같은 사람으로서 부인께서 좋은 소질을 계발하지 못한 점이 슬픕니다. 부인은 소질을 갖고 계시지만, 더 많이, 더 폭넓게, 더 근본적으로 배우지 못한 점이 안타까울 뿐입니다……."

말을 마치면서 서점 주인은 종이 두루마리를 책상에서 집어 마르타에게 주려 했다. 그러나 마르타는 마치 목석이나 된 듯 손을 내밀지도 않고 미동도 없이 똑바로 선 채 표정이 굳어버렸다. 창백한 마르타의 입술만이 이상하게 웃음을 내며 떨고 있었다. 그 웃음은 눈물보다도 수백만 배나 더 슬픈 것이었다. 그 웃음 속에는 자신과 이 세상을 비웃기 시작하는 마음이 들어 있었다. 마르타의 문학적 작업을 비평한 이 서점 주인의 말은, 몇 달 전에 그녀의 그림에 대해 평가한 문학가의 말과 똑같았다. 이러한 반복이 이 여인이 입술을 떨며 보여주는 웃음의 원인이 된 셈이다.

"언제나 똑같은 말이군요!"

마르타는 잠시 후 그렇게 중얼거리고는 고개를 숙이고 좀 더 큰 소리로 말했다.

"하느님, 이럴 수가. 하느님, 하느님!"

마르타의 입에서 나온 절규는 빠르고 둔탁했으며 가슴을 찢어 놓는 것이었다. 마르타는 이제 여러 사람 앞에서 눈물을 흘릴 뿐만 아니라 고통스럽게 외치기까지 하고 있었다. 그녀가 이전에 갖고 있던 자긍심과 냉철한 태도는 어디로 달아났는가? 마르타의 성격을 지배했던 모든 요소들은 끊임없이 찾아오는 굴욕감에 조금씩 익숙해지고 습관이 되어갔다. 하지만 몇십 초 뒤에 마르타는 고개를 들고 눈물을 참으며 서점 주인을 바로 볼 수 있었다. 그 눈길에는 간절한 요청, 아, 안타깝게도, 다시 간청이 있었지만 그 속엔 굴욕도 들어 있었다.

"선생님," 마르타가 말했다.

"선생님은 좋은 분입니다. 선생님이 호의를 베풀어주셨지만 제가 아무것도 얻을 수 없다면 그건 제 잘못이지요……."

마르타는 그렇게 말하고는 갑자기 말을 중단했다. 마르타의 눈길은 유리처럼 맑고 마르타는 자신의 내부로 물러섰다.

"내 잘못이라고?"

마르타는 의문스러운 태도로 아주 작게 중얼거렸다. 이 의문은 물론 자기 자신을 향한 것이었다. 사회 문제는, 즉 마르타가 대표적 희생자가 된 이 사회 문제는 언제나 마르타를 딱딱한 어깨를 더 강하게 휘감으며 그녀에게 공포스러운 장면을 보도록 강제했다. 하지만 마르타는 곧 자신의 의지와는 반대되는 생각을 뿌리치고 자신의 앞에 서 있는 서점 주인에게 다시 맑은 눈길을 보냈다.

"지금부터 배우면 안 되나요? 어디 가르쳐줄 곳은 없나요? 말씀 좀 해주세요, 선생님, 어서요. 어서요!"

서점 주인은 한편으로는 혼란스럽고 또 한편으로는 가슴이 찡했다.

"부인," 그는 동정 어린 몸짓으로 대답했다.

"그런 곳은 아는 곳이 없습니다. 부인이 여자라서요."

바로 그때 옆방에서 손에 무슨 기다란 기록지인지 계산서인지 하는 종이를 들고 점원이 나와 주인에게 다가왔다. 마르타는 자신의 원고를 집어 들고 자리를 떠났다. 마르타가 작별인사를 하려고 서점 주인에게 손을 내밀 때 그녀의 손가락은 얼음처럼 차갑게 굳어 있었고, 얼굴은 대리석처럼 움직임이 없었으며, 두 입술만이 자신이 좀 전에 말했던, '언제나 똑같은 말이군요!'라는 말을 되풀이하듯 헛웃음을 보여주며 떨고 있었다. 마르타가 나가고 출입문이 닫히자마자 지금까지 책에 몰두해 있는 척했던 그 머리 벗어진 중년의 손님이 들고 있던 책을 내려놓으며 큰 소리로 웃었다.

"왜 웃어요?"

서점 주인은 좀 전에 자신에게 건네진 기록지에서 눈을 떼며 놀라 물었다.

"어떻게 웃음이 안 나오겠습니까!"

그렇게 말하는 신사의 두툼하고 불투명한 안경 너머에서 두 눈이 아주 유쾌한 듯이 빛나고 있었다.

"어찌 웃지 않을 수 있겠습니까? 저 부인이 여류작가라도 되고 싶은 모양이니! 그 점에 대한 사장님의 생각은? 하, 하, 하! 하지만 사장님은 그 여자를 잘 다독거려 돌려보내더군요! 그 순간 저는 정말 사장님께 달려와 포옹이라도 해드리고 싶었답니다!"

서점 주인은 다소 엄숙한 표정으로 그를 바라보았다.

"이 점은 믿어주십시오, 손님"

서점 주인은 못마땅한 듯 말했다.

"저로선 그 부인에게 유쾌하지 못한 소식을 안겨줘 마음이 아
픕니다……."

"무슨 그런 말씀을!"

책더미에 앉아 있던 손님이 말했다.

"진정으로 하시는 말씀입니까?"

"정말 진심으로요. 그 부인은 제가 친하게 지내고 존경했던 사
람의 아내였어요. 지금은 사별했지만요."

"에이! 뭘 그럴까! 그 여자는 모험이나 즐기는 여자 같았어요!
정리를 잘하는 여성이라면 자신이 잃어버리지 않은 것을 찾으러
시내를 기웃거리지는 않거든요. 여자는 집에서 집안일이나 돌보
고, 아이들 교육이나 시키고, 하느님께 영광을 돌리면…… ."

"용서하십시오, 안토니오 씨. 아까 그 부인은 집안을 돌볼 일이
없답니다. 가난하니……."

"에이 무슨 그런 말씀을, 라우렌찌오 씨! 그렇게 믿으시니 놀랍
군요. 그건 가난 때문이 아니라, 사장님, 야망 때문입니다. 야망
말입니다. 여자들은 뭐든 해서 이 사회의 가장 높은 자리를 빛내
려 하고, 영광스럽게 차지하려고 하지요. 그런 식으로 자신들이
원하는 걸 얻으려고 하고, 우쭐함이나 거짓 노동으로 자신들의
낭비벽을 숨기려는 겁니다."

서점 주인은 어깨를 으쓱했다.

"안토니오 씨. 당신은 문학을 하는 사람이니 정말 여성의 교육

이나 고용 문제에 대해 더 자세히 아실 필요가 있네요…….”

“여성 문제라고요?”

신사는 의자에서 펄쩍 뛰어 일어나 갑자기 얼굴을 붉히며 이글
거리는 두 눈으로 외쳤다.

“여성 문제가 뭔지 알아야 한다고요?”

그는 극도로 흥분하여 숨도 잘 쉬지 못하겠는지 잠시 깊은 숨
을 몰아쉬었다. 그러고는 평정을 되찾으며 말했다.

“그 문제에 대한 내 생각을 왜 말해야 되지요? 내가 쓴 글들을
읽어보세요.”

“아무리 읽고 또 읽어도 전혀 감이 안 잡히더군요…… .”

“저런! 사장님이 저를 못 믿으시면,” 두꺼운 안경을 쓴 문학가
는 말했다.

“그것에 대한 권위가…… 좀 더 권위 있는 걸 소개해드리면 싫
진 않겠지요…… 비숍* 박사가 전에 제안한 것이 있습니다……
비숍 박사가 누군지 아시죠?”

“비숍이라,” 서점 주인이 말했다.

“그분은 확실히 훌륭한 학자지만, 당신은 그분 말씀을 잘못 이
해하고 그 의미를 너무 확대 해석했어요. 더구나 저는 그가 수천
명의 불행한 사람을 그리 판단할 권리가 없다고 봐요.”

“그런 모험이나 즐기는 여자들은,” 다시 그 문학가가 말을 가로
챘다.

---

*Theodor Ludwig Wilhelm Bischoff(1807~1882). 비숍 박사는 독일 해부학자이자
생리학자로, 여성의 의학 분야 진입을 반대한 인물이다.

"그런 모험을 즐기는 여자들은 야망에 사로잡혀 거만하고 도덕심도 없이 사는 존재라는 걸 믿어주십시오. 우리가 무엇 때문에 교육을 받은 여자들이 필요한지 말씀해보세요. 아름다움, 온화함, 정숙, 복종과 경건함이라는 덕목이 여자들에겐 꼭 맞습니다. 집안일도 여자의 고유영역이지요. 그리고 남편을 위한 사랑, 이것만이 여자들에게 어울리는 유용한 유일의 가치입니다. 우리 옛 할머니들은……."

그때 서점 안으로 손님 여럿이 들어섰다. 그래서 옛 할머니 이야기는 그 문학가의 두껍게 벌어진 입술 위에서 마무리되지 못한 채 머물게 되었다. 하지만 만약 지금 대로를 걸어가고 있는 마르타가 무슨 생각을 하는지 그 문학가가 꿰뚫어 볼 수 있다면, 그는 자신의 주장을 어떤 강력한 이론으로 뒷받침할까? 또 여성들에게 당연하고도 대단한 권위로 운명지워진 경계를 뛰어넘게 하는 여성의 야망이나 질투심에 대해 그는 어떤 새로운 글이나 말로 풀어낼 수 있을까?

마르타는 서점에서 나온 뒤, 처음에는 마치 귀머거리처럼 아무 소리도 들리지 않았다. 아무 생각도 나지 않고 아무것도 느낄 수 없었다. 마르타가 맨 처음 머릿속에 떠올린 생각은 이랬다. '얼마나 행복한 사람들인가!' 그녀가 맨 처음 느낀 감각은 부러움이었다.

마르타는 카지미에조프스키 궁전*의 넓고도 화려한 건물 맞은

---

* 바르샤바 시내에 있는 건물. 1641년 완공되었으며 Krakowskie Przedmieście 28/26에 위치해 있는데 여기는 1862년부터 바르샤바 대학교가 있던 곳이기도 하다.

편 인도를 걷고 있었다. 궁전의 넓은 정원에는 대학생 차림의 제복을 입고 활기 넘치는 젊은이들이 많았다. 그 젊은이들 무리에는 닳아서 반쯤 해어진 두껍고 큰 책들을 끈으로 묶지도 않은 채 겨드랑이에 끼고 있는 이들도 있었고, 묶어서 끼고 있는 이들도 있었다. 다른 한 무리는 금속으로 반짝이는 물건, 아마 과학 도구인 듯한 물건을 종이에 싸서 가지고 있었다. 그 도구는 학생들이 방과 후 집에 가져가 실험 관찰용으로 쓰는 것인 듯했다. 그들은 몇 분간 정원에서 왁자지껄 떠들었다. 토론도 하고 때로는 열성적으로 움직이면서 이쪽저쪽에서 한바탕 웃기도 하였다. 때로는 젊은 혈기를 보이거나 명석한 두뇌로 좋아하는 연구 대상에 대해 열변을 토했다. 몇 분 뒤 그들은 헤어지며 서로 악수를 나누는가 하면, 웃음 짓기도 하고, 생각에 잠겨 있기도 하고, 활발하게 토론하기도 했다. 그들은 혼자서 혹은 둘이서 대학 교정을 떠나 넓은 인도 위의 다른 인파 속으로 섞여들어 갔다.

마르타는 아주 천천히 자신의 상상 속에 신비감을 불러일으키는 힘을 가진 사원처럼 보이는 한 대형 건물을 쳐다보며 걸었다. 겨드랑이에 책을 낀 사람들, 해맑고 진지한 표정의 그 젊은이들이 마르타 자신에게는 신의 아들로서의 특권과 위엄과 행복을 누리는 사람들로 비쳤다. 가련한 여인은 가슴 저 아래 긴 한숨을 내쉬었다.

"복 받은 사람들! 아, 복 받은 사람들!"

마르타는 나직이 말하면서 방금 지나쳐 온 그 화려한 건물을 다시 바라보았다. '아, 나는 왜 저 속에 없을까? 왜 나는 저 속에 있으면 안 되는 것일까?'

'왜 나는 안 돼?' 마르타는 계속 생각에 잠겼다. '그럼 왜 나는 할 수 없어? 내겐 권리가 없나? 나와 저 사람들 사이의 보이지 않는 경계는 뭐지? 왜 저 사람들은 어렵게 살지 않아도 되고, 나는 그러면 안 되는 걸까?'

난생처음 마르타의 가슴속에서 숨어 있던 분노와 쓰디쓴 부러움의 감정이 파도처럼 일어났다. 동시에 형언할 수 없이 압박하는 비참함도 느껴졌다. 마르타는 순간 이 인도의 돌 위에 쓰러져 얼굴을 땅에 묻고 행인들의 발에 밟히고 싶은 생각이 불현듯 일었다. '행인들이 나를 밟아버렸으면!' 그녀는 이런 생각도 했다. '나처럼 무능하고 아무 짝에도 쓸모없으며 비천한 존재가 더 살아봐야 무슨 소용이람.'

이런 생각을 하고 있는데 들고 있던 두루마리가 손에서 미끄러져 나와 발아래로 떨어지면서 펼쳐졌다. 그녀가 두루마리를 주우려고 몸을 숙이는데 펼쳐진 페이지 사이에서 삼 루블짜리 지폐두 장이 보였다. 그것은 이 여인에게 맞지 않았던 일거리를 거절하면서 서점 주인이 보인 마음, 동정심 많은 그 사람이 준 선물이었다. 마르타는 한 손으로 두루마리를 집어 들고, 다른 손으로는 팔랑거리는 지폐 두 장을 집었다. 순간, 마르타의 두 눈은 뭔가를 뚫을 듯 날카롭게 빛나고, 가슴은 거친 웃음을 참느라 떨고 있었다.

"그렇구나!"

마르타는 크게 말했다.

"그 사람들은 학문과 노동으로…… 나는 동냥으로……."

손에 들고 있는 종이처럼 하얘진 그녀의 입에서 그런 말이 나왔다.

"좋아!"

그녀는 잠시 후 중얼거렸다.

"그렇게 돼버려라! 아무도 내게 주지 않았던 것을, 그것을, 그들은 오늘 왜 나에게 요구하는가! 그러면서 이제 돈을 주네…… 그래…… 일하지 않고서…… 나는 받기만 할 테다…… 그들은 주고……."

마르타는 정신을 차리고 돈을 남루한 옷의 호주머니에 얼른 집어넣었다. 그러나 마르타의 걸음은 흔들렸다. 그녀의 정신이 다시 무서운 태풍 속에 던져진 것처럼 느껴졌을 때 비로소 배고프다는 생각이, 희망이 되어주지도 못한 일에 수십 일의 밤을 허비했다는 생각이 떠올랐다. 그녀는 이제 더 이상 걸을 힘도 없었다. 마르타는 뿌연 안개처럼 가려졌던 시야에서 계단이 하나 있음을 발견했다. 성십자가교회의 계단이었다. 그녀는 쓰러질 듯 계단에 주저앉아 머리를 손으로 기댄 채 두 눈을 감았다. 몇 분 뒤 굳어 있던 얼굴이 풀리고, 가슴속 감정을 얼어붙게 한 얼음도 녹으면서 그 대리석 같은 하얀 얼굴의 감긴 눈꺼풀 사이에서 눈물이 방울방울 흘러내렸다. 마치 개울을 이룬 듯 앙상한 두 손에도, 상복의 주름에도 눈물은 흘러들어 갔다.

마르타에게 이런 일이 일어나고 있을 때 크라코브스키에 프르제드미에스치에 거리의 인도에는 남녀 한 쌍이 걸어오고 있었다. 그들은 가볍고 빠르게 걸으면서 아주 활발한 대화를 나누었다. 여자는 젊고 우아하게 차려입었으며 예뻤다. 마찬가지로 남자도 젊고 유행에 맞게 차려입었으며 잘생겼다.

"원하는 걸 말해봐, 원하는 걸 맹세해. 하지만 네가 한때 정말 사랑에 빠졌다고는 못 믿겠어!"

이렇게 말한 젊은 여자는 입과 눈으로 웃음을 보냈다. 산호색 입술 사이로 하얗고 작은 치열이 보이고, 갈색 눈동자는 주위를 둘러보며 빛나고 있었다. 남자는 한숨을 내쉬었다. 그러나 그것은 흉내에 불과했다. 그 속에는 여자의 웃음보다 더 많은 장난기와 즐거움이 들어 있었다.

"나를 못 믿겠다고? 아름다운 율리뇨. 하지만 하느님은 나의 증인이 되어 주실걸. 내가 온종일 진실로, 열렬히, 그리고 정신 못 차릴 정도로 사랑에 빠졌다는 것을! 천사 같은 그 여인을 네가 만나보면 생각이 바뀔 거야. 키는 백양나무처럼 훤칠하고, 까맣고 큰 눈에, 얼굴색은 석고 같고, 까마귀 머리처럼 곱고 긴 머리카락하며, 그게 억지로 만든 것도 아니었어. 손질을 한 게 아닌 생머리라고. 그런 일은 내가 전문가야…… 우울하고 창백하면서도 행복한 모습의 나의…… 오, 나의 연인이여! 하지만 외모는 별로 중요하지 않아. 그녀가 내 마음에 꼭 들었지만, 나는 마음속으로 이렇게 말해야 했거든. '조용히 해!' 사촌누나가 저렇게 지극정성으로 그녀를 아끼니까 내가 가까이 접근하지도 못했지. 불 속에라도 뛰어드는 것처럼 말리던 걸…… 하지만 어느 날 그 여인이 내 사촌누나에게 와서는 놀랍고 매혹적이며 나이팅게일 같은 목소리로 이렇게 말하더군. '부인의 따님을 더 이상 가르칠 수가 없습니다…… 하지만 저는 아름다운 부인께……' 율리뇨, 그 이야기는 벌써 했지…… 그때 나는 그 여인을 진실로 사랑하게 되었다고. 그 뒤 나는 하루 종일 나의 연인을 찾느라 술 취한 사람처럼 온 시내를 휘젓고 다녔어…….”

“그래 결국 그녀를 찾았어?”

“아직 못 찾았지…….”

“어디 사는지도 몰라?”

“몰라. 사촌누나만 알지, 쳇! 내가 그 아름다운 과부의 주소라도 물으려고 하면 누나는 매번 이런 대답뿐이지. ‘올레시우, 넌 왜 사무실에는 안 가니?’ ”

같이 걷고 있던 여자가 웃음을 터뜨리며 외쳤다.

“그 사촌누나라는 사람 되게 진지하네!”

이번에 그 남자는 웃음도 한숨도 짓지 않았다.

“사촌누나 이야기는 꺼내지 마, 율리뇨.”

그는 확고한 태도로 말했다.

“내 인생 속의 멋진 연극 같은 이야기를 계속 들어봐! 아, 그건 한 편의 연극이었어…… 설명해줄게. 그날 내가 말비뇨라는 아가씨를 대로에서 만났지. 저 멀리서 내가 인사했어. 나는 스템프코뇨 레스토랑 출입문 앞을 고개 숙인 채 가슴에 고통을 안고서 걸어가는 중이었지. 「아름다운 헬레나에게」라는 연극 포스터를 봤지만 극장에는 가지 않았어. 한마디로 난 정말 낭패감에 빠져 있었어. 다음 날 그 착한 볼쇼 녀석이 내가 이 땅의 연인 중 가장 아름다운 여인을 처음 본 크롤레브스카 거리의 누구네 집으로 나를 데려가주지 않았더라면…….”

“오, 오호!” 같이 걷던 여자가 웃음 반, 아양 반인 투로 말했다.

“찬사는 하나도 없이, 찬사는 없이.”

“지금까지도 내가,” 그 남자가 계속 말했다.

"지금까지도 내가…… 내 눈 앞에서 사라진 그 여인을 못 만났으니……."

"그리고 그 여인을 더 이상 찾지 않았겠지……."

"내가 찾아다니진 않았어……."

"그리고 이젠 잊어버렸겠지……."

"잊어버리진 않았어. 잊어버릴 수 없지. 하지만 내겐 마음의 상처가 남아 있어…… 어떻게 하지? **산다는 건 고통이야……**."

그 말을 하고 난 젊은이는 우울한 눈길로 위를 한번 바라보고는 「아름다운 헬레나에게」에 나오는 칼카스의 아리아를 휘파람으로 불렀다. 그러다가 갑자기 휘파람을 멈추더니 소리쳤다.

"이야!"

옆에 걷던 여자가 놀라 그를 쳐다보았다. 올레시우의 눈길은 한곳에 고정되어 있었다. 그리고 놀랍게도! 언제나 그의 입가를 맴돌던 웃음마저 사라졌다. 그 젊은이의 모든 얼굴 선과 마찬가지로 잘생긴 입술의 미묘한 선 역시 변화무쌍하게 파도를 쳤다. 여린 감정을 가진 사람들이 보통 흥분하였을 때 보이는 그런 표정이었다.

"저 앞에 뭐라도?"

예쁜 여자가 불만스럽게 물었다.

"정말," 그녀가 애교를 떨며 물었다.

"기분 나빠, 올레시우 씨! 나와 함께 걸으면서 다른 여자를 쳐다보니……."

"바로 그 여자야!"

올레시우가 낮은 소리로 말했다.

"얼마나 아름다운 모습인가!"

한편 율리뇨라는 젊고 우아한 여자는 자신의 동행이 고집스럽게 눈길을 두고 있는 곳을 찾아보려고 애썼다. 그녀는 갑자기 고개를 숙여 검정 담비 머프에 숨겨놓은 두 손을 앞으로 내밀면서 외쳤다.

"저 여자는 마르타 스비츠카인데!"

두 사람은 가슴까지 열십자 모양으로 늘어뜨린 검정 양털 수건을 걸친 채 상복 입은 여인이 앉아 있는 성십자가교회 계단에서 몇 걸음 떨어지지 않은 곳까지 다가섰다.

마르타는 이제 더 이상 울지 않았다. 조금 전까지 조용했지만, 두 눈에서 세차게 흘러나왔던 그 눈물과 감정의 잔인한 상처 때문에 마르타는 온 힘이 빠져 여기서 반쯤 기진맥진해 있었다. 그러나 감정의 응어리는 다소 해소되었다. 지금 마르타는 대리석처럼 하얀 얼굴을 위로 향한 채, 불타오르듯이 빛나며 깊은 감정을 표현하는 두 눈은 파란 하늘만 바라보고 있었다. 더구나 그녀는 꼼짝도 하지 않고 있었다. 위로 향한 눈꺼풀에도, 굳게 다문 입에도, 옷의 두꺼운 주름 사이에 겹쳐 놓은 두 손에도 아주 작은 떨림이나 생기라곤 보이지 않았다. 멀리서 보면 그녀는 아름다운 사원의 출입구를 장식하고 있는 조형물 같기도 했고, 기도하고 묻고 또 기도하며 묻는 영혼을 표현하는 모습 같기도 했다.

하늘을 향한 마르타의 두 눈은 간절한 기도를 하고 있었고, 동시에 그 두 눈은 근본적이면서도 열정적으로 강요된 물음을 안고 있는 것 같았다.

"저 얼마나 아름다운 자태인가!"

올레시우는 기뻐하며 낮은 목소리로 말했다. 그는 자신과 함께 가던 여자에게 몸을 숙이면서 더 낮은 소리로 말했다.

"저런 포즈와 이 계단을 극장 무대에 옮겨놓을 수 있다면⋯⋯ 정말 대단한 효과가 있겠어!"

"그녀가 아름답다는 말은 맞네."

유쾌해하는 올레시우에게 동행하던 여자가 말했다.

"하지만 나도 저 여자를 잘 알아⋯⋯ 저 여자에게 무슨 일이 있었을까? 왜 저기 저렇게 앉아 있지? 그리고 옷은 왜 저리 남루하지? 거지가 되었나 아니면⋯⋯ ."

이런 말을 주고받으면서 젊은 한 쌍은 자신들이 관심을 두고 있는 여인에게 점점 다가섰다.

마르타는 자신이 누군가의 주목의 대상이 된 것도 모르고 있었다. 감정의 공격으로 무력해지고 고통당하던 그녀가 잠시 쉬고 있을 때 대로를 지나가던 많은 행인들이 그녀를 쳐다보았겠지만, 그녀는 아무것도 보지 못했다. 마르타의 두 눈은 남빛 하늘에서 방황하였다. 마르타는 그 남빛 하늘에서 그녀를 억누르고 있던 비운을 때려 부숴버리고 싶었다. 그럴 수 있는 강력한 선의의 힘을 간구하였다.

"부인."

흥분한 채 존경심을 보이는 남자의 목소리가 들려왔다. 하지만 마르타는 그 목소리를 듣지 못했다.

"마르타! 마르타!"

이번에는 여자 목소리가 들렸고 마르타는 그 목소리를 알아들었다. 오래전부터 알던 낯익은 목소리였다. 그 순간 마르타에겐 과거의 자신이 지금의 자신을 부르는 것처럼 들렸다. 그녀는 저 높은 남빛 하늘로 향했던 눈길을 천천히 그리고 힘들게 돌려, 검정 담비 머프를 내던지며 자신을 향해 백합꽃 장갑을 낀 자그만 손을 내밀고 서 있는 한 여자의 얼굴을 응시했다.

"카롤리나!"

마르타는 깜짝 놀라면서 중얼거렸다. 잠시 후 그녀의 얼굴에는 밝은 빛이 퍼지고 굳은 얼굴 표정도 좀 풀렸다.

"카롤리나!"

마르타는 더 크게 말하면서 자리에서 일어나 그 여인이 내민 두 손을 잡았다.

"카롤리나," 마르타가 되풀이했다.

"이런 일도 있니? 네가 맞니, 정말?"

"너, 마르타 맞지?"

실크와 검정 담비 옷을 입은 여자가 물었다. 카롤리나는 잠시 두 눈을 반짝이며, 자신을 만나 기뻐하는 마르타의 창백하고 앙상한 얼굴을 슬픈 표정으로 바라보았다. 하지만 그런 슬픔도 오래가진 않았다. 그녀는 웃음을 보이며 동행을 소개했다.

"올레시우, 세상 사람들이 어떻게 서로 만나는지 보았죠! 나와 마르타는 어릴 때부터 아는 사이라고요."

"그 말이 맞아요. 어릴 때부터!"

마르타는 그제서야 비로소 같이 있는 올레시우를 발견하고는 가볍게 고객를 숙이며 말했다.

"누가 돌아가셨니?"

카롤리나가 마르타의 허름한 옷을 재빨리 훑어보며 말했다.

"남편."

"남편이라고? 그럼 넌 혼자구나, 세상에! 너희 남편 얀은 잘생겼었지. 네가 혼자 살게 되다니. 그럼 계속 시골에 사니, 아니면 여기 사니?"

"바르샤바 시내 이 근처."

"이 근처라고? 시골엔 왜 돌아가지 않고?"

"아버지 농장은 내가 시집간 뒤 몇 달 만에 경매에 팔렸어."

"경매? 그랬구나, 세상에! 네 남편이 널 미친 듯이 사랑했었지. 그이가 가진 재산을 모두 널 위해 썼다고 들었어. 그래. 그럼 뭘 하니? 어떻게 살아?"

"나는 재봉 일을 해."

"쉬운 일이 아닐 텐데!"

실크 옷을 입은 여자가 말했다.

"나도 좀 해봤지만 못하겠더군."

"카롤리나, 너도? 재봉 일을 해보다니!"

이번에는 마르타가 놀라 소리쳤다. 실크 옷의 여자가 다시 웃었다.

"재봉사가 되어보려고 했지만 어찌해서 그만두게 되었어! 어떡하니? 그런 운명인 걸. 하지만 그 때문에 운명을 탓할 생각은 없어……."

그러고는 카롤리나가 다시 웃었다. 반쯤은 여린 마음인 듯 반쯤은 애교 섞인 듯 계속되는 그녀의 웃음은 무슨 유쾌함에서 오는 것이 아니라 습관인 것 같았다. 마르타는 자신 앞에 서 있는 여자의 번듯한 옷차림을 한번 훑어보았다.

"넌 결혼했니?"

마르타가 물었다. 실크 옷을 입은 여자가 다시 웃었다.

"아니!"

그녀가 외쳤다.

"아니, 아냐. 결혼은 안 했어. 왜? 얘! 그건 네게 뭐라고 설명할까? 하지만, 아냐, 아냐! 결혼하지 않았지 뭐……."

그녀는 이렇게 말하며 웃어 보였지만 그 웃음에는 뭔가 불쾌한 느낌이 들어 있었다. 마르타에게서 한시도 눈을 떼지 않던 올레시우는 마르타의 마지막 물음에 카롤리나를 한 번 쳐다본 뒤 작은 콧수염을 매만지며 웃었다.

"내가 지금 뭘 하고 있지?"

실크 옷을 입은 여자가 외쳤다.

"내 이야기 때문에 네가 이렇게 추운 데 오래 있게 했네. 우리 여기서 이러지 말고 마차를 타고 우리 집으로 가면 좋을 텐데. 같이 갈래, 마르타? 우리 오랜만에 지난 이야기도 하고, 서로 살아온 이야기도 해가면서……."

그녀는 웃으면서 반짝이는 눈길로 주위를 둘러보며 말했다.

"오, 우리 인생 이야기라…… 얼마나 즐거울까! 서로 이야기 나눌 시간은 있지, 마르타?"

일순간 마르타는 동요하는 것 같았다.

"난 그럴 시간 없어," 마르타가 말했다.

"딸아이가 기다리고 있어서……."

"어? 아이도 있구나. 그게 뭐 방해가 된다고? 좀 더 기다리게 해도 되잖아."

227

"그렇게 할 수 없어."

"그럼, 한 시간 뒤에 집으로 와…… 좋지? 나는 크롤레브스카 거리에 살고 있어."

그녀는 자기 집 주소를 말해주며 마르타의 두 손을 잡았다.

"꼭 와!"

그녀는 반복해 말했다.

"기다릴게…… 우리가 살아온 과거의 일들을 한번 회상해보자."

새로운 날이 찾아올 때마다 눈물과 고통을 얻게 되는 사람들에 겐 오랜 과거의 일들이 언제나 대단한 매력을 갖는 법이다. 마르 타는 어릴 적 친구를 만나자 기분이 좋아졌다.

"그럼 한 시간 뒤에," 마르타가 말했다.

"내가 찾아갈게, 카롤리나."

누가 이 순간 인도에 서 있던 세 사람을 자세히 관찰해보았다 면, 마르타가 '내가 찾아갈게'라고 했을 때, 올레시우가 뛸 듯이 기뻐하며 '빅토리!'라고 외치고 싶은 것을 참지 못하는 모습도 틀 림없이 보았을 것이다. 하지만 올레시우는 뛰어오르지도 외치지 도 않고, 뒤로 물러나 손가락만 달각달각 소리내고 있었다. 올레 시우의 두 눈은 타고 있는 숯처럼 이글거리며 지금 웃음 짓는 마 르타의 창백한 얼굴을 끈질기게 바라보았다. 마침내 그 젊은 여 인이 떠나자 언제나 웃음 짓던 그 남자는 자신의 동행에게로 몸 을 돌렸다.

"내가 지금까지 살아온 인생을 통해," 그는 열렬히 외쳤다.

"내 인생을 통해 저렇게 매혹적이며 관심을 끄는 사람은 본 적 이 없어. 머리에 아주 너저분한 수건을 쓰기는 했지만 얼마나 아름다워! 오, 내가 그 여인에게 실크와 우단, 금실로 지은 옷을 선물해줄 수만 있다면…….”

카롤리나는 갑자기 고개를 들어 밝은 표정의 올레시우를 쳐다 보았다.

“정말?”

그녀는 그 말에 주목하며 물었다.

“정말이지.”

올레시우는 그렇게 말한 뒤, 자신의 동행에게 많은 의미가 담긴 눈길을 보냈다. 실크 옷을 입은 여자는 짧고 마른 웃음을 내보였다.

겨울날의 하루가 끝나고 있었다. 크롤레브스카 거리가 내려다 보이는 창문 달린 작은 거실 안, 손으로 만든 쇠살대로 둘러싼 작은 벽난로에서 그리 뜨겁지는 않아도 주변에 따뜻함을 전해줄 정도의 숯불이 타올랐다.

난로 앞에는 자줏빛 문양의 실크 싸개를 한 소파와 활 모양의 다리로 된 낮은 안락의자가 놓여 있었다. 그 안락의자에는 꽃그림이 그려진 수건이 덮여 있었고, 의자의 발판에는 아름답게 수놓인 강아지 그림이 있었다.

넓고 흰 줄이 아래로 뻗어 있는 검정 옷을 입고 우아하게 보이는 여인이 소파에 반쯤 기대어 있었다. 다른 여자는 우단과 보라색 술이 많이 달린 실크로 만든 요즘 유행복을 입고서 작고 우아하게 생긴 발을 안락의자 발판에 기댄 채 의자를 흔들고 있었다. 그녀는 금테를 두른 커다란 마노 단추에 눈처럼 하얀 칼라가 달

린 옷을 입고 있었다. 하얀 분가루가 보일 듯 말 듯 덮여 있는 그
녀의 이마 위로 머리카락이 빗겨져 있었지만, 목아래로 길게 늘어
뜨린 머리카락은 그녀의 어깨와 가슴, 목과 두 손에까지 닿아 있
었다. 조그마하고 하얀 두 손이 소매 밖으로 나와 있었다. 실크
튜닉에 엉긴 채 손가락에 낀 반지 하나는 아주 값비싼 다이아몬
드로 더욱 반짝거렸다.

두 여자가 머물고 있는 거실은 그리 넓지 않지만 잘 정돈되어
있어 한눈에 더욱 잘 들어왔다. 두 개의 창문은 명주 커튼이 달
려 높은 문들을 장식하고 있었다. 벽 쪽에 나란히 놓인, 작지만 아
기자기한 물건들이 널따란 거울에 비쳤다. 벽난로 위로는 금박이
칠해진 큰 시계가 달려 있고, 테이블과 작은 탁자에는 꽃을 꽂은
크리스털 화병과 은색 종(鐘), 조각된 캔디 상자, 가지장식이 달린
촛대들이 놓여 있었다. 활짝 열린 출입문을 통해 황혼에 물든 옆
방이 보였다. 그 방에는 푹신한 천이 깔린 마루와 방 중앙에 윤이
나는 테이블이 있고 그 위로 램프가 든 장밋빛 유리구(球)가 걸려
있었다. 창문 아래에는 오렌지 나무의 꽃향기가 작은 건물을 휘
감았다. 작은 벽난로 가까이 푸른 발이 쳐진 곳에는 사기그릇 한
세트와 아마 방금 먹고 남긴 것 같은 음식이 놓인 식탁이 보였다.

벽난로 앞에 앉은 두 여자는 말이 없었다. 타오르는 불빛에 장
밋빛이 된 그들의 얼굴은 전혀 다른 성격을 보여주고 있었다.

마르타는 푹신한 소파에 고개를 숙인 채 앉아 있었다. 두 눈은
반쯤 감았고 두 손은 힘없이 검은 옷에 놓인 채였다. 여러 달 만
에 처음으로 마르타는 맛있고 배부른 음식을 먹어보았으며 아름
답고 조화롭게 배치해둔 가구들 가운데서 온기에 젖어들었다. 따

뜻한 방과 꽃이 내뿜는 향기로 마르타는 술에 취한 듯한 분위기에 빠져들었다. 지금에야 마르타는 자신이 얼마나 피로해 있으며, 추위와 배고픔, 슬픔, 불안, 삶의 투쟁에서 얼마나 쇠잔해졌는가를 느낄 수 있었다.

마르타는 푹신한 가구에 몸을 반쯤 기댄 채 그동안 추위로 고통받은 신체 곳곳을 파고드는 온기에 둘러싸여 천천히 또 깊이 한숨을 쉬었다. 마르타를 본 사람이라면 그녀가 자신의 온갖 생각을 잠재우고 근심걱정과 아픔의 고통스러운 환영을 내버렸다고, 또 그녀가 들어왔던 이미지의 낙원에서 평화로움과 향기와 따뜻함과 아름다움에 놀라면서 저 어두컴컴한 운명의 심연으로 다시 돌아가기 전에 쉬고 있었다고 볼 수 있겠다.

카롤리나는 눈을 크게 뜨고, 주의 깊게 꿰뚫어 보는 듯한 눈매로 옛 친구를 쳐다보았다. 카롤리나의 하얀 두 뺨에는 신선한 홍조가 드리워져 있었다. 입은 산홋빛을 띠고 있고, 어두운 두 눈은 젊음과 활기를 보여주었다. 그러나 그녀가 가진 신선함은 완전하지 못했다. 이마를 제외하고는 아직 젊고 해맑은 모습이었지만 많은 사람의 얼굴을 읽어낼 수 있는 사람이 보면, 이 여인의 이마에는 아직도 끝나지 않은 긴 인생살이의 흔적이 있음을 발견할 수 있을 것이다. 젊고 신선하고 아름다운 얼굴이지만 이마는 시들어 반쯤 늙어 있었다. 그 이마에는 보일락 말락 한 여러 개의 짙은 주름이 있었고, 검은 두 눈썹 사이에도 영원히 파인 채 자리 잡은 주름이 있었다. 청순한 두 볼과 붉은 입술, 풍족하게 차려입은 모습에도 불구하고 인간의 얼굴을 유심히 관찰하여 볼 줄 아는 관상가의 입장에서 그녀의 이마를 보면, 세 가지 느낌을 지울 수가 없을 것이다. 불신과 호기심과 동정심.

두 여자 사이에는 몇 분 전부터 침묵이 흘렀다. 마르타가 먼저 침묵을 깼다. 그녀는 지금까지 기대고 있던 소파 쿠션에서 고개를 들어 친구를 바라보았다.

"너의 이야기는, 카롤리나, 내겐 정말 놀라워. 헤르미니오 부인이 그렇게 잔인한 방식으로 너를 대하리라고 누가 상상이나 했겠니! 너를 교육시킨 그 사람이, 내가 보기엔, 너의 가장 가까운 친척인데……."

카롤리나는 어깨를 안락의자 등받이에 기댄 채 발판 위 강아지를 작은 발로 세게 누르면서 자신의 고상한 요람을 세게 흔들었다. 그녀는 입술 사이로 웃음을 보이면서 두 눈을 천장으로 향한 채 말을 시작했다.

"헤르미니오 부인은 가까운 친척이 아니라 아주 먼 친척이었지. 그렇지만 난 그녀의 성(姓)을 그대로 물려받았어. 그 여자가 자기 집에 고아 하나를 데려다 키워 나중에 회사의 하녀나 직공으로 만들려고 한 건, 그 자존심 강하고 부자인 부인으로서는 충분히 그럴 수 있지. 그 여자는 실제로 내게 참 잘 대해주었어. 왜냐하면 나중에야 어찌되었건 간에 내가 그 유명한 헤르미니오 부인이 사랑하는 강아지들이나 함께 교육받았다는 점은 내 인생 끝까지 자랑스럽게 떠들며 다닐 수 있지. 우리의 교육과 생활 방식은, 다시 말해 그 강아지들이나 나의 교육과 생활 방식은 아주 비슷했어. 나나 그 개들은 푹신한 방석에서 잠자고, 반질반질한 마루에서 뛰어다니고, 훌륭하고 맛난 음식을 먹었지. 차이점이라고 한다면, 개들은 명주 이불에 금줄을 달고 다녔지만, 난 명주옷에 금팔찌를 차고 있었고, 그 개들은 끝까지 낙원에서 뛰놀 수 있었지만, 나는 모성(母性)의 자긍심과 복수심 강한 천사에 의해 낙원에서 쫓겨났다고나 할까……."

마지막 말을 하면서 그 보라색 옷 입은 여인은 짧고도 마른 웃음을 지어 보였다. 그녀의 신선한 외모와 대비되는 그 웃음소리는 늙어져버린 이마와 조화를 이루었고, 이마와 비슷하게 그녀 자신과 관련된 불신이나 동정심을 불러일으킬 수 있었다. 마르타는 동정심을 느꼈다.

"불쌍한 카롤리나!"

마르타가 말했다.

"네가 이 세상에 혼자 내던져졌을 때, 어떻게든 살아볼 방도가 없었을 때, 얼마나 상심이 컸겠니……."

"그건, 얘."

카롤리나는 여전히 천장을 바라보며 소리쳤다.

"그때 내가 내 마음에 불행한 사랑을 지닌 채 내던져졌다는 것도 잊지 말아줘."

"그래," 그녀는 똑바로 선 채 친구에게 눈길을 보내며 말했다. "내가 헤르미니오 부인의 아들을 정말로 열렬히 사랑했다는 점을 알아야 해. 언제나 온 정성으로「오, 이 땅의 천사여!」를 노래했던 그 사람―아마 너는 그 남자를 기억할 거야―그 에두아르도 씨를. 그 사람은 영혼의 저 깊은 곳까지 똑바로 보여주는 청옥색 눈을 가졌지. 그랬지, 나는 그를 진심으로 사랑했어…… 하지만 그 사랑은 어리석게도……."

카롤리나는 이런 모든 말을 장난하듯 했지만 마지막 말에서 크고 긴 웃음을 터뜨렸다. 그랬다. 그녀는 웃으며 외쳤다.

"나는 어리석었어…… 사랑했지만, 오! 정말 어리석었어!"

"그리고 그는?"

마르타가 침울해하며 물었다.

"그 사람도 널 사랑했니? 자기 어머니가 집에서 너를 쫓아낼 때 그는 뭘 했니?"

"그 사람!"

카롤리나는 짐짓 비통한 듯 말했다.

"그는 내 영혼의 저 깊은 곳으로 들어와서는 내 영혼을 다 가지고 갈 듯한 눈길로, 가장 매혹적인 청옥빛의 두 눈으로 일년 내내 나를 바라보기만 했지. 포르테피아노 앞에서 내 마음을 녹이는 노랠 불러주었지. 춤 추면서 내 손을 잡고, 내 손에 입을 맞추고는 하늘과 땅에 맹세코 죽을 때까지 나를 사랑하겠노라고 말했지. 나중에는 간절하고 정염이 타오르는 편지들을 내 방으로 보내기도 했어. 그러고는…… 그의 어머니가 그 편지들 중 하나를 발견하고서 나를 내쫓은 거야. 그래서 나는 내 눈길이 닿는 곳으로 나왔고, 그는 바르샤바의 카니발을 즐기러 마차를 타고 가버리더군. 내가 그를 대로에서 다시 만났을 때는 배고프고 절망에 빠져 거지처럼 입고 다닐 때였어. 그는 모란처럼 얼굴을 붉히더니 두 눈을 내리깔고는 모르는 척 지나가더라. 며칠 뒤 교회 제단 앞에서 그 사람은 어느 미모의 부자 농장 안주인에게 죽을 때까지 성실하게 사랑하겠노라며 맹세하는 거 있지…… 그는 그렇게도 나를 사랑했고, 나한테도 그런 맹세를 했는데도 말이야……."

그리고 그녀는 웃었지만, 그 웃음은 짧고 메말랐다.

"비열한 인간이군!"

마르타가 조용히 말했다.

카롤리나는 어깨를 으쓱했다.

"너무 심한 말이야, 얘."

그녀는 전혀 무심한 듯 말했다.

"비열한 인간이라니, 왜? 그가 갖고 있던 권리를 통해 이익을 취하고, 그 권리는 언제나 이 세상에 그런 남자들에게 귀속되어 있다고 해서? 그가 쾌락의 대상으로 젊고 가난하고 어리석은 소녀를 택했고, 그 소녀는 자신이 사랑의 대상인 줄로만 믿고 있었다고 해서 비열한 인간이라는 건가? 전혀 아냐, 얘. 에두아르도 씨는 성인군자도 영웅호걸도 아니지만, 네가 말하는 비열한 인간도 아냐. 그 사람에게도 좋은 점이 많아. 그 점은 확실해. 그는 이 세상이 자신에게 허락해준 걸 행했을 뿐이야. 자신에게 부여된 권리를 사용한 거지. 그는 모든 젊은 남자가 그러하듯, 때로는 늙은 남자가 그러하듯, 그런 사람이야."

카롤리나는 한 치의 장난기나 아이러니도 없이 아주 진지하고 확신에 찬 어조로 말했다. 그녀는 가슴에 팔짱을 끼고는 천장을 계속 바라보며, 「열 명의 딸 후보감」*이라는 오페라의 노래 한 구절을 불렀다. 마르타는 깜짝 놀라 그녀를 바라보았다.

잠시 후 실크 옷의 여자는 노래를 멈추고 반쯤 누운 자세를 고쳐 앉았다. 그녀는 무릎 위에 팔꿈치를 대고 손바닥에 얼굴을 기

---

* 오스트리아 작곡가이자 지휘자인 프란츠 폰 주페(Franze von Suppe, 1819~1895)가 작곡한 노래. 그의 오페레타는 세계적으로 유명하다. 그의 작품 「열 명의 딸 후보감(Zehn Mädchen und kein Mann)」을 1865년 안지카(W. L. Anczyca)가 번역하였다.

댄 채 친구를 향해 몸을 조금 숙였다.

"그것은 결국," 카롤리나는 좀 전과 같은 진지한 자세로 말을 이어 나갔다.

"사람을 평가할 땐 그 사람의 습관과 살아온 과거를 고려해야 해. 만약 흰색과 검은색 두 색이 있다고 치자. 두 색 모두 생각하고 느낄 수 있는 능력을 지녔다 치고. 그때 사람들이 늘 검은색이 흰색보다 우월하다는 생각을 갖는다면, 흰색은 스스로 생각하길, 나는 검은색을 위해 기쁨과 즐거움을 주는 존재로 만들어졌구나 하는 거지. 가장 중요한 것은 이것이 관계에 존재하는 차이라는 거지. 그리고 에두아르도 씨와 나 사이에는 아주 큰 차이가 있었고……."

"그 말은 맞네," 마르타가 생기 있게 말했다.

"그는 부자고, 너는 가난한 소녀였으니. 하지만 그렇다고 그 부유함이 부유하지 못한 사람들의 마음을 상하게 할 권리가 있어?"

"어떤 면에선 그렇지."

카롤리나가 말했다.

"하지만 내가 말하는 차이라는 것은 빈부의 차이를 말하는 게 아냐. 왜냐하면 내가 가난한 여자가 아니고 가난한 남자라면 그때, 다시 말하지만, 에두아르도 씨가 나를 불공평하게 대하거나 마음 상하게 하진 못했겠지. 부자이면서도 정직한 남자가 가난한 남자에게도 불공평하게 대하거나 모욕을 주진 않는다고. 만약 그 부유한 남자가 한 번 그런 불공평한 일을 저질러버리면, 자신의 성격에 오점을 남기게 되는 거거든. 또 보통 사람들에게 거부당하는 벌도 받을 거고. 하지만 나는 남자가 아니고 여자니까. 나와 에두아르도 씨 사이의 그런 방식으로 여자에게 불공정한 일이나 모욕 주는 일은, 남자에게 하는 것과는 전혀 다르게 인식되거든. **거기서 얻어낼 결론은 없어!** 그렇게 하면 정반대로 명성을 얻고, 이름하여 성공한 남자라 불리고, 용감하다느니 어쩌니 하면서 젊은 사람들에게 흥미를 유발하고, 뭔가 영광의 매혹 같은 것을 주기도 하지. '정말 용감한 소년은 바로 에두아르도야!', '그는 여자의 마음을 사로잡는 데 얼마나 귀신 같은 사람인가!', '그는 언제나 행복을 위해 태어났네.', '그는 여자들에게서 행복을 느낄 줄 아네.', '그가 아가씨를 유혹하는 건 마치 호두를 깨는 것 같네.' 등등. 모든 인간은, 애, 칭찬받기는 좋아해도 비판당하는 것은 불을 대하듯 두려워하지. 많은 사람들은 비판당할지 모른다는 두려움 때문에 악에 접근하지 못하고 칭찬받으려고 선하게 행동한다고. 에두아르도 씨는 내게 많은 동정심을 보여주었어. 놀랄 일은 아니지만, 난 그 당시 아름다운 열여덟이었거든…… 그는 자신이 확실히 즐거워하는 방식대로 그 동정심을 실제로 적용했지만 그것도 놀랄 일은 아니야. 그는 어릴 때부터 그런 동정심을 발휘하는 일이 자신의 버릴 수 없는 권리라고 믿고 있었지. 그가 그 동정심을 사용하지 않으면 세상 사람들은 그를 바보 멍청이로 취급하지만, 동정심을 발휘하면 용감하고 실력 있는 사람으로, 진지한 젊은이로 칭송해주지. 온 세상 사람들이 그의 입장이라면 행했을 일을 그도 한 것뿐이야. 나쁘다고 생각하기보다는 그에게 고마움을 지니고 있어…… 그는 나를 이 세상에 떠밀어 넣었지만 그로부터 나는 내 인생과, 인생의 중요한 진실을 배우게 되었어……."

카롤리나는 테이블 위에 놓여 있던 크리스털 접시에 손을 뻗어 장밋빛 사탕 하나를 집어 깨물고, 발아래 수놓인 강아지를 또 한 번 힘껏 밟았다. 안락의자를 받쳐주는 활 모양의 지지대가 이리 저리 움직이자 긴 의자에 누운 여인이 흔들거렸다. 주변의 여러 가구에 눈길을 보내던 카롤리나의 눈동자가 그 순간 자신의 손 가락 사이에서 불에 비쳐 반짝이는 큰 다이아몬드의 모습과 비슷 했다. 해맑은 무지갯빛이 매서운 추위에 갈고 닦인 얼음 결정처럼 그녀의 두 눈동자에서 반짝이고 있었다. 하지만 마르타는 어릴 때부터 친구였던 카롤리나의 얼굴에 눈길을 고정한 채 고통스러 운 동요와 연결된 깊은 명상에 잠겼다.

"그 사람이 너를 이 세상으로 떠밀었다고 했지."

마르타가 잠시 후 천천히 그리고 낮은 목소리로 말했다.

"그럼 그 선행이라는 것이 어떤 건데? 이 세상이 불행한 여자를 그토록 잔혹하고 질식하게 만드는데…… 그 사람이 너에게 인생 의 진실을 배우게 해주었다고? 인간과 인간 사이에 존재하는 근 거 없는 차이들이 인간에게 보여주는 그런 진실을 말하는 건가? 그런 진실이라면 잔인해! 그런 진실을 만든 이는 하느님이 아니 라 인간들이지."

"그게 뭐가 중요해?"

카롤리나는 짧고 건조한 목소리로 말했다.

"그런 진실을 하느님이 만드셨건 인간들이 만들었건 그것이 존 재하는 것으로 족해. 그리고 그 진실은 남자들에게는 '배워라, 일 하라, 돈을 벌어라 그리고 즐겨라!'이고, 여자들에겐 '남자들의 노 리개가 되어라, 장난감이 되어 봉사하라!'이지. 그 진실이 하느님 의 것이든 인간의 것이든 우리가 허망한 번뇌로 마음을 허비하지 않으려면, 또 붙잡히지 않는 태양의 빛을 잡으려고 우리의 청춘을 다 보내지 않으려면, 또 이 세상에 우리에게 없는 것을 기대하지 않고 포기하려면, 또 도덕, 사랑, 인간의 존경심, 이와 유사한 아름다운 일들을 좇으면서 굶주려 죽지 않으려면 우리는 그 진실을 반드시 알아야 해…….”

“그래.”

마르타는 아주 작은 소리로 말했다.

“굶어 죽지 않으려면…… 가난한 여자에겐 돈을 벌 수 있고, 꿈을 가질 수 있게 해주는 게 가장 귀한 선행이지!”

“정말?”

카롤리나는 힘들어하는 목소리로 묻고는 다이아몬드가 빛나는 손가락으로 주변의 가구들을 가리키며 말했다.

“그러나, 좀…… 주위를 둘러봐…….”

마르타는 주위를 둘러보지 않았다. 마르타는 뭔가 물어보려고 입을 열었지만, 그 친구에게 묻진 않았다. 두 여자는 한동안, 충분히 오랫동안 말이 없었다. 카롤리나는 계속 의자를 흔들고 사탕을 먹으면서 깊은 생각에 잠긴 채, 한 손은 관자놀이에 기대고 두 눈썹을 아래로 하면서도 마르타의 앉은 모습에 둔 눈길을 거두지 않았다.

“넌 알고 있지, 마르타.”

실크 옷을 입은 여자가 침묵을 깨고 말했다.

“네가 정말 예쁘다는 사실을. 몸매도 정말 인상적이고. 너는 나보다 키가 머리 절반 정도는 크고, 가난에도 불구하고 전혀 추한 모습을 보이지 않고 있어. 네 얼굴에 지금 쏟아지는 불빛, 뺨을 붉게 만들어주는 저 장밋빛 난로불이 네 몸매를 더욱 아름답게 해주거든. 또 숱 많은 네 머리카락도 매력적이고! 만약 네가 그 천하고 색이 바랜 양털 옷을 벗어던지고, 대신에 밝은 빛깔로 마름질된 옷을 입는다면, 이런 옷감으로 된 평평한 목 칼라 대신에 속이 훤히 드러나 보이는 레이스로 목을 감는다면, 머리카락을 약간 묶어 올리고 거기에 선홍빛이나 장밋빛, 황금빛 머리핀을 꽂아 장식한다면 그땐 어떤 모습일까…… 넌 정말 예뻐질 거야. 얘, 만약 인기 많은 희극이 상연될 때 일층 관람석에 네가 두서너 번만 나타나주면, 온 바르샤바 시내 총각들이 대뜸 이렇게 물어볼걸. '저 여자 누구지? 우리가 저 여자의 발아래에 서는 것을…… 허락해줄까? 라고…….'"

"카롤리나, 카롤리나!"

마르타가 가로챘다. 마르타는 깜짝 놀라 자리에서 일어나 친구를 쳐다보며 말했다.

"무슨 그런 말을 하니? 내가 이렇게 남편을 잃은 슬픔을 안고, 엄마로서 아이를 돌보고 있는 이 순간에, 지금 내 처지에 네 말이 가당키나 하니? 내 몸에 뭐가 필요해? 값비싼 옷들이 왜 필요해?"

"왜라고? 왜라니? 호호호!"

카롤리나의 외침에는 짧고도 메마른 웃음이 뒤따라 나오다가 곧 사라졌다. 두 여인은 다시 이전보다 더 오랫동안 말이 없었다.

"마르타! 너 몇 살이니?"

"스물다섯을 지난 지 얼마 안 됐어."

"그러고 보니 난 스물네 살이네. 내가 너보다 한 살 적구나. 하지만 나는 너보다 얼마나 더 현명한지 몰라! 꿈과 환상의 가련한 희생자인 너에 비해 나는 얼마나 많은 것을 내 인생에서 얻었는지 모른다고!"

다시 그들은 잠시 말이 없었다. 마르타는 결연한 표정으로 고개를 들었다.

"그래, 카롤리나. 나보다 네가 더 현명하고 인생에서도 많은 것을 성취한 점은 정말인 것 같아. 너는 그런대로 내일을 걱정하지 않고 편안히 살고 있으니. 너는 나처럼 작은 아이가 하나 있더라도 그 아이를 낯선 사람의 손에 맡기지 않을 거고, 너의 눈앞에 허약해지고 창백해지고 기력이 떨어진 아이를 보지 않아도 되겠지…… 나의 기억 속에 너와 알고 지낸 세월도 오래됐어. 우리는 어린아이였을 때부터, 소녀로 자라면서 서로 좋아하며 잘 지냈지…… 그러나 네게 이런 좋은 살림살이들이 어디서 났는지, 너의 이야기 속에 내비친 가난과 비참으로부터 어떻게 빠져나오게 되었는지 차마 난 물어보지 못했어. 네가 나의 질문을 피하는 걸로 봐서 그걸 물어볼 수 없었지만, 카롤리나, 용서해줘. 그건 너의 입장에서 보면, 나쁜 것이었기에…… 너와 어릴 때 같이 뛰놀던 친구이자 너의 청춘의 꿈을 얼마 전까지만 해도 믿던 사람인 나에게, 너는 어떻게 하여 가난한 여인들의 발걸음마다 따라다니고, 그들의 머리마다 고통을 안겨주는 그런 패배감을 극복할 수 있었는지 내게 말해주어야 해…… 아마 그것이 내 인생에도 한 줄기 빛이 될 수 있다고 봐……"

"아, 물론, 그건 빛이 될 거야. 그건 틀림없이 네 인생길에 아주 밝고, 아주 명확한 빛을 던져줄 거야!"

금발의 머리카락을 풀어 늘어뜨린 채 카롤리나는 말했다. 그 여인의 눈은 다시 무지갯빛이 보이는 차가운 결정체처럼 빛났고, 작은 입술에는 떨릴 듯이 웃음이 일었지만 목소리만은 확고부동하고 침착함을 유지하고 있었다.

마르타가 연이어 말했다.

"내가 맨 처음으로 이 세상에서 혼자가 되어 나와 내 아이의 인생을 책임져야 됐을 때 사람들은 여자는 능력이 있거나 진짜 완벽한 소질이 있어야만 이 생존의 투쟁에서 살아남을 수 있다고 말하더라…… 넌 무슨 능력이나 무슨 소질이 있는지…… 그게 어떤 건지 말해줄래, 카롤리나?"

"그래. 없어, 마르타. 난 아무 소질도 가진 게 없어. 나는 춤을 추고 손님들을 기쁘게 해주고, 옷을 예쁘게 입을 줄만 알아."

"그래. 네가 어떤 소질을 가졌다고 들은 적이 없어."

"난 아무 소질도 없었지."

"너의 편안한 생활을 도와주는 친척이라도 있겠지."

"부자 친척들이야 많지만 그들은 내게 아무것도 주지 않았어."

"그럼 무엇으로…… ?"

마르타는 끝내 묻지 않을 수 없었다.

"그럼 무엇으로라니?"

실크 옷을 입은 여자는 갑자기 말을 끊고는 지금까지 연신 움직여대던 의자에서 벌떡 일어났다. 수놓인 강아지도 심하게 흔들리고, 흔들의자의 평형을 유지해주던 활 모양 지지대도 마룻바닥에 세게 부딪혔다. 그녀는 마르타가 앉아 있는 소파 앞으로 다가와 마르타의 앞에 섰다.

"나는 예뻤어," 그녀가 말했다.

"그래서…… 또 나는 이 세상에서 내가 얻을 수 있는 유일한 자리가 어디인지도 잘 알아."

"아!"

마르타는 낮게 소리지르고는 마치 자신도 자리에서 펄쩍 일어나고 싶은 충동을 느끼는 듯한 움직임을 보였다. 그러나 마르타 앞에 서 있는 여인은 시선의 힘으로 마르타를 그 자리에 꼼짝 못하게 만들었다. 카롤리나는 몸을 움직이지 않고 서 있었다. 그녀의 얼굴과 금발의 머리와 탄력 있고 우아한 허리가 활활 타오르는 숯의 장밋빛 불빛에 비쳤다. 그녀는 눈꺼풀을 조금 들어 마르타의 얼굴을 깊숙이, 그리고 고집스럽게 내려다보았다. 그 눈매에는 지금 불쾌하고 어두운 불빛이 빛나고 있었다.

"그럼 도대체 무엇으로라니?"

카롤리나는 잠시 후 말했다.

"너는 두려운 거로구나, 순진한 친구야. 달아나고 싶니? 그래, 가! 너는 이 땅의 진흙 한 줌을 들어 내 얼굴에 던질 권리가 있지. 누가 오늘 너에게 그런 권리를 포기하도록 할 수 있겠어? 오늘도 넌 여전히 그런 권리를 누리고 있지……."

마르타는 손바닥으로 자신의 눈을 가렸다.

"너는 눈을 가리고, 나를 바라보고 싶지도 않구나! 너는 지금 머릿속에서 정말 나란 여자가 네 아빠 소유의 꽃이 만발한 초원에서 너와 함께 뛰놀던, 헤르미니오 부인 집의 빛나던 마룻바닥에서 현기증이 날 정도로 왈츠를 추며 날아다니던 착하고 순진하고 이상으로 가득한 카롤리나가 맞는지 묻고 있겠지. 흰 장미와 은방울꽃 향기를 열렬히 사랑하던 카롤리나가 맞는지, 달빛 흐르는 강가에서 에두아르도 씨의 청옥색 눈만 바라보던 카롤리나가 맞는지도. 호, 그런 사람이 나야, 나 그대로지……. 나를 쳐다보는 것이 불쾌하다면, 쳐다보지 않아도 돼…… 듣기만 해."

카롤리나는 몇 걸음을 움직여 소파 쪽으로 가서 마르타 옆에 앉았다.

"들어봐,"

카롤리나는 되풀이하며 말했다.

"이 세상에서 여자란 무엇인지 너 자신에게 물어본 적 있어? 그 점을 자세히 규명해보려고 애써본 적 있어? 확실히 없을걸. 그럼, 내가 말해주지. 네가 조금 전에 말한 하느님의 율법에 따른 여자의 모습이 어떤가는 난 몰라…… 하지만 인간의 법률과 풍속으로 보면 여자는 사람이 아니야. 여자는 사물이라고. 머리 돌리지 마. 내 말은 진실이야. 아마 상대적일지는 몰라도, 진실이야. 네가 사람을 만나보고 싶으면? 그러면 남자를 만나면 돼. 남자들 개개인은 이 세상에서 제 스스로 살아가지만, 그 남자들은 숫자 0으로 존재하지 않으려고 무슨 숫자를 옆에 써둘 필요를 느끼지 않는다고. 하지만 여자는, 그 여자 옆에 채워주는 숫자처럼 남자가 서 있지 않으면 숫자 0이 되는 거야. 여자에게 빛나는 배경 장식물을 주면, 보석상점에 잘 가공해서 전시한 다이아몬드처럼 되는 거고, 그런 여자는 될 수 있는 한 가장 많은 구매자들의 눈길을 끌게 되지. 만약 그 여자가 구매자를 찾지 못한다거나 구매자를 찾더라도 다시 잃어버린다면, 그 여자는 영원한 고통이라는 녹이 슬고 아무도 구제해주지 못하는 가난이라는 흙으로 뒤덮일 거야. 그리고 그 여자는 다시 숫자 0이 되지. 그러나 그 숫자 0의 여자는 배

곯아 야위고, 추위에 떨고, 몸을 움직여보아도 헛된 시도들로 옷을 갈갈이 찢기는 숫자 0이 될 뿐이야. 네가 살아오면서 알게 된 나이 많은 처녀들, 버림받았거나 과부가 된 여자들을 모두 한 번 회상해봐. 슈베이츠 부인의 작업실에서 일하는 너희 동료들을 봐. 또 너 자신을 한 번 봐…… 너희는 이 세상에서 무슨 의미를 갖고 있니? 너희들의 희망은 뭐지? 너희들이 빠져 있는 수렁에서 기어 올라와, 사람들이 가는 그 길로 갈 수 있는 가능성이 보여? 너희들은 온실에서 자란 줄기가 바람과 천둥 번개에 치여 서 있을 힘도 없는 식물 같은 존재야! 그러니 이 세상의 선현들이 여자를 '자연의 꽃 중에 가장 아름다운 꽃'이라고 이름 지은 것은 정말 맞는 이야기야. 여자는 꽃이요, 여자는 숫자 0이요, 여자는 스스로 일어날 힘이 없는 사물이라고. 남자 없는 여자에겐 행복도 없고 빵도 존재하지 않아. 여자는 살아남으려면 반드시, 꼭 무슨 방법으로든지 남자에게 매달려야 된다고. 그렇지 않으면 슈베이츠 부인의 재봉소에서 일하다가 천천히 죽어갈 뿐이지. 하지만 만약 여자가 살아보려는 악착 같은 염원을 간직하고 있다면 그 여자는 뭘 해야 하지? 생각해봐! 알겠어? 좋아! 내 옷의 끝자락조차도 보고 싶지 않다면 또 다른 손바닥으로 눈을 가려. 하지만 내 말만은 계속 들어봐…… 젊고 예쁜 나는 아무것도 하지 않으며 사는 것과 사치에 익숙해져 있어. 내가 부유한 친척 집에서 나올 때 갖고 나온 것이라곤 옷 몇 점과 어머니가 물려준 금팔찌, 마르타 네가 시집가는 날 내게 준, 파란 유약이 칠해진 그 반지가 전부였어. 곧 금팔찌와 반지는 팔아버렸어. 그걸 판 돈이면 먹고살 자리를 찾을 때까지는 충분하지 않을까 하고 생각했지. 나는 내 자신을 인간으로 여기고 있었지만 그 멍청한 판단 때문에 나는 몇 달간 지옥과도 같은 고통을 당해야 했어. 다행히 그때 내가 그 노비 스비아트 거리에서 에두아르도 씨를 만나지 않았더라면, 나도 그 고통 속에 오래 있었을지 모르지. 나는 그때까지만 해도 그를 사랑하고 있었어. 그가 아는 체도 하지 않고 내 옆을 지나갔을 때, 나는 내 자신이 맘대로 집어던져 버려도 되는 사물임을 분명히 깨달았지. 평화로운 나날에도 그 사람을 꿈에도 잊지 못하고, 배고프고 고통받던 시간에도 내 기억 속에 그 사람의 모습은 다시 떠올랐지만, 바로 그 사람은 나한테 그렇게 행동했어. 나는 인간이라는 믿음을 잃어버린 그 순간 이후로 나의 정체성을 찾으려는 고통의 세월을 끝내버렸지. 너는 아마 늙은 아내와 살면서, 바르샤바 근교에 큰 농장과 아름다운 집 한 채를 가진 뷔탈리오라는 젊은 신사 이름을 들어보았을걸. 그는 쁘타시아 거리에 있는 상점을 자주 찾아오지…… 그 상점에서 나는 초와 비누 파는 일을 도우며 그 대가로 상점 여주인의 아이들이 자는 방의 한 구석에서 밤을 지낼 수 있었고 낮에는 밀로 만든 죽 한 접시와 우유 한 잔을 얻어먹을 수 있었지. 실제로 나의 일은 더 많은 보상을 받을 수도 있었지만 그 마음씨 좋은 여자는 도로에 힘없고 배고파 넝마처럼 쓰러져 있는 여자를 일으켜 세워 데려다 일을 시켰고, 여자를 착취했어. 에두아르도 씨를 만난 지 이틀 뒤, 내가 지금 너에게 이야기하지 못하는 그 이틀 밤이 지난 뒤, 초와 비누 파는 일은 그만두었어…… 뷔탈리오 씨에게 난 말했어.

'좋아요!'

그 뒤 나는 더러운 다섯 명의 애새끼들이 소리 지르고 서로 다

투는 그 방과 상점을 떠났어. 그래서 지금 이곳에 머물게 되었
지……."

마르타는 목석처럼 앉아 있었다. 두 눈을 가리고 있는 손바닥
아래로 마르타의 얼굴은 창백하고 움직임이 없었다. 마르타의 귀
에 야경꾼이 딸가닥거리는 소리와 비슷한, 무미건조하고 짧은 웃
음소리가 들려왔을 때 마르타는 머리에서 발끝까지 전율하며 움
찔거렸다.

"어떻게 해서 그렇게 되었는지 모르지만 내가 말을 너무 많이
했네!"

금발을 자유로이 늘어뜨린 그 여자가 웃으며 말했다.

"마르타, 너의 상복이 이 방을 어둡게 하는 것 같아. 나는 어둠
이 싫어. 내겐 밝은 것이 기쁨을 안겨줘. 나는 희극을 보며 웃고,
집에서 사탕 먹는 걸 좋아해…… 나를 믿어…… 그렇게 하면 더
나아질 거야……."

그녀는 검은 옷의 주름 사이에 놓인 과부의 한 손을 잡고는 더
가까이 다가섰다.

"들어봐, 마르타."

카롤리나는 어릴 적 친구의 귀 쪽으로 몸을 기울여 말을 시작
했다.

"나는 한때 너를 좋아했지만, 지금은 안타깝게 보고 있다
고…… 네가 나한테 준 그 반지는 수주일 동안 나를 먹여살렸어.
그래서 지금 나는 너한테 조언과 도움을 주고 싶어…… 여태까지
는 실컷 이론만 이야기했는데, 지금부터는 실제 영역으로 넘어가
볼까? 내가 사는 곳의 옆방 세 개는 세를 낼 수 있어. 이 방하고

똑같다고 보면 돼…… 해볼래? 그러면 내일부터 우린 이웃이 되는 거야…… 모레면 너는 그 추한 상복은 벗어던져 버릴걸."

마르타는 두 눈을 가린 손바닥을 내리고 고개를 들었다.

"카롤리나!"

마르타는 일어서며 말했다.

"그만해, 그걸로 충분해. 더 이상 한마디도 하지 마……."

"그럼," 실크 옷을 입은 여인이 말했다.

"하지 말까?"

상복 입은 여인은 잠시 대답이 없었다. 그러다가 다시 말을 시작했을 때, 그녀의 얼굴은 극도로 창백해졌다가 핏빛으로 보이기도 했으며, 목소리는 떨리면서도 가슴 깊은 곳에서 나오는 소리 같았다.

"얼마 전만 하더라도, 얼마 전만 하더라도, 네 말처럼, 누가 나에게 그렇게 당돌하게 말하는 이가 있었다면, 카롤리나, 나는 아주 심한 모욕을 느꼈을 거야…… 아마 몹시 화를 냈을 수도 있겠지…… 하지만 지금은 아주 큰 슬픔 이외에는 아무것도 느껴지지 않아! 또 여전히 더 큰 부끄러움밖엔. 만약 아무 죄도 짓지 않고, 악의 그림자조차도 밟지 않고, 이 세상에 아무것도, 정직한 일자리 외에는 아무것도 찾지 않았는데도, 내가 그것을, 내가 만났다면…… 내가 만났다면, 내가 인간보다 더 낮은 위치로…… 호, 내가 얼마나 낮은 곳으로, 저 낮은 곳으로 떨어졌을 거야! 그리고 무엇을 위해서? 그리고 무슨 죄 때문에?"

얼마간 마르타는 두 눈을 방바닥으로 향한 채 꼼짝없이 서 있었다. 잠시 후 그녀는 마음을 좀 더 느긋하게 하여 말했다.

"나는 너를 경멸하지 않아, 카롤리나. 나는, 네가 말한 대로, 한 줌의 진흙도 너에게 던지지 않겠어. 맙소사! 나는 이제야 가난한 여자의 삶이 무엇인가를 알게 되었어…… 내가 그런 생활을 몇 달 전부터 하고 있었으니…… 오늘 나는 그 가난의 가장 쓴맛을 한 모금 마시네. 나는 너를 경멸하지 않지만, 네 생활방식을 본받을 수는 없어…… 안 돼, 결코…… 결단코……."

마르타는 다시 침묵하면서 허공의 한 점에 의식적인 눈길을 보내고 있었다. 그곳에서 마르타는 상상의 눈으로 자신의 지난 시절 가운데 하나를 바라보고 있었다.

그 시절은 기쁨과 행복의 한 장면이 아니라 정반대로 가없는 아픔의 순간이었다. 마르타는 자신이 이 땅에서 유일하게 사랑했던 한 인간이 병상에 누워 있는 모습을 보고 있었다. 그의 얼굴은 죽음의 손에 의해 굳어져가고, 호흡은 고통 속에 더욱더 힘들어했지만, 생명의 마지막 빛을 발산하는 두 눈은 그녀의 얼굴에 고정되어 있고 굳어져가는 손가락들 때문에 임종의 고통으로 떨고 있는 손은 그녀의 손을 잡고 있다. '불행한 나의 마르타, 나 없이 어떻게 살아갈까!' 그는 파랗게 질린 입술로 이 말을 남긴 채 마르타 곁을 영원히 떠나갔다.

"오, 얼마나 내가 그이를 사랑했는데! 나는 지금도 여전히 그이를 사랑하고 있는데."

마르타는 그렇게 중얼거리고는 두 손을 모아 검은 옷 위에 놓았다. 그녀의 가슴은 격한 한숨으로 들썩거렸다.

"안 돼, 카롤리나! 맹세코, 난 그렇게 할 수 없어!"

마르타는 창백했지만 맑은 얼굴을 들고서 말했다.

"나는 너보다 행복했어. 내가 사랑했던 사람은 나를 사물로 대하진 않았어. 그이는 나와 결혼해 나를 사랑했고, 나를 존중해주었어. 그이는 죽어가면서도 여전히 나와 내 앞일을 걱정했어. 나는 아직도 그이를 사랑해. 물론 그이는 이미 이 땅 위에 없지만 나는 내 이름에 붙어 있는 그이의 이름을 존중하고 있어. 그이에 대한 사랑과 기억은 나의 내부에 제단처럼 서 있다고. 그 제단 옆에는 내 마음의 눈물로 가득 차 있는 램프가 타고 있고, 그 램프는 나의 슬픈 인생길을 비추고 있어……."

"그리고 그 길을 따라가면, 너는 곧 하얀 천사들이 죽은 네 남편과 너를 재회하게 해주는 천국에 도달하겠지!"

카롤리나의 목소리는 웃음과 뒤섞여 날카롭게 들려왔다. 마르타는 카롤리나에게서 몇 걸음 물러나 머리에 양털로 된 검정 수건을 썼다.

"잘 있어, 불쌍한 카롤리나. 잘 있어!"

마르타는 낮은 목소리로 말하고 둥근 마호가니 테이블 위에 벌써 장밋빛 램프가 타고 있는 옆방으로 나갔다. 카롤리나가 자신의 팔을 붙잡는 것을 느꼈을 때는 이미 출입문 근처에 와 있었다. 카롤리나는 미소를 지은 채 작은 주름살이 겹쳐진 해쓱한 얼굴로, 어두운 빛의 눈동자로 서 있었다.

"내 말 좀 들어봐!"

카롤리나가 말했다.

"정말 너의 그런 행동에 웃고 싶을 뿐이야! 너는 아주 득의양양하구나. 이상할 정도로 순진 그 자체네, 얘. 아직도 너는 나이만 먹은 어린아이야. 그래도 난 널 안타깝게 여길 뿐이야. 나는 왠지

그 이유를 모르겠지만, 결국 네가 어떻게 살아갈지 그 점이 걱정
된다는 뜻이야. 넌 나보다 훨씬 예쁘기 때문에, 네가 내 이웃으로
오면 내겐 더 안 좋을 수도 있지…… 하지만…… 하지만 네가 준
반지는 몇 주간이나 나를 먹여살렸으니…… 내가 감사할 줄 모른
다면 그건 나의 삶의 진정한 도리를 다하지 못한 것이 된다고."

카롤리나는 한 손으로 마르타의 팔을 잡고 다른 한 손은 창문
으로 내뻗었다.

"잘 생각해봐."

카롤리나가 말했다.

"그곳은 춥고, 사람이 많은 것 같아도 동시에 사람이 없는 곳이
야. 군중이 너를 발로 짓밟아버릴 테고, 저 심연이 너를 집어삼킬
거야…… 돌아와……."

"놔줘."

마르타는 둔탁하지만 강한 어조로 말했다.

"나는 너를 모욕하지는 않겠지만 이제 너와는 더 이상 이야기
를 못하겠어…… 나는 잠시 우정과 휴식을 위해 여길 왔지만, 여
기서 내 인생의 새로운 고통과 가장 큰 부끄러움을 만나게 되었
어…… 나를 놔줘!"

"그럼 한마디만 더 듣고 가…… 오늘 나와 함께 큰길에서 만났
던 그 젊은 사람이 너에게 열렬한 애정을 갖고 있어…… 그는 자
기가 가진 것 모두를 다 줄 태세였어……."

"나를 놔줘!"

마르타는 이제 소리를 크게 지르며 고통의 한숨을 지었다. 그녀
는 경련을 일으키는 듯한 힘으로 자신의 팔을 당기고 있는, 자신

에게 기대어 서 있는 그 여인의 손을 치웠다. 그 손은 더 이상 그녀를 붙잡지 않았다. 마르타는 출입문으로 달려갔다. 마르타가 밝게 빛나는 층층대의 몇 계단을 지나왔을 때, 뒤에서 실크 옷이 살랑거리는 소리가 들려왔다.

"돌아와!"

위에서 여인이 마르타에게 말했다.

"너는 거지가 될 거야!"

마르타는 대답을 하지 않고 계단을 달려 내려갔다.

"너는 훔치게 될 거야!"

그 목소리가 다시 말했다.

마르타는 고개도 돌리지 않고 계속 아래로 내려갔다.

"너는 네 아이와 함께 굶어 죽을 수도 있어."

그 마지막 말에 멈춰 선 마르타는 극도로 창백해진 얼굴을 돌려, 슬프지만 격정에 싸인 두 눈으로 무기력하게 층층대의 맨 위에 서 있는 사람을 한번 노려보았다. 풍부한 가스 불빛이 보라색 옷에 은빛 광채를 내뿜으며 그 여인을 휘감아 흐르고 있었다. 엷은 푸른색을 띤 커다란 마노가 목에서 빛나고, 황금빛 머리핀들이 밖으로 열린 출입문을 통해 들어오는 바람에 날려 짙고 긴 머리칼 사이에서 떨고 있었다. 카롤리나는 입술을 떨며 웃음을 띠고, 머리와 허리를 앞으로 숙인 채, 생기 없는 이마 아래에서 하늘빛을 보내는 차가운 두 눈을 하고 서 있었다. 마르타는 메마르고, 분노와 공포와 슬픔이 든 눈길로 그 여인을 잠시 쳐다보고는 갑자기 몸을 돌려 아래로 뛰쳐 내려가 대로의 뿌연 황혼으로 재빨리 사라졌다.

그리고 몇 분 뒤, 마르타가 사라진 바로 그 출입문으로 즐거워하는 올레시우가 들어와 성큼성큼 계단을 올라가서는 카롤리나가 있는 방으로 뛰어들어 갔다.

"어, 뭐라고?"

그는 한 손에 모자를 쥔 채, 거실의 문턱에 서서 물었다.

"그녀가 가버렸다고? 내가 대로 건너편에서 인도로 오면서 그녀와 마주친 것도 같은데…… 언제 돌아오지?"

그는 간단하면서도 빠른 어조로 물었다. 빛나는 그의 검은 눈은 의지와 생각이 없는 사람처럼, 지금의 분위기에 압도되어 완전히 복종하게 된 사람처럼 조급함을 보였다.

"그녀는 돌아오지 않아."

마르타가 몇 분 전에 앉았던 벽난로 앞에 앉아 카롤리나는 말했다. 그녀는 가슴에 팔짱을 끼고 타오르는 불을 바라보며 미동도 하지 않았다. 카롤리나는 방금 들어온 남자에게 눈길도 주지 않고 조급한 그의 질문들에도 무관심하다기보다는 불만족스러운 어조로 간결하게 대답했다.

"돌아오지 않는다고?"

올레시우는 모자를 가장 가까이 있는 가구에 던지고는 방 안으로 불쑥 들어와 외쳤다.

"무슨 말이야? 그녀가 안 돌아온다고? 너희 두 사람은 어릴 때부터 소꿉친구 아냐?"

여자는 말이 없었다. 젊은 남자는 더 조급해 했다.

"그녀가 뭐라고 했어?"

그는 조급하게 물었다.

"그녀는," 카롤리나는 앉은 자세나 눈길도 바꾸지 않은 채 대답했다.

"그녀는 지금도 자기 남편을 사랑하고 있다고 했어⋯⋯."

올레시우의 두 눈이 휘둥그레졌다.

"남편을?"

그는 자신의 귀를 못 믿겠다는 듯이 말했다.

"죽은 남편을?"

그는 웃음을 터뜨리고, 얼굴을 천장으로 향한 채 크고 길게 웃었다.

"남편을!"

그는 되풀이했다.

"그럼 그 여인은 가련한 사람한테서 아직도 기대하는 게 있는 모양이지. 그 사람은 이제 살아 있지도 않은데! 오호, 일편단심이군⋯⋯ 위로받을 줄 모르는 과부여, 얼마나 풍부한 감정인가!"

젊은 남자는 끊임없이 웃었지만 그의 웃음에는 동정심이나 불쾌한 흥분과 비슷한 뭔가가 떨고 있는, 거짓된 해석이 들어 있었다.

"명예라는 이름으로!"

그는 거실을 다시 성큼성큼 다니면서 말을 시작했다.

"독특한 여자야. 남편이 죽은 지 몇 달이 지나도 여전히 그 남편을 사랑하다니! 그리고 그 고상한 감정! 만약 지금 그녀가 생명 있는 사람을 사랑할 수 있으면 더 잘 어울릴 텐데! 그리고 내가 바로 그 사람이 되면 얼마나 좋을까? 내가 그런 복 받은 사람이 될 수 있다면!"

"당신이 바로 그 복 받은 사람이 될 수 있는 가능성은 아주 많아."

난로 앞에 앉아 있던 카롤리나가 말했다. 하지만 그녀는 고개도 돌리지 않고, 꼼짝도 하지 않았다. 올레시우는 카롤리나에게 뛸 듯이 다가갔다. 밝은 홍조가 그의 두 뺨을 덮고 있었다.

"내가 될 수도 있다니!"

그가 외쳤다.

"그녀가 나의 모든 희망을 갈갈이 찢어버리지는 않았다니! 호, 아름답고도 매혹적이며 황금빛 다이아몬드 같은 카롤리나, 나를 불쌍히 여겨주오! 나는 정말로 열렬한 사랑에 빠졌다고! 내가 그 행복한 사람이 될 수 있었으면, 만약……말해줘, 카롤리나. 이렇게 간청하고 맹세할게…… 내가 어떻게 하면?"

카롤리나는 그제서야 그에게로 눈을 돌렸다. 그녀의 눈동자와 좀 올라간 눈썹, 미묘하게 움직이는 입술에는 형언할 수 없는 농담의 표현이 들어 있었다. "만약 당신이," 그녀는 천천히 말했다.

"당신이 그녀의 손을 그리워하고 그녀와 결혼하기만 하면."

이 말에 올레시우는 어안이 벙벙한 채 표정이 굳어졌다. 그는 잠시 동안 목석이라도 된 듯이 입을 조금 벌린 채, 자신을 바라보고 있는 강한 눈길의 얼굴에 두 눈을 고정하고, 멈춰 서 있었다.

"결혼만 하면 된다니!"

그는 둔탁한 목소리로 되풀이했다. 그의 두 입술은 마치 웃음을 내보일 듯 떨렸지만 웃지는 않고 손과 어깨를 흔들며 반은 화가 난 듯 반은 무심한 듯이 말했다.

"농담이지, 카롤리나?"

그리고 그는 난롯가에서 멀어졌다.

카롤리나는 잠시 동안 차갑고 조롱의 눈길로 그를 따라갔다. 그녀의 얼굴에는 일 분 동안 수천 가지의 아양이 섞인 듯한 조롱과 경멸의 옅은 웃음이 스쳐 지나갔다. 유쾌한 올레시우는 다시 카롤리나 앞에 섰다.

"잔인하군, 카롤리나," 그가 외쳤다.

"내게 결혼을 말하다니! 그것보다 더 무의미한 일이 있을까? 내가 아직도 죽은 남편을 사랑하는 과부를, 아는 게 거의 없는 그 여인을 위해 내 온 인생을 묶다니? 단번에 한 아이의 아버지가 되라고? 온 세상과 경계를 짓고 내 어깨에 그만큼의 노력과 책임을 짊어지라고? 이 나이에? 이 행복한 시절에? 그건 가정의 맛난 음식과 인형 같은 뺨을 가진 한 타스의 애들에 굶주려 있는 선량한 부르주아에게나 맞는 이상이지. 나는 네가 진담으로 말했다고는 생각 안 해. 네가 농담 잘하는 건 알아. 그게 매력이기도 하고."

카롤리나는 어깨를 으쓱했다.

"물론 농담이야."

그녀는 짧게 말하며 다시 타오르는 숯만 바라보았다. 유쾌한 올레시우는 계속해서 더욱더 흥분했다.

"오늘은 무슨 농담하는 날인가?"

그는 중얼거렸다.

"내가 더 이상 알면 안 돼?"

"정말 지겹게 만드는군."

여인이 말했다.

"그녀가 사는 곳은?"

젊은이는 계속해서 물었다.

"난 몰라. 물어본다는 게 깜박 잊었네."

"정말 훌륭한 이야기군! 내가 지금 뭘 하고 있지? 그녀를 찾아가야 하는데. 이 도시는 숲과 같아서, 내가 그 여자를 찾기도 전에 다시 잊어버릴 수도 있겠는걸……."

극도로 흥분된 상태에서 이 말을 하는 남자의 목소리에는 하소연마저 들어 있었다. 그는 자신의 기억력이 언제나 좋은 상태가 아니라는 점과 매일매일 접하게 되는 수많은 인상들 때문에, 지금 그가 열렬한 관심을 두고 있는 것에 더 이상 신경 쓰지 못하게 될까 봐 걱정했다. 갑자기 그는 손가락을 딸깍거리고는 기뻐 날뛰듯이 난롯가로 다시 뛰어왔다.

"유레카!"

그는 외쳤다.

"그녀가 재봉사라고 했지? 어디서? 일터가 어디지? 아름답고 매혹적인 황금빛 카롤리나, 말해줘."

여자는 자리에서 일어나며 크게 하품을 했다.

"저어, 그곳은…… 흐레타 거리에 있는 슈베이츠 부인의 재봉소야."

그녀는 아주 지겨운 얼굴 표정으로 말했다.

"이제 그리로 가봐. 나는 극장에 갈 옷으로 갈아입어야 되니까……."

올레시우는 행복감에 젖은 듯이 보였다.

"슈베이츠 부인 댁이라면 알지! 그 집에 자주 갔지! 재단하고 있는 딸 하나가 괴물이지. 둘째 딸은 맥주 만드는 업자의 아내가 되었고, 딸처럼 기르고 있는 손녀 엘레오노로 양도 못생기진 않았지…… 그곳에서 나의 연인이 시간을 보내고 있다니, 오호! 내일…… 내일…… 나는 달려, 날아가, 서두를 거야."

그는 모자를 들고 이미 문턱에 서 있었다.

"그럼 안녕!"

그는 외쳤다가 문턱에서 다시 물러나, 되돌아왔다.

"카롤리나가 극장에 간다고? 무슨 공연이 열리나요?"

카롤리나는 불 붙인 초를 손에 들고 침실 문에 서 있었다.

"「플릭과 플록」"

그녀가 말했다.

"「플릭과 플록」이라!"

언제나 웃음을 잃지 않는 올레시우가 말했다.

"나도 그곳에 자리를 잡고 라우노가 이집트 춤 추는 걸 보고 싶은데…… 너무 늦은 거 아닌가? 볼쵸에게도 잠시 가봐야 되는데…… 안녕히. 잘 있어. 나는 달려, 날아가, 서두르자!"

*

일반적으로 대도시마다, 특히 바르샤바에는 그 도시의 한복판에 여자의 마음을 탐하고 여자의 명예를 실추시키는 일에만 온 신경을 집중하느라 널리 명성을 떨치고 있는 다양한 연령의 남자들이 있습니다. 자연이라는 어머니가 그 남자들의 윗입술에 콧수염을 처음 생기게 하는 순간부터, 보편이라는 어머니가 그 남자들의 희끗한 머리를 하얀 서리로 장식해줄 때까지, 때로는 그 이후에도 그런 부류의 사람들은 여자의 매력에 감탄을 표합니다. 보통 사람이라면 할 수 없는 플라토닉한 감탄을 표시하고, 보통 사람들이 어디에서나 하는 그런 비(非)플라토닉한 감탄의 표시는 직업적으로 혹은 매일의 취미로 여기는 사람들입니다. 그런 사람들은 보통 아주 유쾌하고 활발하고 재치 있고 친절하기도 해서 각종 소모임에서 선망의 대상이 되기도 하고 감탄의 대상이 되기도 합니다. 그들은 대체로 감정이 풍부할 뿐만 아니라 마음씨 또한 착합니다. 그들은 의도적으로 음모를 꾸며 다른 사람을 방해할 줄은 전혀 모르는 사람들입니다. 그럼에도 불구하고 그런 부류의 남자들이 남에게 손해를 끼치는 일을 저지르는 경우, 그들을 이해하고 너그러운 사람은 복음서에 나오는 '하느님, 그들을 용서하소서, 그들은 자신들이 무엇을 하는지 모릅니다!'라는 말 이외에는 다른 말로 용서를 구할 수 없을 것입니다. 더구나 그들이 저지르는 그런 행동이 평범하다는 것을 생각해보면, 또 그들이 그들의 인생과 사회에서 보통 이뤄내고 성취하는 모든 것을 생각해보면, 그런 부류의 남자들은 일반적으로 사회에서나 또 사회를 위해서나 아주 의미가 작은 평범한 군상입니다. 그들은 인류라는 거대한 장기판의 하찮은 병졸에 지나지 않습니다. 다른 사람들에겐 너무 거친 인생의 껍질에서 자유로이 미끄러지는, 현미경으로나 볼 수 있는 미세한 곤충에 지나지 않습니다. 따라서 그들의 왜소함을 생각하면, 그런 남자들의 사회적 존재를 완전히 무시해버릴 수도 있고, 혹시 그들과 맞딱뜨린다 하더라도 그 가련한 솜털에 대해 유명한 시인의 외침을 적용하는 미소로써 지나칠 수도 있을 것입니다. 만일 이 가련한 솜털이, 병졸들이, 이 영원히 유쾌하기만 한 곤충들이 여타 계층의 사람을 죽일 정도로 위험하지만 않다면, 여타 계층의 사람은 그들을 별것 아니라며 지나쳐버릴 수도 있습니다. 여기서 그 여타 계층의 사람들은 바로 가난한 여성들입니다. 우리는 그 여성들의 심정에 대해 말하려고 하지 않습니다. 왜냐하면 소위 아름다운 성(性)에 속하는 여성의 심성은 저마다 언제나 아주 예민함과 동시에 독립적 위치에 있고, 실크 옷을 입든 양털이나 무명 조끼만 입든 상관없이 모두 완전히 평등하기 때문입니다. 즉, 아주 하찮은 일에도 여자들은 마음이 상할 수 있으며, 아주 하찮은 것에 여자들은 상처를 입습니다. 아주 하찮은 일에도 여자들은 패배감을 느낄 수 있습니다. 그 때문에 고통과 하소연이 나오고 눈물과 한숨이 나오고 머리카락을 자른다거나 이를 뿌드득 가는 일이 살롱에서도 생기고 다락방에서도 생깁니다. 하지만 살롱에서는 아첨하는 희롱꾼에게 여성의 명예가 상처 입는 일이 아주 간혹 일어나지만, 다락방이나 지하실, 재봉소나 그 밖의 다양한 일터에서는 그 희롱꾼들이 가진 권세 때문에 여성의 명예가 완전히 질식할 정도로 추락하기도 합니다. 그런 희롱꾼들과의 관계에서는 강한 권력자들이 존재합니다. 오랜 시간 노력하지 않고서 자주, 때로는 아무 생각 없이 혼자 다가감으로써, 여인의 옆을 같이 몇 걸음 걷는 것만으로도, 여자를 향해 몇 번의 눈길을 던지는 것으로도 그 권력자는 여성의 명예를 더럽히고 세상 사람들의 머릿속에 나쁜 추측만 무성하게 해놓습니다. 하지만 반대로 이런 일이 그 권력자에겐 아주 즐거운 성과가 됩니다. 사람들에게 강한 인상을 주고 유명해질 수 있으니까요. 그들에게 그게 정말 즐거움이니까요. 왜냐하면 그런 것이 이 세상에서 자신이 누리는 바로 그 남성 에너지, 세상에 큰 영향력을 행사하는 위대한 권력, 자신이 받거나 받게 되는 헤아릴 수 없을 정도로 많은 감상과 그만큼의 실천을 보여주기 때문입니다. 그러나 만물의 지배자라는 그런 권력자의 눈길을 우연히 받는 여자들은 전혀 즐겁지가 않습니다.

그런 만물의 지배자라는 인간이 대도시의 대로에 나타나 자신의 유연한 지팡이를 대왕을 상징하는 상아홀처럼 휘두른다. 그의 머리에는 모자가 빛나고, 두 손에는 이중으로 이어 붙여 박은 장갑이 빛나고, 가슴에는 황금 목걸이가 가장 위대한 양복장이 차보우의 위엄 있는 두 손으로 만들어진 오버코트의 어두운 바탕 위에서 반짝이며 우아하게 흔들거린다. 아, 얼마나 멋진 광경인가! 그는 「아름다운 헬레나」에 나오는 노래를 중얼거리듯 읊조리며 꿰뚫어 바라보는 듯한 눈길로 주위를 둘러보았다. 그는 모자의 테두리를 만지작거리며 모든 사람에게 인사하였고, 모든 사람들 또한 그에게 인사하였다. 만나는 사람마다 그를 모르는 사람이 없었고 그가 모르는 사람도 없었다. 이 얼마나 당당한 사회적 지위인가! 그는 부르던 노래를 중단하고 목을 길게 빼어 사냥감의 냄새를 맡은 사냥개처럼 허공에 발을 멈추곤, 눈길을 긴장한 채 웃음 짓는다…… 대로의 한 모퉁이, 그곳에는 작고 아름다운 입술을 가진 한 사람이 걸어가고 있었다. 하얀 얼굴이 햇빛에 빛났고, 예쁘고 검은 눈동자가 빛났다…… '앞으로! 달려가 뒤쫓아라! 조심조심하면서! 사냥감은 이미 가까이 있다! 사냥감이 달아나버리지 않도록 가능한 한 빨리 주위를 둘러싸야 된다!' 그는 옆으로 다가가 모자를 조금 들어 가장 존경하는 태도로 인사를 한다. (오호, 아이러니하게도!) 그리고 그는 어제 극장에서 들은 파리스*의 목소리를 흉내 내는 듯이 질문한다.

"부인, 같이 가도 되겠습니까?"

여인이 좋다고 허락하면 그녀와 함께 가는 거고, 허락하지 않아도 그는 함께 간다. 그가 만물의 주인 아닌가? 또 걸어가면서 아는 사람을 많이 만나는데(그는 바다의 물방울만큼이나 아는 사람이 많다), 그는 장난스럽게 윙크를 하면서 눈길은 동행하는 여자를 향한다. 더욱 대담해진 그의 심장은 가슴 안에서 뛰고 있다. 그것은 깨어나는 나비 같은 사랑의 첫 떨림이거나 승리의 기쁨을 나타내는 일일 것이다. 아니면 이 두 가지 모두를 의미하는 경우가 더 많다. 이 만물의 주인은 아름답고 예쁜 여자를 볼 때마다 그녀에게, 그리고 무엇보다도, 먼저 자기 자신에게 열렬히, 죽도록 사랑에 빠졌다고 맹세한다. 정말 진지한 믿음을 가지고 맹세한다. 그의 마음은 하루에도 열두 번 폭발하는 화산이다. 또한 자신은 다른 사람들이 그의 삶의 위대한 서사시의 새로운 에피소드를 눈으로 흥미롭게 따라오는 걸 예민하게 느낀다. 그러나 다른 사람들은 처음부터 그를 어쩔 수 없는 존재로 추측하고, 결국에도 자신들의 생각이 옳았다는 데 익숙해져 있다.

그는 다가갔다. 그리고 유혹했다. 그는 한 번 쳐다보았다. 그렇게 그는 승리했다. 그를 아는 사람 중 누구도 다른 방법이 있다고

---

* 희랍 신화에 나오는 트로이 왕자. 알렉산더라고도 한다. 「아름다운 헬레나」에 함께 나오는 인물로 헬레나는 트로이 전쟁을 촉발시켰던 미인이다.

생각하는 사람은 없었다. 그 용감한 젊은이의 영광은 커졌지만 가난한 여인의 명예는 물 속에 빠졌다. 그의 유쾌한 머리를 장식해주는 왕관에는 월계수의 새 잎이 돋아났지만, 여인의 우울한 이마에는 흠만 나타났다…… 그런 사람들 중 하나가 유쾌한 올레시우였다. 한편 그의 단순한 접근은 여인을 위험에 빠뜨리는 결과가 되어버렸다. 그와 나누었던 대화가 여인에게는 불명예의 판결이 되어버린 셈이다.

슈베이츠 부인은 딸 셋에 어린 손녀도 몇 명 있었다. 그래서 부인도 올레시우를 알고 있었다. 올레시우가 부인의 집에 자주 찾아왔기 때문이다. 슈베이츠 부인은 자기 딸들 중 하나가, 즉 지금 자신과 함께 재단 일을 하는 딸이 올레시우 때문에 약혼의 기회까지도 잃어버렸다고 말하곤 했다. 그 딸은 얼굴은 못생겼어도 아담한 몸매에 말솜씨가 좋아 한때 그 만물의 주인의 눈에 띄었었다. 그런 사정 때문에 어느 날 아침 슈베이츠 부인이 자신의 직공 중 하나가 올레시우와 동행하여 정원을 걷고 있는 것을 보았을 때, 일하다 말고 갑자기 안경을 고쳐 쓰며 창가에 얼굴을 갖다댄 것은 그리 놀랄 일이 아니었다. 그 직공은 올레시우를 이길 수가 없어 어쩔 수 없이 동행한 것이었지만, 누런 얼굴을 하고 머리에는 색이 바랜 장미꽃 장식을 한 채 찢어진 옷을 입은 아가씨들도 창문을 통해 옆으로 눈길을 서로 주고받으면서, 자기들끼리만 통하는 눈짓과 손짓을 하고는 웃음을 지었다. 곧 슈베이츠 부인의 딸도 이 상황을 알아차렸다. 그때 딸은 둥근 테이블에 서 있었다. 딸은 발뒤꿈치를 조금 들어 창가로 눈길을 돌렸다. 그녀가 서 있는 곳에서도 올레시우의 작은 콧수염과 턱수염을 볼 수 있었다. 하지만 콧수염과 턱수염은 그의 것이니…… 딸은 아직도 그에 대한 감정과 기억이 자신을 사로잡고 있음을 느꼈다. 딸은 이제 목까지 길게 더 빼어, 어떤 여자의 머리를 덮은 검은 양털 수건을 보게 되었다.

"엄마! 올레시우 씨와 함께 걸어오는 저 여자는 누구예요?"

슈베이츠 부인은 창문에서 얼굴을 돌렸다.

"스비츠카 부인이네."

슈베이츠 부인이 대형 테이블로 돌아오며 말했다. 진지한 귀부인의 이마엔 짙은 구름이 가득했다. 스비츠카라는 이름이 부인의 입에서 튀어 나올 때, 첫 음절의 '스'가 아주 날카롭게 들려왔다.

나이 어린 여공들은 몰래 눈길을 주고받았다. 여사장의 얼굴표정은 뭔가 불쾌한 일을 예고하고 있었다.

여공들 중 한 사람이 말했다.

"대단한 설교가 기대되네!"

"주인이 저 아줌마 쫓아내겠지?"

다른 여공이 더 낮은 소리로 말했다.

"그럴까?"

또 다른 사람이 말했다.

"저 아줌마는 지금 그런 걱정은 안 할걸!"

그때 마르타가 재봉소 안으로 들어섰다. 만약 동료들의 눈길이 그 일 말고는 마르타를 유달리 관찰할 준비가 되어 있지 않았다 하더라도, 그날의 마르타의 얼굴 표정은 그 자체만으로도 그곳에 일하는 모두의 눈길이 자신을 향하게 될 것임을 감지하고 있는 듯했다. 그녀의 눈은 어두운 원으로 둘러싸여 있고 눈동자에는 생기라곤 없었다. 움푹 들어간 두 뺨에는 핏빛 같은 붉은 흔적이 보이고 깊은 주름이 두 눈썹을 갈라놓았다. 마르타가 재봉소로 들어서면서 무겁고 부푼 눈동자를 들자 자신을 향한 열몇 개의 눈길이 보였다. 하지만 그녀는 놀라지도 않고 다른 인상도 보이지 않았다. 그녀는 머리에 쓴 수건을 벗은 다음 탁자에 놓인 일감을 집어 들고 조용히 앉았다. 그녀의 두 손은 초조한 듯 떨렸고, 열이라도 나는 듯 천을 펼쳐 박음질할 때도 계속 떨렸다. 그녀는 땋은 머리가 헝클어진 채 고개를 숙이고는 일에 열중하기 시작했다. 그녀의 손은 매서운 추위 때문에 빨갛게 되어 열이 좀 났고, 어지러워 머리가 핑 도는 듯한 생각에 장단을 맞추기라도 하듯이 황급히 오르락내르락했다. 그녀는 어렵게 숨을 한 번 내쉬고는 가슴에 부족한 것 같은 공기를 흡입하기 위해 두 입술을 몇 번이고 열었다. 둥근 테이블에서 가위 두 개가 날카롭고도 주위를 끄는 듯한 소리를 냈다.

슈베이츠 부인은 안경 너머로 방금 들어온 직공을 곁눈질해 보았다. 쑥 나온 그녀의 입술은 언짢은 기분을 나타내주고 있었다. 슈베이츠 부인은 재단을 멈추고 고랑이 많이 파진 손가락에서 가위를 빼지도 않은 채 둔탁한 어조로 말을 시작했다.

"스비츠카 부인은 어제 우리와 함께 있지 않았지요."

마르타는 자신의 이름이 들리자 고개를 들었다.

"제게 뭐라고 하셨어요?"

"스비츠카 부인은 어제 우리와 함께 일하지 않았다고요."

"예, 사장님. 시내에 개인적인 볼일이 있어서 올 수 없었어요."

"일하러 나오면서 직공들이 출근을 제때 하지 않으면 작업장에 큰 지장이 생기지요."

마르타는 고개를 낮게 숙이고 다시 바느질하며 더 이상 아무 말도 하지 않았다.

지금 둥근 테이블에는 가위가 한 개만 움직이고 있지만, 그 소리는 더욱더 날카로웠다. 이길 수 없는 올레시우 때문에 약혼길이 막힌 아가씨가 점점 더 흥분하는 것 같았다.

그 아가씨의 어머니는 여공들이 일하는 쪽으로 몸을 돌려 세우고 섰다. 갈색의 손에 있던 가위는 움직이지 않는다.

"나는 스비츠카 부인을 시내에서 보았어요. 스비츠카 부인이 성십자가교회의 계단에서 다른 두 사람과 함께 서 있는 걸 보았지요."

마르타는 대꾸하지 않았다. 무슨 말을 하겠는가? 슈베이츠 부인이 한 말은 사실이었다.

"나도 스비츠카 부인이 어제 길에서 이야기 나누던 사람들을 알고 있어요. 그들 중 한 명은 몇 년 전에 우리 일터에서 얼마간 일한 적이 있지요. 그런데 오래는 아니었어요, 오래는 아니었답니다. 왜냐하면 그런 여자가 함께 있으면 우리의 직공들이 위험한 꼴을 당할 수도 있거든요. 스비츠카 부인은 그 여자를 잘 알지요? 그런 여자와 동무가 된다는 것은 위험천만한 일이라고요."

"저는 아니거든요. 사장님,"

마르타는 처음으로 말을 했다. 마르타는 일에서 고개를 들지 않았지만, 마르타의 떨리는 목소리에는 자신의 자존심이 밟혔다는 것을 직감하는 여인의 둔탁한 반발이 들어 있었다.

"아하!"

슈베이츠 부인은 안타까운 한숨을 내쉬었다.

"사람이란 자신에 대해 너무 많은 자긍심을 가지면 안 돼요. 오만함은 모든 죄의 어머니가 되지요. 피하는 것이 상책이지만, 상책 중의 상책은 위험한 동무를 피하는 것이지요…… 그리고 올레시우 론쯔키 씨도 스비츠카 부인과 가까운 지인이라고요?"

여태껏 계속해서 삐걱거리는 소리를 내던 가위 하나가 멈추었다. 그래도 한때는 만물의 주인으로부터 관심을 불러 일으켰던 못생긴 얼굴의 아가씨가 고개를 들었다.

"엄마, 만약 스비츠카 부인이 하루 종일 산책을 함께한 사람이 그이라면, 그이는 착하고 필시 가까운 지인이네요."

이 말이 마르타를 머리부터 발끝까지 휘감아, 그녀의 온몸에 수많은 침을 박아버리는 뱀과 같음을 독자들은 알 것이다. 마르타는 갑자기 자리에서 일어나 자신의 무릎에 펼쳐놓은 한 조각의 천에서 고개를 들고 커다란 눈으로 그런 말을 하는 아가씨의 얼굴을 뚫어지게 바라보았다.

"그게 무슨 말인가요?"

마르타는 거의 질식할 정도로 어렵게 말했다.

마르타는 주위를 둘러보았다. 모든 여공들이, 보통은 가장 무감각하고도 움직임이 없어 보이던 여공들조차도 지금은 고개를 든 채 마르타를 바라보며 앉아 있었다. 그들의 얼굴엔 아주 다양한 감정이 나타나 있었다. 동정, 호기심, 비웃음. 잠깐 동안 마르타는 거의 바위처럼 굳어 있었다. 마르타의 양 볼에 나타난 선홍색 흔적이 서서히 커지더니 이마와 목을 자줏빛으로 물들였다.

"당신은, 부인, 화낼 이유가 없네요. 화낼 이유가 없다고요."

슈베이츠 부인은 말했다.

"벌써 이십 년 동안이나 나는 이 재봉소 주인으로 있으면서 언제나 스무 명 이상의 사람들과 함께 일해왔고, 수많은 경험을 했어요. 그래서 나는 내가 위임받은 영혼들에 대한 나의 행동 방침이 어떠해야 하는지를 압니다. 그 영혼들 중 누군가가 자신을 그런 위험에 자발적으로 노출시킨다 해도 내가 무관심하게 바라만 볼 수는 없답니다. 더구나 나는 딸들도 있고 아주 어린 손녀들도 데리고 있습니다. 만약 우리 재봉소에서, 하느님! 보소서, 부정의 예가 생긴다면 사람들이 그 아이들에 대해 뭐라 말하겠어요! 끝내, 우리 재봉소의 보호자이자 선의를 베푸는 분이신, 부자이면서도 하느님을 두려워하는 그 안주인이 사는 집의 창문들이 이 마당을 내려다보고 있답니다. 그 안주인은 신앙심이 깊으신 분입니다! 그분이 내 일터에서 일하는 직공 중 누군가가 바로 나의 재봉소나 또 그분의 창문 아래서 살롱에나 드나드는 젊은 총각과 산책한다는 걸 보신다면 무슨 생각을 하겠어요? 더구나, 아마 그분은 이미 보셨을 거예요! 그런 생각을 하면, 정말 두려움이 나를 휘감아 내가 우리의 보호자이신 그분께 무슨 말을 해야 할지……. 그 직공을 내보냈다고 할까요? 그렇게 하면 저 기독교의 사랑의 마음에 반하는 것이 될까요?"

"이 마당에서 살롱에 다니는 젊은 총각을 만난 불운의 그 여공은 여기를 제 스스로, 제 발로 떠났다고 말씀하세요."

이 말은 명확하고도 힘 있는 목소리로 큰 방에 울려 퍼졌다. 마르타는 의자에서 일어나 이마를 높이 들고서 입술을 떨면서 슈베이츠 부인의 얼굴을 똑바로 쳐다보았다.

"난 가난한 여자입니다, 아주 가난합니다."

마르타는 말을 이어갔다.

"하지만 나는 정직합니다. 또 사장님은 나에게 그런 식으로 말할 권리가 없지요. 나를, 사장님, 아니 당신의 아래인 이곳으로 데려온 것은 섭리가 아니라 바로 나 자신의 무능이었습니다. 나는 이곳으로 왔습니다. 다른 일은 할 줄 몰랐기 때문입니다. 당신은 그 점을 잘 알고 내 처지를 이용했지요. 내가 한 일은 당신이 주는 대가보다 몇 배나 더 가치가 있습니다만……. 그러나 그런 점을 말하고 싶지는 않습니다. 나 스스로 합의했고, 나는 그 조건을 어긴 적이 없습니다. 가난은 내가 참고 지내야 하는 것이지만, 모욕을 당하는 것은…… 어떤 경우라도…… 참을 수 없어요. 아니, 아직은 참을 수 없습니다. 일을 관두겠어요!"

그 마지막 말을 하면서 마르타는 머리에 수건을 쓰고 출입문으로 걸어갔다. 직공들의 눈길이 마르타를 따라갔고, 어린 여자들은 공감과 일단의 환호를, 나이 많은 여자들은 동정과 더욱더 큰 놀라움을 얼굴에 내보였다.

어제 이후로 마르타에게 일어난 모든 것이—서점 주인에 의해 깨진 그녀의 환상, 카지미에조브스키 궁전에서 배움에 열중하는 희망찬 청년들을 보면서 처음으로 느낀 부러움이라는 쓸쓸한 감정, 크롤레브스카 거리에 있는 친구의 집 방문, 그곳에서 마르타가 받은 우울한 제안, 억수 같은 부끄러움의 눈물과 뜨거움으로 지샌 밤, 특히, 머릿속에 불온한 생각을 갖고 기다리던 그 사람과 다시 만난 것—그녀의 정신 상황을 아주 조금만 건드려도 버티지 못하고 천둥 번개로 폭발해 오래 지탱할 수 없는 화끈거리는 긴장 상태로 내몰았다. 슈베이츠 부인과 그녀의 딸이 하는 말을 통해 불거진 그런 자극은 작은 게 아니었다. 마르타의 가슴속에는 극도로 긴장된 감정의 현이 터져, 반발의 외침과 고통 어린 한숨을 불러일으켰다. 마르타는 자신을 괴롭힌 여인의 발 앞으로 마지막 빵 한 조각을 던져 여자로서의 자긍심과 인간으로서의 위엄을 폭발시켰다. 마르타가 한 행동은 잘한 일인가? 마르타는 대문을 향해 도로로 나 있는 긴 마당을 뛰쳐나가면서 그 점을 생각해보지 않았고, 자신의 행동을 계산해보지도 않았다.

그러나 마르타가 대문으로 막 나가려는 순간, 마르타 앞에 공포의 환영 같은 것이 보였다. 살을 에는 듯 상처를 받은 표정이 마르타의 얼굴을 뒤덮었다. 대문 앞에는 아직도 올레시우가 서성이고 있었다. 그는 계단 아래 선 채 어떤 젊은 남자와 조용히 이야기하고 있었는데 필시 올레시우는 그 계단에서 내려와 시내로 향할 것 같았다. 마르타는 반대편으로 달려갔다. 마르타는 담을 따라 몰래 빠져나가려고 했을 것이다. 그러나 아무리 능란한 노루라도 경험 많은 사냥꾼의 눈길에서 쉽게 벗어나 달아날 수 있겠는가?

"부인!"

올레시우가 그녀의 모습을 발견하고는 몸을 돌려 큰 소리로 말했다.

"깜짝 놀랐어요! 부인이 오늘 이렇게 일찍 이 소굴을 나가다니요?"

그러고는 목소리를 낮춰 말했다.

"얼마 전부터 이곳은 내가 그리워하는 파라다이스가 되어버렸답니다!"

올레시우와 좀 전에 대화를 나누던 그 남자는 마지막 계단을 내려가면서 도로에 들어서려다가, 자신의 동무인 올레시우가 관심을 갖는 그 여인을 한번 흘깃 쳐다보고는, 「플릭과 플록」이라는 짧은 노래를 부르면서 두 가지 의미의 웃음 가면을 쓴 채 서둘러 사라졌다. 벽에 가까이 선 채 마르타는 대리석같이 창백해져 허리를 곧추 세우고 두 눈엔 번개 같은 빛을 내뿜고 있었다. 유쾌해하는 올레시우는 입가에 웃음을 띠며 홀린 듯한 눈길로 다가왔다.

"또 내게 무슨 볼일이 있나요?"

"부인!"

그 만물의 주인은 마르타가 하는 말에 끼어들었다.

"15분 전에 부인은 나를 아주 냉정하게 밀쳐냈지요. 하지만 나는 희망을 잃지 않았어요. 내가 언제나 관심을 가지는 것은……."

"내게 무슨 볼일이 있나요?"

마르타는 한순간 잃어버렸던 자신의 목소리를 되찾으며 말했다.

"그래요," 마르타는 계속 말했다.

"나는 나의 마지막 수입원인, 나와 내 아이의 마지막 빵 한 조각인 저 소굴을 떠나게 되었어요. 무슨 권리로 당신네 남자들은 수입도 없이 이렇게 생계가 어려운 길에 있는 우리를 막고 서는가요? 수입 없이는 생계를 이어가지 못하는 존재들을 쫓아다니는 당신은 일말의 양심이라도 지니고 있나요? 그러니 세상 어디에서 우리가 제 설 곳을 찾겠어요? 오, 당신에겐 어떤 손해도 없는 일이겠지요! 당신에겐 사람들의 칭찬이 쏟아지겠지만, 우리는 비난만 받는다고요. 우리는 정직한 이름을 잃어버릴 것이고, 마지막 빵 한 조각도 잃어버릴 것이고, 그러면 당신은 아주 기뻐 날뛰겠네요……."

마르타는 이 모든 말을 서둘러 쏟아냈다. 마치 숨을 연거푸 쉬지 않고서도 목소리와 두 눈에서 날카로운 비아냥거림을 내뿜듯.

"당신은 기뻐 날뛰겠네요."

마르타는 불쾌한 웃음을 내비치며 되풀이했다.

"당신이 놀이의 대상으로 기꺼이 선택했던 그 여인이 당신에게 옛날 동화* 하나를 들려주겠어요. 불행하게도, 불행하게도 당신은 시간을 낭비하고 있어요, 그 시간이 당신에겐 즐거움이지만, 그 시간은 우리를 죽인다고요."

이렇게 말한 뒤 마르타는 깜짝 놀란 청년 옆을 지나 대문 뒤로 사라졌다.

그 만물의 주인은 혼자 남게 되자 고개를 숙인 채, 콧수염을 손으로 만지며, 깜짝 놀란 눈길로 땅을 내려다보았다. 그는 오랫동안 그렇게 서 있었다. 그의 얼굴에는 부끄럼과 아쉬움이 남아 있었다. 자신의 실패가 부끄러웠고, 눈앞에서 사라진 그 매력적이고도 반항적이면서도, 바로 그런 반항심으로 인해 더욱더 매력적인 모습을 생각하며 아쉬워했다. 여인의 이글거리는 눈동자, 구름이 낀 이마, 당당하면서도 고통으로 떨고 있던 입술을 생각하며 그

---

* 「아이들과 개구리」라는 동화에서 개구리가 아이들에게 하는 말.

는 뭔가 진지한 느낌을 떠올렸을지도 모른다. 자신이 잘못 행동했구나 하고 느꼈거나, 자신의 의도와는 달리 누군가에게 부당한 행동을 했구나 하고 느꼈을 것이다. 오, 그랬다. 의도와는 달리!

"지금 그 시간이 우리를 죽인다고요." 마르타는 그렇게 말했다.

그게 무슨 생각인가! 자신의 행동으로 누군가는 죽음에 이르게 된다니? 이 세상에서 죽음을 의도한다는 말은 올레시우의 감성 어린 마음에 정말 낯선 것이었다. 연극에 전혀 마음이 끌리지 않았던 그의 생각은 상반되는 것이었다. 그런데 마르타는 무슨 권리로 그에게 그런 말을 하였는가! 그녀의 눈동자에선 어떤 고통의 빛이 번쩍였는가! 그녀는 얼마나 창백하고도 아름다운가! 만약 올레시우가 마르타를…… 마르타의 집까지 함께 갈 수 있었다면, 마르타를 위해서 할 수 있는 일이 있다면, 그래서 마르타를 계속 볼 수 있다면, 마르타에게 용서를 구할 수 있다면, 마르타에게 저지른 부당한 행동에 대해 보상해줄 수 있다면 이 순간 자신이 가진 걱정 없는 행복한 삶의 몇 년을 기꺼이 바치고 싶을 정도였다.

안타깝게도! 그는 그녀의 집이 어딘지 몰랐다. 그는 이마를 찡그린 채 자제력을 잃고서 손가락으로 딸깍 소리를 내보고는, 다시 고개를 들어 마치 화난 것처럼 소리쳤다.

"이제 그녀를 찾을 수가 없구나!"

바로 그 순간 아직 소녀티가 나는 어린 아가씨가 딱 달라붙은 모피를 입고 놀랍도록 우아한 장화 차림으로 거리에서 집으로 급히 오고 있었다. 그 아가씨를 발견한 올레시우의 얼굴 표정이 갑자기 바뀌었다. 그는 서둘러 모자를 벗어 그 예쁘고 키 작은 아가씨에게 인사하고는 웃으며 말했다.

"이렇게 오랜만에 엘레오노로 양을 만나는 행복을 누리게 되네요!"

그 어린 아가씨도 올레시우를 만난 게 불만스럽지는 않은 것 같았다.

"아하! 올레시우 씨는 정말 친절하시네요. 아주 친절하세요! 벌써 한 달 동안이나 아저씨를 우리 곁에서 볼 수 없었지요. 저희 할머니와 고모는 몇 번이나 올레시우 씨가 친절하지 않은 분이라고 했는걸요."

올레시우는 꿈꾸는 듯한 눈으로, 그런 말을 되풀이해 좋알대는 장밋빛 어린 입술의 움직임을 뒤따르고 있었다.

"아가씨!"

그는 말했다.

"내 마음에 이끌려 아가씨 집 앞까지 왔지만, 분별력은 별 도움이 되지 않는군요."

"분별력이라고요! 분별력이 아저씨가 우리 집에 자주 오는 걸 방해한다니 그 이유가 정말 흥미롭군요."

"나는 나의 침착함을 걱정하지요!"

그 만물의 주인은 낮은 소리로 말했다.

어린 아가씨는 머리와 귀까지 빨개졌다.

"저어, 그런 걱정은 마시고 우리에게 오세요. 그렇지 않으면 할머니와 고모가 정말 화를 낼 겁니다."

"그럼 아가씬?"

순간의 침묵. 어린 아가씨의 두 눈은 대문 주변의 바닥에 튀어

나온 못을 내려다보며 말했고, 승리자의 두 눈은 모자 아래 하얀 이마 위로 흘러나와 있는 아가씨의 금빛 머리카락들을 헤아려보고 있었다.

"저는 아저씨를 화나게 하진 않을 거예요."

"오! 그렇다면, 내가 가지요, 내가 꼭 가리다."

어린 아가씨는 마당 안으로 뛰어 들어갔다. 그러나 만물의 주인은 그 아가씨를 따라 마당 안으로 들어갈 용기가 없었다. 좀 전의 가난한 여공과는 다른 일이지만, 사람들이 자주 드나드는 그 집 여사장의 손녀 슈베이츠 양은, 사람들 말로는 약 십만 즈워티의 지참금을 들고 시집갈 거라는데, 그 집 마당을 결혼식도 없이 산책할 수는 없는 일이었다.

도로로 나온 올레시우의 눈앞에 두 여자의 모습이 떠올랐다. 이글거리며 분노하던 눈빛의 가난한 여직공과 하얀 이마 주변에 금빛의 작은 머리카락을 한 예쁜 아가씨. 둘 중 누가 더 아름답고 더 매력적인지 판단하기가 힘들었다. '그 여인은,' 그는 생각했다. '자신만만하고 활기 있는 여신인데, 이 여인은 아주 매력적이고 어린 여신이구나. 어느 쪽이 진실인지는 학자들이나 알아보라지.' 자연이라는 이 위대한 왕국에는 풍부함이란 셀 수 없을 만큼 많기도 하다! 뉘앙스도 많고, 종류도 많다! 선택의 기로에 서면 머리가 어지럽고 마음이 무너져 내리는데, 더구나 무엇을 선택해야 하지? **무엇이든 좋아요. 낡고 추한 것만 빼고는!**

남자여! 불쌍한 솜털이여! 그대 바람 같은 마음의 존재여!

*

그러면 마르타는?

강력한 흥분의 순간이 지나가고 마르타는 다시 사소한 계산에 빠졌다. 마르타는 서점 주인에게서 받은 육 루블을 이제까지 밀린 빚을 갚느라 썼고, 동시에 두 주일간 더 그 다락방에서 지낼 권리를 얻는 일에 썼다.

"댁은 아직 가구 비용을 지불하지 않았소."

관리인은 마르타가 주는 돈을 받으면서 말했다.

"그건 가져가세요. 사용료를 지불할 수 없으니."

같은 건물 이 층에 사는 마음씨 좋은 부부에게 부엌이나 현관에 두는 탁자, 의자 몇 개, 침대가 필요했다. 저녁에 이 가구들은 이미 마르타의 방에 없었다. 그녀는 바닥에 남은 침구를 깔고는 빈 벽난로 앞에 앉았다. 맞은 편에는 얀치아가 앉아 있었다. 엄마는 꼼짝없이 굳은 모습이고, 아이는 추위와 고통으로 웅크리며 떨고 있었다. 저녁을 알리는 노을과 함께 삭막한 방의 무거운 침묵이 둘러싸고 있는 창백한 두 얼굴에는 우울한 모습이 역력했다. 그것은 참담한 광경이었으나 또한 신비감도 불러일으켰다. 불행한 두 인생이 그곳 어두컴컴한 난로의 냉기 앞에 앉아 있었다. 이 두 사람의 끝은 어찌 될 것인가?

얀치아는 그날 밤 뒤척거리며 여러 번 깼다. 어제까지만 하더라도 아이는 낮에는 자주 울긴 해도 밤에는 푹 잤다. 하지만 그날 저녁, 아이의 마지막 놀잇감이었던 낡은 의자 두 개마저 사람들이 가져가버렸다. 아이는 혼자 있을 때 함께 놀아주었던 의자들이 최고로 좋은 친구들인 양 애석해했다. 얀치아는 그 친구들에게 배고픔이나 추위에 대해서 착한 아이의 본능에 따라 엄마에게 말하지 않았던, 안토니오와 아줌마가 자신을 때린 것에 대해서도 조용히 이야기했었다. 아이는 자기가 좋아했던 절름발이 낡은 의자들을 사람들이 가져가는 걸 보고는 금방 울음을 터뜨렸다. 나중에는 바닥에 앉아 자신과 오랜 시간을 같이했던 마호가니 침대를 생각하는 것 같았다. 침대는 아이가 그 색깔들을 구별하며 아름다움에 감탄할 줄 아는 다양한 색깔의 줄무늬 자수침대보가 덮여 있었고, 화랑 그림으로 둘러싸여 있던 것이었다.

벌써 자정이 되었나 보다. 아이는 작은 깔개 위에 누워, 잠을 자면서도 때로는 한숨을 쉬고, 때로는 울먹이기도 했다. 마르타는 어둠에 묻혀 난로 옆의 바닥에 그대로 앉아 심한 자책감에 휩싸였다.

마르타는 지금 슈베이츠 부인에게 저지른 자신의 행동을 통렬히 비난하고 있었다. 왜 모욕받는 걸 잠시도 참지 못하고 격하게 자존심을 내세웠던가? 왜 그래도 조금의 가능성이, 뭔가 벌어들일 가능성이 있던 그 장소를 뛰쳐나왔는가? 사람들이 마르타의 얼굴에 던진 그 모욕이 의심의 여지없이 크고 심한 상처를 준 것은 사실이지만, 그것으로 인해서 따라온 것은 무엇인가? 마르타 처지에 누군가의 눈앞으로 검고 단단하고 달지도 않은 빵 조각을 던질 권리가 있는가? 경멸할 만한 상황에서 벗어나려고 뭔가를 할 능력이 없는 것과 동시에 그런 상황이 주는 아픔을, 모욕을, 인내심을 참을 능력이 없다는 건 이 얼마나 불일치인가. 무능함을 착취하는 그 여인의 손에 마르타 자신이 지닌 무능함을 다 주어버리고, 그러면서 그 여인에게서 존경과 정의로움을 요구한다고? 이 얼마나 어리석은 생각인가.

'이러면 안 돼.' 마르타는 생각했다. '둘 중 한 쪽을 선택하지 않으면 안 돼. 이 세상에서 힘과 자존심이 강한 쪽이 되거나, 아니면 나약하고 비천한 쪽이 되거나. 자신의 위엄을 지키며 보호할 만한 능력을 지니고 있거나, 아니면 그런 위엄에 대한 일체의 가식을 거부하거나. 나는 나약하다. 따라서 비천하게 살아가야 한다. 나는 내 힘으로 사람들에게 존경받는 위치까지 올라갈 수 없어. 따라서 나는 나에 대한 존경심을 요구하지 말아야 해. 그리고 더욱이, 사람들이 무엇 때문에 나를 존중해야 하지? 나는 내 자신을 정말 존중했나? 내가 저 아이에게 의지가 되어주고, 저 아이를 보호해야 했지만, 결국 아무것도 해준 게 없는데, 내가 저 아이를 부끄러움이나 양심의 가책 없이 바라볼 수 있는가? 돌보아주지 않는 양(羊)에게 하는 것처럼 부정직한 손 앞에 고개 숙여, 나의 노력과 이마의 땀으로 그 부당한 손을 가진 사람과 그 자식들을 위해 재산 모으는 것을 허용하고 요청한다면, 나는 그 일을 정말 부끄럽지 않게 생각하겠는가? 더구나 세상 사람들은 나를 어떻게 생각하는가? 어떤 사람은 내가 일을 하지 못하게 했어. 왜냐하면 그 일이 맞지 않아서. 다른 사람은 처음부터 내가 일하는 걸 받아주지 않았어. 그 일이 적당한 일이 아니라는 확신까지 심어주면서…… 또 다른 사람은 부당하게도 내 일에서 착취를 했어. 또 마지막 사람은 나를 명예와 도덕심을 가진 평등한 인간으로 보지 않고, 돈을 주면 살 수 있는 못생기지 않은 여자로만 보았지. 그럼 내가 사람들로부터 얻을 수 없는 것을, 더구나 내 자신에게서 얻을 수 없는 것을 세상 사람들이 나에게 주기를 거부하는데, 나는 왜 슈베이츠 부인에게 그걸 달라고 요구했던 거지?'

겨울날의 회색 여명에 밤은 자리를 양보했다. 마르타는 여전히 같은 장소에 두 손으로 머리를 감싸고 팔꿈치를 무릎에 괸 채 앉아 있었다. 그녀는 지금 비참하고 비천한 자신을 느끼고, 어제까지만 해도 자신이 인간의 존엄성에 대한 뭔가 가식적인 모습을 갖고 있었다는 생각에 스스로 웃음을 내보였다. 마르타는 자신의 비천함에 대해 놀라거나 자신에게 모욕을 주는 사람의 손에 대항한 불평 같은 건 이젠 다시 하지 않으리라고 굳게 다짐했다.

다락방 안으로 아침의 빛이 들어옴과 동시에 일상 생활에 필요한 모든 것이 생각났다. 마르타는 호주머니에서 즐로티 1장을 끄집어냈다. 그것이 그녀가 가진 돈의 전부였다. 어떤 수입도 더는 없다.

'나는 일자리를 부탁하러 가야 돼!'

마르타는 생각이 났다.

마르타는 시내로 나와 지난번 그 서점으로 갔다. 그녀에게 한 번은 일거리를 주고, 또 한 번은 적선을 했던 그 동정심 많은 사람을 만나기 위해서였다.

서점 출입문을 열면서 마르타는 자신에게서 뭔가 놀라움을 느꼈다. 집을 나서기 전에는 자신이 이 문턱을 무척 어렵사리 넘을 것이고, 며칠 전처럼 자신이 부탁하는 말을 꺼내기도 전에 부끄러워 얼굴이 붉어지고, 말도 잘 못할 거라고 생각했다. 그런데 아니었다. 서점 주인과 눈길이 부딪혔을 때, 그녀의 심장은 세게 뛰지도 않았고 이마엔 홍조도 보이지 않았다.

서점 주인은 이전처럼 책상 뒤에 서서 한 무더기의 기록지와 계산서를 보며 몸을 조금 숙이고 있었다. 종소리를 듣고 그가 얼굴을 들었지만, 그의 이마는 지난번보다 좀 덜 맑았고, 두 눈에는 뭔가 동요나 슬픔을 읽을 수 있었다. 아마 뭔가 그를 당황하게 했거나 괴롭히고 있는 것 같았다. 기대했던 사업에서 실패했을까 아니면 가족이나 친구들 중에 누가 아파 괴로워하고 있는 걸까? 그는 자신이 지금까지 열중하던 일에 대한 생각을 어렵게 마무리하고는 출입문을 들어서는 여인에게 이전보다 맑지도 착하지도 친절하지도 않은 눈길을 보냈다. 며칠 전 같았으면 그녀는 그냥 돌아서 나왔거나 자리를 피했거나 적어도 방문의 목적을 숨겼겠지만, 지금은 책상으로 다가가 서점 주인과 인사한 뒤에 말을 시작했다.

"선생님께서 지난 번 제게 조언해주시고 선물까지 주셔서 정말 고마웠습니다. 그 때문에 오늘 다시 찾아뵙게 되었습니다."

"무엇을 도와드릴까요?"

서점 주인은 친절하게 말했지만, 처음보다 더 차가워진 듯했다. 그의 산만한 눈동자는 계속 탁자에 놓여 있는 서류에 가 있었다.

"저는 하루에 사십 그로시를 버는 재봉소 일자리마저 잃어버렸습니다. 제가 일할 적당한 자리를 혹시 모르시는가 해서 왔습니다……."

서점 주인은 두 눈을 내리깔며 잠시 말없이 서 있었다. 그는 처음에는 당황한 표정이었지만, 지금은 뭔가 혼란스러워 안절부절하게 된 듯했다.

"하!"

그는 두 손으로 애석함을 나타내는 제스처를 해 보이면서 말했다.

"어떻게 하지요, 부인. 뭘 할 줄 아셔야…… 반드시 뭐라도 할 능력이 있어야 하는데."

그는 자신의 생각을 끝까지 말하지 않고 입을 다물었다. 마르타는 머리에 썼던 수건 끝부분을 두 손으로 눌렀다.

"그러면," 그녀는 잠시 후 말했다.

"그럼 다른 방도는 없는지요?"

마르타는 서점 주인이 두 눈을 들어 자신을 유심히 바라보게끔 그 말을 했다. 그녀의 목소리는 짧고 좀 날카로웠으며, 쑥 들어간 눈은 며칠 전처럼 조용하고 꿰뚫어보는 듯한 간청과 고통의 빛이 아니라 볼멘, 성난 것을 참는 불빛으로 타오르고 있었다. 그녀를 쳐다보고 그녀의 목소리를 들어본 사람이라면 그녀의 영혼이 겪고 있는 고통은 마주 서 있는 서점 주인에게도 일부 책임이 있다는 듯한, 그런 슬픔을 안고 있음을 알 수 있을 것이다.

서점 주인은 잠시 생각했다.

"슬픈 일이군요."

그가 말했다.

"제가 알고 지내며 존경했던 분의 부인을 이런 처지에서 뵙게 되니 마음이 아주 아픕니다. 제가 보기엔 부인도 아직 뭔가를 할 수는 있습니다…… 새로운 시도가 되겠습니다만, 제가 잘 아는 르제트코브스키 부부가 바로 지금 사람을 구하고 있어요…… 그 일에…… 방을 청소하는 일에…… 부인이 관심이 있으시다면……."

"그걸 제게 알려주십시오."

마르타는 깊이 생각도 하지 않고 재빨리 말했다.

"그렇다면 제가 르제트코브스키 부부께 몇 자 써드리겠습니다. 원하신다면, 제 명함을 갖고 그분들께 가보십시오."

"꼭 가보겠습니다."

마르타가 말했다.

서점 주인은 재빨리 종이 한 장에 열 몇 낱말을 쓰고는 기다리고 서 있던 여인에게 주었다. 그는 서둘렀다. 동요와 슬픔에 잠긴 듯한 그는 편지를 건네고는 곧장 인사하듯 고개를 숙였다. 명백한 작별인사였으며, '나는 시간이 없고, 더 이상 아무것도 해 줄 수 없다!'는 뜻인 듯했다. 마르타는 서점을 나왔다. 손에 쥐고 있는 편지는 밀봉이 되지 않았다. 그녀는 두 겹으로 접힌 종이 한 장을 펴서 여러 번 돌려보았다. 종이에서 뭔가를 찾는 것 같았다. 실제 그녀의 머릿속에는, 며칠 전 원고 안에 넣었던 것과 똑같은 방식으로, 서점 주인이 이번에도 자신을 위해 뭔가를 넣어두었을지도 모른다는 생각을 하고 있었다. 하지만 안에는 아무것도 없었다. 마르타는 생각했다. '아무것도 주지 않다니, 아쉽군!'

서점 주인은 매우 착한 사람이었으며 자비로운 손을 갖고 있었다. 그러나 그 자비로운 손도, 그 손을 필요로 하는 사람들에게는, 언제나 같은 기분이 아니라는 불편함이 있었다. 가장 착한 사람조차도 매순간 똑같은 선행을 실천할 수는 없는 법이다. 선행이란 매일매일의 빵을 위해 살아가야 하는 영혼에게는 일종의 사치다. 자비로운 손도 자신의 생계를 위해 일할 때는 자선을 베푸는 데 큰 관심이 없다.

아, 이 얼마나 큰 변화인가. 몇 달 전 마르타가 처음 동냥을 받았을 때는 부끄러움의 고통으로 몸서리쳤지만, 지금은 그 동냥조차도 받지 못해 애석해 하고 있다.

마르타는 손에 들고 있는 편지의 주소를 바라보았다. 그리고 스비에토-크르주스카 거리로 방향을 잡았다. 몇 분 뒤 그녀는 넓고도 잘 갖추어진 주택의 부엌에 가 있었다. 그녀는 그곳에서 가정부를 만나 서점 주인에게서 받은 편지를 전해주었다. 가정부가 안으로 들어가고, 마르타는 나무벤치에 약 십 분 동안 앉아 있었다. 아마 르제트코브스키 부부는 심사숙고하거나 의견을 조정하는 중이리라! 십 분이 지난 뒤 부엌으로 우아한 외모와 부유함을 보여주는 차림의 중년 여자가 들어섰다. 부인은 서점 주인의 편지를 손에 들고 있었다. 부인은 자신을 발견하고는 일어서는 마르타에게로 다가가 몇 분간 마르타를 주의 깊게 살펴보았다.

"미안합니다, 부인."

좀 정리되지 않은 목소리로 그 안주인은 말했다.

"며칠 전만 해도 우리는 하녀 한 사람을 찾고 있었는데, 지금은 소용이 없어졌네요…… 참 안타깝습니다…… 죄송합니다."

그 말을 하고 나서 중년 부인은 하녀가 되려고 찾아오는 다른 사람들에게 대하는 것보다 더욱 친절하게 자기 앞에 서 있는 여인에게 작별인사를 했다. 그러고는 부엌을 나가버렸다.

부인이 들어간 방에는 입에 파이프를 물고 머리가 희끗한 남자가 앉아 있었고, 젊은 두 딸이 창가에서 자수를 놓고 있었다.

"그렇다면?"

중년의 남자가 물었다.

"그 여자를 채용하지 않았소?"

"당연히 쓸 수 없지요. 남편이 공무원이었던 과부던데요……
그 여인은 틀림없이 뭔가 특별한 요구사항이 있을 거예요……
몸도 연약하고 가늘어…… 어떻게 그런 여자가 방을 쓸고 온종
일 다림질하며 서 있을 수 있겠어요. 그 여자는 빨래도, 다림질도
못할 거예요. 우리가 그 여자와 함께 있으면 힘만 더 들 거라고
요. 분명해요."

"정말 그렇겠네,"

부인의 남편이 말했다.

"하지만 그 여자를 빈손으로 돌려 보냈다니 애석하군. 아마 그
여자가 당신이 말한 대로 연약하다면, 아주 가난할 거요. 그러니
까 공무원 남편과 사별한 부인이 하녀 일이라도 해보고자 했을
텐데. 사람은 그래도 부딪혀보아야 되니까……"

"하지만 여보, 라우렌찌오 씨는 그 여자에게 아이도 하나 있다
고 썼다고요! 모든 점은 차치한다 해도, 우리가 아이 딸린 하녀를
받아들일 수 있겠어요?"

"정말, 그건 그렇지! 아이가 딸리면 곤란하지. 그건 너무 비싸고
힘만 들지요…… 그 아이가 어떤 아이인지는 하느님이 아실 테지
만…… 하지만 그 여인을 라우렌찌오 씨가 추천했는데…… 빈손
으로 보내면 우리가 마음도 없는 사람들이라고 여겨질 수도 있
고, 그 때문에 그 친구가 모욕을 당했다고 생각할까 걱정되는군."

"그럼 그 여인에게 뭘 좀 주면 되겠네요. 내가 늘 관심을 가져야
하고…… 때론 낯선 아이를 내 집에 들여놓는다는 게 당황스럽기
도 할 거고…… 그렇게 하는 것보다야 일 루블이라도 쥐어 보내

284

는 것이 더 낫겠어요……."

계단을 나서는 마르타는 뒤에서 빠른 발걸음 소리와 그녀를 연
거푸 부르는 소리를 들었다.

"부인! 부인!"

마르타가 뒤를 돌아보자 따뜻하게 보이는 재킷을 잘 차려 입은
아름답고 젊은 아가씨가 자신을 향해 달려오고 있었다.

"부인," 젊은 아가씨가 과부 앞에 서서 말했다.

"저희 어머니께서 부인께 미안한 마음을 전해달라고 하셨어요.
부인은 친절히도 저희 집을 방문하셨지만, 안타깝게도…… 오늘
은 날씨도 이렇게 추운데, 저희 집에 다녀가시느라 피곤하셨지
요…… 저희 어머니께서 매우 죄송하다는 말씀을 전하라고 하셨
어요."

그녀는 아주 빠르고 두서없이 그렇게 말했다. 그 마지막 말에
서 아가씨는 좀 주저하는 몸짓으로 일 루블짜리 지폐를 든 손을
내밀었다. 마르타는 일 초간 머뭇거리다가 아름다운 아가씨의 손
에서 살랑거리는 지폐를 받아 쥐면서 고맙다는 말을 남기고 떠났
다. 집으로 돌아오면서 그녀는 땔감 한 다발, 검은 빵, 질이 좋지
않은 밀가루, 우유를 조금 샀다. 빵은 자신이 먹을 양식이고, 우
유와 밀가루는 아이의 먹거리였다.

마르타는 그날 더 이상 시내로 가지 않았다. 그녀는 우유와 밀
가루로 음식을 만들어 사기 접시에 담고 그 접시 앞에 얀치아를
앉혔다.

그러나 딸은 많이 먹지 못했다. 아이는 말이 없었고 이상하리만

큼 진지했다. 마르타는 아이의 머리가 아주 무거운 것을 알아챘다. 왜냐하면 아이가 계속 머리에 가냘픈 손을 기대고는 바닥의 어머니 옆에 앉기 때문이었다. 아이는 어머니의 무릎에 누워 힘들고도 긴 잠에 빠져들었다.

다음 날 마르타는 아침 햇살에 비친 아이의 얼굴을 쳐다보고는 걱정이 되었다. 얀치아는 어제보다 더 창백했다. 쑥 들어가고 푸른 테두리가 진 눈은 아무 말을 하지 않고 있는 것 같았지만, 마음을 꿰뚫는 불평이 흐르고 있었다. 젊은 여인은 창가로 몸을 돌려, 경련을 일으키며 두 손을 꽉 쥐었다. '내가 저 아이를 좀 더 안락하게 해주지 못하면, 저 아이는 병이 들 거야…… 더 안락한 생활이라, 이 얼마나 미친 생각인가! 이삼 일 뒤에는 이 방에 불을 지필 수도 없고, 저 아이에게 따뜻한 음식을 만들어줄 수도 없는데.'

"후우!" 잠시 후 그녀는 결심했다.

"아무것도 할 수 없는 처지가 되어버렸구나! 슈베이츠 부인에게 가서 용서라도 빌어야겠다!"

마르타는 흐레타 거리로 갔다. 어두컴컴한 작업장의 문을 열면서 그녀는 서점에 들어갈 때보다도 더 자신에 대해 놀랐다. 그녀는 좀 부끄러웠지만 며칠 전 스스로 뛰쳐나온 이곳에 다시 받아들여질 수 있었으면 하는 기대와 비교하면 그런 부끄러움은 아무것도 아니었다.

슈베이츠 부인은 마르타를 보고도 전혀 놀라워하지 않았다. 진지한 귀부인의 입술에서 재빨리 웃음이 새어나왔고, 여사장의 두 눈은 안경 뒤에서 날카롭게 빛났다. 여직공들은 고개를 들어 작업장으로 들어서는 여인을 보았지만, 더러는 호기심을 보였고 더러는 아니꼬운 듯한 눈길이었다. 스무 쌍 이상의 눈이 일제히 마르타를 향하자 마르타는 두 뺨과 이마가 화끈거렸다. 그것은 극도의 고통이었지만, 고통은 일 초도 지속되지 않았다. 재봉소 여사장과 그녀의 딸은 린넨 자르는 일을 중단했다. 아마 그들은 이전의 직공이었던 사람의 첫 말을 듣고 싶어 기다리는 듯했다.

"사장님!"

마르타가 슈베이츠 부인에게 말했다.

"이틀 전에는 제가 격정적이었고 마음이 여렸습니다…… 저는 사장님이 하신 말씀에 모욕을 느껴 불친절하게 대꾸를 했습니다. 저를 용서해주십시오. 가능하다면…… 사장님 곁에서 다시 일했으면 합니다."

슈베이츠 부인의 얼굴에는 이전의 놀라움의 표정도, 오늘의 승리의 표정도 보이지 않았다. 정반대로, 그녀는 달콤한 웃음을 지으며 친절하게 고개를 흔들었다.

"오, 스비츠카 부인!"

그녀는 달콤한 목소리로 말했다.

"나는 화를 내지 않습니다…… 그리고 불손한 말을 듣는 거야 뭐 그리 중요하지 않지요, 오, 하느님…… 듣기 싫은 소리를 듣는 게 뭐 그리 중요합니까. 우리의 구주께서는 아침저녁으로 이렇게 되풀이하도록 명하셨지요. '그리고 우리가 또한 용서하듯이, 우리의 빚을 우리에게 용서하라!' 내가 만일 스비츠카 부인의 말에 화를 냈다면, 하느님의 말씀에 거역하거나 반발한 거나 마찬가지지요. 하지만 스비츠카 부인을 내 일터로 다시 받아들일 수는 없답니다. 아주 애석하게도 그렇게는 정말 할 수 없어요. 왜냐하면 스비츠카 부인이 일하던 자리에 어제부터 새 여직공을 쓰고 있으니까요……."

마지막 말을 하면서 여사장은 마르타가 전에 앉아 있던 자리에 앉아 있는 젊은 여자를 가리켰다.

"우리 작업장은, 하느님 덕분에, 가장 좋은 명성을 누리고 있답니다…… 그 밖에도 우리는 일하는 사람의 힘을 잔인하게 황폐시키고 피를 흘리게 하는 그런 기계를 사용하지 않아요. 그 때문에 여직공들이 우리에게 찾아오지요, 그것도 아주 많은 직공들이. 정말 시끄러울 정도예요. 매일 두세 명이 일자리를 물어 옵니다. 직공들은, 하느님 덕분에, 부족하지 않아요. 전혀 부족하지 않아요. 더불어 여직공들을 너무 많이 받아들이진 못해요. 왜냐하면 나나 제 딸이 그렇게 많은 일을 해낼 수가 없기 때문이지요. 따라서 우리가 충분한 직공을 확보하고 있는 지금은 숫자가 넘치기조차 해서, 스비츠카 부인의 일자리는……."

"그래도, 엄마, 스비츠카 부인이 할 수 있는 일거리는 있을 텐데요."

못생긴 딸이 어머니에게 몸을 숙이며 속삭였다.

몇 분 전부터 그 딸은 마르타를 유심히 그리고 호기심 어린 눈길로 바라보고 있었다. 그 딸의 작고 곁눈질하는 두 눈에는 동정 같은 것이 들어 있었다. 그러나 슈베이츠 부인은 어깨를 으쓱했다.

"안 돼."

여사장은 말했다.

"우리는 일거리가 그렇게 많지 않아, 일거리가 많지 않아! 제 발로 떠난 스비츠카 부인을 받아주면 어제 들어온 소피아 양을 되돌려 보내야 한단 말이다."

이 말을 듣고, 마르타의 이전 자리에 와 있던 여자가 맡은 일을 하다가 고개를 들어, 걱정이 되는 듯 여사장을 쳐다보았다.

"이제 더 이상 저를 안 쓰신다고요?"

마르타가 물었다.

"아무 희망도 가질 수 없습니까?"

"아무 희망도, 스비츠카 부인, 아무 희망도요. 아주 애석하지만, 그 자리는 이미 다 찼어요…… 할 수 없답니다."

마르타는 눈에 뜨일락 말락 할 정도로 고개를 숙이고 작업장을 빠져나왔다. 그녀는 아주 작은 속삭임과, 여전히 낮은 웃음소리가 뒤섞인 작은 술렁거림을 뒤에서 느꼈다. 그 술렁거림에서 마르타 자신이 스무 명 이상의 사람들에게 조롱의 대상이거나 아니면 아무 도움도 되지 않는 동정의 대상임을 알아차렸다. 그리고 다시 마르타는 가슴과 이마에 격정을 느꼈다. 하지만 그녀가 대로에 나섰을 때는 곧 오직 한 가지 생각에만 휩싸이기 시작했다. '빈손으로 되돌아갈 수는 없는데! 오늘은 꼭 방을 따뜻하게 데워야 하고, 아이를 위해 내일 뭔가 고기 건더기라도 있는 음식을 마련해야 하는데…… 그렇지 않으면…… 그 아이는 병이 날 거야…….' 그녀는 한동안 자신이 어디로 가는지 모르는 것처럼 오른쪽으로 갔다가, 왼쪽으로 갔다가, 이젠 고개를 숙인 채 인도 한가운데 서서 잠시 골똘히 생각에 잠겼다. 그러고는 갈 곳을 정해서 들루가 거리를 향해 곧장 앞으로 나아갔다. 그녀는 걸으면서 전문 상점들의 창문 너머로 보이는 전시물을 유심히 보았다. 그녀는 그중 한 곳에 멈춰 섰다. 금은방이었다. 상점은 그렇게 넓지도 않고, 그렇게 우아하지도 않았다. 아마 이런 곳을 찾았던 것 같았다. 그녀는 잠시 생각에 잠기더니 몇 개의 계단 위에 보이는 유리 출입문을 열었다. 상점의 외관에 그녀는 속은 듯했다. 겉보기처럼 그렇게 초라하지 않았다. 보기와는 반대로 충분히 넓은 공간에는 금과 값비싼 보석들이 보였다. 하지만 의도적으로 진열을 제대로 하지 않은 것은 실제로 많은 보석을 행인들에게 보여주지 않으려는 심산인 듯했다. 상점의 외관이 단조롭게 보이는 것이 상점 주인의 의도 때문이라는 것은, 그 주인이 조수들과 또 필시 배우는 사람들임이 분명한 훈련생들의 중간에서 얼마나 독자적으로 일하고 있는가를 보면 누구나 확실히 추측해낼 수 있었다. 주인은 키가 크지 않지만, 얼굴은 홍조를 띠고, 머리는 희끗희끗하였으며, 마음씨 고운 웃음을 머금고, 갈색의 작은 두 눈에는 대단한 재치가 흐르는 사람이었다. 들어오는 여자 손님을 본 그는 자리에서 일어나 친절하게 무엇을 원하는지 물었다.

"실례합니다만, 제가 잘못 보지 않았다면," 마르타가 말했다.

"혹시 제 금붙이를 하나 사실 수 없는가 해서 들렀습니다."

"그럼요, 부인. 왜 아니겠습니까?"

재치 있고 빛나는 눈을 가진 금은방 주인이 대답했다.

"어떤 물건입니까?"

잠시 아무 대답이 없었다. 마르타는 눈길을 바닥으로 둔 채 상점의 중앙에 서 있었다. 대리석만큼이나 창백한 그녀의 얼굴은 굳어 있었고, 긴장한 듯 보였다. 그녀는 자기 마음과의 대화를 끝내고서 그 대화의 마지막 말을, 뭔가 아주 어려운 결론에 도달한 것을 표현하고자 하는 말을 막 하려는 것 같았다.

"그래, 그 물건이 뭡니까?"

금은방 주인은 다시 묻고는 멈추었던 일에 성급히 눈길을 돌렸다.

"결혼 반지입니다."

여인이 말했다.

"결혼 반지라고요?"

금은방 주인은 천천히 말했다.

"결혼 반지래."

보석상의 조수들이 고개를 들며 작은 소리로 중얼거렸다.

"결혼 반지예요."

마르타는 다시 한 번 말하고는 볼품없는 수건 아래 두었던 차가운 손을 내밀어 앙상한 손가락에서 금반지를 뺐냈다. 동시에 그녀의 두 발은 후들거렸고, 곧 기절할 사람처럼, 무의식적으로 자신이 기댈 만한 곳을 찾고 있었다.

"앉으십시오, 부인, 앉으세요!"

마음씨 고운 웃음이 완전히 사라진 금은방 주인의 입술에서 외치는 소리가 들렸다. 조수들 가운데 한 사람이 등받이 없는 의자를 내주었다. 그러나 마르타는 앉지 않았다. 마르타는 가난으로 점철된 삶의 가장 힘든 순간, 가장 힘든 때를 경험하고 있었다. 그녀가 손가락에서 금반지를 뺄 때, 이 땅에서 자신을 사랑했던 유일한 사람과, 그 잊을 수 없이 행복했던 과거와도 다시 한 번 영원히 이별하는 것 같았다. 그녀의 심장은 경련을 일으키듯 죄여왔고 그녀의 머리는 혼돈스러웠다.

하지만 마르타는 그 순간도 견뎌냈다. 그녀는 미끄러져 내려가고 있는 자의식을 온 의지력으로 되찾고는 금은방 주인에게 반지를 주었다.

"꼭 이렇게 하셔야 합니까? 하느님, 꼭 필요한 일입니까?"

금은방 주인은 동정의 어조로 물었다.

"꼭 필요합니다."

여인은 짧고도 메마르게 대답했다.

"하! 그러시면 다른 곳에 파시는 것보다는 제게 파시는 것이 나을 겁니다. 부인께서는 적어도 제 값을 받으실 겁니다."

이 말을 하고 나서 그는 금은보석들의 진열장으로 가려진 탁자 뒤로 가 반지를 작은 구리 저울 위에 놓았다. 두 금속이 서로 부딪히면서 맑고도 여운이 남는 소리를 냈다.

"금이 좋군요."

보석상이 말했다.

마르타는 평형을 유지하는 저울에서 눈을 뗐다. 그 순간 그녀의 눈길은 지금까지 전혀 주의하여 보지 않았던 광경에 강하게 사로잡혔다. 그것은 아주 간단한 광경이었다. 길이가 긴 탁자의 양 옆으로 15세에서 25세가량의 청년 다섯이 손에 오밀조밀한 기구들을 들고 앉아 있었다. 그들 중 일부는 다양한 크기의 값비싼 보석들을 깎아 세공하고, 다른 사람들은 쇠로 만든 삼각대 위의 작은 불꽃에 금을 녹이고 있었다. 또 다른 한 사람은 체인이나 팔찌, 브로치, 반지, 호주머니용 시계 뚜껑, 그리고 이와 유사한 값비싼 물건들의 모형을 그리고 있었다. 마르타는 긴 탁자 위에서 움직이고 있는 손들을 긴장하며 차례로 바라보았다. 들어설 때는 완전히 풀이 죽어 있던 그녀의 두 눈에 강력한 불꽃이 번쩍거리기 시작했다. 그녀의 두 눈에서 호기심이 발동하고 욕망이 꿈틀거렸다. 이러한 눈길이 몇 분 동안 계속되면서 그녀는, 다른 사람이라면 보석세공에 대해 많은 시간이 걸려야만 이해할 수 있는 것을 세밀하게 파악하면서 세공기법의 핵심과 성질을 단번에 잘 이해했다.

"보십시오, 부인," 탁자 뒤에서 금은방 주인이 말했다.

"부인의 반지는 삼 루블 반의 가치가 있습니다."

그 말을 듣고 나서 마르타는 일하는 사람들에게서 얼굴을 돌려 금은방 주인이 서 있는 탁자로 서둘러 다가갔다.

"사장님!"

그녀는 말했다.

"이 사람들은 정말 사장님의 조수들입니까?"

"예, 부인,"

갑작스러운 질문에 좀 놀란 주인이 말했다.

"그리고 당연히 사장님의 훈련생이군요."

마르타는 자신의 앞에 서 있는 사람의 얼굴을 번쩍이는 눈길로 깊게 꿰뚫어 보고 있었다.

"사장님, 저를 사장님의 제자나 조수로 써보실 생각은 없으세요?"

주인의 작은 두 눈이 휘둥그레졌다.

"부인을요? 부인을 말씀입니까?"

그는 더듬거렸다.

"어떻게요…… 왜요…… 하지만…….''

"예, 저를," 여인은 재빨리 대답했다.

"저는 지금 살아갈 방법이 전혀 없습니다…… 보석 계통의 일은 저도 해낼 자신이 있습니다. 정말, 이 일은 제가 자신 있게 잘해낼 수 있을 것 같습니다. 왜냐하면 이 일은 수준 높은 취향이 있어야 할 것이고, 저도 한때 이 일에 관심을 가져본 적이 있었거든요…… 처음에는 사장님께서 가르쳐주셔야겠지만, 그것도 솔직히 오래 걸리진 않을 겁니다…… 제가 아주 성실히 그리고 만족스럽게 잘할 거라고 보장합니다…… 더구나 저는 아주 적은 급료도 얼마든지…… 얼마든지 받아들일 수 있습니다.''

금은방 주인은 더 이상 놀라지 않았다. 그는 자신에게 결혼 반지를 팔러 온 이 여인이 무엇을 필요로 하는지 벌써 이해했다. 그렇지만 그의 좁은 이마는 아주 찡그려져 있고 활기찼던 두 눈도 혼돈을 보여주고 있었다.

"보세요, 부인.''

그가 말을 시작했다.

"사실 제 가게에 훈련생들은 없습니다. 이 사람들은 이미 훈련을 받았고, 교육을 받은 사람들입니다…….''

마르타는 일꾼들이 앉아 있는 탁자를 쳐다보았다. 일꾼들 중에 한 사람, 즉 그림을 그리던 사람이 막 자리에서 일어나 옆방으로 나갔다.

"제가 그림을 잘 그립니다.''

마르타가 말했다.

"그것은," 그녀가 재빨리 말을 고쳤다.

"제가 보석 관련 일에 필요한 모형을 만들 만큼 그림을 그릴 줄 안다는 말입니다."

빠르고 열정적으로 말하면서, 마르타는 긴 탁자로 가서는 방금 보석을 그리던 사람이 앉았던 자리에 앉았다. 탁자에서 일을 하던 젊은 사람들이 의자를 조금씩 움직여 하던 일을 중단하고, 중간에 앉아 있는 여인을 놀라움과 동시에 의아하게 바라보았다. 금은방 주인은 의아함은 없었지만, 깜짝 놀라 그녀를 바라보았다. 그녀는 아무것도 주의하지 않았고, 아무것도 보지 않았다. 그녀는 연필을 쥐고 바로 앞에 놓여 있는 종이 한 장에 그림을 그려 나가기 시작했다. 절대적 침묵이 감돌았다. 여인의 숙인 얼굴에는 연한 홍조가 보였고, 그녀의 가슴은 천천히, 그리고 깊이 숨을 쉬었으며, 확고한 동작을 하는 손은 한 치의 떨림도 없이 종이 위에 섬세하고 짧은 윤곽이나 다시 손질한 윤곽을 만들어냈다.

조금 전에 옆방으로 나갔던 사람이 다시 상점으로 들어오다가, 자신의 자리에 다른 사람이 앉아 있는 것을 보고는 문턱에서 멈추어 섰다. 그 사람은 약 스물세 살의 남자로, 곱슬머리에 매끈하고 작은 콧수염이 나 있었으며, 신경을 좀 쓴 듯한 옷을 입고 있었다. 그는 양 손을 호주머니에 넣고, 벽 한 모퉁이에 편안한 마음으로 기대어 서서 입가에 웃음을 머금은 채 동료들과 눈짓을 교환했다.

"하지만, 부인……"

인내심이 없는 금은방 주인은 말했다.

"조금만, 조금만요."

마르타는 자신의 일에서 눈을 떼지 않고 대답했다.

잠시 후 마르타는 자리에서 일어나 자신이 그린 그림을 그 주인에게 보여주었다.

"이것은 팔찌 모형입니다."

그녀가 말했다.

주인은 그림을 아주 유심히 관찰했다. 아주 잘 그려져 있었다. 잘려진 나뭇가지 두 개가 휘감고 있으며 둥글고 평평한 고리로 끼워진, 넓고 아름다운 나뭇잎 모양의 왕관을 나타내고 있었다. 이 팔찌 모형은 그러한 물건들이 갖는 두 가지 훌륭한 점을 갖추고 있었다. 단순함과 우아함.

"아름답군요! 아무도 부정하지 않을 겁니다! 매우 아름다워요!"

금은방 주인은 양쪽으로 고개를 숙이고 흔들면서, 만족해하는, 유능한 사람의 얼굴로 그림을 바라보며 말했다.

"아름답군요! 매우 아름답군요!"

그는 잠시 후에도 되풀이했지만 좀 혼란스러운 것 같았다.

"부인이 그리신 그림은, 부인, 제게는 매우 유용하지만…… 하지만……."

그는 말을 계속 이어나가지 못했다. 그리고 그는 자신의 생각을 부드럽게 표현하려고 당황해하며 손바닥으로 숱 많고 희끗희끗한 머리를 문질렀다. 문 앞에 서 있던 젊은 일꾼은 계속 웃고 있었다.

"오, 하느님!"

젊은 일꾼이 어깨를 으쓱하며 말했다.

"만약 사장님이 이 부인을 그림 그리는 사람으로…… 뭐라고

표현해야 할지, 여성화가라고 표현하자면…… 채용하시는 것을
주저하신다면…….”

탁자에 앉아 있던 열다섯 살 소년이 웃음을 터뜨렸다. 곱슬머리
를 한 젊은 일꾼이 연이어 말했다.

“만약 사장님께서 저 때문에 이 부인의 요청을 들어주는 것을
주저하신다면, 걱정하실 것 없습니다. 저는 사장님 댁에서 몇 주
일만 더 일하면 됩니다. 왜냐하면 몇 주 뒤에는 저도 바르샤바의
건축가 사무실에 일자리를 얻을 수 있으니까요…….”

그는 조금의 아이러니와 완전한 무관심으로 그렇게 말했다. 그
로서는 이 금은방이 좀 더 높고 좀 더 수입이 많은 일자리로 가는
여정의 한 정거장에 불과하다는 것을 말하고 있었다.

“그래, 그래.”

보석상이 말했다.

“자네가 곧 나를 떠날 거라는 것은 안다고…… 그래도 난 그럴
수 없어…….”

“저 사람에게 얼마를 주고 계십니까?”

마르타가 금은방 주인의 말을 중단시켰다. 자신이 매일 저 곱
슬머리 젊은이에게 얼마를 주는지 말했다.

“저는 그 절반으로 일할 수 있어요.”

마르타가 말했다. 금은방 주인은 두 손바닥으로 자신의 머리카
락을 매만지기 시작했다.

“아! 아!”

그는 이 탁자에서 저 탁자로 걸어가면서 말했다.

“부인께서 제 머리를 복잡하게 하는군요.”

이리저리 걸으면서 그는 마르타가 그린 팔찌 모형을 다시 바라보았다.

"아름답군요! 그 점은 부정할 수 없어요. 매우 아름답습니다!"

"아! 아!"

이렇게 되풀이하면서 그의 재치 있던 두 눈은 주위를 방황하고 있었다. 아주 헐값으로 쓸 만한 여인을 받아들이고 싶은 욕망과 뭔가 지금까지는 없던 화젯거리를 이 작업장으로 끌어들일지도 모른다는 걱정이 그의 내부에서 싸우고 있는 것 같았다.

그는 상점 중앙에 서서 조수들을 바라보며 물었다.

"하? 뭐라고 해야 하지."

그는 간단명료하게 물었지만, 뭔가 확실한 답이 있는 것처럼 탁자에 앉아 있는 네 명의 일꾼들과 눈을 마주쳤다. 그들의 얼굴에서는 약간의 놀라움과 더 많은 비웃음이 보였다. 곱슬머리 젊은 이는 완전히 크게 웃고는 옆방으로 가버렸다.

왜 그 사람들은 웃고 조롱하는가? 그 물음에 답하기가 곤란하겠지만 솔직히 그 물음에는 할 말이 많을 것이다. 그러나 그들의 웃음 속에서 금은방 주인은 자신의 두려움, 무관심에 대한 확신이 선 것 같았다. 그는 두 손으로 감정이 풍부한 몸짓을 하고 난 뒤 마르타를 바라보며 큰 소리로 말했다.

"하지만, 부인! 댁은, 부인, 댁은 여자 분입니다!"

이렇게 큰 소리에도 말한 사람의 마음은 아주 착하게 느껴졌다. 그 속에는 그를 전혀 감동시키지 못하는 동료들 때문에 좋은 협상 기회를 잃게 되는 사업가의 애석함도 들어 있었다.

마르타는 약하게 웃었다.

"저는 여자지요."

그녀가 말했다.

"예, 그 말이 맞습니다. 그것이 무슨 문제가 되나요? 제가 모형만 잘 그리면 되지 않나요⋯⋯."

"그건 그래요!"

금은방 주인은 자신의 머리를 문지르면서, 조수들 사이에 앉으며 큰 소리로 말했다.

"하지만, 보십시오, 부인. 이건 새로운 사건, 전혀 새로운 사건입니다⋯⋯ 나는 그런 소식들을 썩 좋아하지 않습니다!⋯⋯ 부인이 보시다시피, 내 곁에는 여기 이렇게 젊은 사람들이 일합니다⋯⋯ 이 세상은 비방하기를 좋아하지요⋯⋯ 이해하시겠습니까?"

"이해합니다."

마르타가 가로챘다.

"그리고 내게는 전혀 새롭지 않은 사실을 설명해주셔서 고맙군요. 제 반지는 살 겁니까?"

"삽니다, 부인, 사지요."

그는 재빨리 의자에서 일어나 다른 탁자로 달려가 서랍을 열어 그 앞에서 생각을 하는 듯 잠시 서 있었다.

"자, 여기 돈이 있습니다."

그는 여인에게 지폐 두 장을 주며 말했다. 마르타는 고개를 숙여 인사하고는 출입문으로 향했다. 문턱에 서서 그녀는 금은방 주인에게로 몸을 돌렸다.

"반지가 삼 루블하고도 반 루블의 값이 나간다고 말하셨는데 제게 사 루블을 주시는군요. 따라서 제가 반 루블을 더 받았습니다."

"하지만, 부인,"

금은방 주인은 말을 더듬거렸다.

"내 의견은…… 내 생각이지만…… 내가 그렇게 하고 싶어
서…… 우리에게, 부인, 모형을 그려주셨기에……."

"알겠습니다."

마르타가 말을 가로막았다.

"그건 고맙군요!"

마르타가 가난하고 급한 마음에 이 집 대문에서 저 집 대문으
로 달려가기 시작한 이후로, 자신이 원했던 일자리 대신에 적선을
받게 된 것이 몇 번인가!

금은방을 나와서도 마르타는 울지 않았고, 발걸음을 더 빠르
게도 더 느리게도 하지 않았다. 눈물도 웃음도 한탄도 없이 그녀
는 똑같은 보폭으로 집을 향해 곧장 걸어갔다. 한 시간 전에 마르
타는 반지를 판 돈으로 밤에 방을 따뜻하게 해줄 땔감과 아이에
게 힘이 되어줄 음식을 만들기 위해 식료품을 사기로 작정했었다.
하지만 그녀는 그러지 못했고 식료품 가게에도 가지 않았다. 그
녀가 세상만사 모든 것을 잊어버렸거나, 아니면 다른 곳에 더 가
볼 힘이 없었거나, 아니면 높은 곳에 위치하며 헐벗고 차가운 자
신의 둥지 이외에는 다른 곳에 갈 용기가 없었을 거라고 사람들
은 말할지 모른다. 그녀는 집으로 돌아올 때마다 계단을 서둘러
올라갔지만, 오늘은 그 계단을 천천히 밟고 올라갔다. 막 시작된
황혼 때문에 앞에 아무것도 보이지 않는 것처럼 그녀는 가파른
계단에 부딪히기도 했다. 그녀는 무덤처럼 조용하고 차가운 방으

로 들어가 벽난로 앞에 웅크리고 앉아 있는 딸아이를 쳐다보고
는, 아이에게 말도 붙이지 않고 머리에 쓴 수건을 벗은 다음 바닥
에 놓인 이불로 다가갔다. 그녀의 두 눈은 허공만을 쳐다보았다.
'세상이 버린 여자가 되어버렸어!' 그녀는 중얼거리며 바닥에 쓰
러진 채 꼼짝 않고, 얼굴은 이불에 파묻고 두 손은 머리 위로 올
린 채 누워 있었다. 얀치아가 다가왔다. 아니, 아이가 말없이 누워
있는 어머니 곁으로 기어 왔다는 것이 더 맞다. 아이는 이부자리
의 끄트머리에 앉아서 가늘고 추위에 떠는 두 무릎을 세워 감싸
고는 그 위에 아주 무거운 머리를 괴었다.

　방에는 깊은 침묵이 휘감고 있었다. 창문 바깥에만, 저 아래 넓
은 공간에서 대도회지가 웅웅거리고 있었다. 신에게서 또 인간에
게서 버림받은 것 같은 한 여인과 아이가 굶주린 채 천천히 신음
하며 죽어가는 곳으로 대도회지의 소음이 둔탁하고 파도 같은 메
아리를 보내고 있었다.

　마르타는 딱딱한 이부자리 위에서 바위처럼 꼼짝하지 않았다.
죽음과 같은 피로감밖에 아무것도 생각나지 않았고 느끼지도 못
했다. 심신의 병을 치료하는 가장 효과적이고 아마도 유일한 섭
생법은 정당한 방법으로 노동을 해 그 대가를 받는 것이다. 다양
한 노동 현장으로 내던져져 열렬히 일자리를 찾아다니지만 못
찾는 것만큼 빨리, 치명적으로 몸과 정신의 힘을 파괴하는 것은
없다.

　마르타는 이제 자신의 앞에서 아무 길도 볼 수 없었다. 언제나
그녀를 향해 열려 있는 유일한 길이 존재하기는 했다. 그 길은 크
롤레브스카 거리에 있는 친구의 집으로 가는 길이다. 주름살 많

은 이마와 머리를 풀어헤친 그 여자에게 '내가 돌아왔어! 넌 내게 진실을 말해주었어. 나는 사람이 아니라, 물건이야!'라고 말해야만 되는 그런 길이다. 그러나 이 젊은 여인의 가슴속에는 자신에게 그 일을 생각할 수 없게 만드는, 그 길을 외면하게 하는 본능과 감정과 기억이 있었다. 그 때문에 마르타는 정말, 그녀가 이 순간에 아무것도 생각하지 못하는 것처럼, 그 길도 생각나지 않았다. 갑자기 그녀에게 코를 고는 듯한 그치지 않는 기침소리가 들려왔다. 그 소리에 마르타는 바위처럼 꼼짝 않고 있다가 혼비백산하며 깼다. 그녀는 급히 이부자리에서 일어나 곧장 허리를 세워 바로 앉았다.

"기침한 게 얀치아 너였니?"

"네, 엄마!"

엄마의 목소리는 떨리고 둔탁했으며, 아이의 목소리는 낮고 코맹맹이 소리를 냈다.

마르타는 급히 아이를 팔에 안아 무릎에 앉혔다. 마르타는 손바닥으로 열이 펄펄 나는 아이의 이마를 짚어보고, 경련을 일으키며 찢을 듯이 아프게 뛰고 있는 아이의 작은 가슴에 손을 대보았다.

"오, 하느님!"

여인은 탄식했다.

"이것만은 안 돼요! 하느님이 원하시는 대로 모든 것을 하실 수 있지만 이것만은 안 돼요!"

황혼의 어둠 속에서 마르타는 딸아이의 얼굴을 잘 볼 수 없었다. 마르타는 작은 램프를 켜서 두 팔로 다섯 살짜리 아이를 젖먹이처럼 안아 아이의 머리를 불에 비춰 보았다. 아이의 두 볼에는 열로 인한 붉은 기운이 많이 나타났으며 넓은 눈동자는 깊고도 소리 없는 하소연을 담은 듯이 엄마를 바라보고 있었다.

한밤중에 머리에 검은 수건을 쓴 마르타는 높은 건물의 계단을 따라 아래로 내려왔다. 칠흑 같은 어두움이 주위를 휘감았지만 마르타는 몇 시간 전처럼 동요도 없이, 경사진 계단에 부딪히지도 않고, 숨을 한 번 더 쉬려고 도중에 멈추지도 않았다. 마르타의 팔에 날개가 달렸다고 말할 수 있을 정도였다. 그 말은 무의미한 비유가 전혀 아니다. 정말로 마르타를 움직이게 하고 땅 위로 날게 만든 두 날개는 고통과 두려움이었다.

반 시간이 채 지나지 않아 마르타는 돌아왔지만 혼자는 아니었다. 그녀는 품위 있는 모자와 두툼한 모피를 입은 아직은 젊은 남자와 같이 왔다. 두 사람은 방으로 들어가 방 안에 펴놓은 이부자리로 다가갔다. 뜨거운 열로 얼굴이 붉어진 아이는 끊임없는 기침과 앓는 소리를 내면서 이부자리에서 어쩔 줄을 모르고 있다.

의사는 주위를 둘러보며 의자를 찾다가 마룻바닥에 한쪽 무릎만 꿇은 채로 앉았다. 마르타는 두 눈에 슬픈 불꽃을 띠고 말없이 이부자리 옆에 섰다.

"이곳은 아주 춥군요!"

남자는 자리에서 일어서며 말했다. 여인은 아무 대답도 없었다.

"어디 뭔가 적을 게 있으면 좋겠는데요?"

창가에는 잉크가 담긴 병과 종이 한 장이 놓여 있었다. 의사는 몸을 구부려 처방전을 썼다.

"아이는 호흡기에 염증이 생겼습니다. 기관지염입니다. 방을 따뜻하게 하고, 약을 제 시각에 복용하게 해주십시오."

그 사람은 계속해서 몇 마디 말을 하고 마룻바닥에서 모자를 집어 들었다. 여인은 호주머니에서 뭔가를 꺼내 조용히 그에게 내밀었다. 의사는 주위를 다시 한번 둘러보고는 손을 내밀지 않았다.

"그냥 두세요!"

그는 이미 문턱에 서서 말했다.

"그냥 두세요! 저 아이는 허약하고 쇠약해져 있어요. 쉽게 낫지 않으니 많은 약이 필요할 겁니다. 내일 다시 오겠습니다."

그는 떠났다. 여인은 낮은 이부자리에 무릎을 꿇고, 자기 가슴을 아이의 가슴 가까이로 가져갔다.

"아아, 얘야! 하나뿐인 내 아기!"

마르타는 중얼거렸다.

"엄마를 용서해다오, 용서해다오! 내가 너를 따뜻하게 해주지도 못하고, 배부르게 해주지도 못했구나. 내가 너를 추위와 배고픔으로 내몰았구나! 네가 이렇게 허약하고 쇠약하다니…… 네가 아프다니…… 아, 얘야……."

마르타는 이부자리 아래쪽으로 빠져나오다가 마루바닥에 이마를 부딪혔다. 그녀는 두 손으로 머리카락을 움켜쥐었다.

한 시간 뒤 마르타는 시내에서 약을 구해 와 병든 아이 옆에 놓아두었다. 날이 밝아지고 상점들이 문을 연 직후 난로는 불이 훨훨 타오르고, 방은 아주 따뜻해졌다.

의사의 말은 사실이었다. 얀치아의 병은 오랫동안 지속되었다. 매일 이 집을 방문해준 의사는 벌써 열 번이나 다녀갔다. 그래도 아이는 여전히 고열에 시달렸다. 딸아이의 힘들고 코를 고는 듯한 숨소리는 바닥에서 마치 톱질하는 소리처럼 들렸다.

마르타는 이부자리 끄트머리에 서서 말도 없고 움직임도 없었다. 의사가 그녀에게 몸을 돌렸다.

"희망을 잃지 마십시오, 부인."

그는 온화하게 말했다.

"저 아이는 건강을 회복할 수 있습니다. 하지만 특히 오늘 또 내일은 각별한 간호를 하셔야 합니다. 이 방이 다시 차군요. 실내 온도를 적어도 육 도 이상 높여야 됩니다. 제가 처방전을 써준 그 약을 서둘러 마련하셔서 아이에게 중단하지 말고 오늘 밤 내내 먹이십시오. 약이 아주 비쌀 겁니다만, 그게 지금으론 유일한……"

의사는 떠났다. 마르타는 가슴에 팔짱을 낀 채 바닥으로 눈을 깔고 방 한가운데 서 있었다.

'이 방의 온도를 올린다! 무슨 돈으로? 약을 산다! 무슨 돈으로?'

마르타는 호주머니에는 1그로시도 없었다. 아이가 병이 난 첫날, 마르타에게는 사 루블과 두 장의 즈워티가 있기는 했다. 그러나 매일 불을 때야만 했던 벽난로와 여러 번 찾아가야 했던 약국이 그 돈을 삼켜버렸다.

마르타는 이제 자신의 머리를 쥐어뜯지도, 머리를 바닥에 부딪히지도, 끝없는 수치심으로 가슴을 때리지도 않았다. 마르타는 과거의 마르타의 그림자도 못 되는 것 같았다. 그녀의 앙상하고 누렇게 뜬 얼굴은 고통스런 표정이었다. 정신을 다시 수습하고서도 그녀의 고통은 말초신경까지 파고들어, 그녀의 가슴과 머리를 귀 먹고 말 못하는 이처럼 끊임없이 고통으로 들끓게 만들었다. 새파랗게 된 두 입술도, 꽉 깨문 이 뒤에 신음과 고통소리를 참고 있는 사람처럼, 굳게 닫혀 있었다. 빛나지도 않는 그녀의 눈동자 주위가 뿌옇게 보였다.

'팔 수 있는 게 더 없을까?'

없다. 병든 아이의 머리맡에 놓여 있는 저 이부자리밖엔. 거친 숨소리를 내쉬는 아이의 가슴에 놓인 양털 수건밖엔. 짧은 셔츠 두 벌과 아이의 헌 옷들밖엔 아무것도 없다. 이런 것들은 땔감 한 단 살 돈도 쳐주지 않는다. 여인은 힘없이 손을 내렸다.

"그럼 어떻게 한담?"

그녀는 자신에게 물었다.

"내가 할 수 있는 게 뭐지? 아이는 죽도록 내버려두고 나도 저 아이 옆에 누워 함께 죽어버릴까!"

갑자기 아이가 이부자리에서 뒹굴며 힘없이 중얼거리는 소리를 냈다. 그 속에는 기쁨의 웃음 같기도 하고 불명확한 고통의 신음 소리 같기도 한 소리가 들렸다.

"아빠!"

아이는 앙상하고 열이 나는 두 손을 허공으로 펼치며 외쳤다.

"아빠! 아빠!"

'오, 맙소사! 견디기 힘든 고열 때문에 아빠 모습이 나타났나 보구나. 아빠 앞에서 웃고, 아빠 앞에서 울먹이며 신음하고, 구해달라고 간청하는구나!'

마르타는 숙였던 고개를 들었다. 지금까지 메마르고 안개 낀 것 같은 그녀의 눈에서 굵은 눈물이 흘러나왔다. 그녀는 두 손을 깍지 끼고는, 아이의 얼굴에 흐릿한 눈길을 고정시켰다.

"네가 아빠를 찾다니,"

어렵게 숨을 몰아쉰 마르타의 가슴에도 탄식하는 소리가 났다.

"아빠가 너를 구해주실 거야! 전에는 너에게 따뜻함과 양식을 가져다 주셨고, 지금은 약을……."

마르타는 잠시 서서 생각에 잠겼다가 갑자기 이부자리에 쓰러졌다. 그리고 아이를 내려다보았다.

"아!"

그녀는 외쳤다.

"너를 죽게 내버려두진 않을 테야! 아빠는 너를 위해 일하셨는데…… 엄마는…… 동냥이라도 하러 가야지!"

타오르는 홍조는 누렇게 된 채 마르타의 두 뺨에 감돌았고 눈에는 강한 결심의 불길이 타올랐다. 그녀는 머리에 검은 수건을 둘러쓰고 정원지기가 사는 집을 향해서 아래로 달려갔다. 그 집에는 음식이 끓고 있는 불 앞에서 커다란 보닛을 쓰고 볼품없는 신발을 신은 여자가 앉아 있었다. 마르타는 숨을 몰아쉬면서 그 여자 앞에 멈추었다.

"아주머니!"

마르타는 외쳤다.

"동정과…… 자비심이 있다면……."

"돈은 확실히!"

그 여인은 냉정하게 중얼거렸다.

"갖고 있지 않아요. 없어요. 내가 어디서 돈을 받겠어요?"

"아뇨, 아뇨, 돈이 아니에요. 돈은 지금 시내로 구하러 갈 거예요. 잠시만 저 아픈 아이 곁에 가 계셔주세요!"

여자는 좀 전처럼 화를 내지는 않았지만 여전히 불만스러운 표정을 지었다.

"그 병든 아이 옆에 앉아 있을 시간이나 있을지……."

병든 아이의 어머니는 몸을 숙여 그 여인의 크고 거칠고 딱딱한 손을 잡아 자신의 입에 갖다 댔다.

"아주머니, 자비심으로 아이 곁에 잠시만 앉아 계셔주세요. 그 아이는 목이 말라 계속 물을 마시려고 합니다…… 이부자리에서 뒹굴고 떨어지려고 해요. 오늘만은 그 아이를 혼자 두지 말라고 했답니다."

마르타는 얼마 전에 자신의 아이를 심하게 때린 그 손에 다시 입을 맞추었다.

"그럼, 그럼, 어떡한담! 그래요, 가서 앉아 있기야 하지요. 하지만 너무 오래 쏘다니지 말아요. 한 시간 뒤에 우리 아이가 학교에서 돌아오면 밥을 주어야 하니까!"

해질 무렵 마르타의 어두운 모습이 그 집 대문의 아치를 지나고 있었다.

"나는 가서…… 손을 길게 뻗을 거야…… 구걸이라도 할 테다……."

마르타는 중얼거렸다. 그녀는 큰길로 뛰쳐나와 멈추어 서서 잠깐 생각에 잠기었다가 스비에토-예르스카 거리로 방향을 잡고 뛰어가기 시작했다. 고통과 걱정이라는 두 날개로, 이 격정적인 두 날개로 그녀는 다시 놀라운 속도로 뛰어갔다. 행인들과 부딪히는 것도 못 느끼고, 사람들이 모욕을 주고 호기심 어린 눈길을 보내도 이를 무시한 채, 눈 멀고 귀 먼 마르타는 자신의 발걸음을 방해하는 수많은 사람들을 뚫고 번개처럼 앞으로 질주했다. 그리고 인도를 따라 자신이 만난 자비로운 사람들 가운데 한 사람이 살고 있는 그 집으로 최대한 빨리 달려갔다. 마침내 그녀는 자신이 한때 기쁨과 희망과 자존심을 가지고 들어갔던 그 집 대문 앞에 도달하여 깊이 숨을 내쉬고는 불 켜진 계단을 따라 올라가 떨리는 손으로 초인종을 눌렀다. 출입문이 열리고, 우아하게 차려입은 활달한 젊은 하녀가 문턱에 나타났다. 동시에 한 줄기 빛이 그녀의 두 눈으로 떨어졌고, 시끌벅적한 사람들의 소리가 그녀의 두 귀를 건드렸다. 현관은 휘황찬란했고, 거실로 향하는 출입문 뒤에는 열몇 명 아니, 수십 명의 사람들이 시끄럽게 이야기하며 웃고 있었다.

"어떻게 오셨습니까, 부인?"

하녀가 물었다.

"루진스카 부인을 뵈러 왔습니다."

"오호! 그러면 내일 오십시오. 오늘은 저희 주인 어른께서 이번 주 저녁모임을 열고 있습니다. 손님들이 방금 다 모이셔서 마님이 거실 밖으로 나오실 수가 없습니다."

계단을 되돌아 나왔다. 하녀는 마르타 뒤에서 출입문을 닫았다. 출입문 뒤에는 정말 착하고 진정으로 자비로운 여자가 살고 있었다. 그러나 그 자비로운 손도 이 순간에는 마르타를 위해 베풀 수가 없었다. 그리고 그런 일은 매우 자연스러웠다. 일반적으로 자비로운 손들은 '불확실성'이라는 잔인한 요소를 가지고 있다. 왜냐하면 가장 마음씨 착한 사람도 인생의 순간순간 선행을 다 베풀지는 못하는 법이니까. 지체할 수 없는 일과 개인적 관심뿐만 아니라 그 자체로는 아무 죄가 되지 않는, 때로는 의무적이고도 사교적인 즐거움이 자비로운 손을 다른 방향으로 향하게 해, 그 순간에는 인간의 비참함을 지탱해주지 않았다.

*

마르타는 이제 크라코브스키에 프레제드미에스치에 거리를 향해 가고 있었다. 아니 뛰어가고 있었다. 아마 선행을 베풀 줄 아는 서점 주인을 생각하고 있는 것 같았다. 하지만 그 서점 문 앞에 도착하여 유리를 통해 안을 쳐다보던 마르타는 곧 인도로 물러서야만 했다. 서점 안에 몇 명의 사람이—우아하게 차려입은 부인 몇과 즐거운 표정의 신사 둘이—구입할 책을 고르는 모습이 보였기 때문이었다.

저녁 일곱 시가 넘어가고 있었다. 안팎이 정말 머리가 어지러울 정도의 움직임으로 들끓고 있는 대도시의 그 시간은 가장 풍부한 옷들로 빛나고, 집집마다 거리마다 일기 시작하는 문명의 표출 그 자체가 거의 무한대로 팽창하여 크고 넓은 공간에 풍부한 빛과 음악과 대중들과 소란스러움을 무수히 쏟아놓았다. 저녁의 삶은 인생의 절반이다. 몇 주 동안 이 도시의 하늘에 기껏 하루에 몇 시간씩밖에 태양이 비치지 않을 때는, 저녁이 도시 주민들에게는 더 큰 절반이 된다.

크라코브스키에 프레제드미에스치에 거리는 아주 분주하게 움직이고 있었다. 또 이날 저녁은 날씨마저 따뜻해 생기와 활발함이 들끓고 있었다. 삼월의 싸락눈이 아직도 얼어 있는 대지 위에 내려 있었고, 하얀 구름이 있는 하늘은 맑았다. 대도시 위로 펼쳐져 있는 창공은 아주 깊고 어둡지만 별들이 총총 떠 있었다.

끝없는 천둥소리와 같은, 끊임없는 소음을 내는 마차 바퀴들이 쉴 새 없이 그 넓은 대로의 중앙을 달리고 있었다. 인도에는 수천 명의 사람들이 물결을 만들고 있었다. 인도는 마치 대낮처럼 밝았다. 왜냐하면 아주 빽빽이 서 있는 가스등을 제외하더라도 많은 상점들이 창문을 통해 넓은 허공으로 억수 같은 빛을 뿌리고 있었기 때문이다.

바르샤바의 간선 대로변 인도에서 이 시간대만큼 그렇게 사람들이 많은 때는 없다. 왜냐하면 이 시간대는 직장인들의 시간인 것과 마찬가지로 실업자들의 시간이기 때문이다. 직장인들은 쉬거나 즐거운 시간을 보내려고 바쁘고, 실업자들은 자신들에게 잘 어울리는 요소들을—무의미하게 귀를 기울이는 잡담과 입을 벌린 채 바라보는 다양한 광경들, 그들의 두 눈을 현혹시키는 휘황찬란한 불빛—좋아했고, 또 저녁의 신비한 어두움이 그들을 유혹하였다. 바삐 서두르거나 잡담을 즐기는 사람들 가운데에는 틀림없이 자비로운 영혼도 있겠지만 그 영혼들은 자비보다는 다른 일에 지금 더 열중하고 있었다. 그들을 사로잡는 것은 이 세상의 회오리 바람이었고, 날이 저물자 그들은 바쁘게 움직였다. 그날 그 시각의 즐거움, 개개인의 일과 감정들이 상상력을 활발하게 하고, 바쁜 발걸음에 목표를 부여한다. 그 밖에도, 밝은 낮보다는 다소 덜 밝은 야간의 인공 조명은 고통받는 사람의 얼굴 주름살을 덜 보이게 하고, 가스등 불빛은 생기 없는 눈동자를 건강과 생명으로 반짝거리는 것처럼 보이게 만들며, 대로의 시끄러움은 고통받는 가슴들의 목소리를 못 듣게 만들어버린다. 그리고 그 자비로운 영혼과 손들도, 가난하고 앙상한 뼈만 남은 사람이 가장 크게 고함 지르고 해골 같은 두 눈으로 가장 험상궂게 바라보는 곳에서 가장 정확히 또 가장 오랫동안 멈춘다.

벌써 십오 분 전부터 마르타는 크라코브스키에 프레제드미에스치에 거리에 서성거리고 있었다. 십오 분만? 아니 일 년 전부터, 백 년 전부터. 태초부터 줄곧!

마르타는 이제 뛰지도 못하고 입을 다문 채 무표정한 얼굴과 유리 같은 눈길로 행인들의 얼굴만 쳐다보며 천천히 뻣뻣하게 가고 있었다.

그녀가 한 시간 전에 자신의 팔에 붙였던 그 빛나는 날개는 떨어져나가고, 이제 죽도록 피곤함만이 엄습해왔다. 하지만 그녀는 계속 걸었다. 여러 갈래의 불빛에서도, 어둠 속에서도, 그녀의 앞에서도, 위에서도, 옆에서도, 하늘의 별들 사이에서도, 이 땅에서 스쳐가는 사람들의 얼굴 사이에서도 얀치아의 얼굴이 떠다니면서 말없이 울먹이며 그녀를 바라보고 있었다. 그녀는 계속 걸었다. 그녀는 사람들을 보면서 머릿속에 처음으로 그들을 비난하는 마음이 떠오르기 시작했다. 그들에 대한 불평은 이전엔 굳어 있다가 지금은 조금씩 끓는 물로 변형되어 그녀의 가슴속에서 눈물로 변해 타오르고 있었다. 그녀는 난생처음으로 사람들이 자신의 비참한 생활에 책임이 있다고, 그들이 당연히 자신의 인생과 아이의 인생을 떠맡아주어야 한다고 생각했다. 이 순간 그녀의 내부에 있는 개인으로서의 책임감은 완전히 사라졌다. 마르타는 아이처럼 무력감을 느끼고, 절규하는 인간처럼 피곤하고 노쇠해짐을 느꼈다.

"힘 있는 사람들은," 그녀는 생각했다.

"능력 있는 사람들은, 행복을 누리는 사람들은 이 세상이 그들에게 준 것을, 이 세상으로부터 받은 것이 하나도 없는 나와 함께 나누어야 해."

그렇지만 마르타는 아직 한 번도 손을 내밀지 못했다. 마르타는 마음이 여리고 우아하고 품위 있어 보이는 여자를 대할 때마다 자신의 볼품없이 구겨진 수건에서 손을 꺼내긴 했어도 내밀지 못했고, 입은 열었지만 말 한 마디 하지 못했다. 마르타의 힘없는 목소리는 못 들은 채 삼켜버린 대로의 소음 때문에 무서웠고, 내밀려고 했던 손은 보이지 않는 힘 때문에 아래로 떨어졌다.

그녀에게 부끄러움이라는 덕목이 아직도 있단 말인가?

그럼에도 불구하고 이 가난한 여인의 가엾고 병든 아이는 다락방의 딱딱한 이부자리에 쓰러진 채 신음하며, 입은 고열로 메말라 있고 가슴에서는 쉰 소리를 내며 죽어가면서 연신 아빠를 불러댔다.

우단 외투를 입은 여자 둘이 서로 의지하며 재빨리 지나가면서 유쾌하게 대화를 나누고 있었다. 그중 한 사람은 천사처럼 젊고 아름다웠다.

마르타가 그들 앞에 섰다.

"부인!"

마르타가 작은 소리로 외쳤다.

"부인!"

마르타의 목소리는 낮았지만, 이번에는 두려움은 없었다. 마르타는 음조를 맞출 줄을 몰랐다. 그녀는 구걸하는 어조로 음을 맞추어본 적이 없었다. 그 때문에 지나가던 그 여자들은 마르타가 외치는 소리의 의미를 이해하지 못했다. 그들은 빠른 걸음으로 그녀 옆을 몇 걸음 지나쳤다가 잠깐 멈추어 섰다. 그중 한 사람이 고개를 돌려 물었다.

"뭡니까, 부인? 우리가 뭘 잃어버렸나요?"

아무 대답도 뒤따르지 않았다. 왜냐하면 마르타는 벌써 정반대 방향으로 그 여자들에게서 달아나고 그들을 부른 장소에서도 벗어나고 싶은 듯이 그렇게 앞으로 발걸음만 재촉했다.

그녀는 이제 발걸음의 속도를 늦추었지만, 생기를 잃고 쑥 들어간 누런 뺨에는 붉은 반점들이 나타났다. 그녀의 가슴을 확 달아오르게 했던 뜨거움의 징후였다. 두 눈동자에는 날카로운 빛이 번쩍거렸다. 그것은 그녀의 머리를 짓누르는 절망적인 사념의 불길을 반영하고 있었다.

그녀는 발걸음을 더 느리게 하여 멈추어 섰다. 인도에 꽤 잘 차려입은 옷차림으로 부유하게 보이는 모피를 두르고 몸을 조금 숙이고 가는 한 남자가 보였다. 마르타는 그 행인의 얼굴을 뚫어지게 쳐다보았다. 그 사람은 숱이 많은 머리에 눈처럼 하얀 콧수염을 하고 마음씨는 고와 보였으며 온화한 모습으로 잘 차려입고 있었다. 그녀는 자신의 구겨진 수건에서 손을 다시 한 번 꺼내었지만 내밀지는 않고 이전보다 더 큰 소리로 말했다.

"선생님! 선생님!"

그 남자는 이미 여인을 지나쳐 갔지만, 갑자기 멈추어 서서 넓은 창문에서 나온 램프 불빛에 비친 여인의 얼굴을 바라보고는 무엇을 원하는지 알아차렸다. 그는 외투 호주머니에 손을 밀어 넣어 작은 지갑을 꺼내고는 동전들 중에서 뭔가를 찾는 것 같더니 마침내 원하는 것을 찾아내고는 여인의 손에 작은 동전을 하나 쥐어주고 가버렸다. 마르타는 그 돈을 바라보고는 쓸쓸한 웃음을 지었다. 그녀는 십 그로시를 구걸한 것이다.

몸을 숙이고 가던 그 행인은 자비로운 손을 가지고 있었다. 하지만 그가 도움을 청하는 여인이 원하는 것이 무엇인지 그는 알 수 있었을까? 설사 안다 하더라도 그 여인이 바라는 것을 만족시켜줄 수 있었을까? 지금 이런 동냥을 통해 한 다발의 뗄감과 작은 병에 담긴 약을 얻으려면, 그녀에게 대단한 부를 나타내는 그 필요한 액수만큼 모으려면, 구걸하는 그 여인은 얼마나 많은 손을 내밀어야 하는가?

구걸하는 여인은 경련을 일으키며, 꽉 쥔 손에 그 작은 동전을 들고 굳은 표정으로 말없이 앞으로 걸어갔다. 마르타는 다시 멈추어 섰다. 마르타는 지금 행인들을 보고 있는 것이 아니라 안이 훤히 들여다보이는 넓고 밝게 빛나는 창문으로 눈길을 향하고 있었다. 조명 때문에 요술 궁전의 모습을 연상케 하는 어느 상점의 창문이었다. 안에는 대리석으로 기둥이 장식되어 있고, 그 대리석 기둥 사이에는 호화로운 보랏빛 커튼이 걸려 있으며, 아름다운 색상의 융단이 벽면에 걸려 있어 붉은 장미와 푸른 식물의 따뜻한 눈길을 받고 있었다. 그 앞에는 하얀색으로 조각된 조각품들이 드러나 보였다. 황동 재질의 이동 사다리 위에는 금빛 가지가 달린 촛대들이 나뭇가지 모양으로 팔을 벌리고 있고, 대리석 조각품 뒤에는 은그릇과 잔들이 놓여 있으며, 사기그릇과 유리종들이 덮고 있었다. 그러나 사거리에서 상점 내부를 들여다보는 이 여인의 길고 빛나는 눈은 이 모든 아름다운 상품과 풍부한 장식에는 관심이 없었다.

꽃으로 장식된 화환처럼 부푼 모양의, 또 잘 그린 그림의 융단이 덮인 긴 자단 테이블 앞에 두 사람이 서 있었다. 그중 한 사람은 상점 주인이고, 다른 한 사람은 손님이었다. 두 사람은 즐겁게 대화를 나누고 있었는데, 상점 주인은 즐거운 얼굴이고, 손님은 생각에 잠겨 좀 당황하는 얼굴을 하고 있었다. 모든 것이 이 분야의 걸작품이고 좋은 스타일의 물건들이라 손님으로서는 그들 중에 하나를 골라야 되는 어려움이 있는 것 같았다.

유리 출입문이 천천히 열리고, 부유한 상점 안으로 검은 옷을 입은 여인이 들어섰다. 여인의 옷 아래쪽엔 넓고 흰 리본이 달려 있고 큰 검정 수건이 머리부터 가슴까지 열십자로 둘러싸여 있었다. 누렇고 주름진 여인의 이마는 수건에서 밀려나온 헝클어진 머리카락들로 반쯤 가려져 있었다. 두 뺨에는 어둡고 붉은 반점들이 있었지만 입술은 백짓장처럼 하얬다.

출입문이 열리는 소리를 듣고 두 남자는 들어서는 여인의 옆모습을 쳐다보았다. 그녀는 큰 거울 아래 대리석으로 덮인 탁자 가까이의 출입문 근처에 섰다. 환영처럼 그녀는 부(富)의 성스러운 장소로 들어와서는 출입문 근처에 서서 꼼짝도 않고 말도 없었다.

"무엇을 찾으시는지요, 부인?"

상점 주인이 인조 꽃들 뒤에서 고개를 약간 숙여 인사하며, 그 움직이지 않는 여인을 바라보며 물었다.

하지만 마르타는 주인을 바라보지 않았다. 그녀는 이곳에 물건을 구입하러 온 고객의 얼굴만 바라보고 있었다. 그 고객은 두 어깨에 값비싼 모피를 아무렇게나 걸치고 아름다운 색상의 융단에 하얀 손을 짚은 채 특별한 관심 없이 그 여인을 바라보았다.

"무엇을 찾으시는지요, 부인?"

주인이 되풀이해서 물었다. 그는 한참 여인을 아래위로 훑어보다가 이번에는 추궁하듯 물었다.

"왜 대답이 없어요?"

그녀는 값비싼 모피를 입은 그 남자만 바라보았다. 그녀의 가슴에 뭔가 잔인하고 고통스러운 손이 있고, 머리는 격정에 찬 것처럼 보였다. 왜냐하면 그녀의 호흡이 더욱 빨라지고 두 뺨과 이마는 어두운 보랏빛으로 덮였기 때문이다. 갑자기 그녀는 구겨진 수건에서 손을 꺼내 앞으로 조금 뻗었다. 그녀의 새파랗게 된 입술은 떨면서 여러 번 열리다가 닫혔다.

"선생님!"

여인은 끝내 말했다.

"마음씨 고운 선생님! 아이가 병이 들었는데, 약을 살 돈을 좀 주십시오!"

그녀의 앙상하고 차가운 손은 사시나무처럼 떨고 있었고, 간절한 목소리는 이제 완전히 걸인 같은 목소리로 관심을 끌었다.

모피 신사는 잠시 여인을 바라보더니 어깨를 으쓱했다.

"부인!"

그는 딱딱하게 말했다.

"동냥하러 다니는 것이 부끄럽지도 않아요? 부인은 젊고 건강하니까, 일할 수 있단 말입니다!"

그 말을 한 뒤 그는 융단이 깔려 있고 은제 그릇들이 놓여 있는 자단 테이블로 몸을 돌렸다.

입술에 웃음을 머금은 상점 주인이 한 자짜리 융단을 다시 펼쳤다. 두 사람은 중단했던 대화를 계속했다. 여인의 어두운 모습은, 뭔가 위협하는, 이길 수 없는 힘의 신비스러운 명령에 따르는 것처럼, 출입문 근처에 여전히 그대로 서 있었다. 그 순간 그녀는 공포에 질린 얼굴을 하고 있었다. 그녀가 들은 말은, 그녀가 그렇게 오랫동안 마셔왔던 독배에 넘칠 만큼 충분한 양의 독이었다. 신경을 긴장시키고 사고를 마비시키고 양심마저 귀먹게 하는 마취제의 힘까지 겹쳐, 그 독은 그녀의 가슴 저 깊숙이 떨어졌다. "너는 일할 수 있다!" 이 말을 내뱉은 사람은 이제까지 일을 해보려는 헛된 시도를 통해 마음이 죽도록 황폐해지고 육신의 온 힘이 소진된 그 여인을 자신이 얼마나 잔인하게 조롱하고 있는지 조금이라도 알까? 마르타가 일할 능력이 없다는 것 때문에 아무도 그녀를 존중하지 않았고, 사람들이 그녀를 얼마나 쓸모없는 티끌과 같은 존재로 보았는가? 그 사람은 몰랐을 것이다. 그 여인에게 한 행동이 그가 나쁘거나 자비심이 모자라서라고 할 수도 없었다. 그 사람은 착하고 자비심이 많은 사람일 수도 있고, 힘없는 불구자나 늙은 노인, 죽어가는 환자 앞에 아낌없이 자비의 손을 내미는 사람일 경우도 허다하다. 하지만 그에게 구걸의 손을 내민 여인은 젊고, 신체적인 불구자도 아니고, 외모에서 모두가 확연히 알 수 있는 병의 징후도 보이지 않았다. 그러나 그가

여인에게 연결시킨 도덕적 불구에 대해, 시커먼 독약 같은 생각
이 언제나 더 짙고 질식할 듯한 연기로 그녀의 머리를 황폐화시키
고, 그녀의 머리에 들어 있던 모든 선한 감정을 시들게 하면서 그
녀의 가슴을 그렇게 오래전부터 타오르게 했던 영혼의 병에 대해
그는 몰랐다. 그래서 그는 그렇게 말했다. "당신은 젊고 건강하니
까, 일할 수 있단 말입니다!" 그는 정말 옳은 말을 했지만, 동시에
그는 자신도 모르게 잔인하고 불공정한 일을 저지른 셈이었다.

몇 달 전만 하더라도, 적어도 몇 주 전만 해도, 마르타는 자신을
향한 이 같은 진실의 말 속에서 무엇이 옳고 사실인지 전부 이해
했을 것이다. 만약 그녀가 그때 이 사람 앞에 서 있었다면, 그녀는
일자리만 부탁했지, 다른 것은 요구하지 않았을 것이다. 지금 그
녀는 구걸을 하고 있고, 그 사람의 말에서 조롱 섞인 불공정한 말
이외에는 아무것도 들리지 않았다.

그녀가 손을 내밀었을 때, 얼굴과 이마에 나타났던 뜨거운 홍
조는 흔적도 없이 사라졌다. 그녀의 얼굴을 덮고 있는 죽음 같은
창백함의 중간에 심연같이 검고 깊은 눈동자가 화산처럼 타오르
고 있었다. 그리고 실제로 그 화산은 세차게 뛰고 있던 그녀의 가
슴 안에서 폭발했다. 분노와 부러움과 탐욕의 화산이…….

*

분노와 부러움과 탐욕이라? 평화롭고 아담한 시골집 어린아이
로, 한때 존경받던 아내로, 행복한 어머니로, 그녀 자신의 능력이
미치지 못하는 일에는 자신의 생명이 달린 일이라 해도 맡지 않을

그런 도덕적 존재로, 얼굴엔 비지땀을 흘리고 마음엔 고통을 안고서 정직하게 빵 한 조각 구하려고 이 땅의 온 길을 쏘다니던 그 정력적인 일꾼으로, 걸인의 운명으로부터 자신을 지켜주기를 하느님께 간청하며 한때 손 내밀던 자존심이 강한 영혼으로서의 마르타가 악의 유혹과 행동을 부추기는, 그런 잔인하고 저주스러운 감정의 희생물이 되었다니 있을 수 있는 일인가요?

그렇지만 그런 일은 있을 수도 있었습니다. 아, 애석하게도! 아, 안타깝게도! 있을 수 있었을 뿐만 아니라, 그리 되지 않을 다른 도리가 없었습니다. 그것은 불변의, 영원히 논리적이고, 그 논리성 속에 있는 무엇에게도 양보하지 않는 인간 본성 때문에 피할 수 없었습니다. 마르타는 형체 없는 천사가 아닐뿐더러 이 땅의 태풍을 건드리거나 방향을 돌릴 수 있는 그런 초자연적 이상도 아니었습니다. 왜냐하면 그런 이상은 이 땅에는 존재하지도 않기 때문입니다. 그녀는 사람이었습니다. 그리고 만약 그런 인간의 본성에 예지와 도덕과 자기 희생과 영웅심이라는 높은 산꼭대기가 존재한다면, 위협하는 유혹과 암흑의 본능이 조용히 숨어서 덩굴 식물처럼 사는 저 깊은 심연도 존재합니다. 어떤 종류의 인간이든지 마음속 죄악의 씨앗이 조용히 숨어 있는 그 신비의 깊은 심연이 꿈틀거릴 만큼 죽도록 고통당하고 처절하게 흔들리게 해선 안됩니다. 인간의 본성에는 위대한 권능이 존재하지만 경계가 없는 불가능도 함께 존재합니다. 모든 인간에겐 인간이 짊어질 만큼의 책임과 의무에 정비례하는 정도의 권리와 생계수단이 주어져야 합니다. 그렇지 않으면 그 인간은 자신이 해낼 수 없는 일을, 견뎌낼 수 없는 일들을 해내지 못하고 견뎌내지도 못합니다.

그렇게 오랫동안 마르타의 가슴속에 한 방울 한 방울씩 모여 들었던 그 쓰디쓴 독은 지금 자신에게 큰 파도를 일으키고 있습니다. 동시에 지금까지 잠자고 있던 유혹의 덩굴식물들과 열정의 뱀들이 조금씩 잠에서 깨어 헤엄쳐 나와, 지금은 완전히 정신을 차리고는 격렬히 활동하게 되었습니다.

*

그 값비싼 모피가죽을 입은 젊은 신사는 융단 몇 점과 은제 그릇 몇 점, 도자기 화병과 작은 대리석 조각품들을 고르느라 열심이다. 그는 필시 젊은 아내를 얻어 아름다운 집을 장식할 생각으로 물품을 잔뜩 사들이는 것 같았다.

신사와 상점 주인은 자신들의 공동 관심사에만 마음을 두고는 벽 옆에서 목석처럼 꼼짝 않고 침묵한 채 무덤처럼 서 있는 여인에 대해서는 잠시 잊어버렸다. 그녀는 많은 돈이 들어 있을 크고 두툼한 지갑을 손에 쥐고 있는 그 신사의 손에서 눈을 떼지 않았다.

'저이는 저렇게 많이 가지고 있는데, 왜 못 주겠다는 거야? 내 아이는 추위에 떨면서 사경을 헤매고 있는데, 저이는 손에 왜 저렇게 많은 돈을 가지고 있어? 내가 젊고 건강하다고 한 그의 말은 거짓말이야! 나는 아주 늙어버렸다고! 이미 살아갈 힘을 다 소모한 채 겨우 삶을 지탱해나가고 있는데…… 이전의 마르타는 어디로 사라져 없어졌는지 내가 어찌 알아? 나는 아주 많이 아파. 나도 어린 아이처럼 허약하다고…… 그런데 왜 사람들은 나에게 힘도 주지 않고서 내 자신의 힘으로 살아가도록 요구하지? 애당초 내게 그 힘을 주지 않고서, 왜 지금 나에게서 그 힘을 요구하는 거지? 저이도 나를 불공정하게 대하는 사람들 중에 하나야. 나에게 빚을 진 사람들 중 한 사람이라고! 저이도 당연히 내게 줘야 한다고!'

그녀의 생각은 극도로 상식을 벗어난 것이었지만 그녀 자신의 관점에서는 불가피하고 당연한 일이었다. 그녀의 생각들은 그런 똑같은 불공정, 그런 똑같은 운명, 한편으로는 똑같은 무력감과 다른 편에서는 책임감과 필요성이라는 것에 근거를 두고 있었다. 마치 때때로 이 세상에서 분신과 살인이라는 행위로 폭발하게 되는 모든 논리를 만들어내는 것처럼 공정함이 부족한 채로 태어났기에 공정함이라는 감정 자체를 가지고 있지 않았고, 악행에 의해서 태어났기에 스스로 나쁜 일을 저지르는 모든 난폭한 격정들을 낳게 되는 생각들처럼.

"따라서," 신사가 말했다.

"융단 값은 삼백 즈워티이고, 바구니 값은 오백 즈워티, 도자기 화병 값은 이백이고……."

그는 돈을 꺼내 상점 주인에게 값을 치르려고 하다가 갑자기 멈추었다.

"그렇지!"

신사가 말했다.

"잊어버릴 뻔했네요! 이 황동 군상(群像)과 저기 저것을 주기로 하셨지요……."

상점 주인은 웃음을 지으며 그것들을 가지러 뛰어갔다.

"이것 말이지요?"

그가 물었다.

"아뇨. 저것, 아이들이 앉아 있는 니오베 군상을…… ."

"니오베요? 선생께서는 비너스와 함께 있는 큐피트 상을 원하셨을 텐데요?"

"그랬던가요. 내가 한 번 더 살펴봐야겠군요."

많은 돈을 흘어놓기를 좋아하고 주의를 게을리하는 손으로 그는 편평한 대리석판에 자신의 지갑을 열어둔 채 던져놓고 상인의 뒤쪽에 있는 상점 안쪽으로, 자단 선반 위의 유리잔 아래 황동과 대리석으로 된 군상 조각이 놓여 있는 민예품 쪽으로 갔다.

지갑은 다양한 금액의 지폐 여러 장이 편평한 대리석판 위로 나와 있을 정도로 입을 크게 벌린 채 아무렇게나 놓여 있었다.

벽 근처에 서 있던 여인의 이글거리는 두 눈에 그 지폐들이 들어왔다. 여러 종류의 뱀이 새를 홀려 잡아먹을 듯한 눈으로, 다양한 지폐들이 그 여인의 검고도 깊은 두 눈동자를 홀려 집어삼키고 있었다.

여인이 그런 식으로 낯선 돈을 쳐다보고 있을 때 그녀의 머릿속에는 어떤 생각들이 떠올랐을까? 그 생각을 모두 찾아내기는 어려울 것이고, 그 생각들 가운데 어떤 질서정연한 것을 찾아내는 것도 어려울 것이다. 그것은 생각이 아니라 혼돈이었다. 온몸의 뜨거운 열기가 이 혼돈을 낳았으며, 혼비백산한 정신이 이를 더 강하게 만들었다. 이 초 동안 그런 눈길을 보낸 뒤 마르타는 온몸을 떨고 눈꺼풀을 한 번 내렸다가 곧 다시 들어, 구겨진 수건에서 손을 꺼냈다가 그것을 재빨리 숨겼다. 그녀는 아직도 자기 자신과 싸우고 있었지만…… 저런, 애석하게도 그녀는 이겨낼 희망이 없었다! 그럴 희망은 존재하지도 않았다. 그녀는 불명예스러운 유혹에 대항할 만큼의 힘이 없었다. 그녀는 그 유혹이 불명예라는 것을 알아차릴 만큼의 자의식도 이미 없어져버렸다. 그녀는 이제 양심도 없었다. 왜냐하면 그 양심은 자신의 가슴속에 모여든 바다 같은 쓰라림에 깊숙이 빠져버렸기 때문이다. 자신이 대항하여 느낄 수 있는 경멸과 고통받아 오던 그 오랜 수치심도, 그만큼 여러 번 동냥조차 거절하곤 했던 부끄러움도 이젠 없었다. 그녀에게는 끝내 이겨낼 힘이 존재하지 않았다. 왜냐하면 의식조차 몽롱해졌고, 가난과 추위와 불면과 또한 절망에 의해 생긴 뜨거움으로 온몸이 화끈거렸으며, 반란을 일으키며 내부의 저 밑바닥에서 껍질을 깨고 나온 어두운 격정에 정신이 사로잡혔기 때문이다.

갑자기 여인은 손을 재빨리 움직였다. 지폐 중 한 장이 대리석으로 된 편평한 판에서 사라졌다. 그리고 유리 출입문이 열리자마자 곧 꽝 하는 소리와 함께 다시 닫혔다.

"무슨 일이지요?"

모피 신사가 물었다.

상점 주인은 매장의 가운데로 뛰어갔다.

"그 여자로군요. 저렇게 빨리 달려나간 사람은!"

그는 외쳤다.

"그 여자가 뭔가 훔친 게 분명해요!"

젊은 신사도 출입문으로 다가갔다.

"정말이군요."

그는 웃음을 지으며, 편평한 대리석 판을 쳐다보고 말했다.

"그 여자가 내 지갑에서 삼 루블짜리 지폐 한 장을 훔쳐갔어요. 그 지폐는 한 장만 갖고 있었는데, 그것이 없어졌어요!"

"하! 멍청한 거지!"

상인이 말했다.

"어떡하죠? 내 집에서 도둑을 맞다니? 그것도 바로 내 앞에서…… 하, 그 수치심도 없는 여자!"

그는 출입문으로 뛰어가 문을 활짝 열었다.

"순경!"

그는 문턱에 서서 크게 외쳤다.

"순경!"

"무슨 일이십니까?"

대로에서 어떤 목소리가 들려왔다.

상점에서 흘러나오는 한 줄기의 불빛 아래 인도에 나타난 그 목소리의 주인공은 가슴에 노란 양철을 빛내고 있었다.

"저쪽으로," 상점 주인은 분노를 삭이지 못한 채 손가락으로 도로를 가리키며 말했다.

"저쪽으로 어떤 여자가 저희 가게에서 일 분 전에 삼 루블을 훔쳐 달아났다고요!"

"어느 쪽으로 달아났나요?"

"저쪽으로."

상인 앞에 우연히 지나가던 어떤 행인이 멈추어 서서 노비 스비아트 거리의 방향을 가리켜주었다.

"내가 그 여자를 봤어요. 검은 옷을 입고 있었어요. 마치 아무것도 보이지 않는 미친 여자처럼 뛰어갔어요. 앞을 보지도 않고 가니까 미친 여자인가 했지요!"

"그 여자를 붙잡아야 합니다!"

상점 주인은 순경에게 말했다.

"물론이지요, 선생!"

노란 양철판을 단 순경이 말하고는 앞으로 뛰어가면서 크게 외쳤다.

"이보시오! 사람들! 붙잡아요! 노비 스비아트 쪽으로 여자 도둑이 달아났어요!"

상점 출입문이 닫히고, 웃음을 짓고 있던 신사는 그런 작은 돈 때문에 이렇게 호들갑을 떠는 상인을 못마땅하게 여겼다.

몇 초 뒤, 대로에는 떠들썩하고 소란스러운 소리가 났다. 번개가 구름을 가르듯 검은 옷을 입은 마르타는 수많은 인파 속을 뚫고 맹목적으로 노비 스비아트 거리를 향하여 달렸다. 물론 그녀는 어디로 달려가고 있는지, 어느 곳으로 달려가야 하는지도 몰랐고, 의식도 없었으며 반은 미쳐 있었다. 이 순간 그녀 생각 중에 아주 조금 남아 있는 의식으로는 아마 자신이 불명예스러운 행동을 한 것을 애석해했을 것이다. 하지만 이미 저질러버렸으니 어찌하랴. 그녀는 엄습하는 공포감에 빠져버렸다. 자기보호라는 본능의 충동에 따라 그녀는 사람들에게서 멀리 떨어져 달렸다. 행인들은 그녀 앞에도 있었고 뒤에도 있었으며 주위에도 있었다. 아무 생각도 없이 무작정 빨리 달리면서 그녀는 사람들이 보이지 않는 곳으로 갈 수 있으리라고 생각했던 것 같았다.

그녀와 맞닥뜨리거나 부딪혀 밀린 행인들은 처음에는 그녀를 보고 놀라거나 두려워했고 길을 터주기도 했다. 그녀가 미친 사람이거나 급한 일 때문에 달려가나 보다 했을 것이다. 그런데 곧 큰길에서 "붙잡아라!"라는 고함 소리가 들려왔고, "여자 도둑!"이라는 소리도 뒤따랐다.

그 소리는 한 사람의 목소리가 아니라 그 여인이 달려온 방향에서 펼쳐지고 이 사람 입에서 저 사람 입으로 옮겨가 더 크게, 점차 더 큰 힘으로 변해갔다. 점점 그녀는 내달리던 속도를 잃고 헐떡이며 일 초 동안 멈추어 선 채 자신을 쫓는 그 위협적인 외침을 들었다.

그 순간, 돌로 만든 인도에는 뛰는 사람들의 발걸음까지 더 큰 소리가 되어 외침에 더해졌다. 마르타는 온몸이 극도로 떨려왔고, 두 팔에 날개를 단 사람처럼 빠른 속도로 도망갔다. 그녀는 실제로 날개를 갖게 되었지만 이번에는 고통 때문이 아니라 두려움 때문이었다.

갑자기 마르타는 뛰어가는 것마저 어려움을 느꼈다. 힘이 부족해서가 아니라—두려움의 날개가 그녀가 가는 방향으로 날아가게 했기에—반대편에서 누군가 달려오는 그녀의 갈 길을 막고 팔을 벌려 그녀의 옷을 잡으려고 했기 때문이다. 그녀의 날개는 이제 탄력성까지 가지게 되었다. 그리고 그 날개는 그녀 자신도 놀랄 정도로 유연하고 재빠른 동작으로 그녀를 이리저리 뛰어가게 했다. 그녀는 행인들의 손을 피하고 뿌리치면서 멀리 달아났다.

하지만 마르타를 향해 다가오는 사람은 혼자가 아니었다. 몇 명씩 떼를 지어 다가오고, 인도를 다 점거해버릴 정도였다. 그들을 피하는 것은 불가능했다. 그 사람들에게 발견되면 그녀는 영락없이 붙잡힐 것이다.

마르타는 인도에서 벗어나 도로로 뛰어내렸다. 도로의 중앙에는 마차 바퀴와 말발굽들이 많이 지나다니고 있었지만 그곳에서 걸어가는 사람들은 거의 없었다.

마르타는 도로 한복판으로 뛰어들었다. 그녀는 조금 전 아주 능숙하게 행인들을 피했듯이, 이번에는 마차 바퀴와 말발굽들을 피해 달렸다. 그녀가 도로 중앙으로 들어간 바로 그때, 뒤편에서 그녀를 쫓는 어두운 한 무리가 다가오고 있었다. 이 사람들은 누구인가? 맨 앞에는 노란 양철판을 단 순경이 보였다. 그 뒤에는 언제나 이런 소동에 기꺼이 끼어들어 웃고 떠드는 거리의 아이들이 달려오고 있었다. 그 아이들 뒤에는 사람들이 모이는 곳마다 볼거리를 놓치지 않으려는 다양한 실업자들이 다소 천천히 오고 있었다.

덮개 없는 사륜마차와 덮개 있는 마차들은 아직 드물게 보였다. 마르타는 도로 중앙에 멈추어 뒤를 돌아보았다. 마르타와 고함을 지르는 검은 인간들의 무리는 수십 걸음 떨어져 있었다. 마르타는 몇 초간 서 있다가 다시 곧장 앞으로 달려갔다. 그때, 마르타의 앞에도 검은 물체가 그녀 뒤의 사람들처럼 똑같이 움직이고 있었다. 하지만 그 물체는 좀 길고 높다란 모양이었다. 위에 보랏빛 등(燈)을 달아, 큰 눈 같은 것을 가지고 있었다. 종소리가 은은하고 명확하며 길고도 날카롭게 경고를 하듯 허공에서 들려왔고, 그 보랏빛 눈의 물체는 빠른 속도로 앞으로 미끄러졌다. 무거운 바퀴가 둔탁한 소리를 내고, 금속성의 말발굽 소리가 들려오고, 그 바퀴들이 구르면서 땅 위에 설치된 쇠 레일을 때렸다. 그것은 승객을 가득 태운 채 수십 킬로그램의 무거운 짐을 싣고 네 필의 큰 말이 끄는 대형 궤도용 승합마차였다.

마르타는 도로 중앙에서도 달음박질을 멈추지 않았다. 그녀의 앞뒤로 두 검은 집단이 달려왔다. 한쪽에서는 고함소리와 비웃음 소리가 들려오고, 다른 한 쪽에는 멈추지 않고 들리는 종소리와 둔탁한 소음과 아주 큰 보랏빛 눈이 보였다. 양쪽 모두 그 중간에서 뛰고 있는 마르타를 향해 곧장 달려오고 있었다. 만약 그녀가 옆으로 비키지 않으면, 둘 중 어느 한쪽이라도 그녀를 집어삼킬게 확실했다. 그녀는 지금까지 자신이 달려왔던 그 곧게 뻗은 길에서 벗어나 멈추어 선 채 주위를 둘러보았다.

마르타를 쫓는 사람들은 벌써 그녀와는 열 몇 걸음 정도의 거리를 유지하고 있었다. 달려오는 궤도용 승합마차와 마르타 사이에도 거의 비슷한 간격을 유지하고 있었다. 그러나 사람들은 아주 빠르게 달려오는 그 승합마차보다는 조금 천천히 뛰어오고 있었다.

마르타는 이제 달리지도 않았다. 더 이상 힘이 없거나, 아니면 이 공포의 추격을 끝낼 결심을 했을 것이다. 마르타는 궤도용 승합마차가 달려오는 쪽으로 서서 사람들이 달려오는 쪽으로 얼굴을 돌렸다. 마르타의 두 눈은 자각으로 빛났다. 그녀는 어느 쪽이든 선택을 해야 한다고 생각하였을 것이다. 어떤 선택? 한쪽에는 불명예, 조롱, 감옥, 길고도 끝없는 고통이, 다른 한 쪽에는 죽음…… 처절한 죽음, 그러나 갑작스럽고 섬광 같은 죽음이 기다리고 있다.

그렇지만 자기 보호의 본능이 마르타를 완전히 떠나지는 않은 것 같았다. 그녀에게 죽음은 인간들보다 더 잔인한 것처럼 보였다. 왜냐하면 그녀가 자신을 해방시켜줄 죽음으로 이끄는 그 선로에서 약간 벗어났기 때문이다.

그랬다. 하지만 마르타는 다시 그 선로 쪽으로 물러서기 시작했다. 가슴에 노란 양철판을 단 사람은 추격하는 무리의 맨 앞으로 달려나와 손을 뻗어 마르타가 매고 있던 수건의 가장자리를 붙잡으려고 했다. 마르타는 얼른 뛰어 한쪽 레일에 멈춰 섰다. 마르타는 어두운 하늘을 향해 얼굴을 쳐들고 두 손을 위로 뻗었다. 그녀는 입을 열어 알 수 없는 비명을 질렀다. 별이 총총 떠 있는 하늘을 향해 고통을 하소연했는지, 용서를 구했는지, 아니면 아이의 이름을 불렀는지 아무도 정확하게 듣지 못했다. 마르타가 갑자기 옆으로 쓰러지는 걸 처음 보고 놀란 그 노란 양철판 남자는 다시 마르타에게로 달려가 그녀가 쓴 수건의 가장자리를 붙잡았다. 마르타는 눈 깜짝할 사이에 수건을 집어던져 순경의 손에는 수건만 남게 되었고, 자신은 땅에 넘어졌다.

"멈춰요! 멈춰요!"

군중들이 공포에 질려 고함을 질렀다.

그러나 그 보랏빛 눈은 아랑곳하지 않고 여전히 앞으로 날아왔으며 말발굽은 여전히 레일 위에서 다그닥거렸다.

"멈춰요! 멈춰요!"

추격하던 군중들은 쉴 새 없이 소리쳤다. 궤도용 승합마차의 마부는 의자에서 벌떡 일어나 온 힘을 다해 말에 연결된 긴 줄을 움켜쥐면서, 그르렁대는 목소리로 말들에게 외쳤다.

"서랏!"

말들은 결국 섰다. 달그닥거리는 소리는 작아졌지만 그때는 이미 무거운 바퀴가 땅 위에 쓰러져 있는 여인의 가슴을 밀치고 지나가버린 뒤였다.

아름다운 도로 중앙에는 많은 사람들이 무덤과도 같은 침묵을 유지하며 서 있었다. 공포에 질린 얼굴과, 흥분해 숨도 제대로 쉬지 못하는 가슴을 지닌 사람들이 흰 눈이 덮인 포장도로 위에 꼼짝하지 않고 쓰러져 있는 검은 옷의 여자를 내려다보고 있었다.

　거대한 승합마차의 바퀴가 마르타의 가슴을 깔아뭉개고는 마르타의 생명을 앗아가 버렸다. 마르타의 얼굴은 다치지 않은 채 그대로였고, 맑은 두 눈은 별이 총총한 하늘을 바라보고 있었다.

여성은 무엇으로 행복을 추구하는가

에바 시우라브스카(Ewa Siurawska)*

한국의 독자 여러분!

유럽 여성 운동사에서 중요한 역할을 한 엘리자 오제슈코바의 작품 『마르타』를 독자 여러분께 소개하고 싶습니다. 이 작품은 약 140년 전에 폴란드어로 발표된 이후 15개 언어로 번역되었고, 한국어 번역은 열여섯 번째에 해당됩니다.

작가 엘리자 오제슈코바는 뛰어난 폴란드 여성 소설가로, 수십 편의 장편소설과 단편소설, 사회문제와 문학에 대한 에세이를 두루 발표했습니다.

이 작가는 1904년과 1909년 노벨문학상에 두 번이나 후보로 추천되었습니다. 아쉽게도 수상하지는 못했지만 기억해야 할 점은 이 작가의 작품을 읽은 수많은 독자들의 사고방식에 작가가 깊은 영향을 끼쳤다는 것입니다.

작가가 활동하던 당시 유럽의 지배적인 사상은 실증주의 세계관이었으며 이는 문학도 마찬가지였습니다. 이 사상의 밑바탕

---

* 출판인, 폴란드에스페란토협회 사무총장 역임.

에는 실험으로 탐구된 사실에 기초한 실증주의 철학이 있습니다. 당시 대표적인 철학가는 존 스튜어트 밀(J. S. Mill, 1860~1893), 허버트 스펜서(H. Spencer, 1820~1903), 오귀스트 콩트(A. Comte, 1798~1857) 등입니다. 당시 철학가들은, 사회적 삶이란 과학에 의지해야 한다고 선언했습니다.

이와 같은 시대의 시작을 민족 독립 봉기에 실패한 1864년으로 보고 있습니다. 프로이센, 오스트리아, 러시아 세 강대국의 힘에 눌려 18세기 말 나라를 잃은 폴란드 사람들은 독립을 위해 여러 차례 봉기를 일으켰으나 실패하였습니다. 그러나 1863년 1월의 봉기는 희생과 영웅심(Gloria Victis, 패배자들에게 영광을)에 대한 존경심을 불러일으켰으며, 정신적으로 무장 조직의 가능성을 입증해주었습니다.

그러나 봉기가 참담한 실패로 끝나자 결국 제정러시아의 압제만 가중되는 비극적 결과를 가져왔습니다. 독립을 위한 무장 투쟁은 이제 불가능해졌습니다. 그래서 민족 문화의 통일성을 유지하기 위해 폴란드 사람들은 당시 초래된 환경에 적응하면서 합법적인 활동을 받아들여야 했습니다. 폴란드 사람들은 필요에 따라 실증주의 프로그램을 채택하였습니다. 실증주의의 주요 개념은 과학주의, 실용주의, 노동과 과학에 대한 가치 부여, 여성 해방 등이었습니다.

리얼리즘 성격의 문학은 실증주의 사고방식을 보편화하는 데 이바지했습니다. 독자로 하여금 현실을 인식하고 타개해나가도록 문학이 앞장섰습니다. 당시 문학은, 특히 장편소설 분야에서, 삶의 부유함과 비참함을, 또 마땅히 바꿔야 하거나 없애야 하는 것을 표현하며 관찰된 삶을 수동적으로 반영해보려고 노력했습니다.

실증주의 작가로서 서유럽에서 명성을 남긴 인물이 찰스 디킨스(C. Dickens)와 오노레 드 발자크(H. De Balzac)이고, 러시아에서는 니콜라이 고골(N. Gogol)이며, 폴란드에서는 볼레스와프 프르스(Bolesław Prus)와 엘리자 오제슈코바입니다.

엘리자 오제슈코바는 실증주의적인 노력을 옹호한 인물이었습니다. 작가는 여성의 시각에서 세상을 바라보았으며, 그 때문에 여성이 성공적인 삶을 살아가려면 교육이 필요하고, 그러려면 이를 방해하는 사회적 관습이 바뀌어야 한다는 것이 작품의 주제였습니다.

작가는 가정교육과 지식, 사랑과 결혼 속에서의 삶, 이혼, 남편 없이 살아가야 하는 여성의 운명과 결혼제도 밖에서 생긴 자녀(혼외 자녀), 직업으로서의 노동 문제에 깊은 관심을 두었습니다. 그녀는 이러한 주제로 장편소설이나 수필 등을 썼습니다.

그런 성격의 작품으로 가장 널리 알려지고 탁월한 작품이 바로 이 『마르타』입니다.

이 작품의 여주인공 마르타 스비츠카는 공무원인 남편과 결혼해 아이가 하나 있습니다. 그런데 남편이 갑자기 병을 얻어 죽습니다. 그러자 그녀는 일을 시작해야 했습니다. 그러나 이 주인공은 일할 준비가 되어 있지 않았고, 일자리도 찾을 수 없었습니다. 전통적으로 많은 직업은 오로지 남자들만을 위해 존재했습니다. 어린아이를 키워야 하는 마르타는 비참한 운명에 빠질 수밖에 없었습니다. 그녀는 마차 바퀴에 깔려 삶을 마감하게 됩니다. 고아가 된 아이는 살아갈 방법이 전혀 없는 상황에 놓이게 됩니다.

작가는 다양한 사회계층을 배경으로 마르타의 삶에 아무 해결책도 제시하지 않고, 있는 그대로를 보여주고 있습니다. 작가는 독자로 하여금 작가 자신이 바라보는 사물과 대상을 함께 바라보게 하면서, 꼭 마르타가 죽어야만 했는지 의문을 갖게 만듭니다.

이미 프랑스혁명(1789년) 시기에 여성의 법적, 사회적 평등권을 목표로 하는 여성운동이 생겨났습니다. 19세기 초반에 미국과 영국에서 시작된 여성해방운동은 더 강화되어 후반에는 다른 유럽 나라들로 파급되었습니다.

우리는 현재 21세기에 살고 있습니다. 오늘날의 여성들도 이전의 여성 참정권론자들이 싸워온 그 권리를 위한 싸움에 계속 나서야 합니다. 아직도 사람들은 여성의 주요 역할이 아내와 어머니의 역할에만 머물러야 한다고 말하기도 합니다만.

『마르타』가 세상에 나온 지 많은 세월이 흘렀어도 여성 문제는 오늘날 여전히 실제적입니다. 오랜 기간 많은 독자들로부터 사랑을 받아온 이 작품이 오늘날 한국에서도 여성의 운명에 대해 깊이 생각해보는 계기가 되기를 바랍니다.

"안녕하세요 안녕하세요
희망은 좀 보이시나요?"
—가수 조영남 「대자보」

"세상 살아가는 맛이 나나요?"

독자들에게 옮긴이가 드리는 첫 질문입니다.

"네, 그런데요?"라고 답하는 독자라면, 이 작품을 통해 우리가 살아가는 세상을 되짚어 살피는 계기가 될 것입니다.

"아니, 왜요?"라고 답하는 독자라면, 이 작품은 그 독자의 삶에서 무엇이 소중한지를 더 자세히 알려주는 계기가 될 것입니다.

어쩌면 이 책을 펼쳐 든 독자는 옮긴이인 제게 "그게 무슨 말인가요?"라고 물을지도 모릅니다.

이 작품 『마르타』는 산업화, 근대화 과정에서 여성의 생존권과 존재 방식에 대한 문제를 심도 깊게 다룬 폴란드 장편소설입니다. 먼 나라의 이야기이지만, 이 작품 속 주인공은 오늘날 우리 여성에 대한 이야기일 수도 있습니다.

19세기 독립 쟁취를 위한 폴란드 정치와 산업화 과정에서 소설의 역할

먼저 이 작품 배경인 폴란드 이야기부터 해보려고 합니다. 유럽을 이해하는 좋은 방법 중 하나가 폴란드를 아는 것이라고들 합니다.

동유럽의 폴란드는 우리나라처럼 지정학적으로 열강의 틈바구니에 위치해 있으므로 어떻게 하면 독립을 이루어 이를 지켜 나갈까 하는 고민을 늘 해왔습니다. 때로는 나라의 크기가 커졌다가 줄어들고, 줄어들다가 분할되기를 되풀이하였습니다. 한반도에 사는 우리들도 비슷한 처지에서 늘 고민하지 않았나요?

『그대들의 자유, 우리들의 자유(폴란드 민족해방운동사)』*에 폴란드의 사회, 정치, 문화, 문학이 잘 정리되어 있으니 『마르타』를 읽는 이는 폴란드 사회를 이해하기 위해 앞에 언급한 책도 꼭 읽기를 권하고 싶습니다.

19세기 초에 이미 폴란드는 주변의 힘센 나라들인 러시아, 프로이센(독일), 오스트리아에 의해 분할 통치를 받게 됩니다. 그러니 그 나라에서 터전을 잡고 오래전부터 살아오던 폴란드 귀족, 농민, 농노 등 그 구성원들은 나라(민족)를 온전히 바로 세우기 위한 독립 운동(봉기)을 전개합니다. 처음에는 귀족들이, 나중에는 인구의 대다수를 차지하는 농민이 이 봉기에 참여합니다. 근대 국민의 일원이 될 자경 농민, 임금 노동자들이 그 대열에 합류했습니다. 문학에 종사한 이 나라 시인들은 국내외에서 나라를

* 임지현 지음, 아카넷, 대우학술총서 p.486.

되찾아야 한다는 메시지를 폴란드 국민을 향한 시로 표현해왔습니다. 18세기 초반을 문학적으로는 강렬한 민족적, 애국적 색채를 띤 '낭만주의'라고 부릅니다. 그러나 여러 차례의 대규모 봉기(1830년대, 1840년대, 1862~1863년의 봉기)를 통해서도 나라를 온전히 되찾을 수 없었습니다.

그 당시 서유럽에 비해 경제적, 산업적으로 낙후된 상태를 학문, 교육, 경제 발전을 통해 극복하고 독립을 준비하려는 운동이 일어나는데 이를 문학에서는 '실증주의'라고 합니다. 당시 문학계에서는 『쿼바디스』의 H. 시엔키비치, E. 오제슈코바, B. 프루바 등 3대 작가가 배출되었습니다.

지식인, 문학가, 기업인들은 실용과학, 산업 발전, 교육을 통해 국민 개개인의 능력을 키우는 쪽으로 방향을 선회합니다. 1860년대 초 폴란드 독립 봉기에 영향을 받은 러시아 제국은 1864년 점령하의 폴란드에 농노 해방을 시행하였습니다. 이제 농노는 자경민이 되거나, 산업화되는 도시의 임금노동자로서 삶을 꾸려가야 했습니다. 폴란드 내에서 러시아어를 강제로 사용하게 하니 행정, 치안, 군사 분야에서 제정 러시아화가 가속화되었습니다. 폴란드 문학가들은 농민을, 또 농노 해방으로 인해 삶의 가능성이 한결 넓어진 농노들이나 임금 노동자들을 민족 구성원으로 키우고자 하는 교육에 더욱 관심을 갖게 되었습니다. 농노가 해방되자 폴란드는 이제 서유럽과 러시아의 산업 혁명과 부흥의 결실로 활기를 띤 도시들로 농민들이 대거 유입되어 이들이 산업 인력이 되어 급속한 산업화를 가져왔습니다.

『그대들의 자유, 우리들의 자유 (폴란드 민족해방운동사)』에 따르면 1864년과 1885년 사이에 총 산업생산은 1864년 대비 6배 이상이나 증가하여, 괄목할 만한 것이었습니다. 이렇게 된 데에는 러시아의 관세 정책 또한 힘이 되었습니다. 러시아가 속국인 폴란드에 관세를 적용하지 않는(1851년 러시아-폴란드 왕국 간 관세 장벽 폐지) 대신에 폴란드를 제외한 다른 나라와는 높은 관세 장벽을 활용하니, 면직 공업을 비롯한 폴란드 산업은 러시아라는 방대한 상품시장에 아무 제약 없이 들어갈 수 있었습니다. 1860~1880년 폴란드 공업생산은 연평균 15.1% 수준의 고도성장을 하게 되었습니다.

폴란드 도시들이 번창하고 공장에는 일할 노동자들이 많이 필요하게 되었습니다. 농민들은 자신들이 받은 농지를 포기하고 산업화가 활발한 도시로 이사해 풍부하고 저렴한 노동력을 제공하고 임금을 받아 생활하는 환경으로 바뀌게 되었습니다.

실용학문인 과학을 중시하자 문학은 시보다 소설이 더욱 잘 읽히고 직업적인 작가들이 나왔습니다.

폴란드가 1차 세계대전 뒤 1918년, 마침내 지난날 독일, 오스트리아, 러시아로부터 분할된 나라를 온전히 되찾게 됩니다. 우리나라도 1919년 3·1 독립운동 뒤 제한적으로나마 신문이 발행되고 출판사들이 소설을 펴내게 되었으니, 그 과정을 보면 서로 비슷한 부분을 발견할 수 있습니다.

실증주의를 대표하는 첫 여성 전업 작가의 삶과 작품세계

작가 엘리자 오제슈코바는 노벨문학상에 두 번이나 후보로 올랐습니다. 1905년 오제슈코바, 시엔키비치(Henryk Sienkiewicz), 톨스토이(Lev Tolstoj)가 노벨문학상 후보로 추천되었는데, 그해 수상자는 『쿼바디스』를 쓴 H. 시엔키비치였고, 1909년에도 노벨문학상 후보로 추천되었으나 스웨던 여성작가 셀마 라겔뢰프(Selma Lagerlof)가 수상하며 두 번 모두 기회를 놓쳤습니다.

지식인들은 당시 폴란드 문제를 시민의식의 부재라고 파악하고는 인구의 대다수를 차지하는 농민과 여성들을 민족 공동체의 동등하고도 능동적인 구성원으로 간주하며, 유대인을 자국민으로 인식하려고 하였고, 개인의 자유와 평등, 지식과 교육의 권리, 노동의 신성함을 강조하였습니다, 바르샤바의 실증주의는 폴란드 모더니즘의 선구자 역할을 하였다고 합니다.

실증주의자들은 삶과 사물에 대한 폴란드인의 전통적 제도를 혁신함으로써 사회의 근대화를 추구하였는데, 이는 교육과 점진적 개혁을 통해 서서히 기반을 다져나가야 하는 것입니다. 이러한 것은 나중에 스마일즈(Samuel Smiles)의 『자조론』(Self-Help)에 실증주의자들이 귀를 귀울인 것도 같은 맥락으로 이해할 수 있다고 합니다.

작가 오제슈코바는 1841년 그로즈뇨 인근의 부유한 귀족 가문 밀코브쉬지즈나 농장에서 태어났습니다. 16세에 폴란드 귀족과 결혼하여 1863년 폴란드 독립을 위한 봉기에 온 가족이 참여했지만, 봉기가 실패하고 남편은 투옥되어 시베리아로 유배를 당합니다. 그러자 돌아가신 아버지가 남겨놓은 많은 서적을 읽으면서 현실을 이해하고 봉기의 실패에 대한 자기 반성으로 24세 때인 1865년 '주간평론화보' 출판사에 『배고픈 시절 풍경』이라는 작품을 제출하여 등단하게 되었습니다.

이후 작가는 실증주의 대열에서 사회적 평등, 여성 문제와 국민의 교육과 여성해방운동, 유대인의 지위 향상을 주장하는 인문주의적인 견해를 작품을 통해 발표했습니다. 작가는 그로즈뇨에서 출판사도 열었는데, 정부 당국과 보수언론은 작가가 아주 진보적인 작품을 연이어 발표하자 비난과 공격을 하기도 하고, 출판사를 폐쇄하도록 강요하기도 했습니다.

작가의 작품 활동을 크게 세 시기로 구분했을 때, 첫 십 년(1866~1876)은 자본주의와 그 발전을 소개하면서 봉건사회 잔재 고발에 집중했다면, 제2의 시기(1876~1888)는 작가로서 가장 활발한 활동을 한 시대입니다. 이때 작가는 자본주의 성장과 이로 인한 문제, 그리고 갈등을 나타내려고 했습니다. 이때의 주요 관심사는 착취와 억압의 잔인한 세계와 싸우면서도 가난에 쓰러지는, 돈과 폭력의 지배에 무력해진 국민의 삶이었습니다. 또 이 기간에는 여성 작가로서 부르주아 문화의 부패성을 잘 나타내고 있습니다.

마지막 제3의 시기(1889~1910)는 소설 『함(천민)』의 저술을 하는 동안 그리고 1910년 작가가 죽을 때까지 계속됩니다.

작가는 『바츠와바의 일기(Pamiętnik Wacławy)』(1871), 『판 그라바(Pan Graba)』(1872), 『마르타(Marta)』(1873) 등 초기 작품에서 여성의 어려운 입장을 묘사하였습니다.

또 유대인과 기독도교도 간의 단층(斷層)이나 유대인 사회의 진보적 요소와 뒤떨어진 요소 간의 싸움을 그린 소설 『엘리 마코베르』(1875) 『마에르 에조포비치』(1877), 농민생활을 그린 『천민(賤

民)』(1889) 등을 발표하였습니다.

1889년 장편소설『니엠넨 강변(Nad Niemnen)』이 대표작품으로, 지난날 리투아니아 대공국 시절의 폴란드 사회인 장원(莊園)과 상류사회의 관계를 묘사했습니다.* 이 작품은 폴란드 실증주의 운동을 그림과 동시에 노동과 농민의 중요성, 지식에 대한 강조 등을 부각시키는 한편 경박성, 이기주의, 귀족을 비롯한 사회계층의 편견 등의 요소를 비꼬아, 미쯔키에비츠의 작품『판 타데우스』에 비교될 만큼 높이 평가받은 작품입니다.

작가의 작품 중에서 한국에서는 단편소설『힘센 삼손』(1877)이 1987년『폴란드문학의 세계』(시엔끼에비츠 외 지음, 최건영 엮음, 남명문화사, 1987년) 속에 소개되었고, 이번에는 이 작가의 문제작 장편소설『마르타』가 번역 출간되기에 이르렀습니다.

『마르타』에 대하여

"남편을 잃은 불행한 아내이자 한 아이의 어머니인 주인공의 우울한 삶을 그린 이 작품은 최신 유행은 아니지만 읽을 때마다 내 마음에 큰 반향을 일으킨다. 이 작품의 예술적 가치와 인간애의 가치는 의심의 여지가 없다."**

*『브리태니커 세계 대백과사전』, 브리태니커 동아일보 공동출판, 1993, 제16권, pp.245~246.『학원세계 대백과 사전』, 학원출판공사, 1993.『두산대백과 사전』인터넷 자료(http://ko.wikipedia.org/wiki/%ED%8F%B4%EB%9E%80%EB%93%9C_%EB%AC%B8%ED%95%99) 등.
* 조지 스트로엘레(Georges Stroele, 스위스 에스페란티스토이자 편집자), 잡지〈에스페란토〉, 1924

『마르타』는 잡지『주간 유행소설』(1873)에 조금씩 연재된 작품으로, 어쩔 수 없이 자립하지 않으면 안 되게 된 양가의 여성에게 덮친 비극을 그린 작품입니다. 이 작품을 통해 작가는 사회인으로 살아가야 하는 여성의 문제, 여성해방문제를 제기하고, 여성 자신이 생계를 책임져야 하는 상황에서 그 곤궁함을 어떻게 해결해나가는지를 보여줍니다. 1870년대 폴란드 바르샤바를 배경으로, 급속한 산업화와 도시화의 과정에서 사회 복지의 사각지대에 놓인 한 젊은 여성이 자신의 네 살 된 아이와 살아가야 하는 삶의 상황이 잘 나타납니다.

잘 배우지 못한 채 삶을 살아가야 하는 불행한 여성 마르타는 남편과 사별하고 자신과 아이를 위한 빵을 얻으려고 싸워가야만 하는 필요성에 직면합니다. 여성이 교육과 노동에서 소외된 당시 교육 시스템을 강하게 비난하는 마르타의 말을 통해 우리에게 무엇이 중요한가를 느끼게 합니다. 여주인공은 공포스러운 가난을 이겨내려고 노동 경력이 전혀 없는 노동자를 착취하는 회사의 재봉사로 일하게 되지만, 본인이 받은 일주일 수당으로는 아이의 밥값과 탁아비용을 지불하고 나면 아무것도 남지 않는 공포를 직접 체험하게 됩니다. 결국 자본주의 시스템의 저 밑바닥으로 향합니다. 착취에도 어쩔 수 없이 그에 따라야 하는 노동자의 운명이라 할까요?

오제슈코바는, 당시의 많은 다른 작품들과는 달리 아주 귀하게도, 비극적 상황에 빠진 여주인공을 자선이나 사회적 도움의 환상에 기대게 하지 않고 외롭고 절망적으로 자본주의 세상에서 나쁜 운명과 싸우게 합니다.

1873년 『마르타』가 출간되자 오제슈코바는 폴란드 안팎에서 상당한 명성을 얻었고, 여성해방운동의 주요 인물이 되었습니다. 아래는 작가가 당시 느낀 자신의 성공기입니다.

"『마르타』가 출간되자 여성들 사이에 대단한 변화가 생겼어요. 나는 처음으로 낯선 독자들로부터 편지를 받아보았는데 다양한 계층, 직업, 나이의 여성들이 보낸 것이었어요. 이 작품을 읽게 되어 고맙다며 조언을 구하기도 하고 그 독자들에게 끼친 다양한 체험과 열정을 보여주었어요. 많은 독자들이 이 작품을 읽으면서 울음을 터뜨렸고, 자신의 미래에 대해 커다란 불안을 느끼고는 교육과 일에 적극 뛰어들었다고 하였어요."

이 작품이 출간된 뒤 여러 나라 언어로 번역되었는데 에스페란토의 창안자 자멘호프는 나중에 이 『마르타』를 읽고 난 뒤, 작가의 대단한 관점과 사고방식을 감동해 작가에게 허락을 얻어 에스페란토로 번역합니다. 이 번역본은 프랑스에서 1910년 출간되었습니다. 이 에스페란토 번역본을 텍스트로 일본어 번역본이 나옵니다. 마찬가지로 에스페란토본은 한국어로 번역할 때도 기본 텍스트가 되었습니다.

일본어판(1927년, 『과부 마르타』라는 제목으로 출간)이 출간되자 일본 사회에, 특히 여성운동, 여성해방운동, 노동운동에 상당한 영향력을 미쳤다고 합니다.* 『과부 마르타』는 특히 젊은 세

* 고토 히토시, 『과부 마르타』와 그의 수용, 『La Movado』 725호(2011. 7), 727호 (2011. 9), 741호(2012. 11) 기고문의 덧붙임(https://www.sal.tohoku.ac.jp/~gothit/historio/marta.html)

대 여성에 상당한 영향을 미쳐, 독자 중 한 사람인 카와사키 나 츠(1887~1966, 도쿄여자대학 교수, 2차 세계대전 이후 참의원 의원. 1926~1932년 일본에스페란토학회 이사)는 나중에 이 작품에 대해 '1930년대 여학생들이 즐겨 읽던 책 중의 한 권'이라고 했습니다. 그 뒤 1950년대 일본에서 이 작품을 기반으로 한 〈여자의 운명〉 이라는 영화로 만들어지기도 했습니다.

『마르타』는 스웨덴 여성해방운동에도 크게 이바지했습니다. 많은 용기와 의지, 정열을 갖추고, 또 도덕적으론 바른 생활을 함에 도 불구하고 희망이 사라진 상황에서—남편 사별 후 딸과 함께 홀로 지내기 시작한—살아가야만 하는 마르타라는 한 여성의 비 극적 삶을 언급하면서, 이 작품이 스웨덴 독자들에게 깊은 인상 을 남겨 스웨덴 여성 운동에 고무적인 역할을 했다고 자멘호프 평전『바벨탑에 도전한 사나이』*에서도 쓰고 있습니다.

한국사회의 압축 성장과 불평등의 양극화

그럼 독자는 제게 "그래, 오늘날 한국 사회가 어때서요?"라고 물을지도 모릅니다.

저는 2년 전, '지옥살이'라는 낱말을 한글학회 부산지회 월례회 에서 처음 들었습니다. 독자 여러분은 이미 이 말의 뜻을 아시지 요? 볕이 들지 않는 지하의 공간에서 또 건물 옥상의 한 켠에서

---

*『바벨탑에 도전한 사나이』, 르네 상타시·앙리 마송 지음, 이종영 외 옮김, 한국외 국어대학교 출판부, 2006

도시민으로 살아가는 삶을 말하더군요. 그 낱말의 뜻이 최저 시급 5,580원(2015) 시대, 오늘날 우리들의 삶의 한 모습이기도 합니다.

소시민으로, 아니 이 시대의 시민으로 세상을 살아가려면 우리에겐 무엇이 필요한가요?

교육인가요?

경력인가요?

사랑인가요?

희망인가요?

저는『마르타』를 폴란드 작가가 '우리 사회에 보내는 절규의 메시지' 라고 감히 말하고자 합니다.

젊은 여성 독자, 젊은 학생 독자들에게도 앞으로의 삶을 설계하려면『마르타』를 꼭 읽어보기를 권합니다. 이를 통해 사회에서 살아가는 방법과 지혜를 갖추기를 기원합니다. 오늘도 자기소개서를 들고 취업의 길에 나서는 취업 예비생들에게 드리는『마르타』는 '폴란드판 안녕들 하십니까?'라는 대자보일지도 모릅니다.

근대화, 산업화라는 흐름 속에서 우리 개인은 무엇으로 행복을 준비하며 살아가나요? 또 만일 여성이 이 사회에 홀로 서야 하는 입장이 된다면, 어떻게 해야 이 험난한 세상을 헤쳐 나갈 수 있을까요?

감사의 마음

이 작품 번역의 마무리를 위해 외국인 친구들의 도움을 받았습니다.

오래전 성심외대 프랑스어 교수로 왔던 프랑스인 알렉스 교수과 그의 한국인 아내는 이 작품 안에 들어 있던 프랑스어 문장의 번역에 도움을 많이 주었습니다.

또 폴란드 에스페란토계의 도움은 정말 컸습니다. 작품의 폴란드어 원문을 보내주고, 2000년에 재발간된 『마르타』 원서를 챙겨 보내주었습니다. 이 번역 작품의 한국어판 서문을 써주신 출판인(폴란드에스페란토협회 사무총장 역임) 에바 시우라브스카(Ewa Siurawska) 여사의 도움이 없었더라면 이 작품은 제대로 마무리를 할 수 없었을 것입니다. 그럼에도 불구하고 번역에서 오류가 발견된다면, 이는 전적으로 역자의 부족함 때문일 것입니다.

한국에스페란토협회 회원님들의 격려에 대해선 늘 고마울 뿐입니다. 에스페란토 입문부터 지금까지도 늘 배려와 격려를 아끼지 않은 박기완 교수님, 허성 선생님, 역자의 번역활동을 지켜봐주는 거제대학교 김정택 교수 부부, 최성대 초빙교수 부부, 동명대학교 박연수 겸임교수 부부에게도 감사의 마음을 전합니다. 지난날, 초역된 자료를 컴퓨터에 입력해준 이종사촌 박원영에게도 고마움을 전하고 싶습니다.

산지니 출판사의 강수걸 대표와 편집장 권경옥 선생님을 비롯한 편집진은 번역원고를 읽고 좀 더 읽기 쉬운 글로 갈무리해주어 책의 모습이 나오게 되었기에 감사의 마음을 전하고 싶습니다.

이제 저는 『마르타』 번역본을 출간하는 시점에서 다른 방식으로 고마움을 표현해보고 싶습니다. 저희 집안 구성원 중 여성분들께 존경과 감사의 마음을 전하고 싶습니다. 할머니, 당숙모님들, 다섯 고모님, 어머니, 세 이모님, 내외종누이들, 이종누이들, 재종누이들, 재종형수님들, 재종제수들, 세 누이, 그리고 빙모님, 두 처남댁, 처형과 아내에게 말입니다. '뭐든 제대로 해내지 못하는 재주 없는 역자의 요청과 요구에' 이분들은 언제나 제게 격려와 용기를 불러일으켜 주셨습니다.

그럼, 끝으로 작가가 보여주고 독자와 함께 관찰해보는 작품 『마르타』를 통해 우리는 세상의 어떤 맛을 느낄 수 있을까요?

세상이 쓴지, 단지, 매력적인지, 기댈 만한지에 대한 판단은 독자의 삶에서도 중요한 요소입니다. 사회 시스템에 대한 물음이기도 하지만, 세상의 일원으로 살아가는 우리 독자들이 풀어나가야 하는 숙제일지도 모르겠습니다. 혹시 독자님이 독후감을 역자의 이메일(suflora@daum.net)로 보내주시면, 기꺼이 함께 읽겠습니다.

책장을 한 장 한 장 넘겨보면서 폴란드 사회의 일상을 살펴서 오늘날 우리의 삶에 거울이 되기를 기대합니다.

세파에도 꿋꿋이 살아가는 여성들의 삶을 거울처럼 바라보면서,
2015년 겨울
옮긴이 장정렬 올림

작가 엘리자 오제슈코바(Eliza Orzeszkowa) 연보

1866 『Obrazek z lat głodowych(배고픈 시절 풍경)』— 데뷔작
  『Ostatnia miłość(마지막 사랑)』
1868 『Z życia realisty(현실주의자의 삶에서)』
  『Na prowincji(지방에서)』
1870 『W klatce(새장에서)』
  『Cnotliwi(정숙한 사람들)』
1871 『Pamiętnik Wacławy(바츠와바의 일기)』
  『Pan Graba(판 그라바)』
1873 『Na dnie sumienia(양심의 기초에서)』
  『Marta(마르타)』
1875 『Eli Makower(엘리 마코베르)』
  『Rodzina Brochwiczów(브로흐비치 가문)』
1876 『Pompalińscy(폼팔린스키 가문)』
  『Maria(마리아)』
  『Silny Samson(힘센 삼손)』
1878 『Meir Ezofowicz(마에르 에조포비치)』
  『Z różnych sfer: zbiór nowel(다양한 사회계층 중에서: 단편소설 모음)』
  『Widma(환상)』
1881 『Sylwek Cmentarnik(실벡 묘지기)』
  『Zygmunt Ławicz i jego koledzy(지그문트 와비치와 그의 동료들)』
  『Bańka mydlana(비눗방울)』
1883 『Pierwotni(원주민)』
  『Niziny(낮은 것들)』
1885 『Dziurdziowie(지우르지오비에 가문)』
  『Mirtala(미르탈라)』
1888 『Nad Niemnen(니엠넨 강변)』

『Cham(천민)』

1888 『Panna Antonina (zbiór nowel)(파냐 안토니나)』
『W zimowy wieczór: zbiór nowel(겨울 저녁 동안: 단편소설 모음)』
『Czciciel potęgi(권력의 숭배자)』

1891 『Jędza(표독한 여인)』
『Bene nati(잘 태어난)』

1891 『Westalka(정숙한 여성)』
『Dwa bieguny(두 개의 극)』

1896 『Melancholicy(우울증 환자들)』
『Australczyk(오스트랄리아인)』

1898 『Iskry: zbiór nowel(불씨들: 단편소설모음)』
『Argonauci(낙지들)』

1904 『Ad astra. Dwugłos(아드 아스트라, 두 목소리)』
『I pieśń niech zapłacze(그리고 노래는 눈물이어라)』

1910 『Gloria victis(글로리아 빅티스: 단편소설 모음)』—마지막 작품

이 작가의 작품 전집이 『Pisma』(1937~1939년)라는 제목으로 발행되었는데,
22권에 달한다.

사회 문제에 대한 수필:

1870 「Kilka słów o kobietach(여성에 대하여 몇 마디)」
「Patriotyzm i kosmopolityzm(애국심과 코스모폴리타니즘)」

1882 「O Żydach i kwestii żydowskiej(유대인과 유대문제)」

문학에 대한 수필

1866 「소설에 대해 주목할 점」
「문학에 대한 편지」

1879 「소설에 대한 전반적 관찰과 T. T. Jez의 소설에 대하여」